U0074458

文化，無處不在的文化！

The
Permeating
Culture.

洪丕柱──著

推薦序　多維度的文化思考
──《文化，無處不在的文化！》

張奧列

　　我喜歡讀洪丕柱先生的作品，不讀則已，一捧讀就會陷入一種沉思，不斷咀嚼，不斷回味，不斷反思。丕柱兄是以一種學者的文化眼光，對生活作一種文化透視，把生活現象提升為一種文化意識。他已出版有多種著作，其核心視角，就是文化追溯，其描述主線，也是文化追問。可以說，斑斕的文化色彩，是洪丕柱創作的亮點，強烈的文化思辨，是其作品的價值所在。

　　現如今，洪丕柱先生又奉上了這本新著《文化，無處不在的文化！》，既延續了他的這種寫作思路，也體現其創作的最大特色──無處不在的文化。

　　我很高興向大家推薦這本書，為什麼？我們常說中西方文化的差異，差異在哪裡？我們常談中西方文化的衝突，為何衝突？我們期待中西方文化交融，又在哪一點上能交融？我們難免有困惑。在中國生長，深諳中華文化；在澳洲生活，又熟知西方文化；洪丕柱先生不斷在中國／澳洲，華人／西人，東方／西方之間進行比較，以其生活實感，以其文化認知，嘗試為我們解惑，無疑為我們提供了有益的啟迪。

　　我和丕柱兄都是澳洲文友。他長期在布里斯本的多所大學任教，我一直在悉尼的多家中文媒體任職，雖遠隔八百多公里，見面機會不多，但我常在各種報刊上讀到他的新作，也多次在中國及海外的國際性文學會議上聚首交流。也許都是文化人，他身上那種淡泊、明志、不落流俗的書卷雅氣，很容易感染我。跟他的作品一樣，其人其文無時無刻散發著一種文化氣息。我曾寫過他的人物專訪，關注他的文化

追問，也曾寫過他的作品讀後，讚賞他的文化思考。文化，是他觀察生活思考人生的支撐點。文化意識，充溢其生活中，滲透其著作中。

文化，是世界文明的創造，是人類歷史的推力。如是，社會的深層結構是文化，人的深層意識也是文化。文化影響著社會形態，左右著人的思想行為。不過，文化與時代是一種雙向關係。文化既改造著社會和人，社會和人同樣也改造著文化。惟其如此，從生活中解讀文化，從文化中闡釋社會，更能透過現象看本質。丕柱兄的這本新著，就是從某種生活現象切入，層層推進，揭示人類社會的某些本質，使作品具一定的力度和厚度。

雖然現在不乏文化思考的作品，但我特別欣賞丕柱兄這本新著的是，他的文化思考，不是單維度的文化思考，而是一種在中西方生活交集，東西方文化比較中所作的思考，也是一種跨地域跨文化跨古今的多維度思考。丕柱兄的視野比較開闊，眼光比較獨到，因而作品多了點新意，多了點深意，也多了點讓人思索的空間。

丕柱兄何以對文化情有獨鍾，尤其對東西方文化差異比普通的中國人有更多的瞭解、理解和感觸？這當然與他的家學淵源，與他的生活背景，與他的雙語優勢有關。他的父親就是一個留學法國的博士，回中國任教時仍保留著不少西方的生活習慣，加上其深厚的國學背景和故鄉的傳統習俗，使其學貫中西，也將東西方文化融合在其生活中。這無疑自幼影響著丕柱的成長。年輕時的丕柱雖然在市井里弄長大，但也吃遍了上海灘的西餐，通曉英語、法語並在學校任教。赴澳留學後，他更取得了多種學位，也包括獲得國家三級翻譯資格證書。他一方面在華人圈子中交往，另一方面他更多地泡在西人的生活圈子裡。他在大學既教華洋學生專業課程，又專門培訓中國來的公務員，還常常為政府官員、學校領導擔任接待中國代表團的翻譯，也經常赴海外參加國際性的學術會議，到中國開拓教育市場。可以說，他遊走於中西方生活之間、穿梭於中西方文化之域，並自覺融入澳洲主流社

會。所以，他對中西方社會，中西方文化，都有親身體驗、切身體會，喜歡用一種國際視野來打量生活，透析不同文化基因下人的思想行為。

說起來，這本書的寫作動因也蠻有意思的。他初來澳洲入學的第一天，就碰到東西方文化的撞擊而始料不及。他原先自認為自己能說英語，愛吃西餐，也從父親言傳身教中接觸到西方思想，應該說比較瞭解西方文化了。誰知，面對西人教授，其中國式思維與西方式思維出現了錯位，因而重重地碰了壁。以他自己的話來說是「頭破血流」。這反而令他清醒意識到，要真正瞭解兩種不同文化是極其艱難，兩種文化的差異，對於中國人在異域生存有著重大影響。因而使他有意識地關注著東西方兩種文化的異同，並把這些微妙的感受，通過隨筆的形式記錄下來。歷經二十多年，集腋成裘，他精選了部分篇章結成此書，以期與讀者分享他多年來的文化觀察與生活感悟之心得點滴。

這本20餘萬字的文化散文集《文化，無處不在的文化！》，包括了63篇作品，就其生活話題而言，大抵可分為三類，一是談生肖動物，一是聊日常飲食，一是侃行為習慣。說的都是生活瑣事，日常情景。這些，也許我們會見慣不怪，習以為常，但作者卻有一種文化的敏感度，觀察的敏銳性，因而常有不一般的發現。

譬如吃魚，不管吃什麼魚，我們吃了也就吃了，而作者卻不。他發現，自己在中國吃的是河魚，在澳洲吃的是海魚，味道有別。進而觀察到，西人愛吃海魚，中國人愛吃河魚，大家口味不一樣，而且吃的方式也不一樣。他竟從魚骨的粗細，吐刺的難易，咀嚼出華洋不同的生活習慣，不同的行為方式，也表達出他對做人道理的感悟。

又譬如，澳洲西人的店名和華人的店名大異奇趣。西人店名大都是以Cut Price（減價）、Payless（少花錢）、Discount（折扣）、Low（低廉）、Save Way（省錢方式）等等作招徠，以迎合顧客希望

價廉物美質優的消費心理。而華人店名，則喜歡用金、寶、福、祥、興、隆、昌、盛之類的字眼，不可抑制地表達出老闆做生意發財致富的強烈意願。即使店名、品牌、地名、人名的洋名中譯，華人也喜歡與福氣好運的字眼聯繫起來。作者從這些司空見慣的店名和譯名中，把握到一種文化行為的因果關係。真是不比不知道，一比嚇一跳，店名文化的背後，也體現了東西方文化的不同價值觀。無論華洋老闆，雖然都是想賺錢發財，但思維方式迥然不同，一個是從自己出發，一個是從顧客出發，雖殊途同歸於發財，但以老闆為中心，或以顧客為中心，卻是兩種不同的價值體系。

還有，華人講養生，西人講健身；華人愛熱食，西人愛冷吃；華人動作快，西人效率高；華人重視送禮，西人喜歡甜言蜜語；華人面性思維，西人線性思維……諸如此類的生活細節，文化比較，人生感悟，幾乎全書皆是，不勝枚舉，可見丕柱兄身上充滿了文化思考的細胞。從這些滿目皆是的生活細節中，作者揣摩出人的文化行為，透視出社會的文化基因，從而讓原先不以為然的我們，借助這種文化解讀，對自身行為之使然豁然開朗，有一種猛然醒悟的思想撞擊。

我還想指出的是，無論對東方還是西方的文化糟粕及生活陋習，丕柱兄都是持批判態度的。但本書對於母文化的批判，對於中華文化傳統中的陋習、民族劣根性的批判尤其強烈，哀其不幸，怒其不爭。這種逆耳忠言的針砭，實則是作者希望具五千年歷史的中華文化傳統，在現代文明的淘洗下蛻變更新，跟上潮流，煥發出更大的熱力和光彩。

另外，雖然不同文化有不同的表現，但人情人性是相通的，只不過，這種人情人性也體現著不同的人生觀價值觀。縱觀全書，作者寫出文化，顯然又跳出文化，指向更廣闊的社會層面，大概是想藉此探尋人類文明和社會價值觀念的某些真義吧！

以上談及這本書的內容特點，文化內涵，也許會有讀者認為，

奢談文化，一定很學術，很枯燥。不是的，這其實是一本有文化內涵的生活隨筆，既有散文的情景交融，又有雜文的幽默風趣。作為教育家、翻譯家、文學家，丕柱兄思想開放，文筆灑脫。他以散文靈活隨意的輕鬆筆調，觸景生情，隨情而論；以雜文犀利洞察的思辨筆法，侃侃而談，針砭自如，令你讀來時而忍俊不禁，時而掩卷沉思。

確實，讀洪丕柱先生的書，是一種精神享受，是一種生活體驗，也是一次靈魂自省的文化之旅。呵，文化，無處不在的文化，深入人的骨髓，滲透於社會血脈，鑄造著社時代靈魂！

（本文作者是澳洲知名華裔作家和文學評論家、資深報人）

▍前言

1988年7月中旬，我同好多來自中國大陸的留學生一樣，來到了澳大利亞，當時我坐的是中國民航的飛機，飛機中座無虛席。

我先從上海飛到廣州，又從廣州坐中航飛達雪梨；幾天後再從雪梨坐長途巴士來到我報讀語文教育和閱讀學碩士課程的城市布里斯本，當時這個城市正在舉辦1988年世界博覽會。

一兩天之後，等住進一家友人介紹的作為暫時落腳點的廉價的背包旅館，初步安排好生活，我就去向我報名的昆士蘭理工大學的前身，布里斯班高等教育學院的教育系報到。事先我從背包旅館同我的導師、系主任巴特萊教授（Prof. Brendan Barttlet）打了電話，訂了那天下午一點鐘會見的約會。

從背包旅館所在的、地勢挺高的高門崗區（High Gate Hill），我可以看到這座澳洲第三大城的市區：林立的高樓（當時上海和廣州高樓還很少），空中漂浮著很多很大的、圓形和橢圓形的五彩繽紛的氣球和氣艇。氣球拉著巨幅廣告。這些都是我從來沒有看到過的。

到處是世界博覽會帶來的一片興旺歡騰的景象。我對未來充滿憧憬。

從高門崗步行進城，按我當時飛快的步速，也要近半個小時。一路上綠樹成蔭，人行道上鋪著綠油油的草坪，讓我心情愉快。

可是不久，我就開始抱怨了：這該死的布里斯本，街道忽然走上坡路，忽然走下坡路，完全是個丘陵地區的山城！馬路上小汽車很多（當時上海街上汽車很少，還沒有私人汽車），它們呼呼地從街上開過，上下坡全不花氣力，卻讓我這個步行者累得要死，氣喘吁吁、汗

流浹背！

進了城，我碰到兩位上海老鄉，是到這裡市區內的一間英語語言學院學習的。他們的英文很爛，要我幫忙去他們的學院辦理報到。我當然當仁不讓啦，因為學院就在市區。

幫他們報了到，我就開始打聽去我的學院的公共汽車站在哪兒。好多人不知道，原來他們很多是來布里斯本旅遊，看世博會的外國人；當地的居民也不知道，是則因為他們經常坐私人汽車，不知道公共汽車站在哪兒，什麼路線去什麼地方。

好容易問到一位當地老人，叫我乘去荷蘭公園（Holland Park）方向的5C路公共汽車。在上海，你要是想打聽去什麼地方的某路公共汽車或電車在哪兒坐，路人很多知道，一會兒就能打聽到。

我當時只記得荷蘭公園這個名字，心想著它一定是市區裡的一個公園；所以又向路人打聽，荷蘭公園在哪兒。這個名字好多人知道，但是他們告訴我，它不在市區，離這裡（市區）有十多公里。哇，要到十多公里之外去才能坐到巴士，我嚇了一大跳！

最後我終於弄清楚，荷蘭公園是一個住宅區的名字，並不是一個公園，也不在市區內。我也終於找到了5C路公共汽車的一個車站。可是當我看到有輛5C路巴士朝車站開過來，它卻不在這個站頭停車，而是從我身邊呼的開過時，我傻了眼！

我向旁邊等車的澳洲人請教，巴士為什麼不停。他們說，你必須hail the bus（招手呼喚公共汽車），它才會停，因為經過這個站頭的，有不同路線的巴士啊（可是我卻不能在站頭看到像在上海的公車站能看的不同公車的路線和停靠站頭的名字的牌子）！然後我看到，其他乘客分別hail他們要乘坐的巴士，巴士都停下來讓他們上車。

等啊等的，我又開始抱怨了，因為從其他乘客那裡打聽到，下午這個時分，是低峰時間，好些巴士線要每半個小時才會來一輛巴士！

好容易折騰到我坐上車，到了學院，找到巴特萊教授的辦公室，

時間已經過了一個半小時！

可以想像，巴特萊教授緊板著臉，一副十分不高興的樣子，因為我曾學到，澳洲人對事先預定的約會非常認真，不會遲到。

我知道外國人不喜歡遲到，但我又想，巴特萊教授應該能理解我為什麼遲到。於是我又解釋我幫助路遇的其他中國學生，他們是我的老鄉，去報到（在那時，中國對樂於幫助人，做好人好事，都會表揚），又如何找不到巴士站，又如何不懂hail the bus錯過了巴士，多等了半個小時。

可是巴特萊教授不接受我的辯解。他冷冷地說，自己預定的事沒有做好之前，一般不應該花時間去幫助別人，因為這樣你會浪費著會見你的人的時間。另外，實在不能準時來的話，你應該先打個電話，讓我知道啊，免得我在這裡久等！

我怎麼會沒有想到這一點呢？不過當時上海的電話很少，除了弄堂口的公用電話，沒有路邊付費的公用電話，所以我也不習慣會想到打個電話同巴特萊教授說一聲我準時到不了。

這短短半天，我竟受到了我一輩子加起來也沒有受到過的那麼多的不同文化和不同價值觀的震撼（culture shock）或者文化撞擊（culture bump）！即來自不同文化的、我所不熟悉的事物和文化對我思想的衝擊；更重要的是，來自不同價值觀的人，對同一件事竟然有截然不同的看法（比如助人為樂究竟是否正確）；還有澳洲老師對來自海外的學生的文化和國情的無知，認為我理所當然地應當知道本地人處在我的情況下會如何行事。

我的心情從到達一個新的文化時最初的欣快感（euphoria）掉到了挫折（frustration）感。

二十多年過去了，可是對那天下午的每一件事，在巴特萊教授面前的侷促不安的感覺，我終生都無法忘懷！

這一天的教訓，使我開始有意識地注意起、觀察起中澳、東西

方文化的區別起來，因為我覺得，我的學習、生活、工作和今後也許會有的留在澳洲發展和生活的機會的話，成敗在於能否跨越文化的鴻溝，融入主流社會。

我開始謙虛地跟隨導師學習。在導師的指導下，我在到達布里斯本四個月後考取了昆士蘭州教育部的教師執照，登上了澳洲的講壇，在昆士蘭理工大學的成人學院，以後又在一些TAFE學院、私立學校和教會學校教授中文兩年多，學生有成人和中學生，同時在City的一家英語語言學院兼職教授英文。這些雙語教育的經歷，豐富了我對澳洲或西方文化的觀察、理解和認識。這些對今後我在昆州政府的TAFE學院獲得高級職稱有莫大的幫助。

後來我轉入格里菲斯大學教育學院，在導師恰貝爾（Dr Eric Chapel）博士的指導下學習第二語言教育碩士（一個研究性的碩士學位）學位。在恰貝爾博士的指導下，我看了大量關於文化、人類學、文化跨越和跨文化溝通的學術著作，大開了我的眼界。

導師要求我制訂一個研究計畫，針對當時從中國大陸來到澳洲學習的無數留學生，百分之九十以上是所謂的語言生或英語強化課程（ELICOS）的學生，在進入澳洲後的遭遇文化衝突和各種困難，到逐漸融入澳洲社會的經歷，來找出融入的速度和程度同他們的英語學習的進步之間的關係，因為導師兼任該大學英語學院的代院長：院長是全國聞名的創立澳洲第二語言精熟度測試（ASLPR）的英格倫教授（Prof. David Ingram），讓我在該院做兼職的助理研究員，協助他的研究工作，並讓我在英語程度不同的各個班級裡選擇幾十名「樣品」一來自不同國家的英語語言生，作為我自己的研究項目的研究對象。這使我對文化的觀測又加深了一步。

從1993年起，我又考得了澳洲政府認可的國家英中雙語口筆頭專業翻譯（NAATI）員，開始了我的第二生涯。二十多年作為雙語翻譯，我更能深入觀察並體會跨文化的瞭解在雙語溝通中的重要性。由

於這個附加的資歷和能力，我後來在昆州的兩個TAFE學院先後獲得同中國等國家建立國際合作關係的大中華地區經理和國際項目高級經理等職務。在談判合作項目中，雙語雙文化技巧的重要性更凸顯出來了。

在上述基礎上，我從1992年起，直到2015年，在二十多年的時間跨度裡，陸續寫出了一百多篇有關文化和文化對比的隨筆或散文，其中有些曾在布里斯本、雪梨、墨爾本和中國等多種報刊雜誌登載過。它們不是枯燥的學術著作、論文，而是輕鬆幽默的散文，充滿著個人在異文化的環境裡生活的觀察、經歷、體會和偶感以及對母文化的批判性的反思。

經過整理，選出六十三篇文章，編成這本集子。內容都是從日常生活和我的工作的很普通的方方面面的經歷中選取的題材，來看待中西文化差異，因為只要仔細體會，就可以發現這些方面都能在不同程度上反映出或折射出中西文化的差異。這些文章在原稿的寫作後絕大部分後來都按更多生活經驗的積累而作了不同次數的修改。

雖然從我的家庭出身來說，我應當是相當瞭解西方文化的，因為先父洪潔求教授曾在法國留學，先後進過法國外交學院和巴黎大學文學院，獲得文學博士的學位；而且他長期在法國家庭寄宿，後來又廣遊歐洲各國，並在那裡生活過一個時期。這使他的生活習慣已經相當西化，在中國的饑荒年代之前，他早上仍常吃所謂的歐陸式早餐：烤麵包片、黃油、果醬、芝士和牛奶咖啡。

我小時候家境還不錯的時候，先父經常帶全家去西餐館吃飯，遍嘗上海當時的法式、意式、德式和俄式西餐館的西餐。他又親自教我法文數年，對我講了很多有關法國和歐洲的風土人情、文化歷史和藝術文學的知識。在上法文課時所教我閱讀的法國名人寫的文章中，先父又對我講了民主平等博愛自由等西方價值觀；況且且他自己在家裡也是身體力行的，力求同我們平等相處，以說理和情感進行教育，從

來不擺中國家長常有家長的架子。我的私人英文老師在教我英文時，也對我做了類似的教育。

所以我自以為不會再在澳洲經受文化震撼，但是我來到布里斯本後，第一天上學就被文化衝擊碰得「頭破血流」。

我可以想像其他英語程度很低，對西方文化，由於中國的所謂文化革命而幾乎一無所知的當時的中國留學生，以及以後來到的中國人、留學生，甚至在當地生活在比較狹小的圈子裡的華人，在進入和融入澳洲社會生活、學習和工作中，對理解中西文化差異和瞭解的困難─我稱這個融入過程為充滿荊棘的旅程。

由於個人的觀察角度、廣度和深度仍然有限，不足或片面之處難以避免，故特此說明：這並不是一本有關文化的教科書，只是酒後飯餘作為消遣而閱讀的散文集，希望讀者能從閱讀我的文章中，對理解中西文化差異和瞭解西方文化稍稍得到點滴的啟發而已。

必須說明，文化也是在逐漸演變著的，特別是在當代快速發展的高科和網絡化的衝擊下，在世界已經變成一個地球村的全球化的時代，在各文化際的交流、溝通日益普遍，相互影響和滲透日益增強的時代，中澳文化的很多方面也許已經或正在發生某些變化，讀者在閱讀這本集子時不應忘記這一點。

寫於2015年5月，修改於2016年5月

澳大利亞，布里斯本市

目次

不好意思

　　我發現「不好意思」大概是我多年翻譯生涯中最難譯成英文的中文詞之一了，而這又是最常用的詞之一。只要你同中國人／華人用中文／華文口語打交道，不管是大陸人、台灣人、香港人、新加坡還是馬來西亞華人等等，不管是同他們面對面說話，是電話談話，是用北京方言、上海方言、廣東方言，這個詞你每天都會用上好多次。

　　有人把「很久不見」譯成「long time no see」，這個中式英文的說法老澳都能聽懂。但如果把「不好意思」按同樣的逐字翻譯的方法死譯成「not good meaning」，相信所有澳洲佬都會一頭露水，莫名其土地堂。

　　這個詞之所以難譯，是因為它浸透了中國文化。

　　你想托人家做事、幫忙，會說「真不好意思」，表示難為別人，給別人添麻煩，很過意不去。

　　別人幫了你忙，你提了禮上門去酬謝，又怕人家嫌這禮太輕，又會連聲說「一點小意思，拿不出，真不好意思」。

　　收了禮的人，覺得過意不去，又會說，「你太客氣了，真不好意思」表示我並沒幫多少忙，對收這禮覺得受之有愧。

　　你沒能幫成別人，心中有歉意，覺得難交代，又會對托你的人說，「真不好意思，沒能幫上忙。」

　　你去中國城免稅店買東西，討價還價，老闆到了不能再讓的時候，也會客氣地用「不好意思，這價實在不能再降了」，表示他對你愛莫能助。

　　你買成了東西，付了款，老闆又會感激地說，「不好意思」，好

像收你這麼多的錢不應該似的。

按邏輯推理「不好意思」的反義詞應該是「好意思」了。它也是一個難譯的詞，而且它也經常用在同「不好意思」相同的場合，只是以疑問或感嘆句型出現罷了。人家責備你不該做這樣的事、拿這禮、收這錢、說這話…最基本的句型就是「你好意思嗎？」或者「怎麼好意思」做這種事、說這種話、拿這個禮物、收這個錢呢？

晚上九、十點鐘，你的好朋友老陳忽然來電話，說有件很重要的事得麻煩你過去幫個忙。你老婆在一旁嘀咕：「這麼晚了，你白天工作辛苦，明天還得上班，汽油又這麼貴，別去了…」

你會對老婆說，「大家是好朋友，人家有要緊事，不好意思不去啊。」你老婆生氣了，嚷起來，「老陳這麼晚還叫你去，這人也真是，好意思說得出口！」

有人建議把「不好意思」譯成embarrassed，或者sorry。但從上面例子可以看出，很多情況下，這樣的譯法還是會叫老澳摸不著頭腦，而把「好意思」譯成good meaning，就更會讓老澳聽得腦神經分裂。

其實這種困難，乃是文化上的困難。老澳不懂中國文化，自然很難光從字面上來理解這些詞語的內在涵義，儘管這些漢字，學過幾個月中文的老澳都能認得。

「不好意思」的一個同義或近義詞是「難為情」。按逐字翻譯，它能譯成difficult for emotion，如果將英文稍加調整，變成emotionally difficult，老澳也許會容易懂些，即這些事之所以難，是因為從感情上來說比較難（比如拒絕或接受）。

你之所以明知太晚，明知太累，明知明天還要上班，明知汽油貴，明知可能會同老婆吵架，還得義不容辭地去老陳家，給他幫個忙，就是因為他是你的好朋友，從感情上來講很難推辭。你會對老婆說，「老陳是老朋友，人家難得麻煩我的，不去難為情啊。」

這「難為情」、「不好意思」集中地反映了中國人活得累的原因：為別人而活、為人情而活、為怕別人會怎麼看你、怎麼想你、怎麼說你而活。做一件事首先不是考慮你能不能做，而是考慮別人會怎麼想，所以只能勉為其難地去做，真苦啊！

老澳就不這樣，想請人做事會說「It's up to you」，即你看著辦吧，由你自己決定行不行；考慮下來覺得不行就會說「Sorry…」。他們是為自己而活，不是為別人而活，所以活得輕鬆、活得瀟灑，也不勉強別人，所以沒什麼事能使他們難為情、不好意思。沒有這個概念，當然，想要在英語中找對等的詞來譯「不好意思」就很難了，因為他們沒有這個概念。

中國的腐敗這麼普遍、嚴重，我不相信所有的中國人都這麼壞、這麼貪。有人認為好多是因為怕在朋友面前「不好意思」、「難為情」，才勉為其難地去做，甚至人家送來的禮，明知不能收，想推掉都覺得不好意思的，而送禮者呢，也知道你不好意思推，就堅持送。如果這果真有些道理的話，那麼中國腐敗的根子，部分應在中華文化中去找。

所以我相信，中國文化中的某些糟粕、渣滓，可能是腐敗的溫床。比如中國人也應該破除面子觀點，學會說「不！」推辭不想做或者不應該做的事，那麼情況也許會好一點，儘管您會有點覺得有點難為情或不好意思這麼說。

讀者諸君不一定會同意我這個說法，但相信你們肯定都體會過有時「不好意思」是什麼味道。

真不好意思，浪費諸位寶貴時間看我的rubbish！

客氣

初學英文的人，常常會學到一個英文詞kind，教科書中將它的中文意思解釋為「客氣、和氣、和善」等，所以好多中國人到老澳家中做客時，看到人家熱情招待，都會說「You are so kind, thanks very much！」

但是，同我曾寫過的中文中浸透著中國文化的詞語「不好意思」、「緣份」還有「炒」字一樣，最近我忽然發現「客氣」這個中文詞也是很難用英文詞kind來精確翻譯或解釋清楚的。

想到這一點是因為家中最近一位寄宿的客人。

那位客人是中國一間工業大學的副院長、副教授，因率領一個教師培訓團來我服務的學院培訓四周，我就留他在敝舍「家庭寄宿」，因為方便的是這樣我每天上班就可以帶他去學院，下班把他一起帶回家，省去他坐班次不多的布里斯本的公共汽車的麻煩。

那是位五十多歲的謙謙君子，身上洋溢著中國文化禮儀的深厚薰陶，凡事都謙讓，客氣得不得了，叫他吃飯得再三請和催促他多吃些，而他老說夠了，太多了，我卻怕他因為客氣而沒吃飽，因為雖然他並不太胖，卻一再在說太胖了，要減肥；按我的經驗，這往往是客氣而吃飯留量的藉口。

最要命的還不是這種客氣。最要命的是他經常要搶著幫忙做這做那。中國講家教的家長往往教育子女到別人家做客要主動幫忙做收拾桌子、洗碗、清垃圾之類的事，這位副院長也許是身體力行的好家長，所以吃飯前後都想主動幫忙，一面再三說：看你這麼忙，我袖手旁觀吃閒飯，怎麼好意思？

說實話，我倒覺得這種因出於客氣而幫的忙常常是越幫越忙，因為客人不知道主人家的習慣和東西應當放在哪裡，客人做的事主人都要重新再做一遍。同樣深受中國文化薰陶的我，對他也非常客氣，不好意思拒絕他的客氣，所以推讓之下，往往只能滿足他的出於客氣的願望，讓他做幾件事，可以覺得比較好意思一點。可是幾天後我實在受不了，只能露出受西方文化薰陶的另一面，把他推去看電視，一面老實地說：「不好意思，您這是越幫越忙，還是請您看電視吧。」

　　脾氣挺好的他也沒生氣，因為他已經感受到了我說這話的真實性。我是個辦事高效的人，特別在「太座」去探娘家時。我吃飯快，吃完後就開始清洗一部分餐具。副院長吃飯慢，吃完看到我快把碗洗完，就說什麼也不讓我洗，堅持一定要洗他自己的碗、筷、匙。在經過一陣激烈的幾乎把碗扯裂的爭奪戰後，我只能放棄，讓他滿足客氣的願望。我想把他的碗拿來一起洗是懂得規模效應，比較省水嘛，市府發到家裡的省水教育小冊子總介紹省水辦法。培訓團的分到澳洲人家庭寄宿的其他團員都向我抱怨過澳洲人不講衛生，洗過的碗碟不將洗碗液淋乾淨就用茶巾擦乾，擱到碗碟架上晾，其實所有的澳洲人都是這麼做的，因為我以前也在好幾家澳洲人家裡寄宿過，所以知道，而我起碼還會用清水泡一下所有洗過的碗碟。

　　看到副院長開大水龍頭慢條斯理、仔細認真翻來覆去地沖洗他的碗、筷、匙，我真想阻止他，因為他用的水三倍於我洗的其他所有的餐具。可是我身上的「待客人應講客氣」的中國文化卻在阻止我這樣做。我只能暗示地介紹澳洲的缺水情況、布市長達五年的乾旱和六級限水措施，包括淋浴不能超過四分鐘。他一面點頭贊成說：「是啊，今後全球都會面臨缺水的情況。」一面繼續開大水龍頭沖他的碗。

　　副院長每天要沖涼兩次，特別是到澳洲後學會了起身後沖涼；每次絕對不止四分鐘，晚間沖涼後他堅持要在浴室裡親自用手洗他的襯衣、內褲和襪子，那怕我幾次對他說放在洗衣機裡一起洗更方便（也

更省水），可他總是非常客氣說：「哎，不好意思麻煩您。」不用說，他又是花了好幾盆水淋洗他的幾件小小的衣服。

每天出門前我都要仔細檢查門窗、電爐有否關了、鎖匙和上班應帶的東西。副院長東西簡單，所以總是先出門，在車庫外等我把車開出來。那天他特別客氣，幫我把包提到門外等我。我的包重，怕他久等，我趕緊把車開出來。

到了學院，我要印製給他們上課的培訓材料時，才發現我每天放電腦記憶條的筆盒不在包裡。原來因為副院長過於客氣，提前幫我將包提出門，我便沒有像往常那樣最後檢查一下東西是否都帶齊了，趕緊出來，免得他久等。

我只能在早晨擁塞的交通中來回開車48公里回家去取那筆盒和記憶條，結果反而遲到半小時，好在回去前我告訴秘書若我不能及時趕回，請通知第二講的老師先講。

這就是客氣的結果，也是因為客氣，我甚至不好意思告訴副院長他幫我提包的後果。

您看，這浸透中國文化的「客氣」或「做客／待客的禮貌」的意義，英文kind一詞如何能解釋得清？

甜言蜜語的澳洲人

　　初到澳洲，印象最深的是澳洲人的熱情友好：走在馬路上，素不相識的人會同你打招呼：「Gidday, mate！」（澳洲口語「Good day」，英國人打招呼不用這個說法），到店裡買東西，售貨員總要先親切地問候你「How are you today？」付款以後，又會祝你「Have a nice/great/lovely/wonderful/fabulous day！」

　　澳洲人似乎特別喜歡道謝或道歉。公共汽車乘客下車，都要對司機說：「Thanks a lot」，司機又用同樣的感謝話回答你。打電話給你的澳洲朋友或同事，對方會在結束談話時不忘說一聲「Thanks for calling.」；人家問你一個問題，結束時會說：「Thanks for your time.」，因為他佔用了你寶貴的時間。走路時不小心佔了別人的道，雙方都會搶著說「sorry」。

　　想要從別人身旁經過，要說聲「Excuse me（請原諒）」。這個「Excuse me」用得特別多，連自己不小心打了個噴嚏，或者吃飯後打了個飽嗝，也要對周圍的人說「Excuse me」，人家則會送還給你一句祝福話：「God bless you」，好像上帝特別喜歡你打噴嚏似的；或者你沒聽清楚人家說甚麼，也要說：「Excuse me」，承認這是我的錯。聽到過電視台的播音員，在說錯一個詞或清了清嗓子後也說「Excuse me」，這當然可以理解，她好像在說：「這是我的過失，特此道歉」。當了老師之後，我還學會了如果上課時學生在下面講話，老師要他／他們停止講話、安靜下來，讓你可以講課，連老師都要向學生道歉，說聲「Excuse me」，雖然有時候老師很生氣，這個「Excuse me」就會說得很重，變成惡狠狠的「Excuse me！」。

初到澳洲時，我沒有工作，要去找工賺錢養活自己並付學費，我曾經跑斷了腿，一家家商店、餐廳、旅館地進去問有沒有工作。老闆雖然沒有工作給我，臨別時也既對我說thank you又說sorry。在我聽來，他既然說謝謝我又說對不起我，而不是像唐人街的中餐館的老闆那樣，板著臉揮揮手不耐煩地打發我走，我當然明天會再去問他有沒有工作啦。有家城裡的西餐店，我就這樣接連進去問了十七天，老闆終於被我的耐心和恒心感動，給了我一份每星期三個晚上的洗碗工兼雜工kitchen-hand。這是我在澳洲找到的第一份工。

　　我讀碩士學位的第一年，對準時付學費有困難，總會拖欠幾天甚至個把星期。所以常收到學院註冊處發來的催費信。但每封信中總附有一張小紙片，上面印著With compliment from the Director。英漢辭典裡，英文詞compliment的中文意思是「恭維」、「稱讚」、「敬意」。我拖欠了學費，註冊處主任非但沒有責備我，還在催我交應該交的學費時，對我左一個恭維，右一稱讚，甚至還對我表示敬意！哇，真叫我感到內疚、不好意思，當然要想盡辦法趕緊把學費付了。

　　後來我慢慢發現，這個compliment在很多地方都用，包括在帳單上，還有在商店、公司印發發的免費廣告上，才覺得心安理得了一些。

　　我曾經在一些澳洲人家寄宿。比如曾經在東面的烏龍嘎巴區（Woolloongabba）租住了一個單間。那女房東是一位三十來歲的單身女郎，身材秀美、脾氣溫柔，自稱是位自然主義者，靠了這座父親傳下的帶有地下室的大房子出租，不用工作，生活得也過得很自在。有太陽的日子，她總要穿著比基尼，躺在陽臺上曬太陽，展示她那美麗的胴體，對房客從不避嫌。在同我說話時，她滿口darling，dear，叫我很不自在，止不住暗自懷疑：這樣年輕的單身女子，對異性說話如此甜蜜，是否會叫人想入非非呢？

　　後來我搬到西面的愛旭格羅福區（Ashgrove）的另一家人家寄

宿。房東是一位五十多歲的寡婦，操蘇格蘭口音。那也是一座有四個睡房的大房子。這位半老徐娘的女房東，仍然有些姿色，她對我說話時更是充滿帶蘇格蘭口音的sweet heart，honey，甚至love，good boy之類的親暱話，語氣非常柔和。我起初聽了真有點害羞，每每有臉部發燙、心跳加速之感，甚至疑心這些話是否帶有挑逗之意。後來我聽到她對其他房客也是這樣說話，才慢慢習慣和放心起來。

時間長了，我甚至覺得這位女房東挺討厭的。她對房客們不大信任，出門時都要把電話鎖起來，好像大家都想偷打電話不付錢似的。那時的用手指撥號的電話，只要在撥號盤上加把小鎖，就打不了電話了。這使我們覺得受到了侮辱，真想同她交涉一番。烏龍嘎巴區的那位女房東是不鎖電話的，只在電話機旁放一個小罐，房客打電話時，都會自動在小罐裡放三十分的硬幣。這應該是一個方便房客的好辦法，因為那時沒有手機，到外面去打公用電話又很不方便。可是她在見到我們時，仍然是甜啊蜜的不離口的，讓我們又覺得難以開口抗議。

我後來在打工的餐館、教書的學院，都聽到同事們之間這樣的相互稱呼，才知道自己過去是少聽多怪了，原來這些甜蜜的稱呼並不是恩愛夫妻、情人、親人之間的專門用語！而他們對自己的寵物狗，也是用這些詞來稱呼的！我曾在市區的一家名叫「現代英語學院」的英語語言學院工作過好幾個月，學院的註冊處也有一位六十多歲的蘇格蘭老太，非常和藹可親，對我說話也是滿嘴sweetheart、honey、love，那時我竟感到非常習慣和喜愛這樣的叫法了。只是自己對她和其他澳洲同事說話時，我還說不出這樣的話來。不管如何，這也可算是我在英語方面的一個進步。

當然，澳洲的夫妻、情人、親人之間也是用上面提到過的稱呼相稱的。夫妻、情人之間還常可聽到更加親暱的baby，good boy，good girl之類的稱呼，有點像中國人所用的「寶貝」、「哥」、「郎」、

「妹」之類。有一次我在一間醫院的急診室看到醫生、護士正在搶救一位白髮蒼蒼的老翁，他的滿臉皺紋的老伴，在邊上握著他的手，一面低聲輕輕地呼喚著：oh，boy！Good boy！Oh，love！Darling！此情此景，令我感動極了。

我想，中國的老夫老妻之間大約是不會用「好哥哥」、「好妹妹」來相互稱呼的吧。「哥」、「郎」、「妹」之類不會在日常談話中出現，但是在情歌裡還是能聽到，這是中國特色。

中國人婚後，以上海人為例，夫妻之間大抵會以「老頭子」、「老太婆」（雖然離開老還很遠）相稱，或者乾脆以「「喂」」相稱；在外面也會以「小王」、「老魏」、「老公」、「老婆」相稱，甚至「阿拉屋裡廂」（我家裡的那位）稱自己的丈夫或老婆。北方人則大抵會用「孩子他爹」甚至更省事一些「他爹」和「孩子他媽」或「他媽」相稱。如果不幸沒有孩子，我就不知道他們怎麼相稱了。也許還可以聽到上海人用諸如「老勿西」（老不死）、「老傢伙」、「老東西」相稱，真是打情罵俏文化，打是愛、罵是情，用罵和詛咒來表示濃濃的情誼。在傳統戲曲裡，夫妻之間是用「官人」、「娘子」來相稱的。現代中國人雖然用「愛人」來表示夫妻，但在夫妻之間，是不會用「愛人」來相互稱呼的，不然，人家會覺得很肉麻。

中國人表示愛的「我愛你」這個簡單的句子，最初還是在外國電影的譯製片裡才聽到的，慢慢也被模仿了。即這是「舶來品」。傳統上，夫妻或情人之間，或情竇初開的人對所屬意的人，是不會用「我愛你」這樣的話來示愛的，好像說不出口。我沒有看過電視劇《康熙皇帝》，但聽說裡面有一首歌曲，叫《千古一愛》，歌詞中有這樣的一句話：「那愛字到死，總也說不出口！」多遺憾，到了死，還不能對所深愛的人說「「我愛你！」，居然是因為說不出口。我曾把這句歌詞翻譯給我那些學中文的澳洲學生們聽，他們覺得真是莫名其妙，無法理解！當然現在這個「愛」字在中國就又用得太普遍、太濫了。

中國親人間雖然很少會用「愛」、「甜」、「蜜」相稱，但是，用「肉」、「肝」、「心」、「肺」、「心頭肉」之類的稱呼卻時有所聞，彷彿走進了肉鋪子似的，使人感到鮮血淋淋的。中國文化的實用性可見一斑。這就好像中國人去看生病的親友，傳統上大多會提著雞、鴨、魚、肉、雞蛋、水果和補品、營養品之類去親友家或醫院，而澳洲人則大多會送鮮花和祝願卡這樣一些沒有實用價值的東西，雖然現在中國人也學會了送卡送花。

中國人感情內含，而澳洲人則感情外溢。這不但表現在行動上：澳洲人親友同事相遇，男女間會擁抱親吻，而且在語言上也反映得很明顯。而中國人過多或輕易地表示感謝、表揚，或者用過於親暱的話或語氣對人說話，可能會給人留下虛偽、做作、奉承、不正經的印象。「真情不在言語」，我母親是最愛我們的，我們兄弟之間的感情也是極好的，但是在相互通信中，信頭從來不會用「親愛的×××」開頭；我們會用「母親大人」來稱呼家母；我同老同學、老朋友們通信，也只用××兄、××先生開頭。

但是澳洲人即使寫信給仇敵或政敵，也會用Dear…開頭，這好像完全失去了「親愛的」的意義。另外，澳洲的房東、同事叫我darling、sweetheart、honey、love、good boy；但我的太太迪珊，雖然我知道她非常愛我，卻從來不會對我用「親人兒」、「親愛的」、「心上人」、「愛人」、「蜜汁」、「好郎君」、「好哥哥」、「甜心」之類的稱呼，而且即使想叫，用上海話來叫，聽起來非但不舒服，反而會有一種汗毛凜凜的噁心感，渾身可能會起雞皮疙瘩，被外人聽到了，可能會被以為她有精神病。

不過我們之間是經常用英文交談的，這時候不知為甚麼，用上述詞眼的時候，我們彼此之間就會覺得自然而親切得多。文化離不開語言，這又是一例。

寫於1992年2月，其後又作了一些修改

稱呼中的民主平等思想

　　在澳華作協昆士蘭分會的籌組會議上，召集人蔣中元先生和王逸華女士正在請大家做自我介紹。

　　到會的各位，不少是著作甚豐的教授、頗有知名度的博士碩士等學術界聞人、還有同寫作打了大半輩子交道的報人、老編等，大家發言很熱烈，組會的願望也很強烈，可是在自我介紹中，幾乎人人都說自己雖然寫過一些不足道的東西，卻最多只算得上是一名作者，離作家的要求還差得很遠，沒有一位認為自己配得上「作家」的美稱。

　　我驚奇地發現，說中文，或稱漢語、國語、華文的炎黃子孫，無論他／她來自社會制度和生活條件相差懸殊的大陸、港澳、台灣、越棉寮、新馬泰、巴布亞新幾內亞，無論他／她的背景、經歷、職業和教育程度有什麼不同，也無論他在洋大學留學多年，或者在以英倫文化為主體的澳洲、紐西蘭居住了多年，這種謙虛謹慎的中華民族的民族性仍然都保存得如此完好，以至於一聽到被稱為作家，瞬時的近乎本能的反應就是「作家？啊！哪裡哪裡，實在不敢當，差得遠哩！」這簡直成了條件反射。

　　不過我又想，如果出於大家的謙虛的美德，而將「作家協會」改名為「作者協會」，卻又有點不倫不類的感覺。所以作為會議秘書的我，不得不這樣說：「各位請不要再客氣了。不管你們願意不願意，合格不合格，既已入了會，這頂『作家』的帽子，是請各位非戴上不可的了！」

　　我又想到，在英文中，甚至連初學寫作的小學生，也是被稱為writer或者author的，同諾貝爾文學獎獲得者有著相同的稱呼。他們

每寫完一篇稚拙的、文理和拼寫還都欠完美的文章，那些小學生們都會心安理得地署上自己作為該文的writer/author的大名，絲毫也不會因自己的文理和拼寫錯誤而感到不安、感到沒有資格或配不上被稱為一位writer/author。文章不論好壞，水準不論高低，被稱為writer/author的權利是一樣的、平等的。這是我在布里斯本高等教育學院（BCAE，昆士蘭理工大學的前身）學習「語文教育／閱讀學」碩士課程時，去當地的小學聽課時的親身見聞。

我的女兒，雖然學了十多年鋼琴，也算小有成就，在昆士蘭音樂學院的不少比賽中榮獲第一，被評為年度最優秀學生，也曾在不少音樂會上演出過獨奏、重奏和協奏等，有一次在獲獎後，在華文報的報導中她被稱青年鋼琴家。作為還只是剛進入大學二年級的學生，她感到有點不自在。但是在英文中，她是理所當然地被稱為young pianist的，不要說是她，就是初學音樂繪畫的青年學生，在他們演出時、開展覽會時，都會被稱為young artist、violinist、pianist等等。

我也聯想到在這裡經常在報上看到的各種英文廣告。那些油漆匠、泥水匠、管道工、電工，在中文裡只配得上被稱做「匠」或「工」的做體力工為主的人士，在廣告中都大言不慚地說自己是painting specialist，concrete expert而毫不猶豫，同專科醫生specialist、病理專家pathologist平起平坐。

可是在中國，那些配得上被稱之為專家的，或有魄力自稱為專家的，又有多少人呢？人們不禁會想到他們是些領取國務院特殊津貼的著名人士。那些幹以體力和動手為主的職業的人士，大多是不會有這種殊榮的。只有幹以動口、動腦、動筆為主的職務的人士如博士、教授、總工程師、總建築師之類，才有資格被奉為專家。而在被介紹為××專家時，這些人還會顯得惶惶不安，說：「哪裡哪裡，×某不才，何敢當此美稱？」

總的來說，英文中對人的稱呼的構詞法則，以詞性變換或詞尾變

化等文法和拼寫性的規則為基礎，而與社會地位、學術成就、學問高低、藝術水準、是否受人尊敬等無關。

因此，堂堂醫生或博士（doctor）、教授（professor）、教師（teacher）就和區區小木匠（carpenter）、管道工（plumber）、工人／勞工（worker/labourer）甚至殺人犯（murderer）同屬一類；或者電工師傅（electrician）則與音樂家（musician）、數學家（mathematician）、政治家（politician）等平起平坐；而在化學家（chemist）、物理學家（physicist）、畫家（artist）和藥劑師（pharmacist）這些人中間還包括了強奸犯（rapist）！

啊唷，在中文裡，「犯」是要歸入另類的，他們連被稱為先生、女士的資格都沒有，會被稱為「李犯××」之類；而在這裡的宣判中，仍會稱他／她為「Mr Li/Ms Li」，因為他／她至少還是個人，不管是男人還是女人，也許他們的作為「禽獸不如」。

但是「先生」在中文裡還不光是男性的稱呼，而且是有學問、有身分、能識字者等等的稱呼，包括女性，在大陸的詞彙裡，比如孫中山、魯迅、楊絳這樣的人物才有資格被冠以這樣的稱呼，雖然老師和算命的也可被稱為「先生」。這個稱呼怎麼能用在犯人頭上呢？

在中文中，家、師、士、員、者、手、匠、人、工、犯等等卻明顯地同等級、地位、水準的尊卑、優劣、高低、上下甚至貶褒有聯繫，即使是在同一行業。我當了多年教師，卻絕無成為教育家的奢望，大概要老死為教書匠了吧，或者好聽一些，算個教育工作者吧，雖然我的澳洲同行們卻習慣於以educator/education specialist（教育家／教育專家）自稱。

我又想到澳洲人之間直呼其名的習俗。這兒的單位裡，大家平時對院長、主任、總經理、老師、秘書直到清潔工都是直呼其名或暱稱（nick name）的，不論職位高低、性別、年齡的區別，很少連姓一起稱呼，不用冠以先生、太太、女士、小姐等頭銜，更不用冠以校

長、教授、博士什麼的，非常平等，非常隨和。比如我的英文名字為Frederick，暱稱為Fred或Freddie；不像在大陸，我們以前常用×書記、×校長、×主任、×老師、×醫師（×為姓氏而非名），現在更商業化了，則有了×總。如果年齡大些，還用×老以表示尊敬。在非常隨便的情況下，則用老×、小×（姓）等稱呼，此時就可以略去職稱。

這兒人已退休，職稱也隨之一起退休，原來做校長或教授的就不再是教授或校長，人們也不會再稱他為教授或校長。在中國，你原來是做校長的，退休多年了，挽著個籃子去菜場買菜，碰到熟人，人們仍然叫你×校長或×書記，人退職稱不退；至少你如果是做老師的，一輩子直到死，仍然會被人叫×老師，在澳洲華人社區也是一樣。

奇怪的在於，如果人們習慣於叫你的英文名字的話，或者同你用英文交談的話，那麼很自然的，它就不會再同你的職稱或頭銜掛勾。這證明對同一個華人，使用不同的語言（英文或中文）說話，不用提醒，就會用不同的辦法來稱呼他／她。比如一位叫唐怡筠的女士，她以前是做醫生的，她的英文名字叫Irene，如果你是同她用中文談話，你一定會自然地叫她唐醫生（比較尊敬），但如果你是用英文同她說話或用她的英文名字稱呼她，你自然會叫她Irene而不是Dr Tang（更平等隨和）。換了語言，稱呼的方法馬上就會不知不覺地、自然而然地變換，證明稱呼的平等性是蘊含在語言內的不可分割的一部分或是其之屬性。

我還常聽到這兒的小孩甚至對爺爺奶奶也有直呼其名的，這在長幼有序的中國簡直是大逆不道、不成規矩的行為。我曾想在我同女兒之間實行直呼其名的做法，這個想法很快就遭到家庭其他成員的否定。不過我認為這種做法在某些家庭很有好處。不久前我去我的文法學校（Grammar School，一般為名校）的學生思蒂芬家作客，無形中發現了家庭成員中不分輩分直呼其名的一個好處。

思蒂芬的父親同母親離婚，他隨父親同後母以及後母帶來的弟弟

生活在一起。這個家庭的四名成員之間都是直呼其名的。我看到他們相處得十分融洽。因為是直呼其名的，人際關係非常平等，這就省卻了叫爸爸、媽媽、哥哥、弟弟的感情上的障礙。

在中國，母親死了，或同父親離婚了，父親又娶了後母，常需克服的一個麻煩，就是孩子不願意叫後母媽媽，那怕是很開明、教育程度很高的家庭。這常使父親痛苦、後母難堪。中國人家庭成員之間按輩分相稱的語言習俗（反映長幼有序而非平等的文化），對於家庭重組來說，形成了一個感情上的死結。

我想，在現代社會，在再娶再嫁或同居的事實婚漸趨普遍，並被接受為事實的社會裡，如果再死扣中國人傳統的小輩必須以爸爸、媽媽、大伯、三叔、二姑、小舅、四姨之類來稱呼長輩的習俗，也許會造成不必要的矛盾，不利於面對再婚或家庭重組的現實。

說到伯、叔、姑、舅、姨、嬸以及伯母、叔母、姑父、舅父、姨父等等，還有爺爺、奶奶、外公、外婆、孫兒女、外孫兒女等等，還有堂表兄弟姊妹等等，還有姪兒女、外甥兒女，還有公公、婆婆、岳父、岳母、媳婦、女婿、妯娌、連襟等等；中國人這麼複雜而龐大的家庭關係的稱呼詞彙（不同的方言中又有不同的叫法），其中明顯地反映出內外和男女有別，顯示出親疏上面的微妙的不平等，我在昆士蘭大學成人中文班教這些繁複的詞彙時，幾乎要把我的洋學生逼到跳樓的程度。英文中一個uncle，一個auntie涵蓋了和父母同輩的所有男、女親戚；而一個cousin則涵蓋了所有堂表兄弟姊妹，連性別的區別也沒有；而grandpa、grandma、grandson、granddaughter則涵蓋了所有祖孫輩的關係；對於由婚姻帶來的關係，用-in-law放在父母兄弟姊妹的後面就行，沒有必要造新的詞，因為這些關係都是由法律而帶來而非與生俱來的的。

中文能不能逐漸更多地接納並反映一些民主平等的時代精神呢？

寫於1993年3月

從「王家」、「皇家」說起

　　在為一位客戶作的翻譯中有「royal、queen」這些詞。我譯成了「王家、女王」，但客戶卻偏愛「皇家、女皇」，要我按她的要求修改。樂意讓客戶滿意而服務態度極好的我，沒有同他爭辯，因為好在全文的意義並不因此改變，二話沒說就按她的要求改了。

　　上述詞兒當然指的是英國王室，嚴格地說，目前英國應是王國（kingdom）而非帝國（empire），並非像拿破崙稱帝時的法國那樣，所以其君主為king（如果威爾士王子登基的話）或目前的queen伊麗莎白老大娘，而非emperor或empress，royal family亦應為王家、王室，所以Royal Brisbane Hospital應為「布里斯本王家醫院」而非「皇家醫院」，而Queen Street亦為「女王街」而非「女皇街」或「皇后大街」。

　　不過，在華人的耳朵裡「皇家」聽起來似乎要比「王家」好聽得多、威嚴的多，後者還可能被誤以為是王老五或賣瓜王婆婆家呢。自二千多年前秦始皇以來就習慣於、樂於被皇上統治的中國人，當然他們的耳朵裡聽來王府、王爺要比皇上差勁得多，所以一旦生活在英聯邦國家，也希望將咱們的女王陛下晉升為女皇。

　　我曾發表過一篇叫《姓名的困惑》的文章，指出在英譯中、中譯英時，姓名可能被搞得面目全非。看來不光是姓名，其他詞，比如職位，其譯法也可能出現這樣的混亂。

　　咱們這位剛生了皮膚癌的Premier Beattie就這樣--唉，昆州工黨總理近年來老愛生癌，以前的高斯生了腦癌，現在輪到他的下任彼蒂了！

「總理」這個翻法應是合理的，因為中國總理就譯成premier。但很多人愛把它譯成「州長」或「省長」，這一來，中國的朱鎔基總理就降級為朱省長了。這大概是因為咱霍華德也是叫「總理」的吧，他那總理可比彼蒂要大多啦！不過他的官位是Prime Minister，因為咱還是女王臣民，所以澳洲最大的當權派只是prime minister。

　　可是在英國，prime minister卻被譯成「首相」。日本也有首相，它可被譯成「總理大臣」，如此看來把首相譯成總理應該有理，但這樣就可能會讓彼蒂的總理當不安心了，不得不讓他改當州長或省長。

　　不過州長似乎是美國叫法。咱昆士蘭也叫state，同美國一樣，美國一州的領導能叫州長，咱為啥不能？不行！美國的州長是governor，而不是premier啊，而且人家是堂堂共和國，不像咱們，只是可憐兮兮的女王陛下的屬地。

　　Governor有啥稀奇，咱們不也有governor嗎？州和聯邦都有！喔，不行，咱們的governor可不是咱澳洲人自己選出來的，而是女王陛下任命來代表她的，所以只能譯成「總督」，像從前兩廣總督林則徐那樣，是皇上任命的，但說來慚愧，咱澳洲總督的實權其實還不如林大人呢，大體上只是個名義上的國家元首。

　　說到現在已經有點頭昏了，還沒有說到state這個詞呢。很多人愛把state譯成「省」，因為兩者都是兩級行政區。但州同省根本不同，州有很大的獨立性，比如司法。澳洲的州只是兩次大戰以來才把財政大權上交聯邦的，中國的省卻沒有這麼多獨立性和自主權，除非將來台灣受中共招安，被封為特區級的省。還有，州長或州總理是民選的，但中國的省長是中央任命的。近年來中國的省，特別是沿海經濟發展快的省，很想向中央爭更多的自主權，但又怕被說成鬧分裂，不同江核心保持高度統一。這樣一看把省長譯成像美國州長那樣governor就不太妥當了，因為美國的governor，比如小布希，有極大的獨立性，非但毋須同克林頓保持高度一致，而且還敢對他說shit

（狗屎）！

歷史上中國的州又比省小，現在的蘇州、常州、揚州、徐州、杭州、湖州、荊州、蘭州、廣州就是例子，只有貴州是例外。「州官放火」的成語就來自這種行政體制。所以把state弄得同省並級也不妥當。

但是state不也可譯成「國家」嗎？比如中國的國家級部委都譯成State Ministry of…？國營企業又被譯成state-owned enterprise，這一來它又比省大得多了。再次頭昏！

再來說「主席」這個詞。為了避免性別歧視，澳洲只用中性詞chair，人成了椅子或交椅。中國的主席有時譯成chairman，有時譯成president。有人說chairman指黨主席，president指國家主席。但從前我教英文時，有一篇劉少奇同勞模在一起的文章，劉主席被譯成Chairman Liu而非President Liu，而他從未做過黨主席，否則他也不會死無葬身之地了。總之，同一主席，譯法確有不同，作為國家主席，譯成president要比chairman聽起來有份量些，因為世界各強國如美俄法，都以president為國家第一把手，老江訪美時叫成president，可同小克平起平坐。唯一不同是他們都是民選的，而中國president卻不必。以此來說，譯成chairman倒更確切些，因為chairman似乎只需經小範圍比如社區組織、社團、協會、公司（董事會）選出就行，或者在政治局內部進行，比較符合中國國情，不像台灣選總統那麼費勁。

討厭的是咱們好些華人社團、協會的會長或主席也喜歡被叫成president，夠好聽的，同美國總統或者美國的大學校長級別相同。難怪有些人那麼眷戀會長職位，費盡心機把它在夫妻同鄉好友之間傳來傳去，唯恐落入別人之手。

這就是咱們的文化，愛面子勝過實質，所以在翻譯中都要頑強地反映出來，比如近年來出現的BRICS（巴西、俄國、印度、中國、南非），明明是「磚塊國家」，中文一定要翻成「金磚國家」，憑空多

了一個「金」字，真好聽，但我不知道這個「金」字是從哪裡冒出來的！翻譯的第一條原則「信」（loyal to the original language）好像在愛面子的中國文化中較難被完全貫徹！

寫於1998年10月，其後做了數次修改

玩

　　我是個不太會玩的人,從小在母親教育下只知讀書用功,辦事認真,做人老實。一句話,我這人除了學習便是工作。我想,這也許是我比較呆板,不太機靈的原因之一,連到手的女朋友也會像煮熟的鴨子那樣飛走,英文不是說All work and no play makes Jack a dull boy(只工作而不玩樂讓賈克成了個呆孩子)嗎?

　　去中國出差、訪問,接待我的大學校長、教授,包括小地方的,擺完飯局後就請我跳舞、卡拉OK。校長、教授個個摟抱著女秘書或青年女教師舞步風流,歌聲瀟灑,可是我只能按節拍點子呆板地跳,而那些時尚的新波普(pop)歌兒呢,大都不會唱,或者沒聽到過。從前我可是跟音樂學院的教授正規地學過聲樂的,但那時學的大多是用西洋美聲唱法唱的classic歌曲,今天並不流行,或者說是背時了,很少有人唱了。

　　去年,我從中國請來布里斯本旅遊的一位前女學生,回去後寫信來說我不會玩。半年前,另一位從中國來看我的年輕女士又說我活得沉重,思想包袱多。她的意思是我受儒家做完人的思想影響太多,不敢越軌。

　　現時中國女士的思想都比我開放,都勸我要多玩!

　　我開始認真考慮了。但是玩什麼呢?小時候我還是玩過一些的,雖然不多,比如玻璃彈子、香煙牌子,紙做的田雞,橄欖核,喔,還有蟋蟀!

　　現在的孩子不會知道這些玩具是什麼了,比如「香煙牌子」,其實是印著一套套古典小說人物和故事的連環畫的大張硬紙,三國演

義、水滸傳、西遊記、封神榜、薛仁貴東征，剪開來是些一寸多寬二寸多長的小紙牌。

這些可憐的東西當然無法同現在他們玩的電動、電子玩具相比的了，可我們當時覺得它們是世界上最好玩的東西了。

現在我當然不會再玩彈子、香煙牌子、紙田雞、橄欖核或者蟋蟀什麼的了。

但我也不會玩現代電子玩具，比如遊戲機以及裝在電腦上的遊戲軟體。

那麼要我玩，玩什麼呢？仔細想想，人生應是有東西可玩的，讓我一一考慮一下吧。

玩麻將牌、老虎機？這兒有些華人可以通宵達旦地打麻將，或者泡在Casino裡面，但我都不會。

玩高爾夫？這種進口的遊戲，現在在中國也很時興了；但對我來說太貴也太費時。

跳舞？湊合著還行，可是要女伴好，帶著我，比如我那前女友，才能跳出水準。要我帶女伴，只有請她穿勞保皮鞋保衛腳趾頭了，那種漏出血紅色腳趾甲的時髦的高跟鞋絕對不行。

玩汽車、玩音響、玩古董字畫金石（我爸玩過），得有錢。玩股票，又太冒險，我是有些所謂藍籌的，不過是作為長線投資防老，怕玩光了退休後生活無著。玩賭馬，墨爾本的汪雲飛先生勸我們小心，連在馬場幹過的他都這麼說，我就甭想了。

玩權術，連本地華人組織也玩不過人家－我原是昆州某強大而有影響的華人組織《昆華之聲》的創會者和五人執委之一，可是被我所介紹加入的一位老年朋友一玩，不知在什麼時候就什麼也不是了，他卻成了絕對的權力控制者和創始人了，有點像拿破崙推翻法蘭西第一共和國的五人執委自己掌權那樣，於是只好識相地退場。

再有就是玩女人了！可惜頭髮開始花白。當然在國內，頭髮花

白更好，只要有權，你看那些市長省長人大副委員長不都頭髮花白嗎（也有的焗了油，變得烏油漆黑賊亮的），總不缺年輕女郎，奶啊蜜啊小三什麼的團團圍著轉。

玩洋人那些東西更不行了。洋人的玩，一句話，是玩命：你看他們玩帆船，去年從雪梨到霍巴特，多少船葬身魚腹？玩飛機，連小甘迺迪，還有那個高爾夫世界冠軍，都跟林彪去了。玩氫汽球登天、大堡礁潛水、新南威爾斯州滑雪、玩從高崖跳下的滑翔（需要臂力很好），也總聽說有去無返的；玩沖浪滑水潛水是比較起碼的了，但體力和水性都要好才行。

同中國人的玩—玩物喪志，可以廢寢忘食地、數年如一日地把玩小小的一方圖章、一把扇面、一本冊頁、一方硯台不同，洋人玩起來是大規模的、是一不怕苦二不怕死的、是驚天動地慷慨壯烈的、是拼體力拼性命的，我當然沒這氣魄和條件。

怎麼辦？忽想起什麼時候讀到過雪梨「粗人」袁瑋的精闢之言：「玩就是自己高興」，看得出他已經受了很多澳洲洋人的影響，才能夠說出這樣的話，即英文說的：have fun，只要自己高興，管他什麼形式。

他這粗話其實同邱吉爾那句名言異曲同工：「人可分為兩類，第一類分清工作和玩樂，他們是大多數，他們視工作為維持生活的苦差，作為補償，他們得在週末玩樂；第二類把工作和玩樂合為一體，他們以工作為玩樂，每天都像假日，對他們，得想辦法把工作從頭腦中排除出去。」

不管怎樣，這說明各人有各人的玩樂方式，難求統一。

這一想，回到老的生活方式就有點心安理得了，工作和學習對我來說就是玩兒嘛。

只是，很少有女士會認同這一點，包括我那位曾經的女友，也許只能繼續過光棍的生活了。

寫於2000年12月

送禮

聖誕節，一年一度最大的送禮的季節終於過去了，謝天謝地。身兼一家之長、丈夫、外公、兒子、女婿數職，又有不少同事、鄰居和親友要打點、派對要參加，送禮真是好辛苦，大有心力交瘁之感。

現代的聖誕節早已商業化到了極點，好多孩子都誤以為那是聖誕老公公的生日，早忘了紀念的那誕生的聖者其實是救主耶穌基督，如果不去教堂的話。不管怎樣，現在連教會在慶祝聖誕時也會搞一個聖誕老公公背著大口袋來給孩子們分發禮物，所以聖誕成了送禮節早已名正言順了。

為難和發愁的是家長給孩子，丈夫給妻子或妻子給丈夫、給朋友、給同事、給父母、給孫子外孫…甚至給鄰居送些什麼，都讓人絞盡腦汁，哪怕在經濟風暴的今天，大家仍會咬著筆管，面對一張紙苦苦思索，寫下一張長長的購禮單，然後是瘋狂購物和用彩色紙包裝禮物，還要對小BB裝作禮物是從煙囪在半夜進入屋裡的聖誕老公公送的，只是我的小孫子曾問起挺著大肚子的胖老頭如何能從狹窄的煙囪下來又爬出去而衣服不被煙灰染黑，又如何在一夜間把禮物發遍全世界，大人們目瞪口呆沒人能夠回答。

不過相對而言，洋人間的送禮一般還是要簡單一些，同事朋友鄰居間，常常是以送巧克力或帶巧克力的糖果、威化、布丁、奶油餅乾或曲奇、水果蛋糕、火腿（leg ham）什麼的，還有瓶酒為最普遍。我還記得二十年前我第一次收到澳洲人送我的聖誕禮物。那時我在西餐館當職位最卑微的洗碗工，聖誕夜老闆娘到廚房來給每位忙得滿頭大汗的員工親吻他們油膩的面頰和派發禮物，大多是方方或長圓的

包：巧克力或酒加張聖誕卡，我打開我的方包，卻發現一本精裝本的美國諾貝爾文學獎得主斯坦培克的小說《憤怒的葡萄》，她真用心！但我不明白她怎麼會知道我喜歡文學。看來洋人老闆娘挺會隨便在閒聊中瞭解職工的喜好的。很少有洋人會像我在中國時我們過春節那樣，拎一包水果、一條香煙或一盒大松糕送親友的，或者端午節、中秋節拎一簍粽子、幾盒月餅，他們的大節復活節主要是送巧克力蛋或巧克力兔子。

給來訪的中國代表團或去中國訪問時給合作院校送什麼禮物往往是我的老闆頭痛的問題，於是來諮詢我，把頭痛和吃潘那多的任務移交給我。其實我離開中國已經多年，已不太清楚中國人在送禮上的新潮流了。老闆之所以小心翼翼，生怕觸犯中國文化的禁忌（taboo），最初是因為聽了老師們談起從中國留學生那裡一知半解地聽到的一些說法，在一門學習瞭解澳洲文化的課裡，老師談到禁忌這個問題，便問起學生中國人送禮有什麼禁忌，於是他們就聽說了生日不能送鐘、結婚不能送傘之類的令他們迷惑不解又惶恐不安的說法。原先學院的客戶關係部的禮品中是有漂亮的小電子鐘和錶還有遮陽傘的，於是都不敢送中國客人了。後來他們看到好些中國學員在培訓課上會拿出「果醬瓶」或小型保暖杯，裡面放上茶葉，邊聽課邊不斷地喝茶，就搞了一些不鏽鋼外殼的小保暖瓶作禮品送中國客人，後來覺得最安全的還是送些原著民的畫或工藝美術品。其實澳洲人頭腦很樸實，十多年前剛接待中國客人時是不懂得送禮的，後來看到來訪的中國代表團老是有送禮握手拍照的程式，於是不好意思也學會了還禮。

其實中國人對禮品的禁忌還不是詞的語音引起的？鐘同終同音，生日怎能給人送終呢？傘同散同音，結婚怎能叫人散夥呢（雖然中國的離婚率直追澳洲，散夥早已不稀奇了）？回想起前年聖誕節（在澳洲是暑假）前，我調往另一所學院工作，我辦公室的老闆組織了同事

們為我開歡送茶會，會上老闆送我一件禮物，竟是一頂大號的遮陽傘！他想得很周到，是想暑假裡我一定會去海濱度假，躺在沙灘上看書，遮陽傘這禮物對我再實用不過了，我心裡卻覺得它湊巧應了我們散夥的現實。

有人說中國人送禮／收禮時肚裡疙瘩多，愛聽吉利話，不愛聽倒楣話，確有些道理。於是引起了春節要送水果，特別是蘋果橘子和生梨，還有糕糰，因為它們同平安、吉利、高昇、團圓等同音，的習俗。這些也同數字8被認為會促使您發財有聯繫。

其實中國人在這個問題上老是一廂情願：這888的發音實際上更接近叭叭叭，即吃槍斃的聲音，您怎麼不往這裡想趕緊避免呢？2008年大家都說是個大發的年頭，鼠年之初大家都說將有「數（鼠）不盡」的這個那個好事，怎麼不想想「數不盡」也可能是數不盡的壞事呢？誰知道真的一路上都是中國和世界的數不盡的問題和災難，出現了70多年未遇的特大的世界性的經濟危機呢？

最近網上看到風水大師出來自圓其說了，說8字對有些年頭是吉，對另一些年頭是兇；那網上又有人站出來問他，咳，老兄，您怎麼老是事後諸葛亮，怎麼不在07年年底警告美國總統中國主席等，讓他們早作準備採取措施呢？

有一年我去河北出差時，聽有人說他們不喜歡8，因為它是副手銬，會送您進監獄，他們反而更喜歡大家都想避免的4（死），因為您按簡譜唱歌時它不是唱成「發「嗎？看來還是他們更有道理。

回到送禮，還有，親友生病住院，您給他送蘋果，希望他平安；但是在上海話裡，蘋果的發音同「病故」一模一樣，您不是咒他死嗎？那麼就像老外那樣送巧克力吧。也不行，因為巧克力又叫朱古力，聲音絕對象「做苦力」，您難道想讓我一輩子做苦力嗎，按的什麼心？那收禮的可能會這麼想。

所以在中國，送禮的禁忌還可能隨地方而變！

難怪老外對中國人的送禮禁忌迷惑惶恐，其實中國人自己何嘗不迷惑惶恐呢？本想表示好意，到頭來被人誤解，真是防不勝防。令人心力交瘁的聖誕節剛過，一想到中國牛年新年又快來到，心裡不寒而慄：給肚裡疙瘩多的同胞親友們送些什麼好呢？

寫於2008年12月

壞習慣

　　記得女兒在庫派魯（Cooparoo）中學念十一年級時，有位叫安德魯的同班男生，長得又高大又很帥氣，對她頗感興趣，常來我家找她。

　　女兒對他雖很友好，卻最多只在家門口同他談談，絕不會請他進門，或跟他外出拍拖。

　　十一年級後女兒跳級考進昆士蘭音樂學院。安德魯呢，十二年級畢業後沒能進入大學，而是當了汽車修理學徒。

　　他仍然時而來我家，但讀大學的女兒因為功課較忙，同他談話更少了。

　　安德魯很傷心，以為她看不起他。有一次他對我說：「像我這樣的青年應該是少有的好青年了。我什麼壞習慣也沒有，不抽煙、不吸毒、不嗜酒、不說粗口…」，言下之意，他是個誠實正派的青年，為什麼我女兒不喜歡他。

　　確實，在澳洲，像安德魯這樣的青年可算是個好青年了，特別是當代青年中吸煙、嗜酒、吸毒、搞同性戀（按我的宗教信仰，我不認同同性戀）的比例逐年增長，他能潔身自好，確不容易。

　　不過我也想，吸煙、嗜酒、吸毒當然是壞習慣，但壞習慣，特別是並無大害的，其實並不止這些。據我觀察，澳洲人壞習慣還真不少呢。

　　其一是安德魯提到的粗口、詛咒或罵人。很多中國留學生來澳後最早學會的一個粗口是f××k，大抵相當於我們的「媽的×」、「操你的娘」。這個粗口常可在層次較低的體力勞動者中聽到，不但男人，連婦女也說。

我在西餐館、小客棧、工廠打工時這種惡狠狠的fff…聲就充耳不絕。有一位叫蒂姆的朋友，善良、耐心、脾氣又好，但開車時，每遇塞車，他的嘴裡就fff的不斷。後來我去學院教書了，十幾年來基本上沒聽到過這個fff聲。

還有一個shit或bull shit，使用者就不限於體力勞動者了。

這是我從導師，語言學博士愛立克那兒學會的，雖然我極少用它。起先我很奇怪，因為小時候跟父親的英國朋友學英文，從這些老師那兒聽到，諸如shit、damn等是很粗俗的人才說的，絕不應出自有教養者之嘴。

當我向語言博士請教這個問題時，他不屑一顧，說這是陳腐的老學究之說，目前這些詞早就不認為是粗俗的了。

所以後來我在一些衣冠楚楚的知識分子的嘴裡也聽到這個咬牙切齒的shhh…聲時，就並不感到驚奇了。不過我覺得粗口發自勞動者之口仍被認為是粗口，一旦為專家、博士接受，就可摘帽，總未免有失公允。

另一個壞習慣是用食指或中指醮唾沫翻紙頭或書頁。這個動作不但教授、博士，連堂堂大律師也做。有一次我為一位大律師做傳譯，留意了一下，發現他平均每舔一次中指翻動兩三頁檔案，三個鐘頭中大約舔了百來次中指！記得「英明領袖」華國鋒主席上臺時向全國發表電視講話，在翻動講稿時，他居然用手指醮唾沫去翻講稿，令全國觀眾嘩然。他如果訪問過澳洲，就可以振振有辭地告訴中國人民，醮唾沫翻紙頭其實是發達的資本主義國家的標準動作。

更有甚者，澳洲人不管男女老少都愛在吃東西時吮或舔指頭。他們舔起指頭來神情很投入，旁若無人，專注認真到了可愛的程度，有時一個個指頭挨個兒舔過去，哆唻咪法梭，一個不漏。

他們舔指頭，不但在家裡、在野餐或燒烤時、在社交場合，甚至有時可以在電視烹調節目中看到。我們學院有時開茶話會，愛吃奶油

蛋糕的澳洲人，舔起指頭來更加起勁，抹著鮮紅指甲油的女士們竟會陶醉得全然忘了儀態！

我納悶。以前我看到中國的窮人們，吃東西吃完了有把碗、盆都舔得乾乾淨淨的。但這些澳洲人並不窮，桌上餐巾紙也隨手可以拿到，為何一定要為指頭上剩留的那一丁點兒的奶油之類，做此大煞風景的動作呢？

當然澳洲人的壞習慣還包括開快車、不常修剪指甲等，就不一一羅列了。看來壞習慣除了共同的，比如咬指甲，也有文化特殊性，因為中國人的有些壞習慣，卻在澳洲人那兒極少見到，比如掏鼻孔、用拇指和食指夾住鼻子大聲擤鼻涕、隨地吐痰、捧起碗來旁若無人地呼嚕呼嚕大聲地喝湯或粥，喔，還有剝腳皮！

有些中國男人，還有用手指拔鬍子的習慣。我以前有個同事，開大會時會專心致志地用兩個硬幣夾著拔下巴上的鬍子，還不時用左手摸摸下巴，檢查一下拔得乾淨不乾淨。

這些有文化特殊性的壞習慣的起因，大概要人類學家來研究了，我只能胡亂作些猜測，比如澳洲人舔指頭的習慣也許同他們嗜食黏糊糊的蛋糕有關。那時還沒發明餐巾紙，只能用舌頭把指頭舔乾淨；久而久之，習慣養成，又耳聞目濡地傳播開來，變成帶有民族性、文化性的習慣，即使餐巾紙發明也難改了。

澳洲人不用碗盛湯或粥，而是用帶很寬大的邊的淺淺的盆來盛，用羹匙一勺一勺地送到嘴裡喝，看上去樣子很優雅、很文明。因為盆邊太寬，無法將盆捧起來湊到嘴邊喝，否則一大半的湯和粥定會潑翻到身上。這樣的喝法，自然發不出呼嚕聲了。

又如澳洲人愛赤腳，讓腳部皮膚充分接觸空氣，因而比較健康，不會像千層酥餅那樣一層層地剝落下來，也就不必剝腳皮了。

還有，澳洲男子大多鬍子又密又粗，不像中國男子，大多只有稀稀拉拉的幾根老鼠鬍子，用手指或硬幣怎能對付得過來呢？

▎味道

　　上星期有次在一位老友家邊閒談邊吃閒食（或稱零食、小食），不知怎的說起了兒時愛吃的東西，說起怎麼現在好多東西都沒從前好吃了（我母親就常這麼抱怨）；又說起味道，都覺得味道也許是世界上最不講理或最難說清的東西之一了，有人說這味道真美，有人卻說這味道難吃死了，誰也說服不了誰。英語有諺說「這人的肉是那人的毒」（One man's meat is another man's poison），就有點這種哲理。

　　回家想想這說法確有道理。不是嗎？臭是最令人厭惡的，沒人喜歡家裡充滿臭氣，卻有人鍾意吃臭食。我的老岳母沒臭腐乳吃飯就難下嚥；先父祖籍寧波，雖是留洋博士，卻也嗜臭食，想來是他從小隨祖母學會的；家中有個臭滷甕，醃漬臭灰蛋（鴨蛋，其黃醃漬後變得灰黑）和寧波人叫海菜菇的老米莧莖，他覺得夏日胃口不好時，這些東西下稀飯最開胃，且清火消食，還說沈三白寫的《浮生六記》中的他的愛妻芸就最嗜此食，我卻掩鼻逃竄。

　　土洋結合的家父亦愛法國美食臭芝士，回國後吃不到臭芝士常感難受，只能在給我上法文課時大談他的fromage（法文，即cheese）。到澳洲後我吃過叫blue vein的臭芝士，不知亦是否他念念不忘的芝士之一種，只是覺得洋臭不同於國臭。

　　雖厭惡家父的臭食，油炸臭豆腐我小時候卻曾甚愛，不過來澳後再沒吃過這東西，回國時又發覺現在炸臭豆腐不如我小時的那麼好吃，不知何故，從此就再也不想念它了。還有種臭東西是榴槤，據說是果中之王，新加坡馬來西亞人都愛食，酒店卻不准鮮榴槤入內，說其臭會令整幢酒店遭殃，我在新加坡吃過凍的，並不太臭，覺得對我

的吸引力也只是一般。

　　我小時也同其他孩童一樣愛吃一種叫敲扁橄欖或大福果的蜜餞，可是先父卻愛在吟誦《黃庭堅詩話》時泡杯茶嚼幾個他叫青果的生橄欖。他曾賞我一個嚐嚐，我一口咬下去就趕緊皺眉頭，猜想那時的臉不用扮就必同鬼無異，只覺得滿口苦澀。先父卻叫我堅持嚼下去，說苦澀之後回味會有一種甘美，我則覺得何甘之有。在自己嚐遍人生苦澀後，我現在猜想，那時受盡人生苦澀的先父大約總在盼望永不來到的甘美，才會喜歡青果那苦盡甘來之味吧。澳人在派對上也常有意式做法的去核橄欖，那橄欖要比中國的橄欖小，但它那特有的鹹酸澀味當時令我敬而遠之，雖然我現在變得挺喜歡吃它。

　　至於苦，人都不愛吃苦，所以把艱苦的生活或勞動叫做「吃苦」，也用苦果表示惡果，卻有人愛苦食，比如苦瓜，還有咖啡和艾酒，說是苦食健胃。

　　再就是腥臊之味。洋人大都有較濃重的體味，有人覺得難忍受，有人覺得挺好聞，說有奶油味兒。但偏有人愛食帶腥臊味的東西。澳洲羊肉沒什麼膻味，有些不愛吃羊肉的人也能吃，但我卻聽有人說這兒的羊肉膻味太淡反而不好吃，還說羊肉就得羊腥味重才好吃。大多數人都喝牛奶，但我也碰到過一些中國女士不喝牛奶，說是受不了牛奶的腥味。我沒喝過西藏人敬客的酥油茶，但喝過的朋友說，這茶腥得不行。更奇怪的是有人嗜食臊味令人噁心的鴨屁股，我小學時的一位很漂亮的女老師就嗜鴨屁股如命，而且我聽家父說袁世凱也愛吃烤鴨的屁股，每天都吃，還說「大帥就愛這東西」，不知此話果真。

　　偏愛味道因人因地因文化而異的例子，大概每人都可舉出一籮。

　　同屬酸菜、泡菜，各地做的酸味就不一樣。有次我家買過一罐澳人的酸黃瓜，結果是不怕酸的我一個人吃完的，其他人嚐了一下就避得遠遠的了。

　　辣味也如此，湘鄂川滇黔人都愛辣，還有所謂「不怕辣」、「怕

不辣」、「辣不怕」之分，而且辣味都不同。想來東南亞各國還有墨西哥菜的辣味也都不一樣吧，只是我不吃辣，不懂為何這麼多人喜歡這種折磨喉舌的味道，更無從欣賞各種不同的辣味了。

十多年前我在布里斯本名牌學校文法學校（Brisbane Grammar School）教過中文，為了讓洋學生體會一下中國人的味覺，我去中國城買來一包話梅。大凡江南人都愛奶油話梅，姑娘尤甚，雖然所謂的奶油話梅並非用奶油做的；老實說中國城的話梅味道遠非頂級。那些洋學生在咬了一下後大都趕緊把它如毒藥般地吐掉，根本無法領會那種需慢慢品味的鹹酸甜澀混合的sophistication和subtlety，正如好多中國來的女士不懂如肥皂味般的芝士有啥好吃。

我個人的理論是無味或原味最好吃，比如一塊不加任何作料的優質烤牛排，是否有點道家思想我不知道。但洋人就是這樣做牛排和蔬菜的，保持它們的原味，作料顧客自己按口味喜愛加，點牛排時有各種不同的sauce可供選擇，還可以選擇將牛排烤得嫩些還是老些，反映洋人尊重個人選擇的文化。

我卻一般什麼也不加（因我待人接物亦愛以本色出現）。但這樣的牛排常令我們的中國來訪者皺眉不迭，他們寧愛吃先用作料泡透，然後用蘇打粉作嫩化處理後再炒的牛肉片，所以西菜難受他們的歡迎，蓋因他們覺得「沒有味道」。

寫於2002年6月

體味

　　天氣仍然很熱，汗流不止，所以今天忽然有點神經搭錯，竟想來談談體味這個話題了。

　　體味有什麼好談的呢？不登大雅之堂，您也許會說。對覺得自己有體味的人，也許還會感到談體味怪彆扭的，怎麼好意思把這個話題公開拿出來議論呢？

　　體味有什麼不好意思談的呢？體味人人都有，只是類型和強度略有不同而已，否則狗怎能找到主人？警犬更能幫偵探找到疑兇。比如我的前岳父，瘦高個，面孔長得有點像洋人（高鼻癟嘴），總工程師，風度翩翩，舞跳得非常好，嘴上常掛著英文，又重衣著打扮，到了退休後舞會上仍有好多年輕美貌的女子搶著同他跳，可是岳母常說他的衣領上有股強烈的硫磺味，我卻怎麼也不察覺。大概岳母跟他一起生活久了，而且經常近距離接觸，才這麼熟悉岳父的體味吧。

　　況且體味並非一個人的缺點或疾病，對才華、智力、技能、貢獻毫無影響，所以應該談談無妨。

　　這裡就反映出一個對體味的態度問題了，即對它亦有文化性。中國人一般不願公開承認自己有體味，認為是丟臉的事，那怕剛才講了，其實沒有人沒體味。

　　而且不少中國人鄙視有體味的人，把體味統稱「體臭」，甚至用「狐臭」這樣不雅觀的惡詞眼，叫體味稍重的人無地自容。

　　您去中國瞧瞧，滿街都有專治狐臭的招貼，報上、藥房門口也常見到一次性根除的廣告。我很少見到狐狸，更沒專門去聞過牠的氣味，不知道這樣形容一些人的體味是否精確，但這種詞眼對人的傷

害、污辱是肯定的。英文中表示體味的odor、smell、scent等詞就顯得中性得多。

有些民族並不這樣厭惡體味，特別是較缺水的、洗澡不太方便的新疆、西藏、青海那裡的一些少數民族，大都有較重的體味，所以就習以為常，相安無事。有些人的身上除了體味，還有油膩味，因為那些人吃完飯，沒有擦手紙或洗手處，就把油油的手往身上大褂的前門襟上擦，久而久之就將它擦得油光亮亮的。我曾聽人說，大褂上油膩越光亮的人就越有錢（當然啦，因為肉吃得多），所以油膩氣實在還代表尊貴的身分呢。

那怕雲南、貴州、廣西、海南一帶那些長得秀麗動人的少數民族姑娘們，好多身上的體味也大大重過漢人。這些地方我在1980年代中期都去過，對他們進行教師培訓，有近距離的接觸，真的發現有些穿著光鮮的民族服裝的美麗少女體味挺重，但她們並無所謂，絲毫不事修飾。當然現在不知怎樣了。

太平洋群島和非洲的某些部落還以體味為自豪，顯示自己體魄強健，有的男子漢還用某些香料來強化他們的體味，很能吸引異性。我去過太平洋群島的一些國家，情況確實如此。

到了澳洲，華人大多都發現洋人，不管男女，體味多比咱們重。二十一年前我來澳後不久結識了一位年長的澳洲女士，她跟我學中文。她家境不錯，請我在她家的莊園上渡過假，心腸又善良，常開著車帶我去好多地方轉。可是起先坐在她那開著空調關著窗的車裡，她身上散發出的體味令我窒息，可是我想著她熱心幫助中國學生的好處，慢慢就不覺得這體味怎麼令我厭惡了。

但是，洋人儘管體味普遍重過華人，也沒在澳洲的街上或購物中心看到有根治狐臭一類的招貼或廣告。

如果您有機會在街上或購物中心碰到一些近年來到澳洲的非洲難民們，還有近年忽然滿街都是的印度學生，您也許也會發現他們的體

味較重，有些還挺怪挺刺鼻，比如有的像噴蒼蠅的殺蟲劑、有的有點像樟腦丸或衛生球。倒是身體裹在大黑袍裡的中東婦女，大概有長袍的遮掩，似乎並不顯得有體味。

事實上中東雖然缺水，大約洗澡不太方便，有些地方的人一生恐怕只洗幾次澡，但中東人自古都很注重改善體味，他們早就知道用香油、香膏和各種香精膏抹身體，而這些東西都是很貴重的，在聖經中也常有提及。

特別注重用香精掩蓋體味的大約要演算法國人了，這大概是為何法國人很早就會製造高級香水了，令法國的古龍水（eau de cologne）聞名世界。如果法國人體味不重，也許對世界化妝品業就沒有這麼大的貢獻了。

澳洲洋人不諱稱自己的體味屬於羊肉加奶製品型，這大約同他們的飲食有關。這使我想起其實體味應該同飲食有些聯繫，比如喝奶的BB常被稱做乳臭未脫；又如您今天食了大量洋蔥韭菜蒜頭之類的食物，您的汗液和排泄物難免帶有此類氣味。東南亞人的體味屬於大蒜型，因為他們的食物中大蒜用得多。中國饑荒年頭，我和兄弟們正處在生長發育的年齡，個個瘦如豆芽，父親常心酸地說我們面有菜色、身上有青草氣，按他說是飯食無油無肉營養缺乏之故。

儘管我們不應歧視體味稍重的人士，在今天的文明社會和社交中，還是對此稍加掩飾為佳。比如澳洲有人說有些移民不注意融入主流社會，理由居然是他們出門到公共場所，比如乘坐公共汽車前，沒有在身上噴灑除體味劑（deodorant），所以體味較重。儘管澳洲人體味也較重，但他們大多從小就注意早上洗澡後出門前噴灑除體味劑，他們又習慣於將辦公室的空調調得較低（低到令好多中國學生或中國來的培訓者叫冷），所以我從來沒有在辦公室裡發現洋人同事身上發出任何體味，這就反映出教養水準。

我發現澳洲男女同事大多在工作場所不用香水而用除體味劑或除

汗味劑（antiperspirant），而有些歐美如義大利背景的同事，包括男士，較愛用香水，相比之下澳洲男士女士們只是在夜間的社交活動中才噴灑香水。

寫於2009年12月

皮

　　單身漢的生活很簡單。下班去超市，買隻烤雞，才五元錢，晚餐和明天的午餐就都有了（整隻的烤雞是GST free的）。

　　在吃烤雞的時候，我現在會不加思索，就把雞皮撕下丟掉。可以前我卻不是這樣的：幾年前，我在撕雞皮時還會思想鬥爭一下要不要丟掉，最後常是捨不得全丟，結果是丟一部分，吃一部分；再多幾年前，我根本不會把皮撕掉，亦會不加思想鬥爭就把烤雞連肉帶皮地吃掉；更久以前，吃烤雞時我甚至更偏愛吃皮，因為覺得皮比肉更好吃，吃北京烤鴨更是如此！

　　不但是烤雞的皮我不愛吃了，就是中菜中美味的脆皮雞，那香鬆脆的雞皮也不再能引誘我了，甚至烤鴨的皮、烤小豬的皮……所有的皮對我不但都失去了吸引力，而且令血壓漸漸升高的我恐懼：那使我增重的油膩的脂肪，以及脂肪中隱藏的殺手膽固醇！

　　不但是皮，而且是中國人所謂的「黑肉」或者「活肉」--那大多數中國人所鍾愛的雞翼、雞腿、雞爪也不能引起我太大的好感，因為，比如雞爪，其可食部分，就全部是由皮組成的。從前全家在一起吃雞時，大家都會挑黑肉吃，雞白肉，亦即胸脯肉，是不太有市場的。但是我現在居然會偏愛雞白肉！

　　中國人吃東西講究口感滑爽，所以不太愛吃木頭似的雞胸肉。剛到澳洲時我看到雞翼--中國人的美味，才賣兩元錢一公斤（十二年過去了，現在有時仍能買到兩元錢一公斤的雞翼），真是欣喜若狂！老澳真笨，他們愛吃木頭似的胸白肉，所以其價格賣到雞翼的四、五倍，而雞爪，便宜到幾乎白送！現在已經不是這樣了，因為老澳發現

了一個祕密：這是華人的美味！

　　那時在西餐館打工，看到老澳點雞胸肉（放在烤架grill上烤），大廚一定會把皮撕去，我真為他們感到可惜。有一次我對西崽領班雷斯李說，雞皮是很好吃的東西，怎麼把它丟掉？他瞪大眼睛朝我看，以為我是癡人說夢：這東西怎能吃？它是rubbish，膽固醇！

　　Rubbish？我回憶起中國的那個我年輕時的年代，吃雞可不是容易的事。有時母親上菜場，如果運氣好，買到一些不憑票又便宜的雞皮，晚餐桌上有一碗紅燒雞皮，對我們四個餓狼似的兄弟來說，可是件開心事。所以，我從小就對雞皮充滿好感。現在我忽然明白，為甚麼那時菜場上有時會有雞皮賣，原來雞肉去換外匯，出口給老外吃了。

　　不但雞皮，我們而且對豬皮、羊皮也充滿好感。雖然卓別林演過拿著刀叉對付大餐盆中的一隻老開皮鞋的喜劇，牛皮是不大會上中國人的餐桌的，除非是那時工宣隊要大家體會紅軍翻雪山過草地時吃皮帶的味道。但豬皮、羊皮卻絕對是美食。

　　上海人愛吃豬腳爪、蹄胖或叫蹄膀、肘子即豬腳爪上面的那一段。那蹄胖皮在很多人家的餐桌上也許是大家爭奪的好東西，至少從前在我家就是，這只要看看菜場上剝皮蹄胖和帶皮蹄胖哪個受歡迎就能知道--老吃客會這樣說：蹄胖嘛，就是吃張皮！沒皮還有什麼吃頭？

　　還有那吊在窗外風口裡吹乾的豬皮，吹乾後油汆，汆得很鬆脆，然後水發，發得像泡沫塑料，放在諸如三鮮砂鍋裡，也是美食。帶皮出售的羊肉在冬天特別受人喜愛，買來燉爛，做成羊膏，也是佳餚。甚至還有那蠢驢的皮--驢皮膏是冬令大補品！

　　中國人對動物的皮真是情有獨鐘，幾百年的精心研究，搞出了一整套把皮這個rubbish做成美食的技術。

　　中國人對皮的重視還延伸到了自己的皮，特別是自己面部的那層

皮，即臉皮、面皮、臉面或面子。在社會生活中，我們對臉皮的顧慮超過對實效的考慮，臉皮的厚、老、薄、嫩，面子的好看、難看，還有是否怕丟臉皮等，時時都會影響辦事的效果，甚至發財、破產、出風頭、坐監獄，也可能同它們有關。

比如在上海交通那麼塞車的地方，我不懂為何好多人仍然要買私家車，其實坐公車、地鐵或計程車又快又省錢。問了一下那些要節省好多年才能買得起車的工薪階層為何要買車，都說大家都有車我沒車，多沒面子！

臉部的這張皮對我們的生活實在是太重要了！

大概是中國人信仰吃啥補啥吧，比如肝不好的吃豬肝、念書不聰明的吃豬腦、走不動路的吃蹄筋⋯才使我們那麼嗜吃動物的皮吧，因為我們實在太需要大大地補一下我們的臉皮了。

如果真是這樣，就可以理解在澳洲「主流文化」中生活了多年的我，為什麼不再愛吃皮了，因為對臉皮的這種種顧慮，恐怕也會被老澳認為是rubbish不屑一顧。他們大多我行我素，怎麼想就怎麼做、怎麼說，直來直往，不像我們那麼多地考慮臉皮，雖然不一定是不要臉。

所以我回上海時也會穿得隨隨便便，不像我碰到的上海從前的老同事們，渾身上下都是名牌，哪怕有些是水貨。其實我在澳洲的工資要比他們大十幾倍，而澳洲的名牌，又要比上海至少便宜一倍呢（這是來澳洲培訓的中國培訓團的團員們告訴我的，因為我帶他們去黃金海岸遊覽時，總要安排時間讓他們到精品店購物，而他們男男女女都是大包小包滿載而歸的。問他們為什麼偏要不嫌麻煩到國外買，回答是：一是價錢便宜、二是不會買到假貨！），儘管他們也許會瞪著眼睛看我，心裡想怎麼澳洲人這麼像鄉下人！

但願上面我所說的都是一派胡言亂語。

寫於2000年2月

對vegemite的感情

　　元月9日看新聞，看到有篇報導的標題為代總理吉拉爾德女士為澳洲食品vegemite辯護。

　　代總理日理萬機，為何要為這種微不足道的澳洲人的大眾化食品辯護呢？於是就興趣勃勃地閱讀起來。

　　原來有關方面正在考慮給某些食品增稅，使其價格上升從而期望其銷售量會下降，原因是這些食品或高油、或高糖、或高鹽，對健康不利，面臨澳洲肥胖症、高血壓、糖尿病等疾病的患病率上升，造成政府醫療負擔沉重，這是從改變澳洲人的食譜和飲食結構著手的一個措施。Vegemite因其較鹹也上了黑名單。

　　這樣看來代總理應當支持才是，為何要為它辯護呢？

　　吉拉爾德女士說，這是因為vegemite這種澳洲才有的大眾食品已經成了澳洲人的形象、澳洲的象徵、品牌或標識，對澳洲至關重要。言下之意，打擊它就是打擊我們自己。看來代總理對vegemite充滿感情。我猜想，她對打擊象徵美國文化的、造成我們的兒童肥胖率上升的那些高脂、高糖、高鹽的美式食品和飲料一定是不會手軟的。

　　我回憶起十三、四年前，1995年我成為澳洲公民的那一天，單位特地為我開了個盛大的慶祝會，會上給我贈送了禮物，其中有一籃子象徵澳洲文化和認同（identity）的食品，其所含的希望是我能融入澳洲主流文化，其中好多我現在已經忘記了，但那罐vegemite是始終忘不了的，而且十多年我經常也在吃vegemite，沒有辜負那些好心腸的同事們的期望。

　　這是一種塗在我早餐必吃的烤麵包（toast）上的塗料，同黃油、

麥琪琳、橘醬、草莓醬、各種果醬還有花生醬之類經常一起出現在我的食櫃，只是我早已不吃黃油和麥琪琳而改用花生醬了，由於這些塗料是輪流吃的，以便營養能夠全面，所以vegemite只是幾天才吃一次，而且因它確實偏鹹，所以我也只是薄薄地塗一點而已。

既然吃得不多，為何不同黃油、麥琪琳一樣把它澈底取消呢？原因是我常記住近二十年前在City某英語學院教英語時的那位蘇格蘭老太瑪格麗特的教導。那是教務處的一位老職員，當時就有近七十歲了，身體卻很棒，瘦高個，十分挺拔精悍，從不生病，那怕是感冒季節很多同事請病假。我對她的健康祕密十分好奇，經過仔細觀察，終於被我破獲：她在上午茶時所喝的那杯褐色的液體並非紅茶，而是vegemite。

對於vegemite，我很早就知道了，因為我在洋人的小旅館和西餐廳打過工，也曾在農場、在幾位洋人同學、朋友的家裡住過或渡過假，早就嚐過這種鹹鹹的並不好吃的麵包塗料，不過用它泡茶喝我倒是第一次看到：我看到她從自己書桌的抽屜裡拿出一罐vegemite，用茶匙掏一小題放在茶杯裡，然後從熱水器放滿一杯熱水，用茶匙將vegemite調溶，就如喝茶那樣慢慢喝完。她看到我滿臉驚奇的樣子，笑著說：「人家是One apple a day，keep the doctors away，我卻是One cup of vegemite a day，keep the doctors away。」

我知道vegemite是蔬菜做的，含有大量酵素和B族維生素、葉酸，所以能助消化。曾有一次我連續三天胃腸不舒服，腹脹、打呃又有嘔吐感，不思飯食，想來是消化不良所致，沒時間看醫生，忽然想起瑪格麗特和vegemite，接著三天用它塗麵包和泡茶喝，什麼藥也沒吃，胃腸都恢復了。我對vegemite的感情由此而來。後來又看到有文章說酵素對人健康的重要性（已經在蘇格蘭老太那裡得到證實），就更不願意扔開vegemite了。

因而想到老澳青少年都很壯實，想來是吃vegemite長大之故。對

身體壯實的青少年，上海人通常會說他是吃發酵粉長大的，這也說明酵素對年輕人發育確有作用。肚子不好、胃口不開的，吃點食母生就會好，因為它也含酵素。

　　最近聽女兒說她兒子最近胃口好了也長壯實了，因為用vegemite塗麵包。他原來不愛吃東西，胃口不好，所以長得比同齡孩子瘦小。以此看來，vegemite同其他高脂、高糖、高鹽等垃圾食品確有不同，因為它對身體有好處，而且它只是塗麵包，絕不可能同垃圾食品那樣吃一大堆。看來，吉拉爾德代總理不光是憑感情說話，還有健康方面的道理呢。

　　Vegemite是個英文辭，卻在我所有的英漢辭典、英國和美國的英文辭典中找不到，想來只是澳洲英文吧，這食品也只是鄉巴佬澳洲人發明的老土食品，可能最初是澳洲農民伯伯想找到一種辦法儲藏易爛的蔬菜而發展出來的吧；就像中國人的鹹菜、泡菜、榨菜、醬菜、酸菜之類，用鹽、辣、醋醃製，能保存較長，所以較鹹。中國人早餐以稀飯、粥為主，所以上述醃製的蔬菜呈塊狀、條狀，咬一口就能唏哩嘩啦地喝下半碗稀飯。澳洲鄉巴佬的早餐以烤麵包toast為主，所以他們的鹹菜就製成了糊狀，便於塗麵包，應該也是文化使然吧。

支持UNDERDOG

　　昨天，我們學院請了IBM公司的伊蘭女士來洽談共同開發高科教育產品的事。洽談結束後，我打電話叫的士送她回去。我想打黃色的士公司（Yellow Cab），因為它是布市最大的公司。但伊蘭卻叫我打最小的的士公司--布里斯本的士公司（Brisbane Cab）。我說：「黃色的士公司出車快，等候時間短。」她說「沒關係，差不了幾分鐘。支持underdog是我的原則。」

　　Underdog這個詞，《牛津詞典》解釋為「即將鬥輸的狗」，轉喻處於下風、劣勢、不利地位的人或一方，社會中的弱者、受害者、受壓制者或地位低下者。

　　伊蘭解釋說，「如果大家都不支持underdog，那麼它很快就會被大公司吃掉。一旦沒有了競爭，我們最終只能接受大公司的胡作非為。你看這些大銀行，現在就是這樣。所以我哪怕在價格和服務上吃點小虧，也要支持underdog，否則我們現在佔小便宜，將來都會吃大虧。」

　　我忽然想起，霍華德總理從前也用過underdog為理由，來為他對漢森（Pauline Hansen）採取曖昧態度辯解。他認為，以堂堂一國總理去批判一個初進國會的政治上無知的女流之輩，必使她在群眾心目中成為underdog，從而增加老百姓對她的支持。

　　霍華德當然是強詞奪理，因為佔澳洲總人口僅4%的亞裔，應該比當時有10%以上支持率的漢森更是underdog，如果霍華德確實奉行支持underdog的原則，他應該站出來支持亞裔指責漢森才對。雖然如此，這個例子也在某種程度上說明澳洲人支持underdog的文化。

其實他心中很明白，他本人在1996年大選中就是用爭做underdog的策略而坐上總理寶座的。他當時的大選策略之一，就是把自己裝得可憐巴巴，把基廷描繪成狂傲自大者來加以攻擊，高喊「工黨執政十三年太久」。若不是這招成功，他恐怕早就加入退休者俱樂部打保齡球去了。

　　這也是為什麼各州大選、聯邦大選，幾乎所有處於劣勢的黨，甚至不處於劣勢的黨都要高喊自己是underdog，呼籲選民支持，否則就會落得維州肯尼特州長這樣的下場。

　　我覺得，澳洲人支持underdog的文化確有其好的一面。記得以前在參加反種族歧視遊行時，我的一位華人朋友，見到那麼多白人同胞放棄週末休息，也踴躍來參加遊行，感到很不理解，問走在我們身邊的一位同太太一起推著嬰兒車遊行的白人先生，為什麼也來參加我們少數民族組織的遊行。白人先生笑著說，因為你們是underdog，我有義務支持你們。

　　從這點來說，我對支持underdog的文化比中國文化提倡痛打落水狗更喜愛。Underdog有點像中國人所說的落水狗。中國文化是提倡痛打落水狗的，所以中國人對落水狗大多毫無同情憐憫之心。權力角逐中失勢的一方總被稱為落水狗或甚至「寇」，毛老先生更大力宣揚「宜將剩勇追窮寇」。相反，得勢的一方總有無數人拍馬奉承、趨炎附勢、錦上添花。

　　這種文化造成的不是勢利鬼就是膽小怕事明哲保身的人生哲學。路見不平拔刀相助的俠義心腸只能到武俠小說中去尋找，造成武俠小說永盛不衰。

　　這種文化薰陶出來的民族性在反右、文化革命等歷次政治運動中被進一步提昇達到登峰造極的地步。對那些含冤叫屈的倒楣蛋，總有一窩蜂的人爭先恐後地擁上去再踩上一隻腳，叫他永世不得翻身，絕少有勇氣站出來說句公道話的人。連「人民的好總理」對一些「老

同志」也只敢暗中相助,哪有膽量公開站出來抵制毛老先生,保護underdog?即使這樣,還叫受害者感激涕零呢。

這種敗者為寇,必須加以殊滅的文化,澈底剝奪了反對派的生存權,因為反對派總是政權角逐的敗者。它也造成了世代獨裁或權力壟斷者。但反對派總是代表一部分人的利益並能抗衡、制約和監視當權派,使之不能胡作非為的。反對派既無法生存,當權派就會胡作非為,腐敗也必會泛濫無疑。以此看來,迫害underdog的文化終將造成自身的腐朽,到頭來對任何人都沒有好處。

移居澳洲的華人亦應瞭解澳洲文化中支持underdog的一面,對自己的行為有所檢點。我不反對有錢的新移民買大屋、坐名車。但以此作為財富的炫耀,或傲視別人,則是在這兒招致被人卑夷的大忌。有些財大氣粗的華人富商,孩子剛進大學,父母就讓他們開了名車去上課,比教授的車還要不知貴上多少,殊不知我認識的好些澳洲青年,讀到博士學位,也只坐破舊的二手車,因為這是他們從自己的獎學金中省出錢來買的,而非從父母那兒不費氣力得來的。

記得我在布里斯本頭牌名校布里斯本文法學校(Brisbane Grammar School)執教時,好多父母富有的白人學生,週末都自己打工掙零花錢,有一位叫馬修的高材生,更通過去中餐館打工來提高自己的中文能力。

讓我們保持低調,學做underdog,也學會支持弱者,支持、同情和尊敬underdog。因為保持低調能受人支持;而同情和支持underdog,到頭來也會保護自己的利益。

寫於1998年2月

▊ 握手

　　近年每年都去中國訪問，都同不少較高層次人士接觸，也在布里斯本接待過不少層次不低的中國代表團來訪，包括什麼正副廳局級幹部、正副市長、高等院校正副校長之類的領導，其中有不少女性。

　　在現代，接見人或被人接見，世界通用的最初和最基本的禮儀之一是握手，即最低限度的肉體接觸。我們現在總不能像從前中國人那樣兩人見面離開幾公尺彼此打恭作揖或者女性向男性道萬福，雖然點頭哈腰鞠躬之類有時還用，也不能像毛利人那樣吐舌頭碰鼻子，這第一道關握手是繞不過的。

　　可以說，握手已經成了世界通用的肢體語言，它的含義已經不需翻譯的了。

　　可是現在我有點怕同中國女性，特別是有些身分的女性握手，原因是她們冰涼的握手方式。前幾個月中會見了一些商務團中的女老總，還有什麼市的女市長，什麼院校的女副校長，都這樣。

　　同女性握手我在澳洲每星期都有，去開會碰到女士們都握手，有時碰到多時不見的熟悉女士，還同她們擁抱親吻呢，我這二十多年在澳洲生活練就的同澳洲女性的擁抱親吻的動作絕對標準、純熟、自然、妥切、到位。

　　澳洲的女士們，包括女校長、女部長、女議員甚至女州長（如昆州州長），都會熱情地伸出手來同我握，她們的手同我的手相握，我感到溫暖柔和，充滿女性的手感。所以我也是以這樣期望同中國女性握手的。

　　不料，我的感覺同我的預期大不相同！中國女性的手握上去竟是

冰涼的，有點像帕伐洛蒂演唱歌劇《藝術家的生涯》中的魯道爾夫的詠嘆調《妳這冰冷的小手》那樣。

她們伸出的手一律是四指直挺挺的併攏，毫不彎曲，連著手掌像一塊鐵板，這鐵板能不涼嗎？手指直挺挺的伸直當然散熱面大，這手溫還能保留嗎？這僵硬的手能有柔軟感嗎？這毫無表情的伸手法，不會讓人產生冷峻或傲慢感嗎？配著她們臉部也是似笑非笑的自以為是莊重感，或者是一種嚴峻或矜持的淺笑，是從臉部的皮膚笑出來而非從眼睛深處笑出來的。這模樣叫您看了能熱情地去握她們的手嗎？您的手也只能稍稍同那直挺僵硬如鐵板一樣的手碰一下，都不敢去握它一下，所以握手實際上成了碰手、貼手。

我如果稍不小心將她們的手握得重了些或者緊了些或者長了些，就會有一種負罪感，好像做了什麼不正派的事，但因為我的習慣，難免可能會將中國女士的手握得不得法些。這就是為什麼我在握她們的手時心裡會挺緊張。您如果認為我這形容是誇張，不妨自己親身去體驗一下。

由於迷惑，我開始在看電視國際新聞時特意留心西方婦女的握手，包括美國最高貴的女性佩蘿曦議長和國務卿克林頓夫人，還有德國最高領導梅克爾總理等的握手方式。我發現它同我們的女校長、女部長、女議員、女州長以及女同事沒有不同，她們出訪世界各國，包括中東回教國，都這樣握手。然後我又注意體會來自新加坡、馬來西亞等國來的女訪問者同我握手的方式，也沒有兩樣。

所以我得出結論，中國女性鐵板式的握手是她們近年來發明的中國特色而非國際通用方式。

在一次聚會上我有機會體會了同在這裡居住較久的華人女士，包括中國女留學生，以及在這裡居住還不很久的華人女士握手的感覺，發現她們的手同我的手相握的緊密的程度，同在這裡生活的時間大致成正比。我很興奮地將此自稱為「洪氏定理」。我又可推出逆定理亦

可能成立，即如果澳洲女性去中國生活一段時間，則她們同您握手時的緊握程度和在中國生活的時間成反比。

　　我想，從前歐洲貴族女性是戴著漂亮的長統手套同人握手的，雖然不是握得很緊，也非鐵板式的，或者讓男士半屈膝地輕輕地抓起她們的手親吻一下手背。中國有些身分的女性怕男性握手太重太貼肉的話，何不也用手套防護隔離？

　　另外，在有握手這種見面的禮儀之前，男性是親吻女貴族甚至女王、王后伸出的手的，中國現代女性要在男性前面顯示高貴莊重和身分，何不復古到吻手的時代？不過從西方古裝片看，女貴族伸出的手是柔軟的，手指是自然彎曲的，也不是鐵板一塊的。

　　最近有位層次挺高的男同事訪華回來，同大家分享他的訪華經歷。

　　在中國期間他參加過幾次慶典，慶典上人們都向他敬酒，而且敬的是中國高度數的白酒，也叫燒酒，因為這度數的酒用火柴一點會燒起來，叫他吃不消。我知道熱情的澳洲人能喝啤酒，特別是喝凍啤酒比中國人有能耐得多，可是喝硬貨不經中國人一擊。他所驚奇地告訴我的是居然也不經那些起初次見面時看上去冷峻或文氣的女士的一擊：等她們同他搞熟後，會一個勁地「為了友誼」而向他敬酒乾杯，而且她們煙酒都來，他說中國宴會上幾乎人人抽煙，女的也有抽煙的！

　　這就是說，一旦您通過了中國女士表面冷冰而莊重的握手關之後，下面得留心的是有可能同她們進行拚燒酒香煙的近身熱戰。

　　這就是為甚麼作為國際項目高級經理，我對派往中國任教的老師總會事先作一些文化差異的講座，以免他們做出無心卻不妥當的事，現在我想是否亦應建議包括上述這些內容？

寫於2010年6月

多元文化社會和我們的形象

　　《大洋報》4月15日《八味文苑》中王曉雨先生大作《我們怎樣對保琳韓珊說「不」？》是篇值得一讀並引起我們思考的文章。作者在文中所舉的某些例子，其實反映了我們華人，或再擴大一些，澳洲亞裔在這個多元文化社會的日常生活中的一個重要問題，即如何在澳洲社區建立我們良好形象的問題，尤其是在一族黨（One Nation）的影響暫時有所消退的時候。

　　我曾在某華文報上看到一篇評論很多華人過週末或打發暇餘時間的方式文章。作者在文中舉到這樣一個例子：某星期六，某市居民決定舉行一次大規模的抗議請願活動，抗議州政府對該市公立醫院撥款嚴重缺乏，致使排隊候診時間越來越長，要求政府在今年的預算中增加醫療經費。

　　這本是一個有益於全社區的活動。活動在某公園舉行。由於組織者事先廣泛告示該市居民，所以參加者踴躍，聲勢很浩大。可是當該文作者同他的洋人朋友去該公園參加活動時，他卻尷尬地發現，群眾中黑髮黃膚者屈指可數。那位洋人朋友問他，「你的同胞們在週末都躲到去哪兒了？」他難以回答。洋人朋友又說：「他們大概都躲在家裡打麻將吧？」他說，每到週末，他的華人鄰居家都要開兩三桌麻將，日以繼夜地幹，發出的劈啪聲幾可把屋頂掀翻！

　　幾星期前，ABC電視新聞報導過這樣一條消息：布里斯本附近的一個富產對蝦的海面上，經常聚集著很多業餘捕魚蝦者的小船，成箱成桶地窮捕濫撈這兒的對蝦，捕撈者大多為亞裔人。不少中餐館樂意購買這些對蝦，因其價格低於市場。但附近居民卻擔憂，這樣下

去，附近海域的魚蝦資源可能枯竭，所以呼籲政府趕快製訂對業餘漁民限量捕撈的法規。

我不禁想到若干年前讀到的一篇描述中國沿海數以萬計漁船競撈鰻苗的報告文學，這種毀滅自然的競撈很快就造成了鰻魚資源的枯竭。我還聯想到國際輿論和澳洲西人對日本漁船在公海，不顧生態平衡以科研的名義瘋狂捕捉鯨魚，以及對華人殘酷捕捉鯊魚，割取其「魚翅」（鰭），然後扔入海中任其死亡的強烈譴責，但日本人和中國人卻不以為然，照樣大啖這些「美食」（其實營養學家已經說了，魚翅並無特殊的營養），令人氣憤。

布里斯本河出產肥大鮮美的泥蟹（mud crab），業餘捕蟹者常能有很好的收穫。據悉母蟹是受保護的，捉到應該放生，否則若被發現會被處以一千澳元的罰款。但我就知道，華人捕蟹者中有不自覺遵守這一規定的。更令我吃驚的是，我曾在雪梨和墨爾本的亞裔街市看到母蟹被公開出售，價格當然高過公蟹。

布市沿海某些淺灘還可摸到個大肉嫩的毛蚶。這些地方樹有市府保護性告示，規定每人每次所捉不能超過五十個。但華人和越南人常對這些告示視而不見，不自覺遵守規定，造成附近居民舉報，被抓獲送上治安法庭，丟盡亞裔臉面。不久前我的一位朋友就曾到我家來，求我替他用英文寫一份檢討和保證書，因為他被市府的檢查員抓獲，罰款之外更要起訴他犯了破壞環保罪，當時他的塑膠袋裡裝有二百五十多個毛蚶！

這使我想起中國人食用保護動物的嗜好，比如廣西每年要吃掉數以萬計的穿山甲。去中國訪問時聽說，越是保護的動物，人們越是不惜高價也要搞來吃，而且政府官員往往帶頭，真是徒有法規！

如果我們中的某些人士的這些不注意保護自己社區形象的情況再繼續發展下去，可能連我自己也會支持政府限制亞洲移民的做法。我們亞裔移民是否真的要在澳洲社會造成貪婪、愚昧、不顧生態環保、

自私而不關心公益活動的印象呢？

　　也許亞裔中有不少人來自貧窮落後而人口眾多的國家。但在澳洲這個食品充沛而價廉的國家，釣漁捕蟹本是一種有益身心的業餘娛樂運動，我們是否一定要因其中所包含的一些蠅頭小利，而財迷心竅到不顧自己的形象呢？

　　我建議讀者諸君多多思索這個問題。

寫於1999年5月

談STEREOTYPING（一概而論）

　　最近，《澳洲僑報》上有位作者在文章中談到海南人如何如何，引起另一位作者的不滿，撰文強烈回應。

　　這其實是個STEREOTYPING的問題。

　　STEREOTYPE這個英文詞原是印刷詞彙，意為「鉛版」，轉義為「老套、框框、定型」，或「一般化、一概而論、典型化、用一成不變的眼光看待某群落的人」。

　　因中文解釋較長，我覺得還是用stereotyping這個詞比較方便。

　　對某群落的人的定型化、一般化或一概而論的看法在我們日常生活中其實極其普遍，不足為怪，不必咬文嚼字地捉其板頭、揪其小辮子。因為不但每個人都可能受過別人這樣的評論，也可能這樣評論過別人。

　　比如，我是上海人，我就經常聽到別的地方的人這樣評論上海人：上海人精明，愛搞小聰明。或更細一點，上海男人很會做家務，上海女人很會管男人（在我的個案上偏偏不靈）。

　　上海人也會對某地方的人一概而論，比如說寧波人既節省又會做生意、湖北人比較蠻橫，有「天上九頭鳥，地下湖北佬」之稱。還有上海話中有「潮州門檻」這樣的詞來表示某人「門檻精」（會算計），是從對潮州人看法的一般化而來。

　　上海人從前看不起蘇北人，儘管在上海的蘇北人有一百多萬。這種定型化來自蘇北人過去一般從事「檔次低」的行業：男的幹理髮、澡堂擦背、拉黃包車、蹬三輪、碼頭搬運，女的給人幫傭。他們聚居在上海外圍較貧窮的棚戶區。我有個親戚，女兒交了個祖籍揚州的男

朋友，儘管他生在上海，父親又是幹上檔次的銀行業的，屬於高級職員，那親戚還是很生氣，不准女兒同他發展戀愛，我做工作也沒用。現在咱總書記是揚州人，大概揚州人在上海人眼裡的形象已大大提昇了吧。

中國人到澳洲後，也對老澳產生了stereotyping的評論，比如澳洲人懶惰、工作效率低、一天到晚愛在沙灘躺著……或者澳洲人很友好，等等。

Stereotyping不止用來評論一個國家、一國民族、一個地方的人，而且被用來評論某個性別、某年齡層次、某教育層次、某社會階層或某種職業的人。比如「女人善變」，「老處女脾氣怪」，「老太婆花錢手緊」、「教育層次低的人素質差」；又比如用「商業習氣」這樣的詞來形容生意的人，用「長舌婦」來形容女子好搬嘴，也屬於一般化。

中國文化中，Stereotyping也許來自咱老祖宗孔老夫子。他老人家就經常發些諸如「唯女人、小人難養」之類的一般化的議論。

從上述例子可見，誰也不可能一生中從來不用stereotyping來評論別的族群的人，甚至還可能評論自己所屬族群的人。比如我們自己就說自己：中國人一盤散沙，一個人奮鬥起來像條龍，三個人在一起就像條蟲；中國人素質差，好窩裡鬥等。我去山東出差時，主人就用「咱們山東人豪爽、好客」為理由對我這個不會喝酒的客人灌酒。這樣的例子大家都可以舉出一籮筐。

Stereotyping有時來自個人對某群落的人的共同特點、共性進行觀察後的概括，包含著個人經驗和印象，這種概括往往以自己所屬的人群的共同特點或共性作為比較基點，所以可能帶有些貶義，由於觀察可能不夠深入，接觸時間和接觸面較局限，個人經驗和印象有限，以偏概全在所難免。

但有時觀察可能比較深入細緻而長期，接觸途徑較多而面也較

廣，或者是很多人的比較客觀的觀察的總結，所以得出的印象也可能比較完整，如果不懷成見的話，亦可有某種參考價值。

總之stereotyping雖不一定全面，但也不能說它完全沒有道理或純屬憑空臆造。在宏觀上它有一定的意義，比如想對女性推銷某種產品，要瞭解女性的一般特點和消費心理。但把它用來衡量每一個人就不一定妥當了，因為群體中的每個個體除了共性之外還有不同的個性，不能概而論之。

就拿海南人來說，八十年代中期，特區成立後，我曾應邀去其主要城市講過學，培訓過那兒的中學教師，所以有一定的瞭解。用當時上海的標準來看，海南師資的平均水準，從教師本人的專業知識、個人素質、教育水準和技巧等看，確要比上海差一大截子，刻苦努力進修的程度也要差得遠。一起去的講師中甚至有人得出這樣的印象：海南人好吃懶做，飯店總是坐得滿滿的，大量時間和金錢都花在吃上，工作效率低下，中午休息時間特別長。

當時的海南，吸毒和娼妓問題已經有了，率先於全國絕大多數地區，加上連省長都牽連進去的汽車大案曝光，人們對海南確是有些看法的。當然這些都是局限的、不完整的看法，沒有包括海南人的好的一面，但又不能說它都是錯的、毫不正確的，重要的是，不能因為這些負面印象而對每一個別的海南人產生看法，即應避免以這些一般事實形成stereotyping，去看待、衡量每個海南人。

前年，我工作的學院培訓了幾批來自上海的水質處理人員。他們剛到澳洲時，我帶他們去聯邦銀行辦支票換匯。那天接待他們的職員工作速度較慢，我就聽領隊和一些團員抱怨說，「都說澳洲人工作效率低，果然如此。」他的比較基點當然是上海銀行職員。我同意上海銀行職員的工作確實很麻利，特別是老職員。但那天聯邦銀行接待中國客人的職員大約是新手，怕出錯，按部就班地做事，有些事情還要向老職員請教，對於大額的支票還要打電話去出票銀行確認，這些都

是業務上必須執行的規定，中國人的姓名拼寫對他又比較陌生，每張支票的名字他都很仔細地對照護照檢查，所以速度稍慢。這位領隊對澳洲工作效率的stereotyping明顯是以偏概全的。

我向他們解釋說這兒的工作人員最怕出錯、最怕返工，所以檢查特別認真。雖然如此，他們仍對澳洲的勞動生產率將信將疑。直到去水廠考察了，瞭解到上海1200名員工的日產150萬立方米的水廠，澳洲同等產量的水廠只有二十名工作人員，廠中管理井然有條，方知澳洲工人的生產率等於中國工人的幾十倍。當他們瞭解到我們這個有二萬八千名學生的學院，只有三百名全職教職員工，一切管理早已電腦化時，亦感到驚訝，因為國內某四千學生的學院，就有六百名教職員工。

正因為一般化是人們在所難免的，而且我在自己所學的課程中學到，它甚至是一種跨文化的現象，所以我的態度是，如果自己的群落被作了不太確切的stereotyping，我一般並不會作慷慨激昂的抗議，除非是對寶琳·漢森那樣的別有用心的人，想挑起澳洲人對亞裔的仇視。我一般是用自己的行動證明這種一概而論的看法並不妥當。

記得十多年前自己剛到澳洲某學院報到那天，由於幫助幾位不會英文的同胞等額外的事，比規定的報到時間遲到了一個多小時，第二天去見我的導師也又因不熟悉公車遲到了一小時。學院學生處的女秘書對我態度不甚友善，導師也對我也作了婉轉的批評，特別強調外國留學生要求full time學習。我當時很納悶，為什麼他們對剛來的、人地生疏的外國留學生那麼不熱情友好。

不久就知道了為何，因為該學院附設的英語學院中，相當多的中國學生不去報到，或報到後不久便消失，或出席率較低。學院的導師、老師們和學生處的秘書因此就在當時對中國學生產生了這種stereotyping的看法。

我覺得這並不能完全怪秘書或導師。我下決心通過自己的努力改

變他們對中國學生的看法。四天後導師、秘書和其他老師就都對我刮目相看。

　　三個月下來，因成績優異，副院長、導師和所有老師都為我寫了推薦信，我被導師聘為他在科研上的part time助理研究員；四個月後我通過教育部的考試獲得教師登記，登上大學講台做part time講師。而此前，我必需在飯店、旅館打工才能勉強維生。這說明我們是可用行動來扭轉人們對我們的不確的stereotyping的。

　　即使對寶琳‧漢森對亞裔的惡意攻擊，我覺得在同她為代表的種族主義作鬥爭的同時，亦需冷靜地考慮如何樹立我們良好的形像。光鬥爭而不注意自身行為，是不足以扭轉相當數量（20%左右）的老澳對我們的stereotyping的。我們可以舉華人中有多少名人對澳洲作了多少貢獻，但這還是不夠的，改善群體的整體形像要比列舉名人更重要得多。

　　當然，不管如何，我覺得在公開場合說話比較謹慎一點還是必要的。比如在同很多人一起吃飯時，你想發表以個人經驗所瞭解的或聽來的對某地方的人的看法，特別是想談談對他們的負面的看法，比如某某地方的人素質低、不講理，最好先瞭解一下在座的有沒有這地方的人再開口，以免招致當場抗議，讓你窘迫，下不了臺。

　　寫文章評論某族群的人時，當然更需小心，因為白紙黑字，容易留下被人抓住的東西，使你被動。描述最好擺些事實、全面一點、中性一點、幽默一點，使批評在幽默中婉轉地帶出，至少不要帶有偏見或存心貶低別人的目的，即使談負面的亦心平氣和、客觀中肯。我想這樣做是比較容易得到那個族群的人理解的，甚至還可能附和、同意你對他所屬群落的批評。

寫於2000年3月

過年沒滋味

據中國的一項調查說，63%（近三分之二！）的受調查者認為現在過年越來越沒有滋味。

如果我是被調查者，我也會這麼說，不但沒滋味，還討厭。這是因為我家靠近一家唐餐館，過（中國農曆）年連續幾晚，不但這一帶汽車和人流猛增，清靜遭到極大的破壞，而且我還會遭到空氣、噪聲污染的雙重連環襲擊，硫磺氣、爆炸聲和敲鑼打鼓聲令我心跳加速、情緒煩躁、看書和工作效率降低、睡不好覺。連我的狗都在這些騷擾下變得躁動、興奮、吠叫不停。

過年難道就意味著吃喝和吵鬧嗎？中華的節日文化難道就以製造污染為特點嗎？

毋庸置疑，這些確實曾是傳統中華過節文化的特點：鬧猛！

這鬧猛而且還要去軋才開心、才過癮。但這些特點，包括其中夾雜的一些陋俗，是否也要與時俱進地來個改進革新或現代化呢？否則，真的，明年調查，也許感到過年沒味的百分比還會進一步上升。

不過話說回來，沒滋味其實代表著一種社會進步。從前人們一年到頭沒有什麼好吃的，過年當然要殺翻口豬、宰幾隻雞鴨、弄一尾魚，乘機大吃大喝上好幾天；一年辛苦到頭，除了雨天沒什麼休息日（中國沒有基督文化中每七天休息一天的制度），冬天農閒時當然要好好休息和玩樂一番。

我曾撰文探討過中國農業社會的這一特點，雖然中國傳統上沒有什麼正式的holiday的思想，但冬天是中國人娛樂、慶祝、休息、進補等集中的時間，以便積蓄精力來年再大幹一番，才逐漸產生過年的許

多活動和習俗。

中國人一年到頭「沒有什麼好吃的」的情況一直要持續到現代毛澤東去向馬克思匯報他搞階級鬥爭的「豐功偉績」後好幾年。當時過年要靠增加的節日票證才有額外的食品供應，怎麼不開心呢？另外，平時大家都穿得破破舊舊（有段時間好像穿得越破舊越革命，穿好的是資產階級思想），難得過年才有機會扯塊布做件新衣什麼的，怎麼不歡快，特別是小孩子？

還有，那時代一年到頭，春節三天假是最長的了，平時沒時間探親訪友，這時拜年、接待拜年、回娘家、同女朋友約會看場電影，忙得不亦樂乎，在外地工作的更將平常的加班調休探親假統統加在一起，趕回家鵲橋相會，同一年未見的配偶團聚，兼拜訪親友，怎麼不興奮呢？

再加上平時沒什麼娛樂活動（連麻將都得偷偷叉，如果搞場家庭舞會，弄得不好走漏消息，公安局會上門來抓人），電視台的春節聯歡會是唯一水準較高、較綜合性的演出，當然吃過年夜飯得趕緊打開電視，全家高興地排排坐吃瓜子看節目啦。

現在拜開放所賜和託從西方引進的五天工作制和年假的福（中國亦搞起了類似年假的勞動節國慶節長假），甚至過起了聖誕節、情人節等西方節日，節日文化的多元大餐大大豐富了當地的傳統菜單，旅遊和探親拜友的時間大大增加，各種美味是一年四季隨時都有吃的了，還有進口的海鮮、牛羊肉、奶製品、水果和各國烹調，豐富多彩，不必依靠春節票證；衣服時髦更是季季翻新，誰還會到年底前趕做件壽衣似的新衣高興地穿起來？文藝娛樂呢，從各種舞會、卡拉OK、KTV到各種光盤和因特網上可下載的內容加外國電影加上數不清的盜版產品，除了新聞基本上還沒自由，文藝自由比從前寬鬆多了，我們的時代是連偷聽貓王、披頭四也要冒坐監獄和受批鬥的危險的，所以春節聯歡會的吸引力也就不那麼大了。

在海外，什麼龍舞獅子舞加官舞還有市場，能吸引好多洋人；在中國則是倒過來，特別是洋派的沿海城市和時髦的年輕一代中間，好多人覺得它是土得掉渣的東西了。這樣，過年還有什麼特殊的滋味呢？

對小孩來說，我們從前一年盼到頭，才會有件新衣加上些壓歲錢作為零用，買些木刀木槍玩，還買些京劇臉譜戴著，再有幾把糖果花生瓜子芝麻糖之類小食可吃（外婆是年年要寄來的），過年真是開心透了。現在獨生小王子小公主，一年到頭都有新衣穿，有好東西吃，有電子玩具玩，只要一撒嬌，爺爺奶奶外公外婆恨不得拜託嫦娥大娘幫幫忙，連月亮也給摘來，根本不必靠一年一度的新年，他們對新年還會像我們那時那麼嚮往嗎？

不過新年仍有一些事會令我感到有滋味和嚮往的，雖是淡淡的滋味，心靈的嚮往，如果我仍在中國生活的話。這就是像先父一樣整理居室，壁上換上冬天的書畫如《漁雪圖》之類，桌上擺上歲寒三友，在康熙窯的花瓶裡插上紅的天竺籽、銀色的迎柳枝和淡黃的臘梅花，養著石卵的乾隆窯的大水碗裡種上幾莖碧綠的水仙，莖上包一圈紅紙象徵節慶。他還會焚一注香，換上他唯一剩下的狐嵌長袍，寫幾條春聯，因為我也已到了先父那時的年齡，這些清幽淡雅的過年的樂趣，本身就像一幅中國水墨畫似的飽含著、浸透著中華文化，仍令我嚮往。

寫於2004年中國陰曆新年

狗文化

「狗是人類最忠實的朋友」，這句話我在西方文化中經常聽說；義犬救主之類的電影、故事亦在西方的文藝作品中常有所聞、屢有所見，而英文狗字的倒寫，竟然變成了上帝！

可是在中國傳統文化中，千百年以來，對狗的貶抑在語言中隨處都在表現出來：兇殘的人被罵成「狼心狗肺」，幫人出歪／壞點子的人被稱成為「狗頭軍師」（如批判四人幫時對張春橋的稱呼），不好的文章被稱為「狗屁不通」，走路不小心占了人家的道可能被罵成「惡狗搶道／擋道」，自吹自誇的會被說成是「賣狗皮膏藥」，沒良心的會被斥之為「良心讓狗吃了」，或者「狗咬呂洞賓，不識好人心」，令人深痛惡絕的東西叫做「狗屎堆」，走投無路的人可能會「狗急跳牆」，讓人臭罵了一頓的被形容成「被罵得狗血噴／淋頭」，「痛打落水狗」被讚揚為革命精神，一個幫派的內鬥或權鬥可以被形容成「狗咬狗」的鬥爭；路上遇到強盜，錢財被搶走，好心一點的強人會說：「饒了你的一條狗命」免人一死；而「狗東西」、「狗男女」、「狗雜種」、「狗婆娘」、「狗崽子」、「狗強盜」可以用來痛罵所有你痛恨的東西或人；「走狗」、「狗仗人勢」、「狗眼看人低」則可被用在幫主子欺負人的奴才、欺軟怕硬的勢利者等的頭上，沒什麼了不起的人物被叫成「阿狗阿貓」，家裡老公老婆打架，可能會打到「雞飛狗跳」的程度；甚至連走路不小心栽了個大跟鬥，也會被比喻成摔了個「狗搶屎」！

這種對狗的貶抑在中國的「無產階級文化大革命中」達到了頂峰。曾有一度，我們全家，還有許多人家，一夜之間忽然都從人類退

化成了狗類！「狗男人」、「狗婆娘」、「狗崽子」，一家老少都成了狗族，所有的「狗頭」幾乎全部都要被砸爛了！而那些無產階級革命派呢，不知道怎麼的，一下子都能在身上亮出在「舊社會」被地主、資本家的惡狗咬出的傷疤，在「憶苦思甜」大會上哭訴舊社會的苦難。於是我也找遍全身，希望能找出一塊可以冒充被狗咬的傷疤，企圖混入革命派的隊伍。可是找遍周身，我終於失望。還好不久後革命派的注意力大都集中到中央的「狗咬狗」的權力鬥爭中去了，因為全國最大的「走資派」劉少奇被揪了出來。不知道哪位聰明的人忽然發現，「劉少奇」的名字可以輕易地被寫成「劉少狗」，於是一夜之間，堂堂中國的國家主席也被歸入了狗類。於是「打倒劉少狗」的大幅標語馬上刷遍了全國的大街小巷。人人痛打「少狗」，於是稍稍減輕了對地主資本家等「老狗」們的壓力。

可是文化大革命中我們夢寐以求的希望在身上找到一塊時髦的狗咬的傷疤的願望，卻不意在澳洲實現了。

剛來澳洲後不久，我每天傍晚要步行去市區的一家西餐店洗碗，一直工作到凌晨兩點，再步行回家。來家的路上我要經過一個老居民區，據說是第二次世界大戰後建的工人住宅區。走過某一戶人家時，這家養著一條兇猛的大狗，每每見有人走過，牠總要狂叫一番，讓我感到怕怕的。澳洲人家的花園，圍籬往往不到半人高，大狗可以輕易地跳出來。好在這條狗常有鐵鍊鎖著，所以對我還不構成嚴重的威脅。可是有一天半夜我回家，牠卻不知怎麼的，竟然跑出了花園。看到我走過，便對我狂吠亂叫。我急中生智，來個調狗離山：忙將手中拿著的還沒有喝完的飲料罐頭，朝牠的花園裡猛扔過去。「筐噹」一聲，那罐頭落在花園裡。那條盡責的狗趕緊跑回去找盜賊，我乘機落荒而逃。

打那以後，我養成了一個習慣，每晚回家都要隨身揣上些顧客吃剩的牛排，放在紙包裡，看到那條惡狗，便將牛排砲彈向牠扔去，作

為買路錢。雖非肉包子打狗，卻也有去無回。狗畢竟也吃賄賂，會被牛排砲彈打倒，我便能平安地通過了。誰知有一天上班，我剛通過那危險地帶，也沒有那大狗來打擾，正在得意之際，卻冷不防被不知哪裡突然竄出的一條哈巴狗一類白色的無名小狗從後面咬在小腿肚上。人都說：會逮老鼠的貓不叫。這條真理現在可以擴展成「會咬人的狗不叫」。

幸而我穿著厚實的牛仔褲，小狗牙短，剛夠咬穿褲子，在我的小腿上留下兩個淺淺的牙痕，出血不多。到西餐店後，我告訴同事們，他們趕緊拿出單位裡經常備有的急救包。澳洲各單位都有經過訓練的急救員（first aid），西餐店也不例外。她對我進行一些消毒，用雙氧水清洗傷口，再貼上創可貼。同事中有人說，如果我記得那家人家的門牌，可以去報警，他家的狗就會被員警抓去處理掉。但因為那小狗是從我背後突然竄出來的，我無法確定牠從哪裡出來，也就算了。傷不重，只痛了一兩天而已。

回想起來，我的愛妻迪珊的遭遇就更慘了。一年夏天的某星期天下午，我們駕車去New Farm的小販市場Paddy's Market購物。當時那是一個非常熱鬧的地方。我們泊好車，走過另一輛汽車。守衛在車旁的一條白色大狗一聲不吭地突然跳上來攻擊我們。我們趕快奪路逃命。迪珊跑得稍慢一點，被狗咬在小腿上。因為她穿著短褲，小腿裸露，所以留下四個深洞，頓時血流如注，染紅了她的白短襪和白色跑鞋。幸虧一對過路的熱心老人，用他們的車將她馬上送去布里斯本王家醫院急診，並叫我留在當地，等狗主人回來同他們交涉。邊上有人告訴我這種狗特別兇殘。這時狗主人夫婦剛好回來，在過路人目擊的證實下，他們當時保證將惡狗交員警「處決」（put down），同時留下電話號碼給我，同意賠償損失。我當時無心多談，火速開車去醫院看望迪珊。

她經過清洗傷口、包紮和打針，並留院觀察幾個小時，到傍晚才

回家休息。我們被醫生告知，澳洲沒有狂犬病，但狗的牙齒很髒，為了預防感染，要她在六個月內反覆注射六次預防針。那晚有人請客吃飯也只好回絕。她的腿腫痛了好幾天，在家躺了一個多星期，無法上班。因為傷口深，斷斷續續的滲血達幾週之久，她美麗的小腿從此破相：四個圓形的傷疤清晰可見。

那狗主呢，避而不見。打電話去談判，談不出甚麼名堂，他的牛皮糖功夫到家，一會兒說自己失業沒錢，一會兒又說老婆快生第三個孩子，經濟困難（好像要說明他們屬於無產階級）。我毫無經驗，心腸又軟，最後只好不了了之。其實那天我應該找員警來處理，不該讓他們隨便走開。不過今後如果澳洲搞文化大革命，我們身上被洋鬼子的洋狗咬出來的洋傷疤，倒是參加紅衛兵的絕好的條件呢。可是仔細一想，這些狗可不是地主資本家的惡狗，而是勞動人民、無產階級的狗啊！

惡狗如此猖狂，使我注意起報刊、電視、廣播上有關狗傷人的報導來。一經留心，便發現惡狗傷人的報導還時有所見／聞。比如：維州有一位女士被惡狗咬成場重傷，一條腿致殘；昆州有一位老太，被狗撕去皮肉，住院一個多星期；更駭人聽聞的是，紐州有一對夫婦，新生嬰兒在他們外出時居然被他們「忠誠的愛犬」活活咬死。這對夫婦心頭的創傷可能一輩子也難以癒合！

這使我想起了在以前學英文時讀到過這樣一個歷史故事，一篇狗如何忠於主人的文章，說是有一名爵士，外出有事，將他的新生嬰兒留在家裡，由他的愛犬看顧。他回家時，沒有看到孩子，卻見愛犬蹲在門口，嘴上都是血。他想，他的孩子一定是給狗吃掉了，一怒之下，拔劍刺死了愛犬。走進屋子的裡間，卻見地上躺著一條死狼，嬰兒的搖籃已經被打翻，他將搖籃翻轉過來，看到嬰兒卻在地上呼呼地睡著。可見他的忠誠的愛犬，是為了保衛他的愛子而同侵入屋子的惡狼搏鬥，咬死了狼，而牠蹲在門口，是為了防止再有狼來入侵，不料

卻被主人刺死！那爵士非常悲傷，重葬了愛犬，並立碑紀念。據說今天英國的某個地方，還可以看到這個狗的紀念碑。歷史故事同現實是如此的不同！

肇事的惡狗，理論上都要被判處死刑，被員警帶去處決，狗主要被課以罰款，並對受害者給予賠償。但事實上受到制裁的狗只是一小部分，更多的可能逍遙法外，而受害者卻得不到一點賠償。我們就是這樣的受害者。所以在澳洲的頭幾年裡，我們對狗是人類的朋友這樣的說法曾表示懷疑。

來澳後有一段時期，我在一位名叫芙麗達的愛爾蘭老太的家寄宿。她養了一條黑色的大狗，名叫朱克。朱克不兇，長得十分漂亮，皮毛光亮，脾氣溫和，卻很淘氣。牠在家裡呆不住，常會想法子偷偷溜出園子和大門，去同女朋友幽會（按照芙麗達的的說法）。不過牠每次總會在天黑以前回家，所以老太也不在乎。誰知有一天天黑後朱克竟沒有回家。到了第二天牠仍然沒有回家。老太太居然像兒子失蹤似的急得哭了起來。第三天她接到附近警察局的電話，警察局通過狗身上戴的狗牌找到了她，通知她到指定的地方去領狗，並告知她被處以六十澳元的罰款，還要交狗的伙食和住宿費，共計一百二十澳元，在一星期內如果不去領狗，那狗就會被處理掉。聽到她的狗在安全的地方，芙麗達先是高興了一陣；但又聽到罰款等話，靠撫恤金生活的老太一下子拿不出那麼多錢，她又哭了起來。我和其他的房客看到她挺可憐的，便每人捐她二十澳元，幫她度過難關，救狗一命。她才破涕為笑。

我這才想起有時偶然可以在路上看到的、收捕在馬路上亂跑的狗的警車。芙麗達的狗一定是在街上閒逛時被員警抓獲了。這些狗除了可以傷人之外，還可能有造成交通事故的危險。

這樣的事後來竟然也讓我們碰上了。那天早上我和太太迪珊一起去上班。她開車。正是交通高峰時刻，雙向四車道的大路上擠滿了

車，一輛接一輛地以六十公里的時速前進著。忽然我們看到不知那兒闖出了一條黃色的小狗，剛躲過我們右面車道那輛反向開過來的車的前輪，卻撞上了我們的車的右前車頭。迪珊發出一聲喊叫，還來不及煞車，已覺得車頭右側微微一震，想來這條小狗已經命赴西天了。這一切都發生在幾分之一秒的時間內，跟本容不得人思考。我心裡很難受，只能默默地為牠的亡魂祈禱。幸好我們沒有突然緊急煞車，或調轉車頭去讓牠，否則後果難以想像：這條路上一定會發生連環撞車，整條路的交通會馬上癱瘓。養狗者是否也有責任管好自己的最好的朋友，不讓牠們在交通繁忙時隨便溜到馬路上來閒逛，以免製造交通事故呢？我這樣想。

在澳洲時間住得的久了，也常在朋友家、同事家、鄰居家見到各種體型大小品種不同的狗，我逐漸改變了來澳洲後最初幾年的對狗的負面的看法，對牠們引起了興趣，也培養起了感情，甚至自己也開始養起狗來，不過這是後話，本文不擬詳涉。我也慢慢瞭解到為甚麼澳洲人如此喜歡養狗。統計數字表明，澳洲人有60%以上在家裡養有一種寵物，50%左右養有兩種或多種寵物，狗便是養得最普遍的寵物。

1990年代中期以後，我們學院每年都有幾批從中國的合作或友好學院派來進修或培訓的教師代表團，由我負責他們的培訓和管理。我們通常會將他們分到澳洲人家庭去作家庭寄宿，一方面可以讓他們學習和瞭解澳洲文化，同時也能練習並和提高他們的英語口語水準。在代表團來澳洲之前，我會讓秘書給他們的領隊用電子郵件發去一些表格，讓他們提出對生活和飲食方面有什麼特別的要求。我發現，最普遍的要求是不要將他們分到養狗的人家去住，原因是怕會引起過敏。

這說明中國人，甚至是知識分子，很多至今仍然不喜歡或害怕狗，並嫌牠們危險、骯髒和能引起疾病。不過這是一條很難完全滿足的要求，因為澳洲人家養狗如此普遍，要找出很多不養狗的人家讓這些中國老師去住宿，可不太容易。可是有趣的是，中國方面每年派出

的培訓老師的年齡逐年有所下降，已經從中年以上的骨幹教師變為年齡更輕的作為培養對象的教師。我注意到，隨著教師平均年齡的下降，提出類似要求的老師已經變得越來越少了。這說明在年輕一代那裡，中國傳統文化對狗的貶抑已經變得淡薄，而將狗作為寵物已經較穩普遍地為人們接受了。

澳洲人養狗的一個目的是對付盜賊，即為了安全，特別是目前犯罪率有所上升之時。常可以在一些人家的花園門口看到這樣的警告「內有猛犬」（beware of dogs），其意思就是「擅闖本宅者後果自負」。一次我和太太去開鄰裡守望（neighbourhood watch）會議，一名高級警官來做家庭保安的講座。他介紹自己的經驗說，最好是像他那樣在家裡養兩條猛犬。我記起扔飲料罐調狗離山的往事，那家人家就是這麼做的。話是不錯，但警官沒有說也必須將狗管好，不要讓牠們無故傷人，也要對牠們進行訓練，只對入侵者吠叫，而不要對過路行人亂叫。

我這麼說，因為我就深受其害：有一個時期我身體不太好，有人建議我練郭林的散步式氣功（行功），因為它很容易掌握。我們居住的地區，環境清靜幽雅，空氣新鮮，所以我每天一大早便出去做散步行功，聚精會神於「吸、吸、呼」的節奏。但走過一些人家，常會冷不防地受到突如其來的兇狗咆哮的驚嚇，叫我魂飛魄散，好不容易聚集起來的真氣一下子全部洩漏，真是大煞風景。

我常想，在這個講究人權的國家，難道我連散步權都沒有？狗有甚麼權力對遠遠過路的行人狂叫，弄得他們好像是盜賊，或者如喪家之犬那樣趕快倉皇地從這些人家面前逃走。養狗看家固然無可非議，但養狗者是否也要有一些社會道德感，至少訓練自己的狗只對攀越圍牆或擅闖門戶者吠叫、攻擊？我很想對這位警官這麼說，但終究沒說出來，因為我知道這一帶老人多，他們養狗是為了自身安全，顧不了那麼多。只有我們這些曾被洋人的朋友們無緣無故地咬過的人才深有

體會。

後來我自己養狗了，也在家門口貼了同樣的警告，但我將狗關在二道門裡面，即裡花園，離人行道較遠，免得牠驚嚇過路行人，而擅自闖進二道門的，大概不會是好人。

澳洲人養狗，另一個目的是解寂寞，尤其是老人，如上述蘇格蘭老太。澳洲是個發達國家，早就進入了老齡社會。澳洲文化是子女大了、成家了，就搬出去住。那些還能生活自理不必住進老人院的老年人，就只能養寵物解寂寞，所以感情上自然會將狗當作自己的子女那樣，而狗是至死不會離開你的。不像中國的老人家，老了還要幫子女們帶孫／外孫兒女，根本沒有時間去養寵物。

剛來布里斯本學習時，我曾在一棟廉價公寓住了很久，隔壁另一棟廉價公寓裡住著一位孤老太，每天早晚都要牽著她那條一尺多長的小種狗出來散步。正好是我上下班或上下課的時間，所以我們常常彼此微笑點頭招呼或寒暄幾句。慢慢地我知道她是一個寡婦，她也知道我是一名海外學生。可是他的狗叫得太勤，牠那太監似的尖叫聲常常在晚上鬧得我看不進書。一天我在路上遇見她，打過招呼後我對她的小狗隨便恭維了幾句，她顯得很開心。但不知怎麼的，我卻多豁出了一句話，說如果你的小狗叫得稍微少些，就會更加可愛。不料她那正在微笑的臉竟然剎那間勃然變色，破口大罵：「滾回你那該死的國家去！我的狗從來不亂叫！」我方才猛然醒悟，這些狗對這些孤老來說，要比親人還親，說牠們的壞話，無疑要比指責他們的子女更加令他們動氣的。我真是自討沒趣，只能陪著笑走開。

還有一個目的是教育子女。我看到獸醫那裡有好些可以拿回家給孩子看的免費資料，介紹有關狗和養狗的知識。因為往往有些孩子，走過寵物店，看到裡面可愛的小狗，就會求爸爸媽媽給她／他買條小狗。這時父母就會嚴肅地給他們講條件，說買狗可以，但不是光給你玩玩的，你有責任管牠、餵牠、訓練牠、帶牠散步和作清潔工作，

比如打掃和給狗洗澡、剪毛等。據說養狗的小孩的責任心都會得到培養，而且也能學習到一定的生物知識。有研究表明，養狗的孩子，其愛心、自我管理能力、組織能力和責任心都比較強。

當然還有一個目的是把玩，尤其是收入不錯的階層，他們還會請專家給狗化妝打扮（grooming）。我似乎覺得這些人對狗比對親爹娘還好。他們可能將生活不能自理的父母送進老人保育院（nursing home），但到海邊度週末卻常會帶上他們的愛犬，駛過的汽車的後視窗，你常會看到一毛茸茸的、拖著舌頭的狗頭冒出來。超級市場的肉品部，總有專門給狗吃的骨頭、絞肉、肉塊和狗香腸出售（估計這些狗吃得要比世界上大多數第三世界國家的人民更好）；還有好幾列擺滿各種狗罐頭、放著不同大小的狗吃的各種品牌的狗食品、清潔劑、除虱劑、狗食盆、牽狗繩或皮帶甚至狗玩具的貨架，凡是你能想得到的狗用品應有盡有。此外還有更專業化的、更專門的寵物店。

在澳洲，買和養一條狗是很貴的。寵物店裡最起碼的小狗就要幾百上千澳元一條。我看到一個材料，說養一條普通的、而非名種的狗，一年的全部花費，從註冊登記、零星開支到食品，不包括醫療（澳洲獸醫的診金、藥費、清洗牙齒、外科手術費很貴，貴過人的醫療費，獸醫的收入相當可觀，所以狗也要買醫療保險），約需千元以上。當然較名貴的狗要遠遠不只此數，因為他們不但要吃專門的狗食、要穿戴打扮，甚至還要搽防曬霜呢（後來我養狗了，我的狗居然生過皮膚癌，幸好發現早，開刀切除了）。

有一次我和太太到一位同事家吃晚飯，席間有位看來很富有的女士，抱著一條名貴的白色長毛狗，牠會像小孩一樣在地上撒嬌打滾，十分惹人愛憐。我太太想拿塊肉餵牠，可牠連聞也不屑一聞。那女士解釋說，牠只吃專門從美國進口的狗食。可是從談話中我也瞭解到，她的八十高齡的老母卻住在保育院。這些人很願意出大錢養一條名種狗把玩，卻把照顧自己年邁父母的責任推給社會負擔。作為從小受中

國文化薰陶，覺得應該孝順父母的我，對於這位女士對他老母的責任觀，感到難以理解。

另外，如果你想在澳洲養狗，你得注意保護狗兒們的狗權，不能遭到侵犯。我曾讀到這樣的新聞，有的狗主人沒有好好地餵狗，讓他們變得很瘦，或者不經常帶狗出去活動散步，使狗變得憂鬱或煩躁，給鄰居告發了，而受到罰款的（所以我幾乎每天帶狗散步）。而故意虐待狗的，更甚至可以被判刑。

在澳洲，你如果想養一條狗來殺狗吃狗肉，那是要遭到眾人痛罵的，至於會受到甚麼法律處分，我就不知道了。所以澳洲人聽到中國好多地方有殺狗吃肉的，都覺得中國人太殘忍了，而他們不知道，中國的傳統文化中，狗被認為是一種低賤的動物的。

我覺得二十年來布里斯本市對狗的管理明顯地有了極大的改進。馬路上已經再也看不到流浪狗了，而惡狗咬人的事件也多年沒有聽說過。在所有的小公園的入口處，市政府都設有免費取用的塑膠袋，因為法律規定如果你的狗在你帶牠出來散步時在公園或其他公共場所拉了屎，狗主就有責任將狗屎用塑膠袋拾起來包好，扔進垃圾桶。在晚上，街上也極少聽到狗叫聲，因為如果你的狗不斷吠叫，影響鄰居的休息，他們就會向市政府投訴，市政府會向你發出警告信。若干次警告後，如果你的狗還在半夜吠叫，市政府就會強制你對狗進行訓練，使牠晚間不叫，否則你就有可能被處以罰款。另外，如果你沒有專門的執照，你是不准自行對狗進行配種繁殖的，即你養的狗要到獸醫那裡去作去勢的手術（de-sex），使之失去繁殖的能力（對貓也一樣，免得狗口、貓口爆炸失控），並在註冊時顯示獸醫的證明。

不過最近幾年來，我不但是在電視上看到，也在去中國出差時實地親眼目睹，中國各地亦已掀起了養狗熱，到處養狗成風。暴富起來的中國人，花幾十萬人民幣養條名種狗來擺闊，並從美國進口高價狗食的也時有所聞，購物中心也開起了寵物商店。牽著名種狗在街上散

步的時髦女士也時有所見，名狗和身上穿的名牌產品一樣，成了中國人在社會上的身分的標誌。

這又使我懷疑起中國文化中對狗的貶抑，是否已經隨著改革開放而有了改變。

但可怕的是這種西化的代價：西方養狗歷史悠久，曾經引起過的諸多問題早已克服了，但在法制不健全、政府對寵物的管理混亂落後水準低下的中國各城市，這些問題更顯得嚴重得多，已經造成危險可怕的公害，每年光死於狂犬病的就有數萬之眾，我甚至還看到有報導說無良狗肉販子居然將死於狂犬病的狗加工製成熟狗肉出售。在我所到過的所有的城市中，我無不看到街上各種大小流浪狗充斥，到處自行覓食、交配，完全失去了控制，令人擔憂。

原稿寫於1994年8月，其後做過數次改寫

豬年、豬文化及其他

狗年又將迅速地過去了，豬年（乙亥年）即將來臨。

豬和狗歷來被中國人當作為家畜的兩大代表，所以常常被扯在一起，如成語「豬狗不如」、「過著豬狗的日子」，表示生活苦得連家畜都不如。

這樣看來，豬年和狗年相連接，還是蠻符合邏輯的。

雖然豬和狗這兩種動物被中國人扯在一起，豬對中國人的生活和文化，卻要比狗更重要得多。狗可說是可有可無的，最多是看家狗，屬於錦上添花，因為如果你夠窮，不會有人來你家偷東西，養條看家狗就沒有甚麼意思。豬卻是必需品，屬於雪中送炭，從前中國人生活苦，有肉吃是求之不得的事，你給他送點肉去，他會非常感激你。

所以豬同人民的生計更密切地聯繫在一起，因此把豬放在狗後面，並把它放在十二生肖的末尾，又實在有點不大公平。

豬一向是中國人的動物蛋白質的最主要的來源，以至於當中國人說到肉或者吃肉的時候，不需要另作說明，他們所講的一定不是牛肉、羊肉、狗肉、雞肉、魚肉、田雞肉、老鼠肉而是豬肉，而著名的天津狗不理肉包子，不用特別說明，一定是豬肉做的。別的肉食品是一定要在肉字的前面加上一個定語，才能加以區別的。這有點像說英語的民族，在講到milk的時候，一定指的是牛奶，而非別的動物的奶。羊奶、馬奶的前面是一定會加定語的，如goat milk或horse milk；而中國人說吃奶時，十之八九是指娘奶，即所謂「有奶便是娘」，當把奶作動詞用時，比如「奶孩子」，肯定是母親給孩子餵人奶，有錢人會顧奶媽來奶孩子，給他們的孩子餵奶。

這種習慣，是根深蒂固的，這就是文化。不懂文化的話，比如像我的一些中國學生，在學習英語時，常常會不自覺地說「I eat meat for dinner」，他當然是想說豬肉，殊不知英國人在聽到這句話時，或許會弄不明白你吃的到底是beef、lamb、pork還是chicken。僅此一例，就能說明豬對中國人的生活的影響和重要性了。

　　所以中國的豬文化實在可算是中國的肉文化。英國人不會籠統地講I eat meat，他們一定會具體地講I eat beef/pork/mutton/lamb/chicken，因為他們是食肉民族，每天吃肉，而且吃的肉的品種很多，所以要具體講明是吃甚麼肉。中國人吃其他肉比較多的大概是廣東人，他們連老鼠肉都吃，要麼就是住在邊境的少數民族，吃牛羊肉較多。

　　雖然如此，但吃肉卻是千百年來中國的一般百姓十分嚮往卻又不可多得的事，即使是小知識分子和文人墨客，也可能經常過著三月不知肉味的清苦生活，弄得面有菜色的。所以人們常用酒和豬肉來形容生活水準的高低或描寫生活的奢華程度。從而就產生了「酒池肉林」的成語和「朱門酒肉臭，路有凍死骨」的詩句，「酒肉朋友」則被用來形容建立在吃喝基礎上的友誼。

　　自古以來，很多中國人因為不能經常吃到肉，只能在過年過節時吃一些，因而過著基本吃素的生活。我想，使佛教比較容易在中國流行的大概同這個原因不無關係吧，因為吃素對他們不是太困難。不過他們大約是心有不甘的，要不為甚麼要在素食菜單上仍然加入了諸如素肉、素火腿、素排骨、素雞、素鴨等菜餚呢，而且不光是名字，還將那些食物的味道也做得儘量接近於肉、雞、鴨、火腿。它們大多是用相對比較廉價的大豆製品來做的。

　　有人對星雲大師提出過這個問題。他說這不是對於吃素者，比如和尚，而是對於不吃素的人，當他們來廟裡吃齋時，讓他們比較容易接受，即這是一些遷就的叫法。也許如此。大師是個很會說話的人。

但是你既然希望那些來廟裡燒香拜佛的人不要殺生，放下屠刀，立地成佛，那就不應該在崇高的寺廟食堂的素齋菜單中，還用帶有血腥氣的菜餚名啊，雖然市場上叫甚麼你管不上。

離開了豬肉，馳名世界的中國烹調就會大失光彩。中國人能用炸、炒、煎、汆、烤、清蒸、白煮、煨、焗、燻、燜、燉、白灼、紅燒、白切等方法，加上不同的調味品，不同成分的配菜，把豬肉做成各種不同口味的菜餚。豬身上不同部位的肉從腿肉、排骨、肋骨、肋排、肋條肉、五花肉、裡脊肉、蹄胖、肘子、豬蹄、豬尾巴、豬頭肉、豬耳朵等，又有各種不同的烹調方法來做。

中國人甚至做豬雜和豬內臟等也堪稱世界第一。這裡我將豬雜和豬內臟分開，因為還不僅是內臟，從豬腦、豬舌頭、豬鼻、豬心、豬肺、豬肝、豬腰子、豬大腸、豬小腸直到豬皮！還將皮下脂肪熬成豬油，連熬下來的豬油渣也不放過，也能做成菜。我年輕時有豬油渣豆腐湯吃，就算很美了。很多中國人還能把豬血做成美食。豬的不可食部分，對他們來說，大概只剩下毛髮了吧。

豬肉還能作為餡料出現在餃子、飽子、湯圓、餛飩、春捲、月餅中，此外中國人還能把豬肉加工成鹹肉、火腿、滷肉、硝肉、糟肉、臘肉、臘腸、燻肉、豬肉乾、肉鬆，所以一旦少了豬肉，中菜的菜譜，菜單和烹調書可能會頓時喪失了一半的內容。

中國特殊的豬肉烹調技術，還使得中菜大廚們練就了過硬的刀工。他們不需要現代切割工具的幫助，就能夠把肉切成極薄的片、極細的絲和剁成極細的餡。《水滸傳》裡的那一章：魯提轄拳打鎮關西，讀來教人感到痛快，那魯提轄故意向肉莊老闆，外號「鎮關西」的當地惡霸尋釁鬧事，要他把五斤瘦肉切成極細的餡，其中不能帶半點肥肉，再把五斤肥肉也切成極細的餡，其中不能帶半點瘦肉，就是在考考他的刀工，惹他生氣。

我想，大概是因為中國歷來人口過剩，肉食不豐，才讓我們的老

祖宗們發展出了將豬身上的每一部分都做成美味可口的菜餚的技術，也迫使我們練就這種高超的刀工吧，因為把肉切成極細的絲，混在一大鍋豆腐或蔬菜中，撒上幾滴豬油，也可以算是一個葷菜了，卻能讓一家人都能吃到葷菜。這確實是一個非常實惠的方法。而且從心理上說，長期吃素的中國老百姓，在聽到吃葷食時的心情，一定是極其愉快的，雖然分到每個人的碗裡，也許只有幾莖細細的肉絲。西方人不需要有這種技術，因為是肉食民族的他們大塊吃肉，各人在自己的盆裡做切割工作，將大塊的牛排切開吃掉。

這時我會想起了六十年代初。正是我生長發育，對肉的食慾（並非肉慾）非常旺盛的時候，梁山好漢的那種大塊吃肉的方式，時時使我嚮往，使我在閱讀時常常要吞口水。可是那時在學校食堂吃飯，能吃到大鍋肉絲湯已經算是奢侈，因為連中國人民的偉大領袖，嗜食大肥肉的毛老太爺，都向全國人民發誓不吃肉哩。為了表示清廉和愛民，同人民同甘共苦，他老人家在發起了餓死三四千萬中國農民的大躍進、人民公社等運動之後，在全國一片饑荒之中，莊嚴地做出了不吃肉的決定。這個決定經由各級領導鄭重地層層地傳達至草根階層，使正在挨餓的人民大眾頓時感動得熱淚盈眶。

由於他老人家的節儉，省下了很多肉，才使上海這個國際超級城市的居民，每人每月能吃到憑票供應的三百克豬肉。這個標準既能使他們免於三月不知肉味的痛苦，又能使他們除了浮腫以外，不會像西方人那樣害高血壓、心臟病並有腦衝血之虞。

現在我們才瞭解到，毛老人家那時的確是幾個月不吃肉了，這個「肉」就是中國文化、中國語言中所指的肉--豬肉。在這段時間裡，他改吃西菜，嘗起牛肉、羊肉、雞肉起來。老人家的西餐菜譜已經流傳了出來，使我們瞭解到他不吃肉的誓言並非假話，因為在中文裡，牛肉僅僅是牛肉而已，不算肉–豬肉。

說到那時候的肉，其實吃多少也不會生高血壓，因為豬居然是

用人糞來飼養的。中國人都知道狗是吃屎的，所以有「狗搶屎」的說法，可是誰也沒有聽說過狗的同事，豬也吃起屎屎來了。所以把豬同狗相提並論又增加了依據，「豬狗不如」的說法的確是很妥當的啦。

不過只有在毛時代，中國的豬才會同狗搶食，原來豬兒們也托毛老太爺的大搞運動之福而斷了飼料。能叫地球抖三抖的富有智慧和幽默感的中國的農民伯伯，便邊發明了用人糞作飼料的養豬法。不過當時中國人的糞便中的營養成分大概並不豐富，所以當時市場上賣的豬肉，都是皮包骨頭，脂肪層很薄，而人們都期望能吃大肥肉才過癮解饞，蓋因肚子裡缺乏油水之故，吃肉都挑肥的吃。不過這樣的豬肉，當然是保證您再吃多少也不會得高膽固醇的，何況每個月才吃三百克而已。不過由此而生各種寄生蟲病的，倒是多見而不怪的。

豬對中國農業的重要性也是不能抹殺的。牠是一座小型化肥廠。所以農民有豬多肥多糧多的說法。豬糞變糧食、糧食變人糞、人糞又用來餵豬、豬肉又給人吃，這就是毛時代的中國的食物鏈和生態平衡。豬又渾身是寶，從毛（豬鬃）到皮到骨到糞，都有用，豬的這種貢獻，狗如何能比得上？

綜上所述，豬對中國人的家庭，要比狗有用得多，難怪中國字的「家」字，是屋頂底下養著一頭肥豬。那個時代，豬是很得寵的，算是中國人家庭的一份子。然而不公平的卻是，特別是在現代，人們卻明顯地偏袒狗而欺負豬，把除了看家和供主人玩樂之外亦無用處，只會咬人惹麻煩的狗捧上了寵物的寶座，身價倍增，由此產生了「叭兒狗」這個代表拍主人馬屁討歡心的寵物的代名詞，但是這種叭兒狗卻長著豬八戒式的耳朵。

這也許又是一種跨文化的習俗或現象的表現：華而不實的東西往往受人喜愛，踏實幹苦活的卻經常受到歧視。不過聽說時下在西方，個別幸運的豬也被趕時髦的人所寵幸而晉身寵物的階層，出現了一種寵物豬，牠們終生玩樂，不會受刀下之苦。而且又聽說豬的基因同人

最接近，以致今後豬血在經過處理之後，可用於給人輸血，拯救害白血病的患者，而豬的內臟，比如豬肝，在經過處理之後，亦可能被用於器官移植，拯救人的生命。豬的地位將隨著現代科技的發展而提高，將直接成為人類身體的組成部分，讓狗「望豬興嘆」。我心裡著實為豬而高興。

可是中華文化也真有點豈有此理。勞苦功高的豬，除了社會地位低下之外，還成了骯髒、蠢笨、懶惰、貪吃、肥胖的代名詞或象徵，背上了各種罪名或壞名聲。中國人說這個人胖得像頭豬（粵語稱為「肥豬仔」），或笨、懶、髒得像豬（蠢豬、懶豬），都是貶意。上海話中「豬頭山」指的是不識好人心的人，「豬頭肉」指的是對甚麼都一知半解、不精通的人（所謂「豬頭肉三不精」），連小日本也要用「支那豬玀」來腐辱中國人！記得小時候，外婆常教導我們說要做好人、要做老實人，做壞事的人死了之後，來世會被閻羅王罰，變成豬，被人宰殺。可見無辜的豬，確實至今都背著很壞的名聲的。

吳承恩也許是第一個敢大膽地肯定豬在中華文化中的地位的作家，歷代文人墨客，沒有一個在他們的作品裡寫過不屑他們一顧的豬，儘管他們也許很愛吃肉，比如蘇東坡。在《西遊記》中，吳承恩不去創作一個狗的角色，卻創造了一個生動而為大眾所喜聞樂見的豬的角色。豬八戒除了集中了已經在中國人心目中定型了的豬的形象和性格：肥胖、愚蠢、懶散、貪吃、貪睡、不思學習之外，豬八戒的形象還具有很多喜劇因素：憨厚、老實，卻常愛發些牢騷；肥醜，卻風流好色；蠢獸，卻有時能急中生智；懶散，卻不乏幽默感；純樸天真，有時也會耍些小滑頭，說些自以為很聰明的卻很容易被戳穿的謊話；還有農民式的愛佔些小便宜的狡點。仔細讀去，用釘鈀做武器的豬八戒其實在某種程度上象徵著中國農民和農業；肥頭大耳的老豬，使沉悶而辛苦的去西天取經的旅程變得輕鬆活潑得多了。可以想像，如果缺乏了豬八戒這樣的喜劇角色，《西遊記》的吸引力一定會大大

遜色。

　　現代科學研究表明，豬並非愚不可及，牠的智力和忠誠感甚至大大超過狗，在家畜中名列前茅。豬其實很愛乾淨，並不骯髒，只是因為我們飼養牠的目的是為我們提供肉食，所以長期以來既不給牠顯示智力的機會；又為了牠長肉快而強制牠生活在陰暗局限的環境中，使牠只吃只睡少動，就變得懶散。在澳洲現代的養豬場中，豬的生長環境明亮、寬敞又舒適，並使他們有充分的活動，還經常沖洗，使豬能夠更健康、更好地生長。

　　憨厚老實的豬，不會反抗，默默地接受了人對牠的安排，而不會像叭兒狗那樣地以撒嬌來取寵於於主子，或者像看門狗那樣以不斷的吠叫聲使主子覺得牠工作很賣力，很忠於職守。

　　豬年來了，讓我們為豬說幾句好話吧。

寫於1995年1月，2015年4月修改並補充

虎年虎倒楣

　　幾年前的雞年，我寫過一篇《雞年雞倒楣》的文章。

　　雞年是雞的本命年，犯了太歲，所以要特別小心，消災避禍。這是中國人的信仰。

　　情況確實如此。那年正巧鬧禽流感，只要哪個養雞場裡不幸有一隻雞害了禽流感，全體雞公雞婆雞兒雞孫們不分青紅皂白一概格殺勿論，寧可錯殺千萬，不可放過一隻。

　　那時我正好在中國，看到雞農們叫苦不迭：市場上沒人買雞、飯店裡沒人點帶雞的菜、啃得雞的廣告拚命說他們的雞是高溫炸的，最安全。

　　可是當時剛進中國不看報不知情的我，乘火車經過符離集時還特地下車買了一隻久違了的真空包裝的符離燒雞吃（還不懂為什麼小販特地對我說咱們的雞沒事，儘管放心吃），上車撕開雞肉享受時，只見所有的鄰座乘客都像躲避瘟神似的躲得遠遠的，我還不懂為啥。他們大概以為我是外星來客吧。

　　晚上在酒店看電視說河南有名農婦捨不得把她家那隻害了禽流感的雞丟掉，殺了吃了，就感染禽流感死了！我真有點後怕起來，幸好第二天沒事。

　　回澳洲就寫了這篇文章。

　　牛比較幸運，去年牛年沒鬧什麼瘋牛病口蹄疫什麼的，沒遭到大屠殺，倒是到處都鬧豬流感（卻沒在豬年鬧，看來犯太歲的說法也不是挺可靠的）！

　　進了虎年，同華人每年都要想出些當年生肖動物的吉利話一樣，

大家正起勁地大談這些話的時候，澳洲傳媒卻老實不客氣地對中國和中國人說，「請你們在虎年好好保護老虎！」

這讓我想起近二十年前我親身經歷的一件事：那時我在一間學院教書，和我同一個辦公室的有位叫戴維的洋人教師不小心扭了膝蓋。我好心地拿出身邊帶的「虎骨傷筋膏」讓他試試。當時來澳洲的中國留學生誰不隨身帶這些玩意，包括萬金油、風油精什麼的？

戴維朝我看看，非常認真地問：「真的是用虎骨做的嗎？」我心裡知道這些東西也許不過是掛虎頭賣狗肉，最多是狗骨而已，為了使他信服，就也很認真地說：「真的！」而且指了指包裝上面畫的一頭出山的猛虎作為證明，說明是真貨。

到了下午，我看到我那包虎骨膏仍在戴維的書桌上，他連碰也沒碰一下。

起先我還以為他不信任我，後來忽然想起洋人對保護野生動物非常認真，我害得臉熱乎乎的，偷偷把那包虎骨膏拿走丟了。

真的，在電視裡看到中國藥店裡陳列的中藥材中老虎的產品眾多，從加強男性性功能的虎鞭到強筋健骨的虎骨酒虎骨膏琳琅滿目，叫我汗顏！電視直爽地對中國人殘殺老虎表示不滿，因為老虎是當今世界上列為急需保護、面臨滅絕的動物之一。以華南虎來說，從2004年以來就沒有發現過一隻，可能早已滅絕了。

上星期六的新聞中又爆出條叫全世界震驚的消息：瀋陽一間動物園在三個月裡死了十三隻稀有的西伯利亞虎！西伯利亞虎目前據悉不超過三百隻，一間動物園居然可以一下就死十三隻！

報道說這些老虎被關在鐵籠裡，患嚴重的營養不良症，因為他們只有雞骨果腹，十一隻是被活活餓死的，還有兩隻因為餓極撲向工作人員，被警衛開槍打死。

我因而想到當時的中國留學生包括我本人，剛來澳洲很多人也是啃雞骨過來的。人吃雞骨可以活，因為還有飯、麵包和菜，龐大的肉

食動物、萬獸之王，光讓牠吃雞骨怎能行？

　　世界上號稱經濟發展最快的國家，居然讓珍貴稀有的動物活活餓死，還有什麼臉面呢？

　　動物園經理否認老虎是餓死的，說牠們是病死的，但又說不出什麼病，該不是虎流感吧？病死更不可信，一連病死十幾隻虎還說不出什麼病，動物園的獸醫吃乾飯的？一會兒他又說是凍死的，因為天冷動物園沒錢讓老虎待在有暖氣的獸房裡。生活在世界最冷的地方西伯利亞的老虎怎麼會怕冷？怎麼瀋陽的冬天就能凍死牠們？即使他們怕冷，堂堂大城市的動物園，難道沒有暖氣保護牠們？

　　不管怎樣說，這十幾隻老虎應該死於饑寒病交迫，真慘！我不禁嘆息說，虎年虎真倒楣！本命年之說，在虎身上倒是應驗了！

　　可是昨天帶了一批中國來培訓的大學老師去澳大利亞動物園遊玩，就是已故的澳洲傳奇人物斯蒂文・歐文創辦的那間以鱷魚著名的私人動物園。它的虎園有九隻虎，三隻體重一百四、五十公斤的兩歲的年輕老虎出場為觀眾表演。寬敞的園中虎兒們同工作人員親密無間，在他們用「玩具」的指引下表演奔跑、跳躍、游水、爬樹，生氣勃勃的老虎的快速、彈跳力、敏捷和力量彰顯了森林之王的王者本色，而且人虎關係和諧，同中國動物園的那些關在鐵籠裡眼露悲哀神色毫無生氣畏灶貓似的所謂萬獸之王不可同日而語。

　　在自由世界裡，連老虎都比中國的老虎自由得多。中國老師感嘆良多！

　　更令人感動的是，表演後工作人員宣傳保護老虎的重要性，希望觀眾慷慨解囊，幫助亞洲國家保護老虎。一間澳洲的私人動物園，熱情地為亞洲國家的老虎保護基金籌款！很多澳洲人上前捐款，又讓中國老師們感到不可思議。

　　我想，儘管澳洲不是虎的故鄉，這裡的虎，虎年不倒楣！

後記：

　　上面的文章是幾年前寫的，可是到今年，我仍然讀到中國動物園餓死好幾隻老虎的報導。

　　我讀到，動物園的工作人員說經費不夠，無法買足夠的飼料給老虎吃；扔進老虎山的有限的肉食，瘦弱的老虎搶不過強壯的老虎，所以仍然有不少老虎餓死。

　　可是我也讀到有材料揭發說，餓死部分老虎有人為的因素，原因也是因為一隻老虎能產生很大的經濟價值：虎皮、虎骨、虎肉、虎鞭都很值錢。這說明今天的中國這種文化還是沒有改變，同偷獵犀牛取角、偷獵大象取牙、捕鯊魚割鰭、養熊取膽汁等一樣。

　　看到電視紀錄片上好多犀牛角、象牙被偷運到香港，我心痛如刀割。中國人／華人在國際上的這種負面形象，何時可以改變！

　　具有諷刺意味的是，我也讀到，由於印度對孟加拉虎採取有效的保護措施，目前野生孟加拉虎的數量已有明顯的增加。

寫於2011年陰歷年初

馬年談馬：從馬和歌曲談起

　　農曆馬年快要到來，可以期待，像以前所有其他生肖的中國新年到來時一樣，關於馬的文章、運勢、有關屬馬的人的本命年的吉凶之類或注意事項的文章，都會逐漸出現在華文報紙上。

　　喜歡唱歌的我自己忽然想到的則是，似乎馬這種生肖動物，在我們中國人的歌曲裡的出現，要比其他生肖動物都要多得多，還沒有去翻歌譜，我目前腦子裡立馬就出現了這樣的一些歌詞：

　　　「藍藍的天空白雲飄，白雲底下馬兒跑…」
　　　「跑馬溜溜的山上，一朵溜溜的雲呀…」
　　　「馬兒啊，你慢些走喂，慢些走…」
　　　「打起手鼓唱起歌，我騎著馬兒翻山坡…」
　　　「我騎著馬兒過草原，青青的河水藍藍的天…」
　　　「騎馬跨搶走天下…」
　　　「風在吼，馬在叫，黃河在咆哮…」

　　其他生肖動物在中國各族歌曲裡出現，除了牛羊（新疆、內蒙、西藏的歌曲居多）、龍（代表中國人，像《龍的傳人》）還稍有一些之外，蛇、雞、狗、豬、猴子、老虎、兔子、老鼠好像很少，甚至沒有在任何的歌曲裡被唱到。

　　比如，您能講得出那首中國歌曲裡唱到過老鼠嗎？也許有些歌會唱到蛇，大多可能會被用在貶義，比如「心腸毒如蛇蠍」之類的歌詞中；唱到狗的呢，也許是「狼心狗肺」一類歌詞，也屬於貶義；都沒

有像對馬那樣的親切和讚美。

看來馬是中國人的生活中最親近的動物，或者是中國人最喜愛的動物，所以會出現在那些很抒情、很優美或很雄壯的歌曲裡。

雖然這些都是我們年代的老歌，現在的年輕人，更不用說是第二代的華人移民，可能都不知道這些歌曲了，但是學聲樂的、唱合唱的，在聲學或合唱課程中，還會唱到這些已經變成經典的中國歌曲。

在其他音樂類別裡，我立刻能想到的是前蘇聯作曲家哈恰圖良所作的手風琴曲《馬刀舞》，它已經成了手風琴曲的經典。不過它不是中國作品。文化革命中，那些不參加造反派或紅衛兵的所謂逍遙派的青年，有些就躲在家裡學手風琴，因為有了這門技術，就有可能被文工團錄取，這首樂曲就是當時被練得最多的樂曲之一。我認識的幾位小青年都能拉得很好，而且也有被文工團錄取的，避免了上山下鄉去農村插隊落戶。

當然其他樂器表演馬的也有胡琴，拉出馬的奔跑聲；還有什麼《十面埋伏》之類的民樂樂曲，彈奏出戰馬的嘯聲（或者說是馬的嘶叫聲吧）。

好像是在一年多前吧，韓國還出現了一種騎馬舞，它不但在韓國風行一時，還突然像颱風那樣刮遍全世界，包括中國。我是一個半老朽的人物，是個對某些新生事物已經有點木知木覺、不太敏感的人了，在弟弟問起我是否知道Psy和他的「江南風格」（Gangnam Style）時我還不清楚，以為他講的是我們中國江浙一帶的江南。哎，弟弟要比我「領市面」（滬語：瞭解當前情況）得多！

慢慢地我瞭解到，這位白白胖胖的、相貌並不出眾的、原來默默無聞的韓國流行樂界的大叔（已經三十多歲了）級的人物，由於他的《江南風格》的騎馬舞和伴隨的歌曲而異軍突起，迅速成了世界級的流行巨星！一時間世界各地年輕人都在唱他的歌、跳他的騎馬舞，甚至奶奶級的韓國總統朴槿惠，都會在群眾聚會上，和大家一起跳起騎

馬舞！他的人氣急升，很快排上了流行榜首。中國的年輕人也不甘落後，讓這無比難看的騎馬舞居然也在中國風靡一時。

我曾經在拙作《什麼是當代藝術》一文中說過，「所謂當代藝術，就是叫一般老百姓看得一頭霧水、莫名其妙的藝術」。這句話大概也適宜於某些當代歌舞吧，雖然騎馬舞至少從動作看，還能讓你看得懂那歌手或模仿他的人是在「騎馬」，但是它妙在那裡，為什麼這麼令人瘋狂，則是您完全不懂得的，因為從音樂角度講，這首歌曲並沒有什麼驚人的特色，而Psy模仿騎馬的動作也並不是那麼優美，正如英國《衛報》所說的，「這首歌無非是一名肥男跳著滑稽舞，重複唱著無意義的歌詞而已」。

所以我無法理解，為什麼中國青年對騎馬舞那麼感興趣。

我甚至感到他的動作有點兒呆頭呆腦的，還不如我在拖鼻涕、穿開襠褲年齡時的「騎馬」動作。

記得那時候，我們小孩子是沒有什麼東西可玩的，如果能找到一條竹子，我們就很開心了，因為我們會一手握著那條竹子，將它「跨騎」著，用一種顛動的步伐--就象Psy那種每個腳跳動兩次算是一個週期的跳動的步伐，但要比他更自然–來回奔跑；如果再有一條竹子，我們就可以揮舞著它，像是拿著一件兵器，相互打仗，就像我們從戲文裡看來的那些大將之間的廝殺那樣，一面模仿戲文裡的鑼鼓聲：「鏘·鏘鏘鏘（中間有個符點）」地叫喊著。

我想，現在如果我們也喊著鏘·鏘鏘鏘，用現代的打擊樂器打出點子，再加電子吉他來伴奏，一面揮舞一條竹子，一面跨騎著另一條竹子，一定會比Psy的江南風格更風行一時的，就把它叫做「上海弄堂風格」吧，因為我們兒時是住在上海的弄堂裡的。可惜灰白頭髮祖父級的我，已經跳不動了。

對不起，扯遠了，我本來是想從談談同馬有關的歌曲開始，來探討文化的，不過騎馬舞至少也同馬有關啊！

這一切，都反映著中國人對馬的欣賞、喜愛，雖然我們通常把馬同牛放在一起，代表受苦的生活，但顯然對馬更另眼相看得多，比如，我們會談「龍馬精神」，有誰聽到過「龍牛精神」呢？當然「拍馬屁」就不好了，不過牛卻沒有人來拍牠的屁股啊！

中國古代文學名著《三國演義》和《西遊記》中都創作了令中國人喜愛的馬的形象：《三國演義》中關羽乘坐的赤兔馬，快速又忠誠，沒有牠，關羽可能威風不再，斬顏良、過五關斬六將、千里走單騎，樂於為人稱頌，但是沒有了赤兔馬，關老爺可能一事無成。《西遊記》呢，實際上不僅是師徒四人，還有忠心耿耿的有靈性的第五位取經者白龍馬，唐僧沒有了白龍馬，也恐怕會取不成經的。

但奇怪的使我百思不解的是，中國人讚美馬，但在中國日常的現實生活中，馬並不是用的太多。在軍事上，中國的將帥雖然都騎馬，但中國的騎兵並不是太強大；往往抵擋不住北方騎馬的游牧民族的南侵。在運輸上，從前在中國的有些城市裡，可以看到農民的破舊的馬車或驢車進城拉東西，那些馬並不是很精神的。當然，馬也有給用來從事農業勞動的，耕地、給農田灌水、拉磨，不過驢或騾子用得更多。總之在中國，馬並不是像那些歌曲等作品裡那麼瀟灑。

而馬同英國人、美國人和澳洲人在生活中的關係要更密切的多，在所讀過的英美澳的文學作品、詩詞或歌曲中，我卻想不出什麼令我印象深刻的歌頌馬的作品。

你如果看過大仲馬（他並不姓馬或屬馬）的《三劍客》，你就知道，在那時，馬就作為士兵、貴族、平民的重要的交通工具，公共或私人馬車早已盛行，路線已經形成網絡，全國都有形成系統的驛站；騎馬趕路的，到每個站點，還可以換掉跑得很累的馬，騎上新的馬上程。

歐洲國家的城市裡，早就有了馬車服務，即所謂的cab，是今日計程車的前身。在莫泊桑的小說裡，你可以看到熱鬧的香舍麗榭大道

上載客的馬車飛跑；晚上人們出去看戲看歌劇聽音樂參加派對，都是僱一輛cab去的，在莫泊桑的小說《項鏈》中你就能讀到。在鄉下，鄉紳們出門莫不乘坐講究的自備馬車，由神氣的馬夫駕車，包括在十九世紀澳洲的城鄉。直至今天，英國女王出門仍然經常乘坐金碧輝煌的王家馬車。白金漢宮外面的王家禁衛兵騎著高頭大馬，在宮門外站崗，人和馬都站得筆挺、紋絲不動，成為旅遊一景。每年秋冬，王家打獵，都是大隊騎馬的獵者在眾多的獵犬的簇擁下出行的。在澳洲各大旅遊城，讓遊客乘坐的馬車仍時有所見。各州都有為時十天的傳統的農展會，那裡會展示各種馬種，包括腿粗蹄大的負重馬，還有各種馬術表演，包括牧民的揮舞劈劈啪啪的馬鞭的表演，據說這種馬鞭，還有國際比賽。運動中有馬球，已故報業大王派克生前就是澳洲馬球協會主席。

這還不包括這些國家的一個大行業：賽馬業。澳洲各城市、各州都有馬賽。馬賽的形式還很多樣化，除了騎手騎著馬匹賽跑，還有馬拉車的比賽、馬的障礙賽，即騎手要騎著馬跑和跳過各種障礙，這種比賽一看就知道訓練很難。奧運會還有騎術（equestrianism）比賽。這些比賽，騎手都穿著貴族的服裝，戴著白手套，顯得非常高雅。可是我從來沒有看到過有中國運動員參加過這些比賽。

在澳洲，人們有空就會去俱樂部或TAB看馬賽和賭馬，十一月份初的墨爾本的國際馬賽Melbourne Cup Day更已成了全國性的盛會，全國人民都放下手中的工作看馬賽（或電視轉播）。普通老百姓養馬的也不少見，公路上你可已經常看到拖著裝有馬匹的車輛。在昆士蘭的一些城市，如黃金海岸，人們還可以看到澳洲的牧民（stockmen）的展示牧場生活表演，如騎馬趕牛群和馬術。

這是西方真實的馬文化，現實如此，不必歌頌；不是中國的歌頌馬的文化。

回到本文前面的那些歌詞，其實大多數還是以反映中國少數民族

▎就羊年的「羊」字說開去

　　網友傳來一篇文章，題為《中國羊年把全世界的英文媒體搞瘋了》，得意洋洋地譏笑奚落英、美各英文傳媒真笨，對翻譯「羊年」這個「羊」一籌莫展，傻乎乎地分不清楚這個羊到底是什麼羊，不知道應該把它翻成ram、sheep還是goat。文章說，這顯示了「中國文化／漢語的博大精深」。

　　文章還說，中國過個羊年，就逼瘋了各國媒體。為了搞清楚這個問題，外國人開始各種研究，各中國問題專家、中國歷史學家都出動了。有人說，這羊既可能是綿羊，也可能是山羊；但漢族養山羊更多一點，所以可能是山羊吧…也有人說，生肖起源於中國古代的祭祀，中國古書裡本來就沒有區分綿羊和山羊，所以基本上是隨便找一頭身邊能找到的羊而已…也有人研究了中國地域分布後表示，中國北方草原綿羊較多，所以羊這個生肖在北方應是綿羊，南方山羊較多，所以在南方應是山羊…還有人表示，你們笨啊！圓明園十二生肖裡的明明是山羊…也有人說，可是我在中國滿街也看到綿羊啊！綿羊代表著溫順，中國人喜歡這個呢…最後有人表示，你們別爭了，我們去中國街頭看一下就好了…於是他們找人去中國街頭拍了些照片，然後，他們真的傻了，根本就是什麼羊都有！他們意外地發現，中國市場上還有第四種羊，叫XISHEEP，即「喜羊（洋洋）」（我權且將它譯為happy sheep吧）！

　　我想，這所謂的第四種羊不過是講講幽默話罷了，決不能認真對待，否則我們中國還應有懶羊（洋洋或lazy sheep）、暖羊（洋洋或warm sheep）和得意羊（洋洋或exultant sheep）呢。

要說這反映了中國文化／語言的博大精深，我倒不敢苟同，這只是反映了中國語言的一個獨一無二的特點：同音近音字多不勝數，從而那些聰明的人就製造出無數文字遊戲，包括新年祝詞，來惹大家樂樂，比如，羊字的同音字就進入了新年祝詞。今年我收到的一個微信就有一個祝羊年新的段子：祝大家陽光燦爛、揚眉吐氣、走陽關大道、開洋葷、發洋財、騎洋馬、泡洋妞、喝洋酒、出洋相、看西洋鏡、再來個三羊開泰！

　　還有年夜飯要吃魚以求年年有餘、新年裡要吃年糕、湯糰，以求年年高升和團團圓圓等。光這方面就可以寫出好幾篇博士論文呢，從趨吉避兇到奉承拍馬到避諱求平安。

　　至於羊年到底是什麼羊，想來國人自己也鬧不清楚，先別譏笑洋人吧。

　　上面對老外的譏笑至少反映了老外不怕出洋相的求知精神，比我們自己糊裡糊塗不想不去或不用弄清楚到底什麼羊（什麼樣）只滿足於是頭羊就行了的態度要頂真得多。這種對學問的追求，想來就是為什麼他們弄清了太陽系、造起了天文臺來預測天氣、發明了代數微積分，超過了會夜觀天象和借東風的孔明以及最早算出圓周率的祖沖之。

　　他們至少弄清了漢人養山羊較多，特別在南方，北方人養綿羊較多，還有圓明園裡的生肖是山羊。這些都符合我所知的，比如在我以前生活過的蘇南浙北，農民多養山羊，每家總養幾頭，讓小孩每天牽到田間吃草。聽說那裡有人叫綿羊為胡羊，顯然表明牠是從北方的外族如匈奴那裡引進的，這您看看蘇武牧羊的故事就明白了。

　　所以這羊年的羊看來應該是山羊。我們家裡從前掛著一幅先父的國畫老師，吳湖帆的弟子趙叔孺畫的《三陽開泰圖》，上面就畫著三頭山羊，有老有幼，小羊羔在母羊身下仰頭吃奶。這難道不能說明山羊應該是國羊嗎？另一個證據是，廣州被稱為羊城，也沒有說是山羊

還是綿羊，但可以被認為是廣州城徽的、位於越秀山的五羊的雕塑，卻明明雕的是山羊。

其實講到羊，西方人頭腦裡出現的馬上就是sheep，牠在西方文化中應佔有相當的地位，因為聖經裡的羊就是綿羊，耶穌就是為人類贖罪而被流血宰殺的羔羊，教會由牧師帶領會眾如牧人帶領羊群等等；goat反而帶有貶意，如「替罪羊」。可是他們在翻譯羊年的羊字時並字沒有想相當然地翻成sheep而是要先作一番研究考證，這反映了他們對別人文化尊重的態度，同時也反映了翻譯的敬業精神，因為翻譯的第一條專業操守就是精確地忠於原文，即「信」。

不光是羊年，實際上其他生肖年份也可能會遇到類似的麻煩。最討厭的年份之一是牛年，因為說到牛，會有水牛、黃牛、公牛、母牛／奶牛、小牛、犛牛等，漢語裡通稱牛，您知道牛年應該翻譯成哪種牛？因為牛在英文裡會有buffalo、cattle、bull、ox、cow、calf、yek等詞，那麼牛年應該是year of cattle、ox、bull、cow、ox還是buffalo？同樣，人們也會說中國南方多水田，水牛較多，北方多旱田，黃牛較多等等，到時又會有好多爭論和洋人出的洋相讓我們來笑了！

說到牛我就會不由自主地想起幾年前在荷蘭參加一次國際文化研討會時的一件事。一位來自中國某名牌大學的教授發言時說到漢語的簡潔性和英語的繁瑣性，她的例子是漢語裡從牛奶一個詞就可以衍生出牛奶、奶油、乳酪、優酪乳、奶製品、牛油、牛肉、牛皮等一大串相關的詞，很好學；而英語裡它們是些完全無關的不同的詞milk、cream、cheese、yoghurt、dairy、butter、beef、ox-hide等，好難記！

我對這位教授的無知感到驚訝，馬上站起來發言說，一個民族語言裡的某些詞語的數量同它的生活即文化有關。漢族歷史上不是個吃牛肉喝牛奶的民族，牛主要是當勞動力役使的，而非食物來源，所以相關詞彙不多；而在盎格魯撒克遜民族那裡，牛是重要的食物來源；

正如不吃米的盎格魯撒克遜人在英語裡對米只有一個詞：rice，田裡種rice，市場上賣rice，飯桌上吃的還是rice，非常簡單。漢族是個吃米的民族，所以語言中對它有大量不同的字／詞：田裡種的先是秧，後來秧長成稻，稻結了穗，穗脫了粒，成了穀，穀去了糠，成了市場上賣的米，米再煮成桌上吃的飯或粥，或者磨成麵，做成條狀的粉，或者做成逢年過節吃的糕或糰或湯圓或粽子，這麼多不同的獨立的都屬於米製品的詞不會把老外逼瘋嗎？你們能因此下結論說漢語簡潔、英語繁瑣嗎？我還說愛斯基摩人生活在冰雪世界，他們的詞彙裡有36個不同的詞來指不同的冰或雪，相比之下漢語只有冰雪兩個字／詞！

回過來，雖然今年是羊年，羊在漢族的生活／文化中其實並不過於重要，我認識的好些華人朋友甚至不吃羊肉，認為它腥羶，所以一個模糊的包含一切羊的羊字就夠用了。但在英語裡，除了上述ram、sheep、goat等詞，還有ewe（母羊）、lamb（羔羊）和餐桌上的mutton（成年羊的肉）和lamb（小羊肉）之分，都是不同的詞，如上面說的，因為羊在西方文化中比較重要。

文化和語言文字的差異會造成不同民族／語種間的溝通時的種種誤會和笑話。這同某文化／語言是否特別博大精深無關。所以不必取笑老外，我們在進入英語和說英語民族的文化時也可能會製造些令老英老美老澳們止不住發笑的笑料。容忍和學習別人的文化，容忍別人對我們的文化／語言可能會產生的誤解，不唯我獨尊、唯我最博大精深，才是在多元文化社會／世界中生活應抱的態度。

寫於2015年初

▌快與慢

　　最近幾個月的時間，大部分花在帶領幾個從中國過來的各種培訓團或考察團，在昆士蘭各地、雪梨和紐西蘭等地學習、考察，因為我是這些培訓項目的負責人。

　　帶領這些學習考察團並非是一件愉快而容易的事，像我們學院的院長所想像的那樣，因為他認為我來自中國，懂得他們的語言和生活習慣。而中方呢，對於由我來領隊也非常滿意和放心，特別是我多次訪問過這些單位，他們對我的中英文水準，包括對所培訓的專業的理解，還有組織能力、熱情和責任感都很瞭解。

　　所以苦就苦在困難只有我自己知道！

　　我尋思，我的困難的一個根源，正是因為雙方都是這樣認為，即我這個精通雙語和瞭解雙方文化的人，理所當然地能很容易地完成這項任務。他們不知道我現在已經變成了一個兩種文化和語言之間的邊緣人，或稱邊際人，風險是可能兩邊都不討好、都不理解、都受抱怨或責怪，儘管大的方面，如培訓的內容、日程和每天大致的時間安排都是雙方事先在洽談中同意了的。

　　為了避免矛盾、圓滿完成任務，我還得在雙方之間做潤滑劑。

　　況且我所帶的每個有二十幾位學員的團，當時大部分能夠出國考察的團員，當然不是各單位的各級領導，就是業務上的骨幹，都算是有身分的人，不是普通一般的人，我不能怠慢，按規章辦起事來，也許難於滿足他們的期望，即使不冒犯得罪他們的話。

　　比如本文主要想談的一個非常簡單的概念：快還是慢，包括快慢的標準及與其相關的辦事方法和效率。經過這些月來的同中國學員們

的相處，使我發現它在中國和澳洲的文化中也存在著明顯的差異。

由於培訓牽涉到去布市以外的地方考察，我們在離開布里斯本時給每位學員發放了一些生活津貼（因為我們政府學院的制度是不能直接發現金），這當然是以從學院附近的一家大銀行開出的「開放式的支票（open or cash cheque）」的形式發給的，讓學員們可以在到達雪梨後將支票兌現，取出現款來用，因為開放式支票就是現金支票。說起來事情就是這麼簡單。

到達雪梨之後，我要求我們的大巴司機將我們載到該銀行在雪梨市中心的一個大分行，然後帶著大家進銀行去兌現支票。

雖然事先同這間銀行聯繫過，他們知道我們今天會去，但不知道是牽涉到的總金額較大，人數較多，還是接待我們的職員特別細心謹慎，還是開放式的支票或現金支票兌現的規章制度非常嚴格（可以想像），還是她對業務還不太熟悉，她需要在每張支票背後簽名，然後仔細核對各人的護照、檢查每張護照上的名字和簽名，逐一核對它們同她手裡的那張總名單上的每一個人的名字和簽名是否一致（中國人的拼音的名字對不懂中文的澳洲人來說簡直是災難，拼法全無規律可循，他們念不出來，只能一個個字母地核對，這一點我的中國朋友們並不瞭解，任我解釋也無用，看上去好像我不幫自己的團，而在為別人的無能辯解。），再打電話去布市那間發出支票的分行去核實，有些事情她還要來回請示經理，在布市分行回電之前，她還不能行動，只能再三道歉，請大家耐心等待。

她的服務態度雖然十分友好，但處理問題刻板，按部就班，一步一步地做，一張一張支票處理，所以速度很慢，叫大家很快就失去了耐心。

我開始聽到有些團員對這位職員的工作評頭品足或低聲抱怨起來了。「沒來澳洲時就聽人說澳洲人做事慢吞吞的，不著急，叫我做好思想準備，果然如此！」，一位男士說。「啊唷，等得我肚腸根都癢

起來了。」一位女士說。一些善於抓緊時間、身邊有些澳元的人，趕快走出銀行，到大街上去溜達、拍照或逛商場去了，附近就是著名的維多利亞商場大廈。

好不容易等團長帶著大家把全部的現金領到，出了銀行，卻發現一半以上團員已經不知去向：他們都到附近的商店裡去看店或者到街上觀光、拍照去了。

他和我還得分頭到處去找。大巴司機也等得快失去耐心了，因為他說將他們送到酒店後還要趕到機場去接另一批旅遊團的旅客，我必須再三向他道歉。好在澳洲人再不耐心，也不會放在臉上，或像我的中國客人一樣開始抱怨。好久我們才把所有的團員找齊，大巴重新開動。

在車上，我心裡想，那天上午我們足足浪費了一個多小時，其中一半時間浪費在澳洲人的慢上，另一半時間浪費在中國人的快上，他們分秒必爭，好些個別的團員已經弄清了周圍的街道和商店，不過卻讓整個團白白多等了半個多小時，使當天的活動日程受到了一定的影響。

這些花在銀行裡的時間是沒有辦法省的，銀行有銀行的工作程式和規定，職員不能因為求快而走捷徑，如果不守規定出了錯，是個大問題，那職員有被炒魷魚的可能，所以再快也沒用。我很知道澳洲文化的線性思維方式；在這種情況下，快讓位於精確，按部就班，絕不會走捷徑。但花在找人上的時間，卻是沒有必要的額外支出。中國人從每個個人來說，很會利用時間，見縫插針，動作很快，節省了時間，但在集體活動中卻能拖慢整個群體的速度。

還有幾次我們的大巴在交通路口被紅燈阻擋。有些路口並非處於交通繁忙地區，很少車輛從橫向通過，或者橫向的車輛早就過完了，紅燈卻遲遲不肯轉綠。司機很耐心地等著，可是我聽到一些團員就不耐煩地評論說：澳洲的紅綠燈轉換得好慢，說明澳洲人習慣沒有壓力

的慢節奏的生活。

這倒喚起了我對去年訪華的回憶：我在一些大城市看到，在沒有交通燈的次要的馬路，人人都想圖快，根本不自覺遵守讓車規則，從四面八方穿梭來往的汽車、摩托車、自行車，爭先恐後地搶道行駛。這讓我左盼右顧，不敢舉步穿越馬路。我當時真感歎他們的車技高超，居然能夠在這樣無規則的亂竄中不被撞倒。

在上海時，地處上海原某郊區（從前是個縣，現在已升格為一個區）的一家學院的院長請我去訪問。他們派來接我的汽車一大早就在賓館樓下等我。我們出了市區，開上從前還是鄉下的馬路。車輛驟然減少，馬路顯得空曠，路上也不再有員警，司機在標著60公里的地方，居然開到時速120公里以上；到了有紅綠燈的路口，他看看沒有橫向開過來的車，就根本不理會是否綠燈，一衝而過。我知道這些司機都是有經驗的司機，但是是否經驗可以代替規章？儘管一路都有這樣的標語：「寧等一分，不搶一秒」，但司機對它們熟視無睹。雖然這些地區事故發生的可能性較低，但一旦發生事故，所有的搶來的快全部都會報銷，讓位於慢和痛苦。

不但是公家的司機這樣開車，星期天，有幾位朋友開車帶我去周莊玩，由一位女士開車，這位女士的開車風格，居然同上述學院的司機一樣。車內另外一位朋友對我說：洪先生，你不用害怕，王女士車技高超，保證不會出事。可見在不該快的時候求快，已經成為中國這個私車越來越多的國家的駕車文化的一部分。

即使在有自動交通燈控制的路口，也往往需要有多名員警四面嚴密把守，再加上每個方向都有兩名交通協管員（政府付費的一些來協助管理交通的退休職工或無業人士）幫忙，不斷地吹著哨子，才勉強維持路口交通的流暢。自動交通燈的意義到底在哪兒？問題是，一旦沒有員警和協管員把守，人們會不理會自動變換的交通燈，一哄而上，將路口堵死，個人的快就以整體的慢為代價。

這就是為什麼中國每年死於交通事故的人有十萬左右，高居世界之冠。

我也想起了聰明的、分秒必爭中國人卻不是紅綠燈這種東西的發明者。紅綠燈是西方線性（一維）文化的產品，也許尚不適合中國的面性（二維）文化吧：在紅綠燈前面死等，未免浪費時間，既然橫向沒有車輛，為何抓緊不利用這浪費的時間呢？正如在銀行裡死等，不如利用這個時間到商店、大街去轉轉。中國文化是，人們善於找捷徑省時間。

但從一個城市所有的道路綜合來看，從交通的整體來看，紅綠燈系統是最高效高速的系統，舍此不會有更好的辦法。也許你在這個路口多等了一會，但從一天經過的所有路口所有車輛所花的時間的平均值來看，紅綠燈系統讓人有最大的安全性和最高的效率。我曾帶領另一個中國的交通管理的培訓團去參觀過布里斯本的交通管理中心，裡面，四處的牆上都是電視螢幕，可以看到全市近千個由紅綠燈控制的路口，路口的交通情況由照相機和衛星傳送到電視螢幕。對於重要的路口，計算機按照各個方向的流量自動調整著紅綠燈的時間，闖紅燈的車都會被拍下來。

西方文化追求公平和人人機會均等（fairness and equal opportunity），出於人生而平等的思想。我在澳洲生活了十年多，從來沒看到哪位特權人士，哪怕總理州長市長，能在交通流中享有特權，除非救護車、救火車，而這些車，是每位公民在緊急狀況下都需要使用的。

最引起中國學員譏笑澳洲人辦事緩慢的是我們在一家高級西餐館舉行的歡送宴會。院長請他們去高級西餐館吃飯，是想讓他們嘗嘗澳洲菜，體會澳洲文化。但從點菜、喝飲料、吃麵包到三道菜一道道地上完到喝完咖啡，足足用了兩個鐘頭。每道菜都要等上二十幾分鐘，而且一道菜吃完到下一道菜上來的中間，還要經過一道吃了讓人的味

覺回到中性的東西，真是繁瑣透頂。

在等待下一道菜的時候，澳洲朋友們不慌不忙地聊天、喝酒，這對忙了一天的他們來講是一種放鬆的休息和享受。但中國學員們卻感到無聊極了。中國人習慣幾隻冷盆一起上，然後熱炒一道一道地連續上。記得從前家裡請客，母親總要準備四個冷盆先擺出來，來賓邊吃邊聊天；然後她一道一道地將熱炒搬上來，先父便請來賓「來、來、來；吃、吃、吃！」；然後又是幾隻熱的大菜，加上一大碗湯。桌面上擺滿了菜。至今我去中國的學院訪問，院長請我吃飯也是大同小異。這是二維面文化的反映：桌面上有許多菜供選擇著輪流吃。這時候，當桌面被十幾道菜佔滿時，主客們就掏出照相機集體拍照，把檯面上豐富的菜餚連同主賓都照進照片裡，顯示宴席的豐盛。

於是中國朋友們便竊竊私語起來「外國人吃飯耐心真好，他們做甚麼事情都不著急，慢慢來。」「如果在中國，市委書記請客，上菜這麼慢，他準會拍桌子發脾氣的！」「這些廚師恐怕是在打瞌睡吧。」我知道這就是他們對澳洲人和文化的負面的評論：慢節奏文化，因為他們自己認為中國人的生活節奏很快！我只好向他們私下解釋西菜必須一道一道地上的的特點，免得他們發牢騷；一面私下請西崽領班加快上菜速度。

好在老澳聽不懂他們在嘀咕什麼。院長問我客人們在說些什麼，我說他們在評論澳洲西菜。對此，院長一本正經地對客人們說，「當然中國的烹調要美味的多，澳洲菜很單調（boring），是嗎？」我心裡想，的確是boring，不過他們的boring是感到無聊，因為上菜太慢。我當然沒有說給院長聽。

當然事後我還是將中國客人們的意見告訴了院長，所以以後他請中國朋友們吃西餐，都要讓秘書事先對餐館打好招呼，說客人們要趕飛機，要餐館做好準備，上菜快一些。這是後話。當場不講，是為了免得不愉快，影響宴會時的情緒。

我想到中國菜的確是以快速著名的：大師傅以純熟的動作，在燒得滾燙的油鍋裡，將菜三翻兩翻，一隻熱炒就做好了。做個清蒸魚也要不了五六分鐘。西菜中的烤焗煨烘，確實要花費不少時間；而且還要在做每道菜時，比如牛排，按照顧客的要求來做：rear、medium、well done⋯⋯非常個人化。一道一道上菜反映著西方線性文化，每個人的面前，在一個時間裡，只有一道菜，進食者集中心思專注於享受這道菜的味道；一道菜以後要過一定時間，讓前一道菜的味道在口裡淡化，再吃第二道菜；講究的餐館甚至會在兩道菜之前供應一些味道中性的東西，讓進食者清潔口味。另外，澳洲人將去西餐館用晚餐看作是一件重要的事，絕對不會匆匆忙忙完成任務般地吃飯，像現在好多中國趕飯局那樣。我只能對中國朋友們對西餐和西方文化稍作解釋，免得他們誤會。

　　但是西方人並非不想在吃飯上省時間。他們也動了很多腦筋來加快做飯的速度。現代超市裡賣的很多冷凍的加工後的半成品食品都出自西方，西方人又發明了很多電動廚房用具和切刨剁削用的刀具，都是為了讓主婦們能夠更快地做飯。比如我們現在吃的西式早餐，那些用冰箱裡拿出來的牛奶沖下去就能吃的weet bix、corn flakes和只要放進烤麵包機裡很快就烘烤好的toast，塗上果醬或花生醬，配一杯果汁，五分鐘就能將早餐搞定，比中國人熬粥、下面條或餃子、蒸饅頭喝熱豆漿當早餐只快不慢，而且營養更好；只不過我們的中國客人們的胃只適應熱的早餐，不適應冰凍的早餐罷了。

　　午餐澳洲人只吃個三明治加個蘋果，或者牛肉餡餅，或者幾片pizza，或者一個漢堡，所以午休只需要半個小時。但這樣的早餐和午餐中國來的學員們吃不慣，很多人早上喝了凍牛奶就鬧肚子。所以午餐我只能經常帶他們去中餐館吃熱飯熱菜，起碼六菜一湯，哪怕事先訂座，再快也得花一個小時，再加大巴來回送接的時間；他們午餐後還要打個瞌睡（有的在大巴裡解決，有的在下午培訓課時打瞌

睡）。

　　這就是為什麼，在早餐和午餐中節省下時間的澳洲人，在難得有到高級西餐廳吃晚餐的機會時，他們不希望再匆匆忙忙，而願意慢慢地享受晚餐了，讓早餐和午餐都花了更多時間的中國朋友們誤認為他們是喜歡不慌不忙的慢節奏的生活。

　　更重要的是，現代速食的思想和方法，不是起源於東方，而是起源於西方，比如麥當勞漢堡、肯德基炸雞、披薩餅、炸魚和薯條等，雖然中國現在也搞出了各種中式速食。現代西方的早餐和午餐，其方便和快捷是中餐無法相比的。以麥當勞為例，它能在一分鐘內服務一名顧客，讓他、她拿到從漢堡、薯條到飲料的全套午餐，或者整天供應的早餐。這不光是靠廚房製作之快，還需要整套高效的管理體系和培訓，這兩點正是中國文化的弱點，所以中國正在學習並引進西方的管理和培訓體制。

　　中國人歷來以快速和追求快速出名。打仗中我們有兵貴神速的教誨；走路上，我們有神行太保（比如梁山好漢戴忠）的傳說；中國的珠算又是電腦發明之前最快的計算工具；中國人的心算之快也聞名於世，以前沒有電子秤的時候，優秀的售貨員，比如賣肉的，切下一塊肉，不管是單位價格不同腿肉、五花肉、排骨、蹄膀、豬蹄，放到秤上，立馬就能報出價錢。

　　在澳洲的小學裡，一年級學生考算術，華人的孩子準能得第一名，因為洋人的孩子還在扳手指頭的時候，華人的孩子早就從背九九乘法表得出了答案。

　　中國的醫生、護士，一定會譏笑他們的澳洲同行，因為澳洲醫生護士看門診、驗血和打針的速度，遠遠無法望他們的項背。

　　中國人還有一種提高速度的技巧，是澳洲人學不會的：插隊。我去年去中國旅行時，發現去國多年，插隊仍然是好多中國同胞的拿手絕技。在澳洲生活多年，我已經有點澳化，好多次木頭木腦規規矩矩

地站在長隊裡耐心死等，隊伍的移動速度比蝸牛還慢。此時，瞄準機會的中國的插隊專家，早就鑽到了隊伍的最前面，快速地得到了服務。

排隊反映著線性文化的機會均等的fair play精神。我們肯定看到過這樣的照片，在經濟困難時期，西方人排長隊領取政府的救濟，沒有人會插隊。但這種精神在中國常常失靈，插隊專家的快，換來整個排隊隊伍的慢，線性文化在中國較難奏效。

但是發明珠算的中國人卻沒有像萊布尼茲那樣用二進制（一和零）發明最早的計算器；然後同樣的思想又被引進電路的開和關（on and off），進而又有了現代的電子計算機，雖然我們聲稱幾千年前發明的陰陽八卦早就有了原始的二進制的思想。中國快速的算盤一直保持著祖宗的樣式，千百年無甚改變，早就算出圓周率的中國人，並未把算術推進到以符號代替數字的地步，所以代數、微積分的發明與我們無緣，使我們的計算速度千百年來停滯不前。

在生產方面，我們也沒有像生長在西方線性文化中的美國的惠特尼、福特那樣，發明大規模的生產線。一個半世紀多之前，惠特尼接到定制一萬枝步槍的訂單，使他想出了製造統一的部件進行組裝的辦法。組裝的生產線是一維線性文化的典型，就像那位銀行職員的每一步，是她個人的生產線，她不會為了求快而跳幾步的。

我本人有被線性文化撞過一次頭的教訓。我在讀語文教育／閱讀學碩士學位的第二年，有一位叫瑪麗的副教授是我的導師。她曾布置過一個作業給我們，用學到的理論加自己在教育中的經驗回答十個彼此相關聯的問題。我自作聰明，將十個問題綜合起來統一回答表示我的理解（受中國綜合式文化的影響），自以為是個創造性的做法，顯示我能將知識融會貫通。副教授將我找去，要我重做，否則會給我不及格。末尾她說：「我知道你們中國人可以同時做或思考幾件事，我不行，我每次只能做或想一件事。這的作業的目的是，我必須保證你

對每一道題目都有清晰的理解，對理論都能做實際的運用，所以要一道道地做，雖然它們是相互關聯的。」我當時覺得她真是很刻板，但也學會了西方的線性思維。後來我也學會了每天做一個diary，將一天的時間分段，將要做的事一件一件地在時間線上串起來。

當認為澳洲人辦事慢吞吞、懶洋洋的中國學員在考察中發現，中國的一個千二百多人的工廠，其產量澳洲只要二十來個人的小廠就可以達到時，他們感到無比驚奇；這是因為澳洲的許多行業不僅強調管理和結構改革，而且在技術上也已經高度自動化、電腦化了，以適應澳洲的高工資的經濟。

中國人最早發明了紙和筆，從此產生了我們引以為自豪的書法藝術。雖然我們在草體、行書上動腦筋加快書寫速度，但文書速度的提高仍然有限。西方人發明的打字機，一下子就把文書處理的速度提高了若干倍，並為今天的電腦的操作提供了鍵盤。

譏笑澳洲銀行職員動作緩慢的中國朋友，卻至今還沒有能夠普遍享受澳洲人已經用了十多年的方便快速、可在全國乃至全世界取款、存款、轉賬、購物的各種銀行卡和遍佈各地的自動取款機[1]，還有二十四小時的電話銀行存付款等服務。

在體育運動中，中國人在乒乓、羽毛球等項目中獨霸世界，概因其令人眼花繚亂的閃電般的速度。但在更強調需要團隊合作而達到的集體速度的大球中，如足球、籃球等，中國運動員的整體表現仍然比西方運動員來得遜色。

可以說，中國人更注重以開發個人潛力、提高個人技巧（包括插隊技巧）而獲得速度方面，或憑小聰明、機靈、找竅門、鑽空子來提高自己的辦事速度；而西方人更注重從體制上、制度上、組織結構上、流程規範化（所以那位銀行職員絕不會因為想快而跳過任何一個規定必須經過的步驟，給中國朋友們以刻板的印象）和利用機械等方面來提高速度，個人速度看起來也許不快，但整體效率能夠提高。

我仍然不解的是，東方文化強調集體主義，個人必須服從集體；西方文化更注重個人主義和個人能力的發揮，但為甚麼在辦事速度的快慢上，東方更注重個人的速度，而西方卻更注重集體、流程的速度呢？

　　這個問題，我已經初步想出了自己的答案。不過我想，答案還是留給讀者去自己思考吧。

寫於1998年12月，其後做過若干次修改

1　本文寫於1998年底，在此前我去中國的多次出差和旅遊中，我發現中國當時還沒有ATM銀行自動取款系統。

正和斜

正或方正，是大多數人都喜歡的，特別是中國人，他們有時還加上正圓形。

您看，中式的建築物，從民居到宮殿到廟宇，大多這樣，比如四合院和故宮；再大到城市，四四方方地對稱，各個方向都開一個城門。

當然不要忘了圓，比如像天壇這樣的建築就是正圓形的，還有一些圓形的塔。而中國人的宇宙觀也是所謂的「天方地圓」。

再看浸透著文化的語言，咱造的字都是方方正正的，即所謂方塊字，無論筆劃有多少，不管有多擠，都得被限制在一個方塊裡，似乎被圈在一道無形的方牆裡，規規矩矩，不准探腦袋伸胳膊的，難怪那些喜歡個性解放的書法家揮起毫來要任性放縱讓那些被束縛的筆畫伸拳踢腿、東闖西撞。

連吃飯都得方方正正的：正方的八仙桌，四面放八個長方形的骨牌凳。直挺僵硬的筷子（不像西方人的刀叉都做成一定的弧度），切成一寸見方的紅燒肉，還有方正的豆腐、豆腐乾，要麼就是圓圓的，像湯圓、包子和燒餅。月餅本來是圓的，現在廣式月餅做成了方的。

這些傳統好像來自孔老夫子，他老人家毫不含糊地教導說：「割不方不食！」從前上海鴻運齋的醬肉，都是切得方方正正的，不信，您可以查看菜譜。

座席呢？孔老夫子又教導了：「席不正不坐！」您去看看故宮或什麼中國古建築的廳堂裡的紅木太師椅，又方又正又僵又硬，坐在上面像擺馬步那麼累，真難為了那些老太師，坐久了會屁股發痛大腿酸

麻，根本不像講究自由解放的西人的沙發椅那麼舒服。

從前有錢有勢的人不用像今天的領導幹部那樣偷偷包幾奶，可以公開妻妾成群，但大老婆需要明媒正娶，所以叫正房，也反映著「正」的重要性；其餘各奶就叫偏房了，「偏」就是不正的意思，就是一個扁的人，體現扁同圓的相反。

中國的皇帝們當然也是后妃成群，不像英國國王只有一位王后，有好幾個「宮」，最大的老婆也叫「正宮娘娘」。

行為就更不用說了：沒有規矩不成方圓。因為要有規矩，從前私塾老夫子身邊都有一把戒尺，這筆直的長方形的尺子往兒童的嫩手掌心一戒，就把他的行為規範得方方正正的了。老夫子連走起路來都要方，所謂踱方步，兩個腳成八字90度直角正交。這傳統一直傳到現代小學，老師都要求學生坐得畢端畢正，以為人坐端正了，行為也自然會端正。

中國班主任教育調皮學生時，對他談話也先要求他站端正，否則就沒有「站相」，他若為自己的行為分辯，老師就將臉一板，第一句話就是：「先把態度端正了再談」。記得文化大革命時工人宣傳隊代表毛澤東來改造我們知識分子的世界觀時，第一句話也是先要我們「端正」態度，但是究竟怎樣才算端正？我始終沒搞明白，反正他們說什麼我就怎麼做就是了，緊跟他們就算正了。

正和圓一直延伸到了唱戲，即所謂「字正腔圓」。

數學上中國人祖沖之是世界上最早將圓周率計算得很精確的，反映中國人在圓的研究上花了多大的功夫。

您如果手頭有本漢語詞典，不妨翻一翻，帶「正」字的詞兒，顛來倒去大多是褒義的：正義、正當、正直、正氣、正經、正派、正宗、正統、正道、正確、正大光明、正而八經、方正、公正、嚴正、純正、修正⋯因為實在太多，舉不勝舉，就恕不一一抄錄了，如果有錯，敬請諸位「方」家糾「正」、指「正」、或者用板斧斧「正」啊。

同方、正相反的是歪、斜或偏。「歪」就是不正嘛，這方塊字造得真有道理。所以我們說歪理十八條、歪風斜（「斜」同邪同音甚至有時可以換用）氣、歪門邪／斜道。同正字相反，帶歪、斜（邪）、偏的詞兒在我們的語言裡多是貶義的，比如不公正的人叫偏心，他們心眼褊狹，也可能偏袒壞人；有些人放著正路不走偏要走斜／邪路；我現在基本用電腦打字，不常用手寫字，所以寫出來的字都是歪歪斜斜的；這些人說話不老實，歪曲事實。還有，我這個人沒什麼真才實學，只能寫幾篇歪文、有幾個歪主意、有點兒歪路子，或強詞奪理連篇歪道理，要麼就一味歪纏；有時候我挺勢利，斜著眼睛看人，把人都看扁了。有時我想裝正經，同眾多美女在一起硬要裝出目不斜視的樣子。還有，從前中國電影裡壞人都一律是歪戴帽子說話或走路都歪腦袋歪脖子的。

　　只有一點還算好：有時候我黔驢技窮，只好胡鬧胡來，或者突然襲擊，斜刺裡殺出一個程咬金，但有時也可能運氣好，歪打正著，一舉成功！

　　西方文化也挺重視方、正和圓，無論在建築上、園林設計上還是在思想或承傳的正統性方面。不過洋人歷來亦講求靈活性、多樣性、自由選擇和機會、競爭的公平性，所以對歪斜偏也許沒我們那麼討厭。這樣，在圓之外他們亦研究了其他二次曲線如橢圓、雙曲線和拋物線及它們的應用；同樣他們也研究斜面，因為它是省力的工具，如槓杆一樣；土木工程中，造路造橋都要用到斜面的知識，還有什麼「斜拉橋」；伽里略更用比薩斜塔公開證明瞭他的自由落體定律，打破了被人們相信了一千幾百年的亞理士多德憑觀察得出的理論；偏心輪則帶來了現代的自動化；這樣他們就在科技上慢慢地超越了我們。而在政治上，在政府看來是歪理十八條的反對黨，也有可能通過大選取代他們，如果多數百姓接受他們的「歪理」的話！

寫於1998年10月

油和鹽

2009年元旦前去墨爾本的老人院探望92高齡的老母。住在墨市的畫家弟弟丕森和弟媳比我孝順得多，幾乎天天輪流去看她（儘管他們都有全職工作），還常做些她愛吃的東西拿去，怕她吃不慣洋人的伙食。兩三年前母親查出患柏金森氏症，從此健康日益衰退，行動困難，只能住進洋人的high care老人院，因為當時墨爾本尚無華人為主的老人院提供high care服務。

對伙食一向不太挑剔的老母其實也能吃得慣洋人的伙食，而且大概因為吃老人院的洋人伙食吃慣了，我看到她對弟弟從家裡帶去的飯菜有時還嫌鹹，其實儘管我一慣吃得很淡，也不覺得弟弟家的飯菜過鹹。有一次我們帶她去一家很有名的唐餐館飲茶，她第一句話就是食品偏鹹，但一般說來，飲茶餐館的廣式食品並不會太鹹，否則顧客吃不多，生意怎麼會好？

我有點迷惑起來。母親以前在我家住時身體尚健，經常為我們做飯做菜，我覺得她的口味偏鹹，常要叫她少放些鹽。我當時的解釋是第一她年齡大了，味蕾退化，嚐味時可能感到不夠鹹而多加了鹽；第二，先父生在寧波，寧波菜傳統上較鹹，據說是因為寧波人很節省的緣故，一條鹹嗆蟹腿可以下一碗飯；生在常州的母親本來做菜時如蘇錫常一帶的江南菜一樣愛放糖，但隨先父生活久了，口味自然逐漸變得偏鹹了。

今年母親比當年又更老了些，味蕾退化應當更嚴重，怎麼會對弟弟家做的菜和飲茶餐館的菜嫌太鹹呢？

唯一的解釋是她現在已經適應了洋人老人院的菜。由此可見，洋

人的菜一般來說要比華人的淡。

記得我以前在Morningside區居住時，老鄰居波普大爺對我們非常好，經常幫助我們，所以我太太迪珊常會做些菜、點心、春捲等送去給他們家吃。

典型洋人直爽脾氣的波普大爺在吃過幾次我們的食物後對我們說，請我們以後不要再費心送去了，因為他的覺得我們的菜太鹹、太油，不習慣。大爺說，他們家是很傳統的老澳，同那些喜歡去唐菜館的洋人不同，口味很清淡（其實我們的口味也相當清淡）。他直爽的說他不喜歡去唐餐館，就是因為他覺得中國菜比較鹹也比較油膩。

我知道波普大爺從前是農場主，退休後賣了農場搬來城裡住，他對中國菜的感受，應該是一般遠離城市的農民的感受。

有一年我按合作協議去南京的一家學院上課三周，當時在那兒教課的還有二位加拿大女教師，校方讓我們三位「老外」住在同一間酒店，每天在一起用膳，當然是比較專門為我們做的伙食。

過了最初幾天對中國菜的讚賞後，加拿大女士們就開始對伙食提意見了。她們對我說，剛來時覺得中菜很好吃，慢慢就覺得它太鹹太油了（我知道南京人的口味確是偏重一些），所以missing our steaks very much（很想念我們的牛排）。

我有一位同事，先後因工作訪問中國五十來次，應該非常習慣中菜了，筷子用得同我一樣熟練，但是每次回澳洲後他基本上不上唐餐館，仍然喜歡上西餐館，除非有中國代表團來訪時作陪，有時他甚至請中國朋友們吃西菜（可能令他們相當痛苦），說是要讓他們接觸一下西方文化。

我起先對波普大爺對中菜的評價非常驚奇，心想，您的澳洲食品不也有挺鹹的嗎，比如vegemite（一種塗在麵包上的蔬菜醬）、火腿（ham）、培根（bacon）、農民喜歡吃的醃牛肉（corned silverside/beef），還有各種乳酪（cheese），大多是鹹的；還有，您不是吃挺

多的黃油（butter）、烤肉、烤灌腸（BBQ）和奶油蛋糕的嗎，怎麼就不怕油了呢？

我想，總體來說，洋人吃下去的油應該比我們多，否則他們怎麼會長得這麼碩大呢？

慢慢地，經過觀察和思考，我發現作為人類，在任何文化中，人們做食品時都需要放油和鹽，但放油和鹽的方式和場合則因文化而不同，不同的文化造成了人們的味蕾對油和鹽的味道的不同的期盼（expectation），如果味感出乎預期，那麼就會感到不習慣，從而就有了太油或太鹹的評價。

比如，波普大爺做蔬菜也同大多數老澳一樣，不是生吃（所謂沙律salad，中國有譯作涼拌生菜的）就是水煮，華人是習慣用油炒蔬菜的，以前我們還認為炒蔬菜油放少了不好吃，所以習慣了水煮或生吃蔬菜的波普大爺當然不習慣用油炒的菜，自然覺得它太油了。而我們卻覺得水煮的蔬菜有什麼好吃的？淡而無味！

您若常上西餐館的話，當然會知道他們放在那塊大牛排邊上的胡蘿蔔、豆子、土豆泥、花菜、西蘭花（青椰菜），都是用水清煮而不是油炒的，他們吃蔬菜喜歡原味。

波普大爺愛吃黃油，他卻不覺得它油，因為黃油是冷吃的，硬硬的，吃起來不膩。如果把這塊黃油加熱變成流質要他喝下去，他說不油才怪。

唐菜靠重料調味，比如炒牛肉片要將它用料浸泡多時讓味道充分吸進肉裡，我們認為好吃，波普大爺就可能覺得太鹹，因為他吃的牛排包括水煮蔬菜都是淡的，做好後吃的時候才加鹽、胡椒或梅醬等調料，各人可按自己的口味加或不加或多加或少加。

當他吃我們送去的炒牛肉片時，發覺它比他所習慣的牛肉味道鹹，卻無法自主調節，自然會覺得不愛吃了。至於火腿、培根、醃牛肉、乳酪等，他早就知道（期盼）是鹹的，自然覺得它們的味道是正

常的了。

　　這就是為何澳洲西餐館華人顧客較少。華人不愛吃西菜是覺得它沒有味道，水煮的蔬菜黃而爛，水糟糟的毫無味道，怎麼能吃？當然價格也是個問題，西菜比唐菜貴得多。而不少洋人愛上唐餐館，除了味道（其實這裡的唐菜的味道早走了樣，迎合了他們的口味），價格便宜（出於「你懂的」原因）也有很大的吸引力。

　　平心而論，中菜總體來說味道要鹹過油過西菜，特別是傳統上，原因很簡單，中國歷史上一直很窮。富的地方，菜比較清淡，窮的地方的菜比較味重，這是很容易理解的。就是在中國，也是長江、珠江三角洲等富裕地區的菜比較清淡，因為錢越多的人越是貪吃，太鹹太油怎能吃得多？特別是近來，中國沿海地區富得快，菜餚也隨之更趨於清淡，如杭菜，就連寧波菜也淡多了，近年我幾次去寧波，那兒的傳統食品蟹醬、黃泥螺都不怎麼鹹了。當然富人更怕死，更講求健康和飲食，油和鹽自然都用得少了。

　　　　　　　　　　　　　　　寫於2009年2月，其後做過修改

冷和熱

　　冷熱，我說的是食品和飲料的溫度，是否亦同文化有關，也許很多人根本沒有想過這個問題。

　　由於工作的關係，我常常要接待一些高規格的中國代表團。他們對酒店常有不太含糊的要求：指明要帶幾個星的，團長是什麼等級的，處級還是局級還是校長院長，常與星的數量的多少掛鉤，絕不含糊；弄錯了，團長會很不高興，他們的秘書就會來同我交涉，要求改正。

　　我很樂於改正，提高星的等級不是件很難的事情，反正他們願意補錢，只是要讓我的秘書多打幾個電話，或者我自己多跑幾次腿罷了。

　　但是這裡的帶星的酒店的夠規格的早餐，卻令中國貴賓們難以適應。因為不管是歐陸式的還是美式的早餐，或者豪華的自助早餐，總有冰凍的果汁和剛從冰箱裡取出來的冰凍牛奶這兩樣東西。

　　帶星酒店的冰凍果汁和冰凍牛奶這兩樣東西，愛住帶星酒店的中國貴賓們卻不愛。

　　改革開放這些年了，中國代表團的團員們都豪邁地走遍了歐美各國，但小小的加冰塊的凍果汁和冰牛奶就是難倒了他們。他們告訴我，喝了冰牛奶就會鬧肚子。

　　我在澳洲學習的最初的年份，我的導師愛立克博士就按他的觀察告訴我，中國人的胃是世界上最脆弱的，我當時還不服氣。不過我無法否認這不爭的事實，中國人的胃病和胃潰瘍的比率要大大高於洋人。

我只好經常找餐飲部的經理商量，能否為這些中國貴賓們將牛奶熱一熱。果汁當然不能熱，熱了喝酸的不行，只好不喝，犧牲一些維生素。

　　我去中國出差也看到同樣的情況。不久前住廣州五星級的中國大酒店，請了幾位中國同行共進早餐，一起討論合作。中國大酒店的自助早餐非常豐富，中西冷熱都有，供應的西式早餐絕對正宗，食品品種要比布里斯本的五星酒店的早餐品種更多，因為有好多中式點心。價錢當然不菲。

　　我看到這些朋友都愛喝熱騰騰的豆漿或皮蛋肉粥，然後到蒸籠中去拿剛出籠的熱乎乎的蝦餃、腸粉、叉燒包。他們好奇地看我先來一杯冰凍葡萄柚汁，然後是冰牛奶沖在穀物（cereal）上，吃完再吃一盆冰冷的水果沙律（fruit salad），末了才是一杯熱咖啡。

　　這樣的早餐你能忍受？他們好奇地問。我告訴他們，穀物又脆又香，既好吃，營養又全面豐富，非常健康，還有大量纖維素，能防癌。我並建議他們試試。

　　一位朋友將信將疑地取了一些穀物，又怕冰冷牛奶太冷，胃會不舒服，甚至會拉肚子，於是就用熱牛奶沖下去。他不知道穀物必須用冰牛奶沖。我也來不及阻止他。這一沖就糟了，穀物變成黏糊糊的一團亂糟。他當然搖搖頭：這東西當早餐有啥好吃的？

　　就像穀物必須用冰牛奶沖來吃才好吃，西方人對食品、飲料的味覺、口感是建立在冰涼的情況下吃或喝才好吃／好喝的。比如果汁，加熱了不妨請您試試看。還有可口可樂，如果不是從冰箱裡取出來就喝，加熱了才喝，保管你馬上從嘴裡噴出來！味道一定比咳嗽藥水還難喝。冰淇淋還不一樣？加熱了還有什麼吃頭？儘管現在有所謂的油炸冰淇淋，其實是擺擺噱頭而已，是快速地在高溫油鍋裡炸一下趕緊撈起來，把外表炸黃了，裡面仍然是涼的。

　　中國人正好相反，好多菜肴，比如熱炒、油炸菜肴、湯或豆漿之

類、蒸餃、包子，味道和口感是建立在火熱甚至滾燙的情況下來吃或喝的，比如油條或煎臭豆腐乾。不聽到中國人請客時，主人會在一道炒菜上桌時招呼客人趕快吃，說：「來，來，來！快吃，趁熱吃，涼了就不好吃了。」不信，你去嘗嘗冰涼的炒蝦仁吧。

還有，中國人愛吃火鍋，上海人以前叫「暖鍋」。從前我們在家裡吃暖鍋，都要用炭先把暖鍋裡的湯燒到「火熱達達滾」（先父的說法。他是寧波人，用寧波話說）。大煉鋼鐵運動後我們家無法再吃暖鍋了，因為家裡的紫銅暖鍋已經上交里弄委員會，支援全民煉鋼運動，被練成敲鑼打鼓去報喜的廢鐵疙瘩的一部分了。

北方人的涮羊肉也屬於火鍋一類，四川人更有麻辣火鍋，吃到您舌頭髮燙發麻。可現在在中國，吃火鍋變得更加普遍了，以致在各城市我都看到過「火鍋城」，吃火鍋的飯店居然多到要成為一座城池！

奇怪的是，這飲食的溫度文化還同氣溫沒有多大的聯繫。火鍋不只是冬天、北方人才吃；汗流浹背的夏天也有人吃。南方天氣不冷，廣東人、海南人，甚至越南人、馬來西亞人、泰國人、新加坡人、印度尼西亞人，這些赤道國家的人都愛吃火鍋，雖然吃法有些不同，還說天越熱越要吃，吃到滿頭大汗才痛快。

還有些年老的中國人，大熱天也愛喝滾燙的茶，說喝滾茶才解渴消暑。現在看來，吃喝滾燙的食物和飲料比較容易生食道癌。西方人呢，哪怕冰天雪地的冬天也喝冰水、吃冰淇淋，還不打哆嗦，好像他們的胃是鐵打的。中醫說愛喝冰水的他們更容易得心臟病。

別小看這飲食的溫度文化，不弄懂它，您的生意還可能破產倒閉呢！

多年前澳洲某大啤酒廠，投下大筆資金，雄心勃勃地到中國去搞了一個大型合資企業。當時澳洲傳媒都報導了這個大手筆的合作項目的消息。記得雙方簽約時，當時的澳洲總理基廷都出席了。現在卻瀕臨關門的命運。他們的邏輯很天真：十多億中國人，每人買我一瓶啤

酒，我還不發財發到發死？

而且他們嘗遍中國所有品牌的啤酒，沒有一種牌子的味道比得上世界上味道最佳的澳洲啤酒。所以他們信心十足地將定價定到等於中國啤酒的三倍。

可是中國的啤酒客硬是不買你這個世界第一的澳洲啤酒的帳。好多年的虧本，才使老澳清醒過來，原來中國的啤酒客在絕大多數的情況下多喜歡喝warm beer，即不是存放在冰箱裡，而是儲存於室溫下的啤酒。冰鎮啤酒非到異常炎熱的天氣叫人滿頭大汗時才會喝。除非在夏天，他們的胃平常不能適應冰凍的飲料。

而澳洲人呢，那怕冬天也是喝冰凍啤酒的。澳洲人為了不讓冰凍啤酒的溫度升高，在喝的時候還要在啤酒瓶外面套一個保溫的套子。他們請品酒專家來做了個酒味鑑評，發現在冰凍的情況下喝，澳洲啤酒的味道遠超任何中國啤酒，但是把啤酒存放在室溫下，澳洲啤酒的味道倒數第一。就像前面所說的喝熱的可口可樂，味道一點也不可口，也無法令人快樂，比喝咳嗽藥水還要難喝一樣。

全盤皆輸，只因中國人喝啤酒喝熱不喝凍！

這只怪天真的澳洲人想當然地以為人類的舌頭的味覺和胃的喜好都一樣，他們是沒有做功課，去瞭解一下中國人的舌頭和胃！

他們也沒有先去中國最有名的啤酒城青島看一看：那兒的人特愛乾杯，一大杯啤酒，咕嘟咕嘟地一口氣就能乾下去，一席酒席吃下來，每人都可能會幹掉五六瓶啤酒（每瓶600ml，要比澳洲375ml的標準短瓶大很多）。如果喝冰的，他們們的肚子還不結冰？

不像澳洲人，他們在BBQ時喜歡站在那裡邊喝啤酒邊聊天，慢慢喝，再冰的啤酒也沒有關係。

最近我幾次被邀去昆士蘭的一家很大的有近兩千名員工的公司／工廠做幾場傳譯，作為管理層同職工在勞資關係問題上的一些重要談判的溝通，因為該工廠有三四百名英文欠佳的華人員工，是幾年前作

為技術短缺引進的技術工人。管理層希望他們的一些決議讓華人員工能及時瞭解。管理層對華人員工的講話按工作的班頭（早班、晚班）分次向員工們傳達，時間選在員工們吃午餐或晚餐的休息時間，地點選在員工吃飯的職工大食堂裡進行。

同平時做傳譯一樣，我會提前十五到二十分鐘到達傳譯現場，即這個公司／工廠的職工大食堂。由於時間尚早，我便在空曠的食堂裡轉轉。這讓我發現了一個很有趣的情況。

食堂的兩側有好幾個裝著職工們自帶的午餐或晚餐的飯盒的雙門玻璃食物儲藏箱。看來職工食堂賣的食物雖然比外面便宜得多（我曾買過午餐吃，一個在麥當勞價近十澳元的巨無霸漢堡在這裡只賣五澳元多），還是有節省的職工自己帶便當來吃。

我可以從玻璃門看出裡面這些飯盒或午餐屬於洋人的午餐還是華人的午餐，因為很多塑膠午餐盒是透明的，可以看到裡面裝的食物。裡面裝著米飯的當然大都是華人職工的午餐。我數了一下，裝有盛米飯的午餐盒的食物儲藏箱共有六個，每個四層，共計裝著一百二十多份午餐（這是早班職工的午餐）。裝著洋人午餐的食物儲藏箱只有一個，裡面除了午餐盒還有紙袋（袋裡可能裝著家庭製作的漢堡）和塑膠保鮮紙包的三明治，還有罐裝軟飲料。從三明治和罐裝軟飲料就可以知道，這個食物儲藏箱不會是華人職工的。

我用手摸了一下食物儲藏箱的玻璃門，裝華人食物的儲藏箱的玻璃門是暖和的，即這些食物儲藏箱其實是保溫箱，仔細一看，箱底有電熱絲條發出熱量來保溫，午餐時職工拿出飯盒就可以直接吃午餐，不必用微波爐熱，否則微波爐前會排隊，半小時的午餐時間會不夠用。

可想而知，裝洋人的午餐的儲藏箱一定是冷的。我用手摸了一下玻璃門，確實是很冷的，證明瞭我的預測。可以說這個儲藏箱是一種大冰箱。

從這個情況還可以得到一結論：華人職工絕大多數是自帶便當來吃的，而洋人職工則絕大多數在食堂買飯吃。除了華人職工比洋人職工節省得多之外，華人職工偏愛吃熱飯熱菜，不愛吃漢堡或三明治加冰凍軟飲料也是一個原因。

　　中西文化對午餐、晚餐的冷還是熱的偏好，在這個職工食堂裡得到了多麼好的體現！

　　不過，這些華人職工的在這裡出生或長大的下一代，他們很可能也同洋人職工一樣，午餐不愛從家裡自帶便當來吃，而偏愛吃一個漢堡加一罐冰凍的可樂了。

寫於1999年6月，其後做過若干修改

馬和牛
——馬年再談馬

馬年還沒來到，就傳出了對馬來說是不好的消息：前不久，在電視上，我看到英國的安妮公主，就是女王她老大娘的妹子，大談特談應該允許吃馬肉。

可是很多英國人一聽到吃馬肉心裡就難受，正如聽到吃狗肉一樣於心不忍，因為馬同狗一樣，對西方人來說是人類的好朋友。牠們對人類很馴服、很忠誠。狗是人類的好朋友，這從前只是對西方人來說的，現在對中國人也合適了，不信您到中國去看看，大街小巷遍地都走著狗，再沒人會像在毛時代的憶苦思甜會上那樣，遍找全身也要設法找出塊傷疤來，然後哭哭啼啼地說，這是小時候讓地主家的惡狗咬的。

安妮公主就此談了自己的看法，認為吃馬肉並沒有什麼不妥當的，她想改變英國人對馬的態度。

今年早些時候，歐洲有些國家曾鬧出過在漢堡裡摻雜馬肉以代替牛肉的醜聞。你要是讓我來嘗，我大約不會發現漢堡裡的牛肉讓馬肉代替了。可是吃慣了牛肉的歐洲人的味蕾不一樣，馬上就嘗出了味道不對。我沒有吃過馬肉，以前曾聽人說馬肉是酸的，如果確實這樣，當然馬肉就沒有牛肉好吃了，用馬肉代替牛肉就算得上是以次充好了，不過價格如何，我就不知道了，想來馬肉的價格可能要便宜一點吧，不然為什麼要用它來代替牛肉呢？節省成本唄。但是轉而一想，養馬的成本好像要高過大規模養殖的牛肉農場beef farm吧，因為好像還沒聽說過養肉用馬的horse farm過。真的搞糊塗了，鬧不懂！

不過馬的老弟驢的肉我倒是吃過的，雖然驢還曾當過主耶穌的坐

騎，說來這是對牠老大的不敬。可是中國人不管那一套，照吃驢肉不誤！

那是薄薄的白切成一片一片地蘸著醬吃的。不用說，當然是在中國吃的，中國人什麼肉都吃，不管是人類的朋友還是敵人，也不管是保護的還是不保護的，一視同仁。

當時請我吃飯的學院的領導對我介紹說驢肉非常健康，都是瘦肉，沒有膽固醇，我吃了一下，果然很好吃。我想起好些中國人在冬天進補要吃驢皮膏，驢當然是殺來吃的，不然哪來的驢皮做膏啊，該不會又是假貨吧！

馬的生活在中國人那裡可不那麼幸運。他們說到馬，總要將牠同牛相提並論，說「做牛做馬」、「生活苦得牛馬不如」、「過的是牛馬般的日子」等等，即牛馬在中國人那裡都是苦命的動物，做死累死。你看，牛耕地、車水、拉車；母牛更慘，有魯迅的名言為證：「吃的是草，擠的是牛奶」！其他勞役還得一樣照做。馬拉車、馱重物、做人的坐騎或交通工具，有些地方也用牠來耕地、拉磨（為了讓牠專心拉磨，目不斜視，還要將牠的眼睛用眼罩蒙起來），稍有惰怠或跑得稍慢，就會吃大鞭子；還要讓人騎了去打仗，出生入死。牛作做坐騎的比較少，因為跑不快，只有慢悠悠悠不用趕時間上班的太上老君先生；去打仗的也不多，只聽說過有田忌的「火牛陣」的說法。

在比較講究專業分工的西方，牛馬比較早就不相提並論了，牛比較早就擔任為人提供蛋白質、脂肪和奶製品的工作了，連牛的內部也都早就有了分工：肉用牛和奶用牛，擠牛奶的乳牛的伙食也不錯，並不僅僅是吃草，還吃好多精飼料。肉用牛以公牛為主，包括小公牛，為了不同人爭奪牠媽媽的奶，沒等滿月就早早慘遭宰殺，成了餐桌上的小牛肉，真可憐，像小豬崽仔一樣。

不過小豬被做成烤乳豬，小牛卻不能被做成烤乳牛，因為「乳牛」是牠媽媽專用的名字，小牛崽仔沒資格享用這個名字。這樣，小

牛就只能被做成小牛排了。西方早就有了大規模的養牛場，那裡的牛不用幹苦工，不用耕地、拉車、車水，牠們被放養在草原上，日子過得挺自由自在，只是牠們不知道牠們是在等著被養肥後宰殺，否則牠們會寧可不吃青草和飼料，進行絕食抗議。

除了這些牛之外，在西班牙，公牛還被用來做鬥牛，訓練他們同鬥牛士搏鬥。在鬥的過程中，在觀眾雷鳴似的掌聲和喝彩聲中被鬥牛士一槍一槍地慢慢刺得遍體鱗傷，最後被一槍刺中心臟，倒地斃命。不過牠們死得有聲有色，十分壯烈，不像進屠宰場的牛，死得稀裡糊塗。

馬呢，在西方也早早就有了分工，有的當交通工具，這裡面還有分工，拉重貨車的比較粗壯，腿粗蹄大；拉客車的呢，要速度，就比較輕盈些，腿細長善跑。有的參軍去，做騎兵的坐騎；有的當上了王家禁衛軍，牠們的模樣威武而高貴，站在白金漢宮外面好不神氣，任遊客觀賞拍照；有的做了武警，巡街維穩；有的參加王家的狩獵隊去獵狐，也是很風光的差事。再有的被訓練來演雜技，所以有馬戲團之稱，這是因為馬的智商比牛高吧，我好像沒有聽說有牛戲團的。

最風光的是當賽馬，如果得獎，像贏了墨爾本杯那樣，那就不得了啦，身價幾百萬，在無數觀眾面前威風和榮耀無比。這些馬的配種和家譜都有專家仔細研究。說到家譜，咱是連人的家譜都在文化革命中被作為四舊破掉了，恐怕現在得到海外華人那裡去找了。以前人家看到我的名字，就知道我是那一輩分的，比如「丕」字出現在我的名字中間，其他同姓人中名字中間帶有「丕」字的必定和我同輩，屬於堂兄弟，哪怕不相識。其實大陸建政以來，取名早就革命化了，於是就出現了王解放、李抗美、張反修、周反帝、朱躍進、吳紅旗、陳文革、林鬥私、錢東風、丁學雷（學習雷鋒）、黃衛東（保衛毛澤東）、趙衛彪（林彪出事之前這樣的名字還不少呢）之類名字，鬼知道您是那一輩的。獨生子女政策以來，更沒有輩分的必要了。

由於這些緣故，養馬場的馬日子也要過得比牛好，人們對他們的關心要超過對牛的關心；天冷的時候，牠們都會被穿上衣服保暖。您幾時在養牛場上看到牛有穿衣服的？

　　其實馬對人的功勞真的比牛大。比如驃悍的蒙古人，沒有馬，成吉思汗步行的話，怎能一直打到匈牙利？所以按很多中國人的邏輯，我們其實可以理直氣壯地說，匈牙利也自古以來就是中國的領土（假定不割讓給兇狠貪婪的、吞沒最多中國領土的北極熊帝俄，又不在廢除不平等條約後據理力爭地從蘇聯、俄國收回的話）。

　　上星期帶領中國來的培訓團去電影世界邊上的Outback觀看表演、品嘗葡萄酒和牛排，讓他們對澳洲的馬文化、牧場生活、澳洲內地農民的馬技、騎馬趕牛的牧民（stockman而非美國的cowboy）等有了很深刻的印象，對馬在澳洲人的早期開發和農村生活中的重要性和貢獻也有所瞭解：你看，一個在表演場裡奔馳、一個被趕；一個受到成千觀眾的鼓掌喝采、一個卻出現在他們的餐桌上，牛和馬的待遇在澳洲有多麼的不同！

　　馬的功勞這麼大，怪不得要請牠好好工作，您還得輕拍牠的屁股，讓牠舒服舒服才行。而且在這裡的養馬場上，天氣稍冷，人們就會給馬穿上衣服，防止牠受涼感冒。

　　這樣看，是否馬也真的要同牛為伍，淪落為人們餐桌上的菜肴馬排了呢？

寫於2014年1月

跪和蹲

　　跪和蹲是我多年觀察發現的中國人和澳洲人在偏愛的體位上的差別之一。

　　到澳洲後不久，我就驚奇地發現澳洲人對跪的喜愛。那是十多年前的事了，我在布里斯本高等教育學院學習我的第一個碩士課程：語文和閱讀教育。其中有澳洲學院推崇的「全語言」的現代語文教育方法。導師要我到小學去考察低年級兒童的語文教育。在同中國小學的教室布置和安排大不相同的教室裡-教室中心不放課桌椅，一年級的小朋友們在那裡或坐、或躺、或臥、或跪在一位女老師的周圍，聽她講課，而那位老師則是跪著（當然是在地毯上）講課和對孩子們說話的！

　　我太太來陪讀後，她也稀奇地告訴我同一個發現。她在一間TAFE學院學習電腦，老師非常耐心，她有問題一舉手招呼，老師就跑到她面前去指導。他是個高個子的帥哥，到她的面前，他不是俯身彎腰指導，而是雙膝下跪（當然也是在地毯上）對她說話、解答問題、操弄鍵盤，使得她非常不好意思。回家告訴我，用她的幽默的說法是，「好像他是來向我求婚似的」。後來她發現他對全班男女同學都是這樣，也就慢慢地見多不怪了。

　　有一次我的破車出了毛病，得讓RACQ拖去車廠修理。開卡車來拖車的一位小夥子，穿著工作短褲，膝頭光著，在需要採取低體位元進行操作時，他也是雙膝下跪，而且需要跪在相當粗糙的路面上，而不是蹲著操作的。

　　買房後，我一度對美化花園很感興趣（現在花園已基本上荒

蕉）。種花是需要採取低體位元的，我看到隔壁鄰居，高個子的泡普老大爺，在他的花園裡跪著種花，我也學著他的樣，果然一點也不覺得累。一次去他家借東西，看到他的太太維爾在擦廚房的地板，這位老大娘也是跪著幹的。

之所以感到驚奇，是因為我年輕時下鄉、下廠、下連隊向工農兵叔叔伯伯老大爺們學習，常見他們在做需要採取低體位元的工作時，總愛蹲著，從沒看到他們下跪過。我去過中國的很多地方，發現很多人不愛坐而愛蹲，明明有板凳也不坐。他們喜歡蹲在地上端著碗吃飯、蹲在地上抽菸、小夥子姑娘們蹲在地上談戀愛、婦女們蹲在河邊洗東西、老人們蹲在地上下棋、聊天，一直到蹲著上廁所，中國人叫「蹲坑」，有鄧小平當時最出名而形象化的一句話為證。他說有些幹部「蹲著茅坑不拉屎」，這樣的幹部應該撤換。

有時其實是有凳子可坐的，但人們還是寧可蹲著而不願意坐著。他們覺得蹲著就是最好、最舒服的休息方式。而我就不行，蹲不多久站起來就兩眼直冒火星、頭昏眼花。1980年代我多次應邀去中國各省培訓中學英文教師。那時中國很多地方的廁所都是蹲坑的：火車上的廁所是蹲坑、飯店裡的廁所也是蹲坑，甚至有些招待所／賓館裡的廁所也是蹲坑，儘管那些招待所／賓館的檔次都不低。蹲著「辦公」（出恭）對我來說是很大的考驗！對於不能蹲久的我來說，好處是，它養成了我定時、迅速「辦公」的好習慣，至今受益無窮。

問題是，對有些蹲慣坑了的人來說，坐抽水馬桶辦公竟然是一種痛苦。所以在中國的有些飛機上，居然有的旅客在飛機的廁所裡裡蹲在馬桶上辦公，將馬桶弄得汙穢不堪。這就是為什麼我前幾年去中國出差時，儘量避免乘坐中國的航班，直到近年來這個問題才有了改進。

人偏愛的體位居然也有文化差異！

我不相信人是從猴子變來的。但當時在中國，你只能相信進化

論。我曾這樣說過，如果硬要我相信，我只能找出人和猴子在動作上有一個相似之處，就是都愛蹲。我在動物園的猴山看到的猴子，多半是蹲著的，絕少看到牠們坐著或者跪著。坐和跪也許是猴子在「進化」過程中才學會的吧，我說。當時我還不知道地球上還有不愛蹲的人。

出了洋，發現連這個說法也只得推翻，因為我很少看到洋人蹲著。洋人居然不會蹲！有時我們學院會派教師去中國的合作學院上課，首批教師去了之後回來說，雖然他們很喜歡中國，中國的學院對他們也很照顧，但他們對好多地方都有的squatting toilet（下蹲的廁所）感到非常不習慣、受不了，特別是女老師。所以我們後來就對合作學院提出對外教所用的廁所的最低要求。

難道洋人比咱們進化的程度更高？絕對不是。因為好多東西，比如指南針、造紙術、印刷術、火藥，都是我們比他們先發明的啊，中華文明比好些歐洲國家的文明要更悠久呢，我們還曾稱他們為蠻夷之邦呢！

工作時間愛蹲不愛跪的中國人，到了強者面前、暴力面前、地位高的人面前，卻變成愛跪的了。比如看到皇上，不但跪，還要叩頭，所謂三跪九叩，跪的時候需要五體投地，除了四肢連腦袋也要著地（現在看來是很好的健身運動呢）。不但跪和叩，還有拜，還得自稱奴才。就是在芝麻官縣太爺面前也是又跪又叩又拜地喊老爺。僕人對主人、東家是這樣，兒子對老子是這樣，學生對老師也是這樣。碰到強盜又得叩頭如搗蒜的哀求饒命。哦，還有懼內的老公在大發雌威的老婆面前也會被罰跪。

文化革命中，跪更是被發展到了登峰造極的地步：對於那些黑九類、階級敵人、揪出來的批鬥對象，要他們每天早晚在毛的「寶像」面前跪著認罪（清朝的犯人也不會被罰在皇帝像的前面跪著），每次有時長達半小時；在被大會批鬥時，那些批鬥對象也要跪在地上（或

者被按壓成「噴氣式飛機」的形狀）。直到如今，好些知識分子之間的通信，仍然保存了「弟××拜上（或頓首）」這樣的結束句。

中國文化中，屈膝表示降服，所以產生了「屈服」這樣的詞。我猜想，也許我們的文化把下跪解釋成了表示低賤、屈辱、降服的肢體語言，所以哪怕這個體位，對於某些工作來說相當適合，我們也不肯採用，寧可以蹲代替，久而久之便發展了對蹲的愛好了吧。、

除了在創造了人的上帝面前，以基督文化為基礎的西方人，卻沒有對強者、尊貴者下跪以自示卑賤，或者逼迫弱者下跪作為羞辱他的習俗。雖然他們有些工作喜歡跪著做（後來，我在單位的「職場安全和健康」訓練班上也學到了下跪的體位對某些工作的安全性或不易受到腰背傷害的好處）。這是因為他們從聖經相信人皆神的兒女，都是弟兄姐妹，相互生來平等。遠在一千七百年前，羅馬帝國在接受基督教為國教後通過過的第一項法案就是廢除奴隸制，蓋因貴族在接受了天父面前人皆平等的思想之後，甘願把自由交還給自己的奴隸，正如耶穌基督把救恩白白交給我們一樣。也正是為了解放美國南部的黑奴，虔誠的基督徒林肯才向南方開戰的。

所以在皇帝／國王面前，從前大臣們最多行單膝跪禮，婦女更是只需雙膝微屈而已。男子想把老婆騙到手，也只需跪下一條腿求婚就夠了。澳洲總理霍華德雖然是鐵桿保王派，也從來沒有在女王面前下跪過。咱們的前總理基廷更是放肆，在歡迎女王陛下來訪澳洲時，居然摟著她老太太的腰走路。換了西太后，李鴻章要是敢鬥膽去摟她老佛爺的腰，那是非治剮刑不可的！十八世紀初，大英公使去朝見大清皇帝時，對清廷的大臣的三跪九叩感到吃驚，當然他是不肯對大清皇上這麼幹的，最後是按英國的習俗行了單膝跪禮。於是辭典裡裡沒有「叩頭」這個詞的英國佬，只能用音譯進口了咱們的這個詞kowtow，就像進口了飲茶（Yamcha）這個令他們掉口水的詞一樣。

所以令我欣慰的是，在這個自由平等的國度長大的我們的後代，

可以澈底丟棄我們的文化中以跪表示屈辱的包袱。我只擔心一點：在他們回中國去尋根的時候，是否受得了每天蹲坑的考驗，我這麼說是因為我的一位馬來西亞華人朋友告訴我，在帶他的子女回大陸訪親時，子女已經受不了蹲坑的折磨，吵著要早早回來。

寫於1997年9月，其後做過一些修改

命運

回家的路上，我握著方向盤。汽車收音機中傳出ABC電臺的古典音樂節目：我最喜愛的作品之一，貝多芬的第五交響樂《命運》。

1808年，年近四十的他寫這首不朽樂曲時，耳聾正在不斷發展。

一名大音樂家，正在事業的顛峰，卻飽受耳聾的折磨，就象歌唱家得了聲帶癌，或者畫家得了白內障。

這就是命運。孤獨的貝多芬，以令人驚嘆的勇氣和毅力面臨惡狠狠地找上門來的厄運的挑戰，寫下了以著名的命運的咚咚敲門聲起首的這首不朽巨作。

近二百年來，無數人喜愛這首作品，包括列寧，據說他直到臨死前還在病床上聆聽這首曲子。它給很多為命運折磨的人以勇氣，鼓勵他們同命運作鬥爭。

命運真是不可思議的東西。一個全無音樂細胞的人可能有完美的聽力、靈敏的耳朵，缺乏繪畫基因的人可能視力很不錯，五音不全人的可能嗓子甜美，智力平庸的人可能有火紅的「出身」--那在我求學的時代比學習成績更管用。有位同學，功課平平，卻因出身「硬」又擔任共青團書記，被保送清華大學，畢業後只能當政治指導員。

文革中我曾被上海樂團「借用」，在它的合唱團呆過幾年。那時男低聲部有名從工廠物色來的姓殷的團員，因他嗓音豐厚又出身「響叮噹」，準備被培養成獨唱演員。可惜訓練幾年後仍然唱歌走調，只能退回原單位。

與此相反，有些智商高的卻陰錯陽差，投胎在「黑五類」家庭的，備受歧視，屈做三等公民。噢，還有，9.11那天早早去上班的做

了冤鬼，而因故遲到或未上班的卻逃過劫難。所以大家都說：命運總是捉弄人。

正因為它神祕莫測，中國人歷來特別信命安命聽命，所以封建社會這麼長，蓋因統治國家的皇帝被當作真命天子，袍子上繡著圖騰：一種並不存在的怪物，據說能呼風喚雨的龍，百姓就都得乖乖服從，絕不敢反抗。一切都是命中註定：吉兇禍福生死壽夭富貴貧賤贏盈虧輸…自己生活苦都怪命不好，人家有錢是前世修得好命，男人死了怪太太剋夫，老爸死了說是新進門的媳婦沖的，各種毫無理由的牽強附會的解釋不一而足。

這種天命觀全拜孔老夫子的教導，他老不是早說過：「生死由命，富貴在天」，「不知命，無以為君子也！」還說人到了五十歲（當然是虛歲，那時很少有人能活到），就應當知道天命無法違抗了。

為瞭解讀自己的命運，命相術數便大大發達起來了，從八字手相面相巫蠱望應星相占卜抽籤拆字到擇吉兇禁忌日，洋洋大觀，成為複雜的系統，連風水術也被包括進去了，同中國科技的遲緩發展正好相反，算命拆字先生進賬頗豐。改革開放後，這些東西重又風行。家兄洪丕謨的一本作為文化研究而撰寫的有關中國古文化和周易陰陽五行八卦的著作《中國古代算命術》一版再版，一直發行到港澳臺，又被譯成韓文日文，漂洋過海到了深受中國文化影響的韓日。

由於命運的神祕，西方文化中也出現瞭解讀命運的術數：算命術。所以算命可說是一種跨文化的現象。但西方文化中的算命的技術，比如用撲克牌算命的、看手相的、看水晶球的、十二天宮（horoscope）等等，卻都各自為之，還沒有連成一個龐大複雜難懂的系統，對比中國複雜的命相術數要簡單得多，也沒有一個像《易經》這樣的理論基礎，而且好多是貧苦的流浪民族如吉普賽女郎所為。

我大概屬於命苦的，一生曲折坎坷，嘗盡兇險磨難，雖然有過成就、有過榮譽、出過風頭，皆因不願說違心話而屢遭小人暗算，一

再被貶受冤屈。不堪忍受，又不甘就此罷休，所以四十出頭還出洋闖蕩，另找機會，這都是受了貝多芬的第五交響樂（以及德沃夏克的第五交響樂《新大陸》）的影響之故。

作為洋人，貝多芬沒受過孔老夫子的教誨，所以不懂五十歲上應當知命，全聾的他偏要繼續同命運抗爭，結果是又創作了萬世傳唱、帶有光輝的合唱曲《歡樂頌》的第九交響樂。

我雖無他的才氣，但他那不願怕馬奉承趨炎附勢的傲氣和脊樑骨我還是有的，所以寧可遠走高飛，也不向權勢低頭。

貝多分雖然不服命，但他心中還是有神的，也有因神而來得喜樂，所以在耳聾中仍然頌唱在祂的聖殿裡全人類皆兄弟的歡樂。在備受命運折磨的苦痛中，唯有神才能給我們在孤獨中帶來藉慰，是使我們放下重擔繼續歡樂的源泉。否則光靠個人意志，還是無法戰勝命運的。

對我來說，海外並非避難的天堂，因為我發現其實愛暗算、善放冷箭、慣會誣告誹謗寫匿名信打黑報告的小人在海外華人中仍然到處存在，防不勝防。唯有神才是我最好的護身符。

這是我在坎坷生活和命運摧殘中所體驗的，並且因此時刻眷念著神的看顧。

寫於1998年5月，其後做過若干修改

希望的火星

中國人向來是殘忍的。

我這樣說又可能招致責難，比如，你怎能打擊一大片，我就向來仁慈而不殺生。我不擬對此多費筆墨，因為老編能恩賜的篇幅有限，況且誰也不敢誇口說自己從沒講過諸如上海人精明、北方人直爽、廣東人愛吃、澳洲人懶惰、男人花心、女人易變之類的典型化言論，雖然只是部分上海人、北方人、廣東人、澳洲人、男人、女人才這樣。

又如，你怎對得起祖國的養育？我的新祖國澳洲的確養育了我，而對她的一些不合理情況、對執政黨的總理、部長等，我照批不誤；在母國曾忘我工作卻飽受不公正對待的我，卻連說母國的一些怪現象，還沒有涉及到她的制度和政府，也要遭華人同胞的責難。

如果這樣的責難不揭破我的舊創的話，它們原是早被淡忘而寬宥了的往事，而我也絕不懷恨不公正待我的人，因為個人行為只是文化、社會制度和民族性使然。

批評母文化的糟粕和民族性的弱點，反思我們的文化，是要有勇氣的，是要冒著被汙衊為「醜化中國」的危險，也是為衛道士們所痛惡的，家醜怎能外揚？

但是沒有對母文化和民族的深愛，希望它們能跟上世界和歷史發展的潮流，怎會有這種敢揭母文化短的勇氣？比如對去年美國的九月事件後中國國內網上調查的發現，七成以上中國人對此抱幸災樂禍的態度，就曾使我無比痛心。

中國歷史上名目繁多的酷刑足以顯示中國人的殘忍：將敢於批評最高統治者的人扔入油鍋綁上燒燙的銅柱抽筋剝皮活剖胸膛，將企圖

謀反的人腰斬車裂五馬分屍，對死囚施剮刑作凌遲處死⋯司馬公受的宮刑還算是仁慈的呢。

審問疑犯的用刑亦使人心驚膽戰，使人皮開肉綻的大板只是小菜一碟，什麼夾棍老虎凳灌辣椒水竹籤釘指甲用電棍把人包在麻袋裡打⋯有些一直用到現代，如據說的國民黨對被捕的共產黨、文化革命中「革命小將」對「牛鬼蛇神」的毒打、公安部門對敢於反對毛澤東的張志新女士的種種殘忍的酷刑甚至處死那天還要割斷她的喉管不讓她喊「反動口號」，直至今日中國某些地方的公安局和勞改營對犯人的種種虐待。

不光對肉體殘忍，還對精神殘忍，現代的文化革命能集中反映這種殘忍：給「專政對象」剃陰陽頭戴高帽澆痰盂水掛黑牌罰在「寶像」前長時間下跪請罪遊街⋯舉不勝舉。這些我的親友們都遭受過，更慘的是落難者非但得不到同情，還要被眾人踩上一腳，讓他身敗名裂永世不得翻身。直到現代，對即將被行刑的犯人還要五花大綁、掛牌、跪地受槍決，進行肉體精神雙重摧殘，剛吃槍彈就被開膛破腹取走器官。

這種雙重殘忍還一定程度地延伸到孩童：老師可以打罵挖苦學生、用戒尺打他們手心、罰他們站壁角，家長有權打罵子女。在澳洲，對兒童，哪怕是自己的子女，不僅是體罰，就是責罵，即verbal abuse（語言虐待）也是違法的，發現的話會馬上被員警拘留。

更普遍的是對動物的殘忍，常為滿足口慾，比如活食猴腦等。先父曾告訴我有這樣一道菜：將活鵝在燒熱的鐵板上趕著跑後宰殺，煮食其被燙腫的掌。中國人好吃活食，因其鮮美：將活魚刮鱗剖殺、將活甲魚切腹開膛、將活田雞割頭剝皮、將活蝦蟹浸入酒醬、將活大蟹斬塊生炒、將觸鬚還在抖動的龍蝦一片一片地刮下牠的肉來吃，謂之「刺身」，同凌遲處死有何兩樣？上海人吃鱔絲要用釘將活鱔的頭釘在木板上，用鋒利的竹片刮下肉來現炒現吃，而鱔骨還在扭曲掙紮！

這樣的例子舉不勝舉。

第一次使我反省自己民族對動物殘忍心的是八十年代初剛開放後我和同學們陪英國專家羅蘭女士去常熟玩的那天。正是陽澄湖大閘蟹肥壯的金秋時分，我們當然希望她品嘗這美味。被五花大綁煮得發紅的大蟹上桌了，當羅蘭聽說為了蟹肉鮮美、為了怕蟹掙扎使蟹黃流失，要將牠們牢牢地綑綁住用水慢慢蒸熟（從冷水煮起），她以手掩面，連聲說太殘忍了，就拒絕進食。雖然弄得大家很掃心，我卻知道了國門外資本主義的洋人對動物的愛心要遠勝社會主義的我們。對動物如此何況對人，我暗想。

我在布里斯本學習的最初的幾個月，曾在一家西餐館打工，看到他們做龍蝦是大廚用一把尖刀，很快地刺中龍蝦的心臟，使牠立刻死去，然後將牠扔進滾水，取出來以後才剖身取肉做菜。龍蝦在瞬間就死去，而不是被凌遲處死。

前幾年陪我的副院長勃朗教授去上海訪問又碰上類似的事：招待我們的菜餚中有道將鮮蹦亂跳的蝦當場浸入酒薑醬料之中活食的菜，東道主津津樂道它何等鮮美，勃朗卻按筷沉默不動。處於禮貌他沒說羅蘭那樣的話，我卻知道他在想什麼。

然而幾天前在新加坡時看《聯合晚報》讀到一條報導卻使我看到了中國人逐漸脫離殘忍的希望。從那麼多中國新聞中選這樣的一條報導，足見新加坡老編覺得它不尋常。

報導說為了在國慶黃金周吸引遊客，南京某動物園推出三隻野性大發咆哮的餓虎圍攻撲殺一條老黃牛的殘忍而富刺激性的節目。但許多市民包括小朋友對此血腥表演抱有反感，聯合簽名抗議。

我不想討論是什麼使他們有了這樣的愛心。但我覺得這種抗議是希望的火星，是一種進步，有利於進一步促進中國人愛心的萌發。但願我孤陋寡聞，在中國其他地方早也已有了類似的愛心的事例。

寫於2000年10月

未來的議員從這裡誕生

今天下午到安妮的家給他的三個孩子上中文課時，她的一家處於極大的興奮之中，以致安妮問我這次中文課是否可以暫停，因為她和丈夫彼得剛從兒子志聰念書的學校回來，心情一下子難以平靜，而且他們準備今晚慶祝一番。

我覺得很奇怪，問安妮家裡有了甚麼喜事。

安妮說，志聰昨晚邀請父母去她的學校參加本屆學生會的初中部學生領袖（Student Captain），即學生會主席的最終競選和就職典禮，因為從上星期學生會發給學生的「民意調查」（poll）顯示，這次他很有把握能在五名最後的候選人中勝出，可以當選為學校初中部的學生領袖。

馬來西亞華裔的安妮是全職母親，負責照看全家二男二女四個子女並料理家務；德國裔的彼得是高級建築工程師，為了支援兒子，彼得特地從公司請了半天假，同安妮一起去志聰的學校。

安妮說今天下午課後全體初中生在學校的禮堂集中，舉行學生領袖競選的最後一輪辯論和接下來的投票選舉以及隨後的新當選領袖的就職典禮。他們和很多家長一樣，應邀列席了學校的這個重大活動。

彼得無法抑制激動地告訴族我，志聰在辯論會上做了一個非常精彩而成功的演說，獲得了師生和家長們長時間的掌聲。在接下來的投票和緊接著的開票中，志聰果然以高票當選本屆學生領袖，任期一年。

彼得說，他從來沒有聽過自己兒子的正式演說，想不到有這麼高的水準，如此雄辯，連他也被深深打動，如果他有選票，也會投志聰

一票的。他為此對兒子感到非常驕傲。

同很多海外華人一樣，安妮對四名子女的教育非常重視，抓得很緊，同時要求他們在課外學習中文，聘請我每週去給他們上課。現在老大莉迪婭和老二志聰讀中學，老三和老四還在小學。他們在學校裡的功課都很出色，家庭學習室的牆上掛滿了各種榮譽證書、獎狀和參加各種比賽的獲獎證明。

彼得非常支持安妮對子女的教育。唯一不同的是，安妮和很多華人一樣，希望將子女送進昂貴的私人學校。做為高級工程師的彼得，不是沒有這個經濟能力，但他認為這樣的話，子女可能會產生高人一等的思想，不利於自己以艱苦的努力去取得成績。他說自己出生於貧寒家庭，靠著自己的努力念完博士，考進大公司，一直做到高級工程師和行政主管，孩子也應該這樣。

這種想法我在自己的導師巴特萊教授那裡也聽到過，他在美國念博士時也曾自己打工掙自己的學費，他也不願意讓兒子從小養尊處優地在名校讀書。所以安妮的孩子們都在普通的州立學校讀書。

這個中西結合的家庭，更注重孩子的實際能力的培養和全面發展。在業餘時間裡，他們學鋼琴、大提琴、單簧管，孩子們可以組成一支室內樂隊。他們又學習父母雙方的母語德文和中文。體育方面，莉迪婭和志聰都是空手道的黑帶。孩子們還在彼得的帶領下週末去游泳和踢足球，因為彼得非常喜愛足球運動，年輕時曾是大學足球校隊的隊員。

三年多來，我一直是這個家庭的中文老師，對這個家庭十分熟悉。十四歲的志聰去年剛從州立小學七年級畢業[1]，進入初中。去年他就參加過學生領袖的競選，以微弱少數落選。今年升入初二的他再次參加競選，終於如願以償，獲得了勝利。

安妮對我解釋說，每年學校都要進行初中部和高中部[2]的學生領袖的改選。全校學生都可以報名參加競選。候選人可以在業餘時間向

全校學生宣傳他／她的「施政綱領」，介紹自己的品格、為人和領導能力。在經過若干次公開演講和辯論之後，上屆學生會會遴選出本屆最後的五位候選人，最後在全體學生大會上（這一切都是學生會在沒有教師的干預下自己組織的，邀請教師和校長參加，聽取最後的辯論和觀看選舉）進行最後的候選人之間的辯論，然後每人做一次五分鐘左右的演講，再由全體學生投票表決，選出正副學生領袖；沒選上的幾位候選人就成為本屆學生委員會的成員。學生領袖作為學生代表，參加學校的校務委員會，同校長、校董會（School Counsel）一起定期開會，研究學校的重大問題。所以學生領袖還代表全體學生，肩負為學生們在校務委員會裡爭取權益的任務。

去年志聰初次參選，因經驗不足、準備不充分、演講欠雄辯，加上剛進初中不久，對學校情況還不太熟悉，以數票之差敗落。事後，聽過他演講的老師覺得他有潛力，主動幫他總結和分析不足之處，找出改進辦法，他也徵求了父母的見解，今年就顯得非常老練和從容自如了。

我聽得很感興趣，便請志聰自己談談這次他是如何改進的。他說這次自己早就做了準備，先是分析了學校的現狀和學生中間的問題以及他們的要求；然後聯合了支持他的同學們，組成了一個競選班子，為他出謀劃策。同時，競選班子在全校廣為志聰作宣傳，提高他的知名度。他們做了塊大型的宣傳板，上面寫了「請投安德魯（志聰的英文名）一票，他一定能為你們服務，代表你們的利益。」他們還把他對如何協助學校搞好教學和紀律、治理等，以及應搞的各項活動等的設想列成一些簡明的條文，寫在宣傳板上，讓全校同學知道。

他並訪問同學，聽取他們的想法，在這個基礎上起草演說稿，所以演說稿顯得有血有肉，針對具體的現實問題。他告訴我爸爸媽媽都看過他的演說稿，幫他修改提高。他還在家裡面對全家進行過幾次「排練」，大家出點子幫他進一步提高。

彼得在旁邊說，所以今天志聰出場時顯得胸有成竹，從容自如，發揮良好，幾乎無可挑剔。以彼得對其他所有演講者的表現和他所觀察到的師生的反應，他肯定志聰應該在五名「決賽」者（finalists）中穩拿「冠軍」。父親的興奮和驕傲禁不住顯露在臉上。

說著，他拿出親自在現場為志聰拍攝的錄相帶，放在放相機裡放起來。電視螢幕上頓時出現了這位小演說家面對數百名師生和家長鎮定自若、表情真切、音調變化和手勢動作並茂的演說。

看完錄像，我止不住也喝起彩來。我說，看來志聰非常成熟，他將來可以當個政治家，競選國會議員。彼得很認真地說，我看他完全有這個才能，會是個好的政治家的。

回家的途中，我感慨萬千。澳洲未來的國會議員就是這樣產生的。他們從小就知道了要當選為領袖，必須具有為其代表的人服務的思想及其應盡的相應的義務，並要以自己能為他們做甚麼來努力取得想為之服務的對象的信任和認可，從而將你選出來。

西方學校很注重實際能力的培養。比如對語言能力，就注重溝通的能力，包括口頭表達的能力、以理說服人的能力、有條理地組織觀點的能力，這些能力綜合地表現在辯論和演講的技巧上。

這些技能技巧對於偏重書本知識的中國式的教育來說是不可思議的。中國式的教育被稱為應試教育，只求書面考試獲得高分，不求是否能溝通、能闡述觀點和能解決問題，這就是為甚麼中文裡把去學校接受教育稱為去讀書／念書，教學稱為教書，教師稱為教書匠，而且教學常被稱為一本書主義，即教學按一本教科書進行，教師把一本教科書教透了（所謂吃透教材），就是好教師；學生把一本教科書學透了，就是好學生。

本人在母國上過兩次大學，包括數學系和英語系，還教過二十幾年書，多年被評為優秀教師，但是卻沒有學過或教過辯論術和演講術這樣的應用性的技術。它們是我來澳洲後在自己的學習和教學中學會

的。我認識的來自港臺中的移民的子女，功課都很好，也不會辯論和演說。但辯論是這裡中學的一門課程，而演說則是學生學習的每門課程都有的考查的一部分（口頭考查），因為每門課程都會要學生做一個演講（presentation），講題在老師給出的幾個講題中自選一個，來顯示他們對這門課程中的這些課題的理解、見解甚至創見。這種考查稱為開放性的考查，沒有標準答案。我曾輔導過他們，使他們在班級的辯論比賽中獲得了好成績，或者能夠做一個精采的有說服力的演講。

澳洲能出二十多歲的議員，三十多歲的內閣部長，四十多歲的州長甚至總理。他們都是在競選中展現他們的才能，靠著語言的能力、組織的能力、交際溝通的能力、籌款募捐的能力等等，來獲得選民的信任，真刀真槍地拚搏出來的。我不但期望母國也出現這樣的政治人才，不是靠裙帶、靠派系、不是靠吹拍、不是靠取得上層的信任而受到提拔，而是靠自己實際的解決問題的能力和取得選民的信任來上位，也期望這裡有更多的在澳洲受過教育的年輕的有華人血統議員的誕生。

寫於1998年3月，其後曾作修改

後記：幾年後，我在昆士蘭州的某教育雜誌上看到一個報導，標題是《昆州最聰明的家庭》，上面有一張彼得夫妻和四個孩子的照片。報導說，四個孩子的智商全部在150以上，莉迪婭獲得全昆州高中數學比賽第一名。我很幸運，曾作過這個家庭的私人教師。

1　當時昆士蘭州的小學是七年制。
2　當時昆士蘭州的中學，初中是三年制，高中是兩年制。

敢於夢想、努力並實現夢想

　　昆士蘭在五月十五、六兩天接連創造了兩項世界第一：一是陽光海岸穆魯拉巴十六歲的小女孩傑希嘉・華生（Jessica Watson）在十五日完成長達38000公里（23000海裡）的環球航行回到雪梨，創造了歷史，成為世界上最年輕的、單人連續不間斷而無援地完成環球航行的人；二是Gateway大橋的新的「孿生橋」在十六日竣工向行人開放，近十八萬人步行走過這座三公里多長的大橋，成為世界上最長最大的單行橋（世界上大多數名橋是雙向的），這兩座平行而形狀幾乎同樣的大橋，每條單行六車道，創造了一項世界第一。

　　我更為傑希嘉的成就激動無比，在看電視時和成千上萬歡迎她勝利返航的人一樣，感動得止不住流下熱淚。去年十月十八日她衝破阻力出發的時候剛剛十六歲出頭些（五月十八日是她十七歲生日）。環球單人無援不間斷地航行，需要有多大的勇氣、意志和毅力、克服困難和不怕艱苦的決心、堅強的體魄、各種相關的知識和航海技巧、智慧和自助能力、心理素質（不怕孤獨和寂寞、獨自排解一切可能出現的困難）啊！

　　特別是勇氣，她需要做好犧牲生命的思想準備。海上的氣候瞬息萬變、風暴說來就來，這麼一條小船，被風暴打翻、傾覆、擊沉，使她在瞬間葬身魚腹的危險分分鐘存在。光在這條小船上孤獨地生活七個月（210天），就不是件容易的事：吃喝拉撒睡，再加要隨時應付突如其來的困難，都在這小小的空間裡，困乏了只能休息一下，還不能安心睡覺。不信，不要您冒這麼大的風險，就讓您一人孤獨地關在一間十平方米的屋裡過七個月試試看。

七個月不上陸地連續航行，使她在上岸時站立不穩，要父母的扶持。七個月不能好好睡覺，她說這是她能躺平、放心睡覺的第一晚。七個月沒理髮和好好洗頭，她說她需要去剪髮並舒服地洗個頭。七個月沒有吃新鮮的蔬菜水果，她想好好享受一下沙律的滋味。對一個十六歲的女孩，吃這一切的苦是容易的嗎？

　　這就是為什麼陸克文總理要稱讚她是澳大利亞最新的英雄。這誇獎一點也不過分。

　　可貴的是，傑希嘉卻說她不認為自己是英雄。她說她只是個平凡的女孩，只是自己有一個夢想，並努力工作去實現自己的夢想罷了。就是說，吃這麼多的苦是她為了實現自己的夢想而心甘情願自己找來吃的。面對這麼多的人，面對澳州總理，她說這話是多麼自然而真情、謙虛又不靦腆、成熟而無誇張。

　　說自己個人有個夢，去努力實現它，這是多麼自然而又真實的表白！不像中國有些孩子或者青年，在創造了令人讚賞的成績後，說這是在復興祖國的偉大的中國夢的鼓舞下實現的。

　　從電視上看，正如她自己所講，她真的是一個普通的女孩，我可以隨時在馬路上時時蹦到很多這樣的女孩。可她確實又是不平凡的。這個不平凡在於她敢於面臨巨大的挑戰，給我們每一個人，不光是年輕人，一個清晰而再簡單不過的資訊：人生要有夢想，然後努力、勇敢地去實現它！我想，這樣的人生纔有意義。

　　自從美國黑人牧師馬丁路德金在1960年代作了著名演講「我有一個夢」以來，四十多年裡，「夢想」這個詞被全世界的人，包括當代很多中國年輕人用得越來越多而廣了。很多人在努力尋夢中成功地享受了人生、實現了自己的價值、度過了有意義的生活，而不是懵懵懂懂地，或者紙醉金迷地混過一生。「夢想」確是個美麗的詞。

　　我之所以被感動得流下熱淚，是因為我在這樣的年齡時是不准有自己的夢想的。當時在上海某市重點中學成績一貫全校最優的我，

在先父給我講很多世界名人的薰陶下，確實也曾有過成為居里夫人之類的科學家的夢想。可是不久就因為出生不夠紅，又說了跟政治老師「唱反調」的，但在相隔幾十年的現在看來，是已被事實證明了的絕對正確的真話，而被戴上白專帽子，被壓得翻不了身，被殘忍地剝奪了夢想的權利。

我們那時受愚民政策教導要當一顆螺絲釘，一切服從黨指揮，黨說幹啥就幹啥，讓黨擰在哪裡就在那裡生根，哪有個人夢想可言！稍想專研一下業務，就被說成走資本主義個人成名成家的道路而備受批判。

慢慢地人變得現實，得過且過，只求平安無事，吃吃大鍋飯、跟著喊喊口號、隨隨大流，不求有任何的成就，只求「政治上」不犯錯誤，特別是在文化大革命中，一晃就浪費了最寶貴的十年黃金時代，然後稀裡糊塗就混過大半輩子。

傑希嘉鼓勵了我這樣一個頭髮花白的人。我其實還能有夢想，夢想是從自己的心靈產生的，而非政府號召的；夢想也不是年輕人的專利，特別是在一個自由、民主和平等的社會裡。

我覺得傑希嘉的成功還得感謝他的父母親，正如她所說的，同他們的支持分不開。這是我感到西方教育不以考分論英雄的優越性。中國家長，一輩子只想讓子女不離左右（現在是寧願自己省吃儉用，非得讓他們一級級地考上去，直到大學畢業），連子女畢業後就職都希望在本地，對他們一百個不放心，說是可憐天下父母心，包括家母，天天叮嚀幾十歲的兒子出門要小心開車，能支持子女做這樣冒險的事嗎？在孔老夫子「父母在，不遠行」的束縛下，孩子能做這樣不孝、不聽話的事嗎？

突然想起多年前我在布里斯本文法學校教書時，曾有過兄妹兩位洋人學生，他們的家長，花了幾年時間自己造了一條船，來學校給孩子請假兩年，說是他全家，包括妻子和三個子女，要自己開船花兩年

時間環遊世界。

　　現在看來我當時問的問題愚蠢透頂。我問：「那麼你子女的學習怎麼辦？」他說：「我想，這兩年中他們將學到的，無論如何會比學校裡能學到的多，因為我們會去很多國家、會在很多城市上岸的，會瞭解很多國家的經濟、政治、自然、地理和風土人情等知識！」

　　後來我離開這所學校，不知道這家人怎樣了。我想，傑希嘉現在也是這樣，她覺得自己成長了，經驗改變了她。雖然她還會回學校學習，可是她在七個月裡所學的，是沒有一所學校可以給她的，特別是通過努力使夢想成真的經驗！

寫於2009年5月

父親節的隨想

　　信箱裡塞滿的junk mail提醒我父親節又來到了。各大公司、商場都競相宣傳特價的、可供子女買給父親的禮物。其中最多的是工具、五金、汽車零件、園藝用品之類的東西，彷彿父親在西方文化中象徵著「動手」。

　　可是開了多年汽車的我，卻還不會排除最小的障礙；擁有自己的住房已經多年，對房子出現的問題，包括細小的水龍頭漏水，仍然束手無策。從西方的標準看，我是個無能的男子漢！我也從來沒有從女兒那裡收到過工具之類的禮物，因為她對我的雙手的無能是徹底暸解的。

　　到澳洲的第一個月，我跑穿鞋底到處找工。人家問我有什麼技術，我無言以答。後來吹牛說曾做過大酒店的客房管理。其實我只是翻譯過幾本酒店管理的書（在八十年代中期，西方大酒店的連鎖酒店如喜來登、希爾頓、假日酒店等剛剛進入上海，上海根本還沒有現代酒店管理方面的人才），並以作口譯員的形式幫助從美國來的客房部總經理培訓喜來登酒店客房部的員工，作為旁觀者，我在培訓中觀看過客房清潔工怎樣工作。這使我終於在一間背包小旅店找到了一個客房清潔工的工作，卻在老闆叫我用那時我還是第一次見到的吸塵機清潔地毯時幾乎出了洋相。好在憑著小聰明，鬼使神差地按對了開關，叫吸塵塵機轟轟地轉動起來了，才被我蒙混過關。

　　此後又在一間西餐店找工時，老闆將我領到廚房裡的一架大型洗碗機面前問我會不會使用。其實此前我連看也沒有看見過所謂的洗碗機，中國那時根本還沒有這種玩意兒。為了得到這份工作，我只能硬

著頭皮說會，一面仔細偷看那位洗碗工怎樣操作那架機器。也是靠著一時的機靈，我把洗碗機開動了，被老闆錄用，因為他可以節省一些培訓費用。

此後幾年，在大學學習和在學校教書中，我才發現澳洲的教育，並不過份偏重於書本知識和讀書能力，卻極其重視動手能力的培養，還有實踐、收集資料和研究的能力。以前在中國給學生上英文課時，我曾講到西方人的DIY（do-it-yourself），即自己動手來做事的精神。但只是到此時，我才對它有了真正的理解。

在攻讀第二語言教育碩士課程期間，週末我常在導師愛立克博士家度過，幫他搞一些用電腦對語言進行處理的研究和研究數據的分析。我第一次去他的家時，他帶我參觀的不是他那寬敞豪華的住宅，也不是他那藏書豐富的書房，而是他的家庭車間和電腦房。

令我吃驚驚的是，這位文質彬彬的學者的二十多平方米的車間裡，不僅金工工具齊全，而且還有小型車床、鑽床、電刨、電鋸等機械，他說他不但自己修汽車，而且家裡式樣新穎、做工精細的家具，也大多是自己打樣、設計，自己製造和油漆或上蠟克的。還有他的電腦房裡的三台聯網的電腦和全套列印設備也是他自己維修的。

吃午飯的時間到了，博士繫上圍裙，親自給我這名學生煎牛排。在中學教書的博士太太擁有碩士的學位，卻在家裡的後園開闢著一個家庭農場，種著白菜、西紅柿、豌豆、草莓、葡萄和西瓜等。每次我回家，博士太太總不忘要裝一袋自己種的蔬菜和水果讓我帶回家。

我的中文學生和朋友裘思女士有個了不起的兒子，名叫格拉漢。我認識他的時候，他只有十七歲，剛剛高中畢業，小號吹得十分了得。那年暑假裘思請我到她家去住兩個星期，我便同格拉漢成了無話不談的好朋友。我看他並不是在假期裡只練習吹號，而且還利用時間，將家裡的幾輛舊汽車（他去世的父親留下的，還有多年前他大哥和姐姐留下的舊車，因為大哥去坎培拉工作，姐姐離家搬到凱恩斯和男友

同居了）拆拆拼拼裝裝，裝配成一輛可以開動的汽車，居然還通過了交通部的性能測試，取得了上路證，開著它去找工掙自己的零花錢。

他說，他從小就在父親和大哥修車時做他們的幫手，跟他們學會了修車技術。後來他還開著這輛雜牌車去上班。在上海時，我對有時幫我修自行車的同事梁老師已經佩服得五體投地，這兒的娃娃卻能自己裝修汽車！格拉漢後來被部隊的軍樂團錄取，部隊出資送他去音樂學院學習管樂。

我家西面的鄰居，早就退休的八十多歲高齡的泡普大爺，雖然膝下已有十五個孫兒女和曾孫兒女，精神和體力卻仍然非常旺盛，每天穿著工作服，在自己樓下的家庭車間、花園和後花園的玻璃花棚裡忙個不停：修車、修家具、油漆、嫁接樹苗、栽種花草、鋪花園裡的水泥小徑。我瞭解到他常將自己培育的盆花和樹苗拿到週末市場去出售，賺取額外的收入。住在馬路斜對面的他的女兒和女婿上班沒空，他幫他們家油漆內外牆甚至修汽車。

有一次我在家裡割草坪，二手貨的老爺割草機忽然罷工了。在隔壁花園裡工作的泡普大爺爺看到了，一米八幾的高個子的他，輕鬆地跨過矮籬走到我跟前說，「聽它的聲音我就知道它有什麼毛病。你把我的割草機先拿去用，我幫你修你的割草機。」幾天後他把我的割草機修好推到我家，說他換了幾個零件。我付了零件費給他，他卻堅決不肯收修理費！

我家後花園有三棵名種Bowen芒果樹，春季開花時，他會背著農藥桶不請自來地幫我噴灑殺蟲藥，彷彿這些是他的樹一樣，所以每年我都可以摘三四百個大芒果。我會挑選十幾個大芒果送到他家，他笑嘻嘻地從不推辭。

有一次我想問他借一把鎬鋤地，他將我領進他的車間，指著一邊牆上整整齊齊地掛著著的十七把不同式樣、不同大小的鎬，問我要哪一把。我頓時傻了眼，張口結舌竟答不上來。他解釋說，各種鎬有不

同的用途，鎬還有男式和女式的區別。土質、岩石不同的地面，要用不同的鎬來挖。我這個讀了二十幾年書的、人家以為很有學問的人，居然連這一點都不知道！

東面的鄰居，小夥子約翰，父親給了他一棟舊房子，給他結婚用。他花了兩年多的業餘時間，將它改建、擴建、加搭木頭的大平臺、屋裡屋外油漆粉刷、鋪水泥車道、平整地面、種花栽樹鋪草坪，還在花園裡鋪上石板小徑。除了週末有時候會請一些專業戶的朋友來指點和幫忙，一人身兼木工、泥瓦工、管道工、水泥工、油漆工和園藝匠等數職，有時還沒過門的新娘也會來幫忙。現在房子面目一新。他今天告訴我，如果請人來做這些活，起碼得花五六萬元。剛工作不久的他，當然付不起這些錢。

這我不感到驚奇，因為我在昆士蘭理工大學的朋友麥克，結婚不久已經有了一個女兒，他的房屋工程卻還沒有完工。我到他家去做客時，看到他家裡堆放著油漆桶、油漆刷等工具。他也是說，他同太太有空就花在房子的裝修上，一年後你再來看，一切都會變樣。我的上司朗諾在來我家幫忙建車庫時也說，他的第一棟房子是同當時的未婚妻一起建造的。

我曾想建一條水泥車道並搭建一個能容納兩輛車的車庫。打聽下來，各需兩千五百元。朋友，畫家伊安和裘蒂夫婦聽到了，便自告奮勇地要利用週末來幫我鋪水泥車道，因為他們有這個經驗，他們剛為自己的家鋪了一條三十米長的水泥車道。他計算了一下，指示我去訂購多少水泥、細石子、黃沙，加上多少何種規格的鋼筋網。到時候，他們開來一輛卡車，裝著所有的工具，包括一架小型的水泥攪拌機。他做指揮兼技術工，我做小工；兩對夫婦奮戰一個週末，一條18米長的車道建好了！我省下了一半多的錢。我從來沒聽說過哪位有名的中國畫家，同時也能自己做這些事情的，只知道齊白石是木匠出身。

一次我和太太迪珊去伊安和裘蒂家過週末，當我們得知這位頗有

名氣的、多次得獎並被州議會邀請為議會大廈的牆上掛的歷任州長畫過像的多面手畫家、陶瓷藝術家，他們的住房、家具、八十平方米的畫室，還有燒瓷的電窯居然都是自己設計、自己動手建造、製作的，我們的驚奇是可想而知的。除此之外，他還在自己的屋子周圍的地上經營著一個家庭生態農場，供應自己家需要的蔬菜、水果和雞蛋。

車道建好了，接下來的事是在車道的末端蓋一個雙車庫。上面說過，我的上司，擁有碩士學位的高級知識分子朗諾主動要求幫我蓋車庫。他已同我商量好了建造的步驟、量好了尺寸、畫好了圖紙、列出並計算了材料及其規格，還拿來了市政府的申請表讓我填好。一等市政府批准建造後，就去訂購材料，並在假期中開工。說到工具，他說不用我操心，他什麼都有，而且他知道哪家店的價格最好。他家裡的一切修理、改裝都是自己搞的。我在中國生活了大半輩子，上司主動出力氣、出工具、出點子幫我修東西，還沒有經歷過。不光是我，墨爾本的弟弟告訴我，他家的車庫，是他的校長利用週末來幫他建的！

我忽然想到英國作家丹尼爾・狄福（Daniel Defoe, 1660-1731）寫的《魯賓遜飄流記》。這本三百多年前寫的書，早已典型地反映了西方人不怕困難的動手精神和傳統，能一個人在一座荒島上靠自己動手生存下來。在中國遵循孔老夫子教導的君子動口、小人動手和唯有讀書高的傳統思想的束縛下，知識分子強調十年寒窗懸樑刺股式的苦讀，為的是能混上一官半職，做所謂的「人上人」。他們看不起雕蟲小技，即那些有技術能動手的工匠。

我這個所謂世代書香子弟，和我的兄弟們一樣，從小在校讀書時都是成績優異的高才生，工作後又都是有名的優秀教師、醫生、教授、藝術家、作家、學者，也是父母的驕傲–都有值得自誇的洋洋數百萬字的著作，卻都缺乏動手能力。

中國在十九世紀中期被西方打敗，不用光去指責西方人的侵略，因為很多國家，包括我們自己的中國，都曾有過侵略、征服落後弱小

腦海風暴

　　我第一次聽到「腦海風暴（brain storming）」這個英文詞是1988年我剛來澳洲學習後不久。那是在我們的閱讀學碩士班的一堂兩小時的課上，導師對正在學習的內容布置了一個討論題，要大家「腦海風暴」一番。

　　老實說，在中國教過高中、大學英文和中學英文教師進修班的我，又教過業餘學院的託福訓練班，自以為英文很好，託福又考了高分，居然對這兩個明明認識的簡單的詞一頭霧水，對它的意思一竅不通。腦海怎麼能有風暴？怎樣興起風暴？這風暴又是派甚麼用場的？我心中納悶。

　　因為心中不踏實，我一言不發，看同學們怎樣做。這個有二十來個同學的班上，除了我一人是海外學生，全部是澳洲學生，而且全部是澳洲的中小學英文教師，即他們的語文老師，甚至有中小學校長。[1]

　　同學們分成幾個小組討論開了，每組四五個人。大家在桌上鋪開了很大的紙張，選一個人做紀錄，一個人作組織者，大家發表對這個討論題的看法。作記錄的人用粗的白板筆（white board marker），將每個人提供的觀點簡約成要點（dot point），一條一條地記寫下來，最後讀一下，問大家有沒有遺漏或補充。沒有補充後，組織者就讓大家討論和分析一下，看看那些觀點不太妥當，可以修改或剔除，那些觀點可以合併，最後得出自己小組對這個問題的集體觀點。

　　最後各組推一名代表到班級前面介紹自己小組的觀點，同其他小組交流。這堂課就這樣上好了，導師並沒有講解得的多，大多是學生自己在講。

原來這就是腦海風暴！這不就是小組討論嗎？為甚麼不用group discussion這個詞呢？我仍然納悶。

　　不過我已經可以看出，同一般的小組討論不同的是，每名組員都積極地投入了貢獻意見，沒有置身事外、遊手好閒的人；大家貢獻意見還挺起勁，確實有點兒風暴的感覺。

　　工作後，我在工作單位裡也經常聽到這個詞。在教學中、在研習班（workshop）上，老師們和培訓員們都經常用腦海風暴這個辦法，啟發學生們、學員們思考和解決問題。在組室的討論工作的會議上，在學院召開的研究學院的政策和發展方向的會議上，腦海風暴都是很常用而靈驗的方法。

　　我記憶很深的一次腦海風暴，發生在六年前（1992年）。當時學院剛完成了一次重大的結構調整。院方召開了一次全體教職員工大會。這個會議只有一個議題：確定學院的新的「使命宣言（mission statement）」。

　　澳洲各單位、工廠、公司、政府部門都有使命宣言，發表在它們的宣傳小冊子上。這大概來自西方基督教國家的文化傳統吧，因為基督教就有傳教的使命，傳教士／傳教活動就叫「使命（missionary）」。

　　當時我來澳洲還只有四年多，我感到新奇的是，一所高等院校的使命，或用中文講是全院的面向社會公開宣布的「任務」，不像在我的母國的單位那樣，是黨委和院領導們，甚至是教育部／局／廳制訂的，然後是自上而下地進行傳達，並組織職工學習討論，深透地領會其精神，然後貫徹執行，再加經常性的檢查，看貫徹是否得力，而是來自每一名普通的教職員工。

　　當時，昆士蘭州的高等職業技術教育正在經歷一場重大的變革：以學院和教師為中心的傳統教學模式，即學生走進來的模式已經過時，必須代之以把學生、培訓對象和企業當作顧客和服務對象的模

式，即學院主動走出去為他們服務，並按顧客的需求來製訂教學和培訓計畫，也稱作「量身訂做」（tailor-made）或「為客戶訂做的」（customised）培訓計畫。

為了適應這種新的模式，學院的使命宣言必須改寫，以明確地反映顧客至上和以學生為中心的思想。

全院教職員工打破系科和組室，被分成若干大組，下午用幾個小時進行腦海風暴式的討論。之所以打破系科和組室，是為了每個組都是學院的一個「橫切面」，在腦海風暴時都能最大程度地接納和考慮來自不同思維角度的意見。

一場風暴下來，各組的宣言草案都已經產生。這些草案上交到一個專門的小組，進行匯總、分析、比較、綜合、提煉、濃縮和文字加工。第二天新的新的宣言的草案已經出來了。這個草案被送到每位員工的手裡徵求意見，員工們將意見投入放在全院各個地方的意見箱裡。正式的新的宣言第三天上午就已經放在每位員工的案頭，成為全院共同的工作指針。速度之快、效率之高，令我這個從中國來的新教師感到不可思議！

更寶貴的是，這個宣言是民主的產物和結晶，出自全院每個人貢獻的意見，而不是學院領導自上而下發出的脫離實際的指示，它綜合了直接參與學院的各方面工作的職工們的實際經驗。

最近，昆州的職教培訓市場進一步引進了競爭，原來各校的經費直接由政府撥款的方式，正在改變自己找錢的方式，即政府按市場需要制定出若干需要開發的課程或培訓項目，進行招標，由各院校通過投標的辦法來爭取到這些課程或培訓項目的開發，即爭取到這些經費。

為了適應這一更為商業化的變革，作為部門經理的我又參加了一次為期兩天的、以腦海風暴作為培訓方法的研討班，學習了如何解讀分析標書，如何寫出有針對性和說服力投標報告。我覺得這樣的學習

方法，令我容易理解，對所學技巧印象深刻，學的東西也不易忘掉。

久而久之，我逐漸知道了所謂的腦海風暴其實是一種小組討論的形式，但它是一種高效的、能較快出地得出全組一致同意的結果／答案的民主化的小組討論。我逐漸明白了它其實是研究一個實際工作中（或者學習中）所產生的開放性的問題（即沒有標準答案的問題）時，尋求解決辦法（solution）的一種有力的武器。它的特點是所有的參與者都解放思想、開動腦筋、一起獻策，平心靜氣地共同尋求最佳的答案或方案。

腦海風暴分兩個部分，第一部分是開放，是最大程度的集思廣益；第二部分是收斂，是最優化的選擇過程。

開放部分有兩條重要的原則：一是對任何人所貢獻的意見，不論看來有多麼荒謬、簡單、幼稚、可笑、不完備、不著邊際，都要鼓勵，不批評、譏笑、打擊和扼殺，不評價好壞，不作結論；而且主持人把所有的意見的要點都要毫無遺漏地、平等地寫在黑板、白板或大張的白紙上。

二是只記錄意見、看法、想法、觀點，不寫下這是誰提出的；最後得出的結論或答案、方案算做集體的產物／產品，不評論誰的貢獻最大、誰的功勞最大、誰的觀點被接受了等等。如果說第一點是充分發揚民主，那麼第二點就是小組內人人平等，不管你做了多少貢獻。

收斂部分的原則是對記下來的所有意見、看法、想法、觀點等逐條進行客觀的分析、綜合、歸併、比較和遴選。因為並不留意是誰的意見、看法、想法、觀點，分析、綜合、歸併、比較和遴選就能做到客觀。這樣心平氣和地思考，比較合理的觀點、意見、答案或方案就自然會浮現出來，不管它是誰的意見。

這是一個簡單、民主、平等而行之有效的方法。然而，多少年來來，中國人無論在教學或其他工作中，都已習慣了封閉的、有標準答案的討論題。我們也有小組討論，但在討論時，如果有領導（或課堂

裡的小組討論有老師）在場／參加，大家就小心謹慎，不隨便發言，生怕說的不對，要等待領導／老師或有權威的人的發言，並以此作為標準；如果領導／老師不在，大家不是開無軌電車，就是因為不同的觀點而進行爭論／辯論，一定要分出誰的觀點正確，誰的不行，必須淘汰，往往爭得面紅耳赤，好些組員就寧可做觀眾，不發表意見，因為他們覺得自己水準不夠，拿不出好的意見／觀點來，怕被人見笑。來澳洲前，我曾多年擔任過一個有十八名老師的市重點中學的外語教研組長，對中國式的小組討論可說是十分瞭解的。

我年輕時，中國曾經有過一個相對開明的時期。那時，在各單位，解決一些生產或技術方面的難題中，曾經有過所謂的「群英會」、「諸葛亮小組」之類的群眾獻策的會議。但這只用於解決技術或業務問題。至於政治問題、政策問題，歷來是大家長黨委書記的一言堂，以突出黨的領導，那怕是「外行領導內行」。群眾對這些問題的解答或評價自覺迴避。在執行政策時，辦事人必須事事請示、時時匯報、聽取領導指示，必須學會善能見風使舵、鑑貌辨色的本事，否則難於生存，產生了由中華特色的厚黑學。

不知為何，這一傳統，在民主的澳洲，仍然在一些華人組織裡盛行。組織的掌權者容不得半點不同的意見，對之必加以打壓、排擠、殊滅、置之死地，以致那些組織不斷萎縮或分裂。

是否也能讓腦海風暴在中華文化中佔有一席之地呢？

寫於1998年6月

1　澳洲的中小學教師要求具有同樣的學歷，是教中學還是教小學，系按照個人的性格、脾氣和喜愛做自由選擇。

夥伴情誼

記得在荅厘慘案後的一個星期天，我去房角石教會做禮拜。當天是一位洋人女牧師講道，由我為她做口譯。

牧師說到荅厘爆炸發生後，儘管澳洲政府立即向尚滯留在荅厘島的澳洲渡假者提供了疏散返澳的班機，好多澳洲人仍情願在危險的荅厘耽著，因為他們的朋友下落仍然不明，他們不願在此時馬上離開。有一個橄欖球隊，隊員中有人傷亡，還有些下落不明，其他隊員怎樣也不肯離開，一定要等弄清下落不明的隊友的情況後再走。最後他們被動員離開了這個危險地方。一回到祖國，面對來接機的親友，這些剛強的男子漢馬上泣不成聲，還責備自己沒盡心等到隊友有消息後再走。

牧師說，這就澳洲文化的夥伴情誼（mateship）。說著她拿起一本書，說這是本暢銷書，講的是第一次世界大戰中澳紐軍團參與的在土耳其（當時的奧托曼帝國）的蓋黎波里（Gallipoli）強行登陸的戰役的事，寫得十分感人。在這場戰役中澳軍處於弱勢，有十幾萬將士傷亡，可是澳軍打得很頑強，為了不丟下傷亡的戰友，澳軍奮勇作戰，在不利情況下屢屢打退敵軍進攻，有很多催人淚下的故事。這種決不丟下死傷弟兄自己逃命的精神亦是夥伴情誼。

牧師又講到澳洲開發初期，面臨艱苦的條件和簡單的工具，早期開發者們必須團結一致，相互幫助才行，沒有人打小算盤考慮個人利益。相鄰的農場，哪家農場主生了病、摔斷了腿、老婆生孩子，鄰居都會去義務相幫。因為從長期說，大家有困難的機會是均等的，沒有誰吃虧誰沾光之分。

我想起自己在來澳後，澳洲友人贈送了一本英文版的亨利‧勞森短篇小說集，供我瞭解澳洲文化，其中很多故事就是描寫叢林漢（bushmen）之間的的夥伴情誼的。

　　一個典型的例子是，一天勞累下來，叢林漢們燒起篝火，在火上掛起鐵罐做皮里茶（billy tea），同時烤起羊肉。這時如果有個聞到烤肉香的饑腸碌碌的過路人走過，無論他是誰，只要走上前去叫聲mate，準能被留下來受到款待，加入燒烤大餐。

　　牧師繼續談到這種夥伴情誼的來源其實是聖經。經上說，若是有二個人在地上同心合意地求甚麼事，天上的父必為他們成全。因為無論在哪裡，有兩三個人奉主的名聚會，主就會在他們中間。（馬太福音18：19-20）於是就有了團契（fellowship），有了教會，有了神的家，有了主內弟兄姐妹之間的愛和相互幫助，亦有了以主愛為動力向他人傳福音以及對他們的關心幫助。夥伴情誼可說是澳洲這個國家的基督文化傳統的一部分。

　　我豁然開朗地懂得了為何在西方基督文化傳統為主的國家，雖提倡個人主義、個人奮鬥和獨立精神，卻又如此充滿人之間的愛和在困難時的陌生人隨時向你提供的不需回報的幫助。聽說的西方文化缺乏人情味，這至少在正宗的老澳那兒是誤傳，我同從前的鄰居的關係可以證明這一點。

　　西方工作文化的一部分是所謂的腦海風暴（Brain Storming），即在有問題需解決時大家坐下來，把各人所想到的所有可能的解決方法，不分是誰的，亦不作批評，先全部寫在一張大紙上再說，然後逐一作客觀的比較、分析優缺點、找到最佳的方案。因為每人都作出貢獻，不分是誰的，大家就能客觀地進行分析比較，冷靜地得出最佳結論。而不像我從前在中國時那樣，有問題大家辯論，都說自己的觀點正確，別人的不行，吵得不亦樂乎，最後雖有決議，不服的人仍不情願執行，甚至退席抗議，要靠行政命令解決，或爭不出結果最後交領

導決定。

我也因此明白了西方團隊精神的來源。目前世界上的大部分的體育比賽出自西方，其中很多是團隊間的比賽，勝利靠彼此合作、支援和默契。再如音樂中多聲部混聲大合唱和交響樂，醫藥上的具有多種分科又由各種檢查治療方法串連起來的綜合性醫院，碰到疑難病症各科專家進行會診（從前傳統的中醫絕不會這麼做，都是單獨開藥行醫），工業上的由各車間分工合作生產各種零部件然後組裝起來成為複雜的產品的大型工廠，均強調團隊合作，亦無不出自基督文化傳統的西方。

相比之下，咱們中國傳統文化，雖然拚命宣傳和提倡集體主義，卻仍如不少中國人自己描述的那樣：一個中國人幹活像條龍，三個中國人一起幹活像條蟲；一個和尚挑水喝，二個和尚抬水喝，三個和尚沒水喝。還有，中國人熱衷於窩裡反，或者窩裡鬥，前者指自己人出賣自己的夥伴，後者指自相殘殺。喔，還有對別人成就生紅眼病、對別人的災難幸災樂禍、對落難的又愛打落水狗、踩上一隻腳…如此種種，使我們自己也不得不承認中國人是一盤散沙。

平心說，毛澤東其實也並非一貫專制，他曾有過天真浪漫的幻想，人民公社大鍋飯就是一個：上工時大夥一起去大田幹活，回來後一起去食堂從大鍋裡吃飯。可是他忘了中國人這三人幹活像條蟲、三個和尚沒水喝的民族特性：一起幹活時都怕自己多幹了，一起吃飯時又都怕自已少吃了，結果是田裡莊稼種得一塌糊塗，倉裡的糧食吃得一乾二淨，終於鬧出餓死數千萬人的所謂三年「特大自然災荒」。毛澤東要面子說這是天災，劉少奇不賣帳說這七分是人禍。他深知中國人一人幹活像條龍的民族習性，大搞三自一包，使中國經濟漸有起色。

於是就有了以後的文化大革命，毛對革命老夥伴劉秋後算賬一直把他弄到死無葬身之地的事。毛能把文化革命搞得這麼成功，卻是非

常瞭解中國人的窩裡反的民族性，大搞相互揭發、相互出賣、自相殘殺，讓他漁翁得利，以致於至今很多中國人公開承認這個民族缺乏誠信，人際的信任度較低。

紅眼病、幸災樂禍、愛打落水狗可算是三兄弟。看到別人升官發財，自己沒本事，於是就背後陰損人。這人那天要是出了事、或犯了腐敗、或投資失敗、或進了監獄、或被恐怖份子炸死，於是心裡就暗暗高興，就說人家活該、天報應，如果是被揪出來批鬥，就恨不得上去也踩他一腳。9.11發生後70%以上的中國人幸災樂禍，大聲喊好，說明甚麼呢？

對美國，很多人多少抱類似態度：那怕你平時罵他帝國主義國際員警狂妄自大（其實他根本沒惹到你頭上，他惹的主要是伊拉克、北韓專制獨裁政權和反民主反人權的行徑），但如果美國大使館每天發二百張簽證，只要誰去得早不問他是誰都能得到簽證的話，保管你也去擠，直到把大使館的牆擠塌。不是嗎，那些罵美國最兇的人中間，不是好些都早已將子女和家屬送去美國了嗎？

這所有的弱點加在一起就造成了連我們自己也公開承認的一個一盤散沙的民族性。是什麼造成這樣病態的民族性，這個課題太大，很難在一篇短文中講清。

更新中國文化，改造民族性，使中華民族變得真正強大，是否亦要靠引進基督文化的博愛、民主和自由（自由意志是上帝賦予的），培育夥伴情誼、團隊精神呢？我因而如此想。

寫於2002年8月

從「瀟灑隨便」談起

收到昆州總理（本地華人多將此英文詞翻譯成州長）府發來的請帖，要我在晚上去參加招待某中國代表團的一個燒烤晚宴。我照例看了看請帖右下端的一行小字。澳洲正式的請柬，如對被邀請者的服飾有一定的要求的話，一般都會在此處註明。由於剛來澳洲時曾在應邀參加的派對時，在服飾的得體方面鬧過笑話，我已經養成了在收到請柬時不忘記看一下服飾要求的習慣。

來澳洲前我曾聽訪問過澳洲回來的人說，澳洲人亂穿衣，即對服裝的要求比較隨便，你穿什麼衣服他們也不會太計較，所以起先我並不是太注意澳洲文化在不同場合下對服飾的要求，而是在應邀去赴派對時憑自己的想法或喜愛來決定自己穿什麼衣服。

在澳洲生活的時間久了，發現那些回國人士對澳洲人「亂穿衣」的說法或理解並不正確、完全。亂穿衣絕不表明澳洲人是在任何場合下都會按照自己的想法、意願決定穿什麼衣裝，除了強調個性自由和叛逆的藝術家之外。

澳洲人的確在平時，特別是在家裡、在不上班時、在週末或假期裡、在去shopping時、大學生在大學裡等等，穿得比較隨便馬虎。昆州天氣不冷，好多身體較好的人並不按季節來穿衣，冬天也可能是T恤短褲拖鞋。他們大多也不愛炫耀自己穿了什麼名牌。比如你可以在大學裡看到那些大學生穿著人字拖、背心、短褲去上課。但在比較正式的場合，他們的穿著其實絕對是有一定的規範的，稱為dresscode。好多公司、單位、中小學校（對老師和職工，因為學生穿校服）、政府部門都有書面的dresscode，新職工一上班就會對他們講明。不瞭解

這這些規範，有時可以使你處於相當尷尬的境地！

請帖的右下端印著著這麼一行字：「服裝：瀟灑隨便」（Dress：smart casual）。同我一起應邀出席的一位澳洲同事，也不約而同地看了這一行字。下班時約好他晚上開車來我家接我同去。臨別時他還不忘再提醒我一句：「瀟灑隨便」。

我穿著西裝長褲和短袖花襯衫，和穿著長褲和寬鬆的長袖棉布襯衫的同事準時來到議會大廈七樓的露天大平臺。烤牛排和灌腸的香氣已經從大燒烤爐那邊傳過來。未幾，代表團在部長的陪同下到場，我們趕快迎上去和中國朋友們握手和自我介紹。

我看到中國代表團的成員，一個個西裝畢挺，領帶、皮鞋一絲不苟，應邀參加燒烤宴的本地華界朋友們，也大多如此打扮，哪有瀟灑隨便的氣氛！陪同的州政府的官員，以及應邀出席的澳洲人士，除部長和其他忙於公務而未能回家換衣服的，還穿著著西裝之外，其他的人早已脫下西裝，扯掉領帶，敞開襯衫的衣領，顯出隨便放鬆的樣子。

燒烤宴是澳洲的一種氣氛輕鬆的招待形式，在露天舉行，採取自助取食、隨意就座的方式，用的是一次性的塑膠杯盤刀叉。它同在宴會廳舉行的按級別排定座位，餐桌上鋪著臺布、擺著鮮花，由服務員上菜斟飲料，使用高級瓷器、車料玻璃器皿、高腳酒杯、銀質刀叉的正式宴會（所以又稱為「銀正餐」）截然不同。與正式宴會相應的服裝規範是「正裝」（business attire），即全套西裝領帶，而燒烤宴的服裝卻是「瀟灑隨便」。介於這兩者之間的服飾稱為「商務便裝」（business casual），需要穿西裝，但不需戴領帶，雞尾酒酒會或招待會便屬於這一類。與會者不坐下進食，而是可以拿著著玻璃酒杯隨便走動，同其他與會者站著著隨意交談，預先斟在玻璃杯裡的飲料、食物和擦手紙巾大多是服務員用大盤端到與會者面前，由與會者取用的，食物是可用手指取食的所謂finger food。這是澳洲最常見的三種

正式層次不同、服飾要求不同的正規的招待形式。

可以想像，燒烤自助餐的隨便的氣氛，同正裝的服飾多麼格格不入！而穿著畢挺僵硬的西裝又戴著領帶，對於自助取食、隨便入座、自斟飲料、瀟灑聊天來說又是多麼不方便，如果你不想讓油汙把衣服弄髒的話！

剛來澳洲訪問的中國代表團不瞭解澳洲的服飾規範尚情有可原，但是一些在本地居住了多年的華界人士，居然也西裝畢挺地出席燒烤晚宴，改不了習慣，一看到印著昆州政府紋章的官方請柬，就受寵若驚，非得衣冠楚楚、兢兢業業地趕來赴宴，就可說明他們同主流社會接觸甚少，更不用說是融入主流社會了。

這使我想起我剛來澳洲不久後的一次經遇。那還不是正式的場合。我認識的一位教育部的負責外語教育的官員，有一次請我去她家吃燒烤餐。我想她是教育部的官員，所以西裝革履穿戴舒齊地去赴宴。及至到了她家，看到所有的賓客都是隨意（casual）的打扮，服飾要求比「瀟灑隨便」更低了一個層次：印花T恤、短裙沙灘褲、人字拖甚至打赤腳都有，無拘無束地隨意談笑著，平時上班衣著講究的官員本人，也是穿著寬鬆舒適的便裝，輕裝上陣地招待賓客。這氣氛使我十分尷尬不安。巡視周圍，看到一張椅子上還正襟危坐著一位更不自在的西裝客，一問之下，是一位中國某大學來的教授、交流學者，由於裝束嚴肅正規，不自覺地增加了同其他賓客之間的距離，所以雖然英文可以，也只能孤獨地端坐一隅。女主人過來小心翼翼地對我倆說，「如果不介意的話，不妨把領帶鬆一下。」

今天那些中國代表們的處境，幸好是瀟灑隨便的場合，還不是隨意的場合，而且還有一些同樣打扮的華界朋友們做陪襯，否則就同我那次一樣慘了，因為這兩者之間還是有區別的。但不少中國人不清楚這兩者之間有什麼區別，有時會被搞得很狼狽！

比如，在財政大樓卡西諾(Casino 賭場)開張的那一天，據報上的

報導，就有好些從外國來（大多是亞洲包括中港臺）的賭客在賭場門口被保安擋駕，因為他們穿著T恤、牛仔褲、短褲、沙灘褲、皮靴、涼鞋、運動鞋，這些裝束屬於casual而非smart casual的範圍，他們認為賭場是個隨意的地方，殊不知澳洲賭場的dress code規定的是smart casual而非casual。澳洲賭場為了保持自己的尊嚴，在服飾要求上決不讓步，寧可不做生意，也不會將服飾不附要求的顧客放進場。

招待會開始時，賓主照理要發表講話。昆州政府東道主某政府部長先發表歡迎詞。他沒有講稿，脫口講來，談了近年來昆中友好交往的一些例子。他的講話不過短短幾分鐘，寥寥數言，輕鬆活潑，不乏幽默，毫無官腔。他亦提及自己以前訪華的愉快經歷，祝客人訪澳成功，並不忘請他們抽空去黃金海岸玩玩。末了還開玩笑說這位燒烤師傅經驗豐富，烤的肉味道純真，貴賓們儘管放開皮帶吃，保證諸位吃得滿意，若不滿意，可以找他算帳！這個發言同今晚的瀟灑隨意的服飾和烤肉等食物十分相稱。

可是輪到中國代表團團長發言，儘管這只是個非官方、非商務的友好代表團，團長仍然從口袋裡掏出幾張事先預備好的稿子，照著稿子做了洋洋二十幾分鐘的慷慨激昂的報告，從中澳友誼說到中國改革開放的大好形勢，列舉了一長串統計數字，有中國民經濟增長的數據、GDP、外國投資的項目數、資金數和澳中貿易額，以及近年的增長率，甚至談到本世紀末的前景規劃，還援引中央和地方領導人的談話，和政府對外資的優惠政策，號召同中國發展貿易或去中國投資。

這樣的報告，若是由中國高級政府或貿易代表團，在州政府的正式會談後的宴會上來做並無不妥，但是放在氣氛輕鬆的、服飾瀟灑隨意的燒烤宴上來做大報告，未免有點煞風景之嫌。好在大多數賓客思想走神，並未太認真地把它當作重要講話來聽，否則一定影響胃口。

這使我又想起不久前來訪的另一個非官方的藝術展覽和商務考察團。自稱是資本家的名譽團長，在雞尾酒會上向主方致答詞中，

居然長篇露骨地歌頌中國共產黨的英明偉大，並自我解釋說他並不是想做政治宣傳。我不知道在出訪資本主義國家時熱情宣傳共產主義是否妥當，但大談政治至少同藝術和商務交流的主體毫無關係吧（irrelevant），除非是重又回到了中國六七十年代政治掛帥的時代。這是除服飾外中國代表團做事不看場合的又一個例子。

再回到這位團長的嚴肅認真的長篇宏論，它把隨團的口譯員也搞得夠嗆，他不得不緊緊地湊近團長，唯恐漏譯或錯譯了他重要的話。團長每說一句，他就打斷他翻譯一句，把整篇報告弄得支離破碎。他的緊張程度也離瀟灑隨便很遠。

我忽然想起不久前在州政府大廈舉行的照待另一個中國訪問團的雞尾酒會。那是個商務便裝的場合。中方那位儀態雍容華貴的女團長，穿著高跟鞋，也是拿著事先預備好的稿子，站在僅半平方米的窄小的講臺上念，作為向東道主所致的答詞。站在團長身邊的男譯員，擠上講台，拚命緊挨著團長，想靠近話筒，唯恐聽眾聽不清他翻譯的這篇重要講話，弄得團長只能後退一步，以便給他讓出地方，結果一腳踏空，從二十公分高的講臺上摔下來，幾乎扭傷腳脖子，聽眾只能拚命忍住笑。我想，如果他們的講話稍微隨便一些，這樣的事都可避免。

中國代表團出國總會帶上自己的隨團譯員。但從譯員們的表現來看，無論是語言功底還是舉止，都可以看出他們大多明顯地缺乏培訓。除了團長事先準備好的套話，即席脫口翻譯能力很弱。所以如果團長脫口做隨意的發言的話，他們也許會吃不消。

我是一名有經驗的口譯員，我知道，在這種場合下，其實譯員完全應該站在台下翻譯，決不可喧賓奪主。作為澳洲國家翻譯局認可的中英雙向專業口筆頭翻譯，我知道在澳洲，正確得體而舉止從容瀟灑的口譯員，他們的站位和體姿是最起碼的常識，也是本行業的職業操守中必需要學會的基本原則。我卻常常不得不為中國同行的表現捏一

把汗。

更使我乾著急的是，在賓主互贈禮品時，中方團長把部長先生送到他手裡的紅色禮包，連看也沒正眼地看一眼，就隨手遞給他身邊的譯員，譯員又趕快把它遞給旁邊的隨從團員，就像我小時候玩的在音樂聲中傳手帕的遊戲：每個人都想盡快地把別人穿到他手裡的手帕趕快地傳給另一邊的人，生怕樂聲一停，手中仍然握著這塊手帕，就會被罰唱歌一樣。接下來中方團長向部長回贈禮物。那是一幅中國畫。團長又迫不及待地，唯恐部長也會像他那樣不打開禮物就匆匆將它隨手遞給隨從人員，辜負了他選擇這件禮物時的一番苦心，所以還沒有將禮物交到部長手裡，就自己代他打開禮包，展開畫卷，指手劃腳地解釋起來，一面把譯員叫過來為自己翻譯。

不當著主人的面親自打開對方贈送的禮品，讚揚感謝一番，在西方文化中是對主人輕侮或極不尊重的表現；在將禮品交到對方手中之前，就代對方打開禮品，不等對方稱讚，就搶先自誇禮品的好處，又給人一粗魯而缺乏教養的印象。

當然中方團長並非故意輕視西方文化，他的作為明顯是出於無知。看來中國代表團出國之前，對西方文化根本沒有做過基本的功課。

我不禁又想起兩年前參加過的在中國城金皇宮酒樓舉行的我們澳中友協歡送前任中國駐澳大使離任的告別宴會。會上友協會長向大使和另一位對澳中友誼作出過貢獻的澳洲漢學教授贈送禮品。大使先生到前面拿到友協會長交給他的紅紙包著的禮品，回到座位坐下後，只對禮包略加端詳，就把它隨手遞給了坐在他身邊的夫人；夫人對它連看也不看，又把它悄悄地放到自己腳邊的地下。可是那位洋漢學教授（當然精通中國文化），卻拿著禮品，當場拆封；看到它是一瓶美酒，他不禁舉起酒瓶當眾顯示，並高興地感謝說，「若不是今晚要開車回家，我真恨不得現在就喝它兩杯！」

那天是澳洲的協會在本國作東，所以貴賓應按澳洲主方的禮儀習

俗來辦事。以此來衡量，澳洲的漢學家的做法是得體的；而堂堂駐澳大使，在澳洲就任了三年，他對澳洲文化中接受禮品的作法居然仍然不及格。這至少表現出他對澳洲文化不甚瞭解，或沒有花功夫去學習研究過，若不是故意漠視的話。相比之下，我常接觸的前任澳洲駐華大使，高個子的Hugh Dunn教授，在談吐行動中就常給人以精通中國文化的印象。

改革開放以來，中國各地到澳洲來訪的代表團大大增加。我注意到代表們對他們的西服的衣料和裁剪都相當講究，但對所訪問的國家的文化禮儀、對自己的舉止行為，有時包括團長大人，都缺乏基本的重視和瞭解。簡單地說，中國代表們挺重視自己的「硬體」和包裝，卻漠視「軟體」和裹在包裝下面的內在的東西。比如服飾和場合不配，交換禮品時顯示出對對方禮品的冷淡而過於強調自己的禮品的重要性的自我中心的態度；吃西餐時或嘖嘖有聲、或揮舞刀叉、或左盼右顧、或大聲交談、或端起盤子，出盡洋相。作為在場的在澳洲生活的華人，我對來自祖國的親人的舉止行為覺得很難堪、很丟臉。

有一次，我們學院在布市西端區（West End）的頗有名氣而高檔的希臘俱樂部招待一個中國江蘇省的代表團吃希臘菜。在吃第一道引菜沙律時，有幾位團員（大概習慣了滿漢全席吧），居然彼此間不以為然地議論說（當然是用中文，澳洲人聽不懂，但忘了席上還有我這位華人），「這些生黃瓜、生番茄，我家裡有好幾籃子呢！」（明顯是在嘲笑西菜的烹調方法之原始簡單，而不知道用澳洲優質新鮮蔬菜製作的沙律和其講究的調料是一道品味很高的引菜）。他們完全不瞭解西菜，以為全世界的烹調都同炒菜一樣，全世界的飯店都供應中餐！作為中國人，我常為這些代表的缺乏素養和不尊重其他民族的文化感到羞愧。

西方從二次大戰結束以來後就十分注重和學習他國文化和習俗。我在攻讀第二語言教學的碩士學位中也在導師的指導下讀過大量語言

文化方面的著作，知道西方學術界在這方面的研究富有成就。在澳洲，對他國文化的意識（cross-cultural awareness）是政府對官員的重要要求之一。

我教學的學院，領導們凡出訪中國或接待來自中國的代表團，甚至寫信給中國的合作單位，事先都要認真地請教我什麼是得體的行為和適宜的詞語，或將信件的草稿讓我「審查」，生怕無意中觸犯了對方文化的忌諱（taboo），造成不必要的誤會。有些澳洲朋友，或者我以前在昆士蘭理工大學所教的中文學生，在去中國旅遊之前，也都要來問我同中國人交往中需要注意的禮儀習俗，以免留下對他國文化不敬的印象。

還有一次我被邀擔任治安法庭的傳譯，開庭前連律師都要問我某些情況是否可能是中國文化的因素，以便在針對被告的起訴中排除因對其文化不瞭解而引起的不確當的指控。像中國代表團在國外對他國文化如此大大咧咧漫不經意的情況，我在澳洲還沒有看見過。

澳洲是個多元文化的國家，國民接觸、熟悉其他文化的機會很多，人民和官員尚且在國際交往中如此注意瞭解所接待的國家，或出訪的國家的文化。我不知道中國代表團的團員們曾否在出國前舉辦過簡短的文化培訓。好在澳洲人對異國文化一般都是十分容忍、尊重的，對外國來賓也有很大的寬容心。

雖然如此，我覺得，出訪的中國代表團的成員應該是經過挑選的中華民族的精英份子，團長或大使理應更是精英中的佼佼者，這些人在出訪中尚且常常鬧出大大小小的笑話，或做出不甚得體的舉動，那麼一般民眾百姓的素質，就可想而知了。

二十年來，中國似乎再也沒有出現過像周恩來這樣有風度的外交家。周是一個有爭議的政治人物，但不管怎樣，他在所會見過的外賓中都留下了令人難忘的印象，他們都毫無例外地稱讚他。那時的中國還是個相對封閉的中國。

現在中國在國際舞臺上已經非常活躍了。但想真正進入國際舞臺，扮演積極的角色，不是光憑自己的發展速度或實力就可以做到的，刻不容緩的是要學習並尊重他國包括小國的文化習俗，提高全民素質，在國際交往中要避免有意無意地流露出歷史上中華華民族一貫的自我中心的態度和以悠久文化為榮的文化優越感！

　　　　　　　　　　　　寫於1995年9月，修改於1996年12月

備受打擾的人生

　　您在走路，有人向您問路，他會說一句「對不起，打擾您了」之類的話，雖然您的行程被打斷，您不會介意花幾分鐘停下來給他指點幫助。但如果您每隔五分鐘就被打擾一次，而您又在匆匆忙忙地趕路，又會覺得怎樣？

　　如果您吃過晚餐，打算在上床前做幾件相當要緊的事，比如做明天要交的作業、備明天要上的課、完成一份明天要向上司遞呈的報告，突然有人打門，是位事先沒打招呼來拜訪您的朋友，坐在您家就同您不著邊際地閒聊起來。您心急如焚，看著寶貴的時間一分鐘一分鐘地過去，礙著面子，又不好意思下逐客令，只能用頻頻看手錶發出暗示；他卻仍然木然無知在那兒爛屁股，坐著就如生了根似的，這種打擾您吃得消嗎？

　　這樣的事從前我在中國時常會發生。中國人習慣不打招呼就到朋友鄰居家串門子，但在這兒不大會發生，因為這兒西人都習慣事先來個電話預約訂個appointment的。是啊，不錯，在澳洲，中國朋友中的不速之客串門子來打擾的確也不多了，因為大家住得都挺遠，不像從前我在上海，大家住得很近，但中國朋友中不速之電來煲粥一煲半天的仍然時而發生。

　　就算不是不速之客吧，現在越來越多的公司、推銷員，特別是操帶印度口音的英文的推銷員會打電話上門，用一大堆的花言巧語、發財機會向您推銷各種產品，如便宜的手機或因特網計畫、優惠的度假package、投資機會還有所謂survey（調查）。今天早晨就有一位語音溫柔動聽的操帶印度口音的英文的女士打電話來推銷什麼，還說我已

被選上能贏價值八千元的幸運者的名單，只要訂購什麼什麼就有機會中獎，還把那價值八千元的東西一件件地報給我聽。

我正準備去上班，而且我從來沒任何想不勞而獲憑僥倖贏錢的思想，只是想人家也要生存吃飯，把她這樣無情地拒絕了多麼殘酷，所以只是婉轉地說我現在忙著沒空聽她講。也許是我的語氣比較委婉，她認為我能被說動，到晚上又來電話繼續勸說，我這才不得已直言沒興趣，一面在為我的狠心感到內疚。儘管這樣，已經一共被她浪費了十五分鐘以上。這樣的電話經常接到，有時是英文蹩腳到會叫我腦神經發羊癲瘋的電話！

我們人人都要隱私，可是電子社會大大剝奪了我們的隱私，特別是手機和伊妹兒。手機讓您沒藏身之地，只要帶上並打開，您到哪兒也能被找到。您說我可以看來電的號碼決定接不接，但您第一不一定記得所有想聽的號碼，其次一個陌生號碼或者一條短消息出現時，您的心態一定是不接不放心；到底是誰、有什麼事呀？伊妹兒呢，只要您上網，一打開郵箱，就馬上從天南地北飛到您面前，叫您不打開看心不死。而這些伊妹兒，又是華人朋友（多是他們感興趣的各種閱讀材料）和推銷公司發來的佔絕大多數，西人朋友、同事大多無事不登三寶殿，除非工作或要事，絕對尊重您的私人時間，很少會發伊妹兒來。看來本地華人，在這裡生活了這麼久，打擾人的文化和生活習性並沒有多大的變化。

我一般工作效率還算蠻高的，因為我重視自己的工作節奏、優先性排隊、時間的管理和調控，都是在這裡學習和工作中學會的。

西方文化的特點是線性化，所有事都被串在diary上，就像排在一條隊上似的依次完成。這種文化產生了像紅綠燈這樣的東西，車子能高效地挨次序通過。但缺點是有人一竄紅燈就會撞車，正常秩序就被打擾，清除車禍恢復到原來秩序得化很多時間。這就是為什麼西人不太歡迎沒有事先打招呼的臨時造訪。

多年來在西方文化中生活、工作，我也養成了這樣的習慣。可是電話和伊妹兒這兩件東西，好像享有急救車一類的特權，可以闖紅燈、不預訂appointment、不排隊就插檔，所以我的節奏常因它們的打擾而被打亂。比如在工作時，電話鈴一響就會本能地放下手中的工作去接，一個新的伊妹兒送進來，電腦上會發出「噹」的一聲，同樣會本能地去看是誰發來的、講什麼。

　　根據美國的一項調查，一旦一名員工的正常工作節奏被打亂，他的注意力就被岔開（比如去印出、回覆一個伊妹兒、按其要求做一系列其他事情），平均要25分鐘才能拉回原來的節奏，這樣就造成了「注意赤字」（attention deficit）。美國辦公室工作人員，從頂層經理到下級秘書，每天每人平均被這些打擾浪費的工作時間達2.1小時或28%的工作日，注意赤字造成全美一年5880億美元的損失，等於同中國貿易赤字的五倍多。

　　電話、傳真、手機和伊妹兒等電子通訊技術的發明本來是為了在資訊時代提高工作效率，但恰恰它們同時又是削減工作效率的罪魁禍首，更討厭的是它們時刻打擾著您的生活、闖入您的私人空間、侵犯您的清靜，使您不得安寧。現代的人生真是備受打擾的人生。

　　有時真想關掉手機、不看伊妹兒，給生活留出些清靜，讓自己按自己的節奏生活。美國有很多高效和有成就的人就是沒有手機或堅持每天只在專門時間處理伊妹兒和手機上的留言和短消息的，堅決不讓他們打擾自己的生活和工作節奏。

　　可是蟻民如我者，又怕錯過了上司的重要指令和賴以養家活口的賺錢機會，總無法堅持這麼做。有時想想，文明科技的昌盛發達真叫小百姓活得更累、更苦唉。

　　我唯一能做的只是保持那被人譏笑為「清朝」的老式手機，因為新式的智慧型手機，更能超文化地令人分心，你不看到，如今所有的人，不管西人還是華人，好像都上了癮似的，時時刻刻，包括走路

時、等車時、吃飯時，或者一坐下來，就趕緊掏出智慧手機來看，忙著檢查上面收到的消息或伊妹兒？

　　智慧型手機造成了跨文化的低頭綜合征！

（註：現在更有了更加新式的智慧電話和微信，讓你的生活備受干擾，分分鐘分心！）

寫於2013年7月

睡在星空下

　　這個標題看來是頗有詩情畫意的。如果是在仲夏之夜，夜色中飄著淡淡的夜來香花兒的馨香，在微風輕拂下聽著夏蟲的低吟，擡頭看著滿天的星斗和銀河，或者沐浴在如瀉的月光下，身邊躺著心愛的人兒，那就不單是具有詩意，而且是挺有浪漫情調的了，叫人想起德國詩人海涅寫的《仲夏夜之夢》。

　　可是，如果您是在冬天，是在刮起刺骨的寒風的冬夜，是在睡覺前沒有一頓熱乎乎的飽肚的晚餐可吃，腹中空空如也、飢腸轆轆地露天躺在星空下，身旁被冰涼的露水包圍，甚至頭髮鬍子上結了冰霜，凍得瑟瑟發抖，您也許不會有心思去欣賞那美麗的南十字星座、獵戶座、金牛座、織女座、天蠍座什麼的了。而這種飢寒交迫的滋味也許對您——一位孤獨的無家可歸者，就並不那麼具有詩意或浪漫情調了吧。

　　為了體會無家可歸者空著肚子躺在寒冷的冬夜的星空下究竟是什麼味道，上千名澳洲最富有的人、一些大公司的總裁、董事長們，還有州和聯邦級的政府的高級官員、部長和議員們--這裡面我看到了工黨政府的外交部長陸克文和聯盟黨領袖亞伯特，在初冬的六月十六日晚上在雪梨的大街上同無家可歸者們一起露宿街頭。他們身子底下只墊有一塊薄薄的纖維板，而不是平常睡慣了的席夢思床，蜷縮在街角裡、牆腳下的睡袋裡面過夜。

　　據我所知，這個傳統已經延續好多年了，而且我可以肯定地說，它還將延續下去，因為它已經成為澳洲文化的一道風景線了，彰顯著澳洲人對弱著的愛心和同情心。

您可以從這點知道，為甚麼澳洲各大城市的街頭，你雖然偶然可以看到流浪漢，但伸手乞討的乞丐卻是非常罕見的。

　　澳洲的冬夜雖然稱不上凜冽，但也相當的寒冷。第二天一早，露宿者們起來在清晨的冷空氣中搓著雙手取暖時，你可以看到他們的嘴巴和鼻孔中呼出的氣所凝結成的白色霧氣。

　　他們迫不及待地要去買杯熱咖啡，暖暖手和肚子。談起體會，他們人人都說躺在這寒冷的星空下絕對不是一種享受，誰也不會願意過這樣的頭頂無片瓦、腹中沒有一餐熱飯的日子。

　　於是大家當即給無家可歸者慷慨解囊，一面向過路人募捐，一下子就募集到了四百萬澳元！

　　澳洲這個世界上最富有的國家之一，仍然有近十萬無家可歸者。那些人的全部家產就是幾個塑膠袋子，裡面也許只有一床舊毛毯或一個舊睡袋、幾件破毛衣。我曾看到他們在布里斯本的高架鐵路底下的水泥柱旁的角落裡、在街角能避風的凹進去的地方、在步行街或公園的長凳上過夜。

　　這些是被社會遺忘的族群，他們白天在街頭茫無目的地躑躅，夜晚找個地方胡亂混過一宿。他們沒有希望、沒有目標、沒有明天，過一天算一天。

　　但是很奇怪，哪怕衣衫襤褸、形容枯槁，澳洲的流浪漢們仍然不願出賣的自己的尊嚴。這就是為甚麼他們絕大多數不會像中國的乞丐那樣跪在街頭乞討，以展示他們的可憐相來博得行人的憐憫之心，求爺爺拜奶奶甚至叩頭如搗蔥地以冀求得一點施捨。

　　這正是因為澳洲是一個很有愛心的國家，上述的富人和政界要員露宿街頭並為無家可歸者籌款僅僅是一個例子而已。好多教會、好多慈善組織，比如救世軍（Salvation Army）、紅十字會（Red Cross）、聖文森（St Vincent）等等，不斷地在為這些無家可歸者募捐，他們或是在購物中心擺攤籌捐，或是把募捐信寄到好多人家，我

就經常收到這些組織的募捐信，給他們寄去捐款。

其實這也是某種形式的乞討，不過乞討不用無家可歸者本人用犧牲尊嚴的方式來進行，而是由慈善組織代表他們進行了。

各慈善組織還時常向無家可歸者提供免費食品或餐飲。每年聖誕節前，我們學院就有熱心者義務組織職工們專門為這些人收集捐款或物資（比如各種食品和罐頭）；逢年過節，比如聖誕節，這些組織就會對無家可歸者發放聖誕大餐和食品包。

其實西方發達大多如此，像美國。可是令我做為華人臉面無光的是，今年年初我居然在網上看到這樣的視頻：在美國舊金山，好多大陸來的華人在聖誕節排隊領取慈善組織或教會給窮人發放的食品包，有的還屢次排隊反覆領取好多份，然後他們將其中一些物品拿去賣錢，將賣不了錢扔進垃圾桶！

澳洲的富人，自己過著好日子，能夠不忘窮同胞們，確實是難能可貴的；民選的議員們，敢於同無家可歸者一起睡在大街上，親身體會窮百姓的生活，而不是進出保鏢、禁衛、武警成群，甚至要警車開道，不敢直接同百姓接觸。這確實是沒有特權階級的民主政體的優越之處。

我曾看到過一組網上傳送的，名為《山西婚車》的照片，那些煤大王住著氣派很大很大的豪宅，子女結婚相互攀比排場，其中一位花了七千萬元嫁女兒，婚車隊裡名車成串，想同威廉王子的婚車隊一比高低。

可是，在他們經營的煤礦裡，工人的工作條件非常原始，工資和待遇極低，他們的日子恐怕不會比解放前安源煤礦的礦工好過；安全設施更可說是基本沒有，每年都有數不清的礦工死於礦難，煤大王的奢華的生活簡直是建築在礦工的血汗和累累白骨堆之上，幾十年的無產階級革命等於白搞！

我也很想看到有哪一天，中國的億萬富翁們、新的權貴資產階

級--他們八九成是高幹子弟，還有那些中央政治局的成員們、政府部長們、省長市長們，也能在沒有武警和便衣員警的重重戒備之下，直接零距離親近平民，冬夜露天同無家可歸者一起睡在星空之下，睡在馬路邊上、街角裡，體會體會他們的生活。如果這樣，和諧社會也許就不太遠了，不用花數千億納稅人的錢去維持。

寫於2011年6月

先苦後甜

我小時候常被老爸認為沒什麼出息，原因是這樣的：那時的生活相當艱苦，毛澤東他老人家搞的三面紅旗和趕超英國的雄心全面失敗後，全國進入了三年大饑荒的年代，餓死的人不計其數，所以我們經常是肚子空空的。我家還算比較好些，有時還能吃上點兒肉，特別是弟兄幾個人的生日，媽媽總要想方設法讓我們全家有頓大排麵或大肉麵吃。

每次在吃大排或大肉麵時，我總是把蔬菜和麵條先吃掉，把肉省到最後才吃。老爸就在邊上說：怎麼這麼小家子氣，像小姑娘一樣，應該先吃大排嘛。我說這叫先苦後甜，你們都沒肉吃了，只能看我一人吃，饞死你們！可是老爸認為我沒大男子的氣概。

有一次老爸考我們。他說，有十個蘋果，有一個有點兒爛，每天吃一個，怎麼吃法？堅持先苦後甜的我不假思索就說：第一天先把爛的吃掉，哥哥說第一天先吃好的。飽受西方教育的老爸說哥哥對，說假定每天有一個蘋果會爛，按我的吃法，吃了一個爛的後，明天又有一個會爛，又吃了，第三天又爛一個，又吃爛的，十天下來我天天吃爛蘋果，一個好的也沒吃到，結果是先苦後苦。哥哥呢，至少能吃到五個好蘋果。他的意思是先甜後苦，至少是甜過了，先苦卻不一定保證以後會甜。

我的先苦後甜的思想其實來自深受中國文化薰陶的典型中國婦女：勤儉節約的媽媽，所以老爸說我像小姑娘，可是媽媽總能把全家的經濟按排得很好，花錢也是前緊後鬆，所以她支持我，說讓你爸當家，不欠債才怪！

當時我們住在上海愚園路的一棟西式大洋房的二樓，樓上陳家姆媽在布廠當工人，但工資卻比當老師的我媽大，可到了月底常來找我媽「調頭寸」（滬語，錢一時周轉不了，先問人借一些供周轉，發了工資後再還，思想同現代的信用卡相似），上海人貶稱這種人叫「脫底棺材」，寅吃卯糧，他們就是信奉「先甜後苦」，有錢先享受，及時行樂，以後再說，口號是「吃光用光，死了勿喊冤枉。」

　　不過，在中國，這種人不是太多，而且那時還會被人議論為資產階級貪圖享受的思想。老爸卻認為古今中外大文豪、大詩人、大藝術家大都這樣，今朝有酒今朝醉，晚年雖窮愁潦倒，比如杜甫，連酒也買不起了，「潦倒新停濁酒杯」，寫出的作品卻會不朽。

　　現在年齡大了，想想老爸的話也有些道理。比如聽了投資顧問的「勸導」，要我趕緊投資，第一個房子要買小的，早還清按揭，就有了equity，就可以再貸款逐步買幾個投資房，就可以早早退休，到處去玩、坐商務艙、住五星酒店，先苦後甜嘛。

　　可是他們不會告訴你買投資房也可能會引起官司，或有不測風雲，讓你把省吃儉用儲下的錢都扔進水裡，非但不能早退休，甚至可能更晚退休，先苦了以後仍然苦。而且退休後如要申請pension，只有一個自住房的，哪怕很大，也可能得到pension；有投資房的，哪怕自住房很小，也可能拿不到pension，這就是說你得一輩子住小房，好像天天吃爛蘋果；不如先不投資，第一個房子先買大的，住得舒服一些，將來不管怎樣，至少這輩子住過了大房子，以後有餘錢投資也不晚，而且先甜不一定後苦。

　　分析起來，我們過日子共有四種模式：先苦後甜、先苦後苦、先甜後苦、先甜後甜。中國文化薰陶下的國人，大概大多信奉第一種，所以很多人一輩子省吃儉用，拚命省錢存錢，一心想退休了可以好好享福。有人還用「勞其筋骨、苦其心智」來勉勵自己，總想被上天降到大任，以後可以飛黃騰達。

可是那麼多肯勞筋骨苦心智的人中間，又有幾個會被老天爺降到大任的呢？好容易退休了也存了些錢，然後兒子要結婚、要買房、要出國讀書，又心甘情願把這些錢給了會啃老的寶貝兒子；然後兒子生了孫子，又幫兒子帶孫子，本來想趁還走得動去旅遊的，卻又被孫子束縛了，等到孫子長大，自己已經爬不動了，想先苦後甜結果往往是先苦後苦，真真先苦後甜的只是少數，還沒提那些出意外的、害了不治之症什麼的，還有像巴爾紮克筆下的葛朗台老頭，攢了一輩子錢捨不得用的，還不是兩腳一伸就去了？

但是先甜的也不一定會後苦，有人就是一輩子一番風順，你有什麼辦法？出自西方文化的現代的信用卡和各種容易得到的貸款又為想先甜的人創造了預支未來即靠賒賬借債過好日子的條件。當然借錢做本錢來做生意是無可厚非的，但很多的貸款是引誘提前消費的。銀行業也通過宣傳享受先甜而賺取大量利息，也許這就是現代銀行業利潤體系的基本架構。

從1970年代以來的三四十年中這一切都進行得挺不錯，先甜主義者住進大房、開上名車、到處度了假，直到2008年初從提前消費超級大國美國開始的那場世界性的金融海嘯。原來先甜，即提前消費，是不能持續、不能無限制提前的。這種靠提前消費拉動經濟發展的模式已經運轉了這麼多年，提前量從一星期、一個月、半年、一年到若干年，終於沒法再提前了、運轉不動了、拉不動了、垮了。這一來全世界都過上了苦日子，連性工作者也無例外：生意慘淡。原來，美國的提前消費或先甜的模式，拉動了全美GDP年增率的75%和全世界GDP年增率的三分之一以上！

記得我曾讀到過2010年權威的麥金錫經濟研究所按其當時的研究報告所做出的預言。它說，從金融危機的2008年後期以來，90%的美國人開始削減他們的開支，省錢存錢。這就是說美國經濟的復甦將會是一個漫長的過程。美國人忽然意識到傳統的先苦後甜的消費模式更

好，因為在省錢者中，45%是逼不得已，55%是自主選擇，即大多數美國人主動選擇了先苦的消費模式。近幾年美國的緩慢而不夠強勁的復甦，證明瞭這個預言的正確性，真是三十年河東三十年河西啊。

這樣一來，靠消費拉動的美國經濟，其全面復甦可能會大大推遲。怪不得那時很多國家包括陸克文做總理時的澳洲，要用政府發支票的辦法讓你消費來拉動復甦。即使傳統上提倡勤儉節約的中國，也在拚命鼓勵消費拉動內需來保8，即確保GDP的年增達到8%，因為原來可用出口來賺大錢，現在卻不行了。

我這個先苦後甜的信奉者又自鳴得意起來了，而且最近我又對小時候小姑娘式的吃法找到了新的醫學依據：研究發現，吃飯應該先吃菜後吃肉才有益健康，原因？各位自己去找參考資料看吧。

寫於2011年3月

剩菜

最近老有親友們發來的來自中國的關於健康的資料，感謝他們好意同我分享。除了運動、保健常識、健康的生活習慣等，最多的資料就是有關飲食的了：吃可以吃出病來，也可以治病，還可以長壽。

生活改善了，吃的東西多了，就希望長命了，都想活一百歲，人之常情啊！

前幾天，在這些資料裡我發現好多東西不能隔夜，不能剩到第二天去吃，這些資料看得我冒出一身又一身的冷汗！

看來幾乎所有東西都不能剩到第二天吃，包括蔬菜、海鮮、肉類、雞蛋甚至補品如紅棗白木耳蓮心羹，因為它們大都會產生亞硝酸鹽，而亞硝酸鹽在人體內會形成強致癌物亞硝胺，或者是蛋白質會降解，變成有毒的物質，損傷肝腎，或者細菌會繁殖，叫您食物中毒，即使您把這些剩菜保存在冰箱裡，因為冰箱不是保險箱：冰箱裡可能會長黴菌，還有嗜冷菌等！

糟糕了，哪家人家沒有隔夜的剩菜，哪家人家不吃剩菜？且不去管別人，至少我從小開始就經常吃剩菜的，不光是隔夜的，甚至有隔兩夜的，這剩飯剩菜，一輩子中大部分時間都在同我作伴啊。

緊張之餘，腦子馬上像風車那樣轉起來，浮想出我一生吃剩菜幾十年的種種回憶。

我們從上中學時就開始吃剩菜了。那時，全職工作的家母，每天晚上做飯菜都要多做一點，第二天弟兄幾個上學帶的飯菜就有了。吃過晚飯，家母就為我們每個人裝飯盒子，就像洋人母親為子女做他們明天帶飯的三明治一樣。那時的飯盒子都是鋁做的，我們叫鋼精。

在毛氏人禍製造的「三年自然災害」之前，家母還是比較講究我們弟兄幾個的營養的，帶的飯裡盡可能有點兒葷腥再加點兒蔬菜：芹菜炒牛肉絲、捲心菜炒豬肉片、洋蔥炒豬肝、番茄炒蛋等等。

　　帶去學校吃的飯，飯盒上面繫一條帶個竹牌標籤的繩，就放在食堂的大蒸籠裡蒸，午休時在大蒸籠裡找到自己的飯盒，拿回教室裡吃，這些菜都是隔夜剩菜啊！現在看來，帶去學校吃的午餐裡不光含有很多亞硝酸鹽，更不好的是放在鋁飯盒裡，那時不知道，到現在才有人說，鋁會引起老年性癡呆。哎！我現在已經邁進老齡，也許隨時會生癌、生癡呆，怎不叫我渾身冒冷汗呢？

　　上大學時，食堂裡經常將隔夜的剩菜剩飯做成菜泡飯，上海人那時管這個東西叫「鹹酸飯」，第二天早餐供應，大家都搶著去買，因為價廉物美，而且有些油水、剩菜裡還可以讓人驚喜地意外發現幾莖肉絲，比喝白粥強多了。在那物質匱乏的毛時代，革命豪言壯語喊得震天價響，人的肚子也咕嚕嚕地叫得一樣兒，好多人營養不良生浮腫病，有點兒額外的油水是多麼求之不得的啊！

　　自己成家為人父之後，又逢中國文革的物質緊張時期，誰捨得將喫不了的食物倒掉呢？都是再三加熱的，因為那時沒有冰箱，夏天怕飯菜會餿、會變質，所以要燒透才能放過夜。

　　七十年代末上海人過春節，供應稍微好些，年夜飯比較豐盛些，雖然什麼都要憑票供應，還要半夜三更起身去排隊。過年剩下來的飯菜當然要吃上好幾天啦，誰會扔掉？

　　七八十年代上海還有一道讓我難忘的風景線，就是結婚的婚宴。婚宴照理是要擺好多桌的，要搞得儘量豐盛，否則就有失中國人最重要的「面子」啦。可是婚宴時，男女雙方的親屬，照例是要帶一大堆大小鋼精鍋之類的東西去飯店的，將各張桌上沒吃完的食物風捲殘雲似的，全部囊刮地倒進鋼精鍋裡帶回家去。您可以想像，這些剩飯菜是要吃上好幾天的！現在年輕人也許不太知道這些事了。

直到現在，每天晚飯後我扔習慣裝好第二天中午帶去工作單位吃的午餐盒。不過現在的飯盒不再是鋼精的了，而是能放在微波爐裡加熱的塑膠飯盒，因為不再是食堂的大蒸籠蒸飯了，而是單位裡辦公室的小廚房裡的微波爐加熱的。

其實不光是我吃剩飯菜，澳洲雖然號稱是世界上平均個人資產第一的富國，超過新加坡和挪威，可是澳洲人其實是蠻節省的。我們學院有食堂，但很少有同事去食堂買午餐吃，有家庭的人，多數還是自己帶午餐來吃的，所以每個辦公室都有反映這種文化的小冰箱和小廚房，冰箱裡總是放得滿滿的，中午用微波爐還常要排隊。

除了三明治之類，大概有半數同事說他們是帶家裡晚餐的left-over，即隔夜的剩飯菜來學院當午餐吃的，有昨晚吃剩的義粉、拉絮尼亞、披薩餅、蔬菜、土豆和肉類。這樣看來，我吃剩飯菜還不是很丟臉，而且在微波爐裡加熱我的剩飯菜時還會飄出一些令洋人同事深呼吸的中菜的香氣，心裡稍微舒坦了一點。

我還曾在幾家來自蘇格蘭、愛爾蘭、英國人和紐西蘭的洋人家寄宿過，所以有權說洋人家家都毫無例外地吃剩菜、剩麵包、剩麵條、剩蛋糕、剩披薩餅的。聖誕大餐剩下的食品，他們也可能會吃上一兩天。所以在吃剩飯剩菜方面，似乎不同的文化沒有多大的區別。

所以吃剩菜應該也是一件跨文化的事物，雖然剩菜的內容，各文化有不同。

我也經常看英文的醫學衛生資料，包括紙面的和網上的資料，可至今還沒有看到過有警告洋人不要吃剩飯剩菜的文章／資料。看來在不要吃剩飯剩菜這方面的醫學研究工作，現在中國是領先世界的了。這使我猜測，這是否是配合鼓勵消費拉動內需，增加GDP的政策的一部分？

冷汗還沒乾，忽然又想起，我家可不光我一個人吃剩飯菜啊。家母在家裡一貫先人後己，她經常送錢、送吃的、送衣服給窮人和貧寒

學生，自己卻節省得不得了，家裡沒吃完的剩菜剩湯第二天總是她包銷的，從來捨不得浪費，所以一生不知道吃下去多少亞硝酸鹽了。她過幾天就94歲了。

據她告訴我們她的大姐、二姐也都是節省的人，特別是二姐，從做姑娘起就是新鮮燒出來的菜總留給別人吃，自己一輩子吃剩飯菜，有的還隔了好幾夜呢，幾乎從來沒吃過新鮮燒出來的菜。她們兩位分別活到95歲和94歲，而且還都生活在中國缺醫少藥的小城市。這樣一想，冷汗就乾了不少。好像有點我們宣傳吸煙會生癌，可有的八十多的身板硬朗的老大爺說我從小就吸煙的，還不活得好好的？

不過我仍不敢掉以輕心，雖然最理想的是吃多少就煮多少，吃光算數，問題是有時也很難，為了怕麻煩，燒一頓要吃幾頓呢。比如我很喜歡吃大蝦，可以吃一大盆。但是有了年紀後就怕膽固醇和尿酸（會引起痛風），所以現在吃蝦每頓飯嚴格規定自己只吃三到四個，這樣一盆蝦就得吃好幾天。如果為了避免吃剩的蝦會因蛋白質降解產生毒素損傷肝腎，也為了避免浪費，只能每次去超市買三四個蝦（這裡超市賣的大蝦大多是煮熟了的而不是新鮮的，恐怕已經有了蛋白質降解產生毒素），人家不會認為我有毛病呢？

今夜又看到來自中國的不同的見解，說剩菜會致癌是偽科學，這才鬆了口氣。

不過我已習慣了各種矛盾的講法了，特別是來自老百姓被有害食品嚇得杯弓蛇影的中國的資料和信息！

寫於2011年10月

吃魚偶感

　　晚餐時，我大口吃著太太煎的魚排（fish fillet），忽然浮想聯翩起來。在澳洲生活多年，從中國大陸帶的一些本領和技巧，有些必定已經生疏或逐漸退化了吧。其中之一便應該是吃魚的本領吧。

　　離上海前，對澳洲的情況雖然自以為相當瞭解，但現在看來，瞭解得其實是十分膚淺的。不過其中被我無意猜中的一點，便是魚，我似乎覺得到了澳洲，也許就沒有魚吃了。

　　不要搞錯，澳洲四面環海，怎麼可能會沒有魚吃？

　　對不起，我應該先說明一下的。原來，在我們那裡，在上海，以及在鄰近的江南地區，講到吃魚，十之八九指的是吃河魚，或者說是淡水魚，所以不必特別解釋。正如講到吃肉，十之八九指的是吃豬肉；講到吃飯，十之八九指的是吃米飯（而米一定是大米）；講到喝茶，十之八九指的是喝綠茶；講到抽菸，十之八九指的是香菸；講到吃奶，十之八九指的是娘奶一樣，不必特別解釋。否則是一定要加個定語的，比如海魚、比如牛肉、比如小米飯、比如紅茶、比如雪茄菸、比如牛奶，等等。

　　沒聽說我們江南是有名的魚米之鄉嗎？沒有人會說，那是河魚和大米之鄉；也沒有人會誤認為它是海魚和玉米之鄉的。

　　猜想中國經常有河魚吃的地方，比如南方河湖眾多的諸省，如湖北、湖南、江西、廣東等省，講到吃魚，一定也十之八九指的是河魚：鯿魚、鯽魚、鰱魚、青魚、鯉魚還有所謂武昌魚和已經稀少了的鱘魚，等等。

　　所以臨走的那天，母親問我午飯想吃些甚麼菜，我毫不猶豫地回

答說想吃魚。

從小在江南：江蘇、浙江、上海長大的我，對河魚當然分外有感情，直到現在我有時還曾想過，有機會回中國的話，我會在去餐館吃飯的時候點一條久違的河魚。

母親做了清蒸鯿魚和紅燒鯽魚為我餞行。打那以後，七年多了，我還沒有吃到過鯿魚和鯽魚呢。

長江流域的淡水魚，種類繁多，形狀和體型相差不少，但共同特點是味道鮮美、肉質細潔、骨頭很多。這些骨頭是些很細而尖的魚骨，上海話裡叫「刺」，這些細小的刺多不勝數，它們亂七八糟地埋伏在、深藏在魚肉裡，無甚規律可循，像八路軍的地雷陣，叫人防不勝防。

我算不上是食魚的高手，雖愛河魚鮮美的肉味，卻不太擅長對付牠的暗刺。河魚就像是鮮豔卻帶刺的玫瑰，或者是美麗卻可能心胸狹窄的江南姑娘，或者是我為之獻出青春年華的單位裡的那位笑口常開的背後卻偷偷打我一下悶棍的領導。

不過我的吃魚技巧，雖然不屬上乘，但是從小生在這個環境中，總算還能勉強對付得過去，雖然被小刺哽過幾次，但不至於被魚骨哽在喉嚨，所以河魚的鮮美，還是有所領悟的。

先父的吃魚技巧要好過我，但是自從裝了滿口假牙之後，就再也不敢吃魚了，因為他說口腔裡面喪失了感覺。不過家母總是把骨頭最少的魚腹部的肉夾給他吃，所以他還能享受河魚的鮮美。但他常對我說，他很欣賞《水滸傳》裡對那位猛將李逵吃魚的描寫：他生得滿口鋼牙，吃魚卻沒有耐心；宋江吃魚，專挑好的部位吃，剩下的就全部賞賜給李逵吃，而那李逵就將那魚抓著尾巴倒提起來，送進他那大口，胡亂地稀裡嘩啦一陣大嚼，就把那魚連肉帶骨頭，全都吞進了肚裡，多麼痛快。

當然我也沒有這麼一口鋼牙，所以吃起魚來還是小心翼翼的。

從小吃這種河魚，結果是我的很多同胞們，尤其是女同胞們，練就了很好的吐刺技巧，可以利用嘴唇、舌頭的小肌肉群的協調合作，並在牙齒的配合下，巧妙地把刺吐出來，把鮮美的魚肉，慢慢地一點一點地嚥下去，伴隨著有一種江南女人特有細膩的快感，而不是北方佬那種大口吞嚥食物的痛快。

中國人的嘴巴功夫大多嫻熟，擅長吃螃蟹、嗑瓜子、啃雞頭雞爪、吃骨頭很多的魚頭，一直到沒事做的時候，嘴巴也空不下來，就會要麼拌舌頭、傳話頭、搬弄是非，或者要麼花言巧語、拍馬奉承，巴結那些有權有勢的人，把他們哄得團團轉，像乾隆皇帝面前的和珅那樣。

而吃河魚的滋味和樂趣，大約也存在於這種小口的細細品嘗和吐刺之中。很多吃魚專家甚摯愛吃魚頭，不光是大魚頭，而且是很小的魚頭，比如鯽魚的頭，也能吃得津津有味，而且能把魚眼睛、魚舌頭、魚嘴唇和魚臉上的點點滴滴的肉都吃得乾乾淨淨，把複雜的魚頭的骨頭一片一片地吐出來。我記得有些婦女甚至能把這些骨頭像拼七巧板那樣，一片一片地拼回一個完整的魚頭，雖然實質性的可食部分都已經全數落肚。

總之，嗜好食河魚者，一定會覺得魚不在大，刺多則鮮；而且與刺奮鬥，其樂無窮。江南有一種魚叫刀魚，魚身細長、不大，刺特別多，也特別鮮美，據說現在身價已經到達千元一斤。如果像李逵那樣抓起整條魚來連骨頭都嚼爛吞下去，就沒有甚麼味道，也沒有吃魚的情調了，白白浪費了那一千元一斤的魚。只有粗坯如黑旋風之類，才會這樣做。

剛到布里斯班的頭幾個月，覺得甚麼都貴，唯有有些魚還算便宜，才不到二塊錢一公斤。買來一吃，卻大失所望，肉質粗劣，味道不佳，怎能同家鄉的河魚相比？

所以那時候，河魚也曾成了使我強烈地思念家鄉的一個重要因素。

我當時自我安慰說，海魚麼哪能同河魚比，可是為了生存，看在價錢便宜的份上，還管甚麼味道，可能營養不會差，就將就著吃吧。後來發現，多用薑、蔥、酒紅燒，不要清蒸，味道也可以過得去。

　　經濟條件改善後，貴一點的魚也能買來嚐了，方知澳洲也不是沒有好吃的魚，甚麼barramundi、mackerel、coralfish、trout、salmon、bream、cod、whiting、tuna、perch、kingfish、flounder、hoki…，不勝枚舉（英漢辭典裡有些魚的名詞的翻譯，似乎不太妥當，故用原文）。

　　同母國的魚不同的是，牠們都是海魚，所以對澳洲人來說，吃魚就意味著吃海魚；如果不做特別的解釋，澳洲人在說今天晚上我吃魚時，大約指的大多是海魚。這就是文化。

　　與母國的魚相比，澳洲的魚大多個頭較大，像高頭大馬的澳洲人一樣，肉多刺少，所以能加工成魚排出售，有的還被塗上調味品，包上一層麵包粉一類的東西，回家後只需在平底鍋上放些油，煎一下，就能上晚餐桌了，和愛吃燒烤的澳洲人一樣爽氣、省時，吃的時候，你根本不用怕會被遊擊隊似的埋伏在魚肉裡的魚骨頭哽住喉嚨。

　　七年多裡我只吃過一次叫river trout的河魚，還是一位愛釣魚的同事，在河裡釣到的。我不知道為何他會知道來自中國的同事喜歡吃河魚，便將牠送給了我。我乘機問他，為何澳洲人不喜歡吃淡水魚，是否因為澳洲河流少，產淡水魚也少的緣故？他說並非如此，主要是因為淡水魚不太好吃，泥土（mud）味重。

　　這提醒了我。的確，河魚有泥土味，我們怎麼沒有發現？一想，原來我們做魚的方法同鬼佬不同。在西餐店打工時我就發現，他們只用幾滴檸檬汁解腥，後來我也在吃fish and chips（炸魚和薯條）時發現，他們在盤裡給你放幾塊檸檬；吃其他海鮮：大蝦、螃蟹和生蠔都是一樣，不像我們那樣善用濃重的薑、蔥、蒜頭、料酒，如上海人做的蔥烤鯽魚，而且一定要用香味醇厚的紹興酒，清蒸時，母親有時還

用香菇、火腿來「吊鮮氣」，泥土味早就被壓下去了。光靠檸檬汁，怎麼能解得了河魚的泥土味呢？

這就使我想到，鬼佬做魚也同他們做人一樣，原汁原味，缺乏sophistication，吃起來也同他們大塊吃肉一樣，大大咧咧，毫不提防魚骨的暗算，恐怕還沒有進化到能發現做河魚和防魚刺的竅門呢。我想。

大概多數鬼佬來還不會自己刮魚鱗和剖魚肚（scaling），他們都買魚店裡刮了鱗、剖好了的魚，有的連頭和尾都不要了，只買現成做好的魚排（我剛到澳洲來的時候，魚店的魚頭是不要錢的，放在店外的盤裡，你拿去就是，因為鬼佬們不會吃。後來知道亞洲人喜歡吃，才低價賣給亞洲人，隨著亞洲人來多了，魚頭的價錢也就慢慢地上升了），所以魚店裡的魚整條買比較便宜。

有段時間，我們會買整條的不太大的魚，比如可以清蒸著吃的bream，不全是因為貪便宜，而是覺得如果在晚餐桌上擺出一盆清蒸魚，少頭沒尾的，就是一塊魚排，看上去會很沒有「賣相」，不成體統，也很影響胃口。為此我們樂於承受剖魚肚刮魚鱗的麻煩，沒辦法，這就是中國文化，因為母親從小就告許我，餐桌上的清蒸魚，必須是整條的魚，至於為甚麼，是否影響味道或營養，我不知道，只記得母親說過，這意味著做事要有頭有尾。

還不只如此，出於好奇，我同許多去過中國回來的鬼佬朋友談話時，常會問他們對在中國的旅遊的印象如何。

答案幾乎是一致的：他們都毫無例外地讚揚中國菜的美味，可是男女老少卻全都異口同聲地說在他們的酒席上，河魚（不瞭解老外吃魚文化的中國餐館是必定會上這道菜的）是最awful的菜，原因是魚骨頭多得簡直沒法吃。鬼佬不但不會做魚，而且不會吃魚！笨拙得連起碼的吐刺的技術都沒有。我想，大約是泥土味重，刺又多的河魚，鍛鍊出了中國人的sophistication和subtlety的吧。

澳洲人被他們的大海裡的魚和魚店裡賣的魚排養得嬌慣了。他們可以用刀叉大口吃魚排，就像吃牛排那樣，不用提防隱藏的魚骨。幸而，澳洲出產的魚的身體裡沒有橫七豎八的小刺，不然醫院裡晚間急診室裡的醫生就會忙不過來，晚餐吃魚的鬼佬，十之八九恐怕會被送去那裡取哽在喉嚨裡的魚刺。

　　不知道是否是因為生活環境的不同，生活在廣闊的大海裡的魚，不但個子比較大，而且心胸也比生活在狹小的河塘裡的小個子的河魚開闊一些，所以身體裡的刺也生的不是那麼刁鑽促狹吧。中國人都知道，矮子的肚裡疙瘩多嘛。

　　近幾年來，讀到在歐洲和美國的一些河湖裡，不知道為甚麼鯉魚氾濫成災，使歐洲人、美國人非常頭痛，都在想辦法擺脫牠們、殺滅牠們。

　　在我看來，其實很簡單，把他們抓起來，向中國出口嘛，還能換回一筆外匯，因為這些國家的水質乾淨，沒有汙染，愛吃鯉魚的中國人一定願意買；也可以賣給當地的華人超市，或者訓練當地的鬼佬做河魚的方法和吃河魚的技術。市場上價廉質優的鯉魚，一定有人買。鬼佬怎麼沒有想到這些辦法？我堅信這樣做，幾年後就可以將魚口密度減少到可控制的範圍。

　　澳洲生活多年的同化，使我也慢慢地習慣了買魚排吃。現在塞在我家的冰箱裡的魚，好多是超市買來的各種魚的魚排，吃的時候拿出來或蒸或煎或放在電爐裡的烘箱裡焗，或者紅燒。母親教導的做魚的有關賣相和必需有頭有尾的教導，早已被丟在腦後，雖然唐餐館裡仍奉行做魚有頭有尾的文化，他們做的盲曹、石斑魚、左口魚，不管是蒸是炸，都是整魚，不過用的都是洋人能吃的骨頭較少的魚；想吃整魚，就去唐餐館吃就行。

　　家裡做的魚，雖然味道稍遜，卻可以放心大口吃魚，不必提防魚刺鯁喉。

我不知道這種事應屬於進化抑或退化。但是我已經慢慢地不再想念家鄉的清蒸鯿魚和蔥烤鯽魚了，可以肯定的是，一旦我再回上海，朋友們請我吃飯，餐桌上必定有美味的河魚無疑，但我對吐刺，必定也會更加笨拙了，就像在澳洲單位工作多年，我必定不會再習慣上海單位裡的那種充滿防不勝防的細刺的人際關係那樣了。

　　我於是不再想花幾千元的機票錢，僅僅是為了重溫久違了的家鄉的河魚的鮮味而飛返上海，因為好些思鄉心切的朋友曾告訴過我他們那種盡興而去、敗興早回的經遇。

　　我於是安心留在這兒做澳戇，吃吃那些沒有暗刺的可以放心大嚼的海魚和魚排。

　　　　　　　　　（寫於1995年8月，其後做過一些補充和修改）

▌在中國吃蟲子

　　人吃蟲，蟲吃人。莎士比亞早在四百多年前就揭示了我們世界的這種人蟲之間的循環的關係。他老人家在名劇《王子復仇記》（Hamlet）中就借用王子漢姆萊特之口，在他同掘墓人之間的對話中道出了這個哲學思想：人死了，被埋在地裡，幾年後讓蟲子吃了；人又從土裡挖出蟲子，用它們去釣魚；魚吃了蟲子；人又吃了魚；最後吃了魚的人又讓蟲子吃了。

　　不過莎翁卻沒有預見到，人吃蟲可以發展成一種時尚：人可以將蟲子做成可口的美味大飽口福；蟲吃人卻不能。當今在中國，人們對蟲的愛好，似乎達到了史無前例的程度，成了流行的風尚。

　　況且，莎翁所說的人吃蟲，是間接地吃，而人吃蟲則可以是直接地吃。西人除了莎翁外，在文學作品中也會出現人吃蟲的故事，但這些故事大多是作為諷刺來對待的，而非作為現實來描寫。比如法國小說家莫泊桑曾經在一篇諷刺性的小說中，說到某療養院的醫生對不同的病人開出不同的蟲子餐來醫治他們不同的身體問題，比如吃蒼蠅、吃蝴蝶、吃蚊子，而這些病人都是太有錢的富人，生活太無聊，無所事事，所以臆想中百病叢生。

　　但中國人的吃蟲子卻是貨真價實的當菜吃的，普通老百姓都吃。當然特別關注養生的人，也會津津樂道吃甚麼蟲有甚麼健康或醫療上的效果。這個我不懷疑，因為科學家都說過，蟲子是高蛋白的食品。假定人類能夠大規模飼養蟲子吃，可能能解決地球上的飢餓問題，不用通過危險的轉基因來增加糧食產量。當然蟲子也不可以是為了增加產量而搞出來的轉基因的超級蟲子。

我從小聽人說廣東人吃蟑螂。我的廣東朋友則竭力否認。後來才弄明白他們吃一種形狀和大小接近於蟑螂的蟲子，叫做「龍蝨」。我聽了仍然覺得害怕，蟲子長到那麼大，可以叫「龍」了，你怎麼敢吃？不管怎樣，蟲子或龍蝨仍然是蟲子。所以我可以說廣東人應該有吃蟲子的名聲，雖然我從來沒有親眼見到過。

在澳洲，土著人也善於吃蟲子。那是我親眼在電視上見到過的。那是一種不知道叫甚麼名目的肥白的幼蟲，約兩三寸長，很像一條胖胖的蠶寶寶。我在電視上看到一名土著人，很熟練地用小刀剖開一種樹的樹幹或樹根，從中挖出這樣的一條幼蟲，用手指提著，放進嘴裡慢慢咀嚼，臉上的神情極其陶醉，似乎在品嘗一條鮮美的大蝦。

那晚的電視節目中還有一位深入研究土著並同他們長期住在一起的的白人科學家，也當眾把一條這樣的幼蟲放進嘴裡咀嚼，並且告訴觀眾，它確實很好吃，甘美多汁（從幼蟲的白嫩，我可以相信它一定很多汁），是一種高蛋白的健康食品。

雖然如此，我觀看的時候仍然有一種汗毛凜凜的噁心的感覺，相信很多女同胞看到這個場景，也許會掩面逃竄。科學家說，土著人可以在極其惡劣的環境中生存，就是因為他們有本事找到我們認為是不能吃的東西來吃，來維持生命，而它們其實是營養豐富的。

不過人類在發展史上確實有過把昆蟲當美味的時期，這就是為甚麼直到文明發達的現代，蟲子在很多地方，包括在中國，仍然被當作美食。

比如，我小時候就看到有人用乾紅棗、蓮芯等滋補的食品養著一種只有米粒大小叫洋蟲的棕色小甲蟲。這些甲蟲好像蛀蟲那樣，吃空這些紅棗、蓮芯，然後這些人就生啖這些小甲蟲，作為補品（這可以理解，因為小甲蟲靠吃補品生長）。還有，我聽說過中國北方河北和天津人也吃油炸蝗蟲／蚱蜢，和泰國人一樣，據說也很好吃。

這次我在為時兩個月的去中國的出差之行中，不但見到，而且親

自領受過吃蟲子的滋味。在山東，招待我的筵席上就有油炸蠶蛹和油炸蠍子。

蟬也叫知了，不知道它為甚麼有這個名字，好像是「知道了」的意思。小時候，我和那時候上海的男孩們一樣，在夏天暑假裡喜歡把自製的麵筋（具有強烈的黏性）放在一根長竹竿的頂端去黏樹上的知了。上海的知了有兩種，一種是大體型的褐色的知了，叫聲單調刺耳；一種是小體型的綠色的知了，我們叫它「葉死它」，因為牠的叫聲如此。

黏到知了了，我們總是很開心，設法用西瓜皮飼養牠們，以為牠們那細長的可以插進樹皮去吸樹液的口器也應該會插進瓜皮裡去吸瓜汁。但是到了第二天，牠們總是死了。後來我才在書上看到，知了的生命週期，變成成蟲後只能活短短幾天而已。牠的大部分生命是在幼蟲期，長達數年，在地下度過；可說是童年期很長的生物。然後牠們變成蛹，蛻皮後成為成蟲，在樹上叫，為的是吸引異性，交配產卵後就死亡。看到這一點，我忽然很同情牠們起來，再也不去粘牠們了，因為他們辛苦幾年才長大成蟲，過不了幾天好日子，談情說愛之後馬上嗚呼哀哉、一命歸天，實在可憐。

現在我慢慢老了，到覺得童年確實是最幸福的時期，無憂無慮、無牽無掛。而成年後實在太苦：談情說愛要冒失戀的風險，工作後又要經歷失業的煩惱，辛辛那苦苦地成家立業，購屋置產，勒緊褲腰帶還按揭，然後經過上有老下有小的艱苦時期，等到把孩子拖大，頭髮也已經白了，而下半輩子也不一定更加安定，在自己蒙主召喚之前還要經歷一次次的同親人生離死別的痛苦。所以我現在也巴不得同知了一樣，童年時期長些，成年時期短些，幸福地談情說愛、生男育女之後就走，讓兒女自己去長大成人。

想到這裡，聽到主人要招待我我吃油炸蟬蛹時，我非但不為蟬感到難過，反而好奇地同意了。我心安理得地覺得，蛹是從幼蟲變為成

蟲之間的休眠、蛻皮時期，死在睡夢之中應當是幸福的；而睡著了被放到油鍋裡炸，剎那間就熟透，也不會感到痛苦，即使不被吃掉，牠也已經度過了一生中的最美好的黃金時期，剩下的不過是幾天的、痛苦的、苟延殘喘的多餘的生命而已。

但及至見到一大盤油炸蟬蛹——牠們看起來就像是剪去了翅膀的蟬——我又感到喉嚨裡癢癢的不太好受了。人家既為我點了這道佳餚，不吃就不好意思，只好硬著頭皮，用筷夾住一個，硬壓噁心，放進嘴裡，然後皺著眉頭、併住氣息咀嚼起來，恨不得趕快將他嚥下肚。

老實說，這對我是一種折磨，我一點也沒有覺得牠鮮美。同桌的山東男女卻談笑風生，一個接一個地美滋滋地大嚼蟬蛹，一邊喝著啤酒，如同用油炸花生米下酒一樣。我拍下一張照片作為證據。

接下來的油炸蠍子，個個都有兩寸多長，我根本沒有勇氣品嘗。餐間，主人們不但大嚼蟬蛹、蠍子，還津津有味地談著蟬蛹、蠍子的不同做法，還有甚麼油炸蠶蛹、清蒸大青蟲（有點像土著人吃的幼蟲）、甚至甚麼蠅蛆之類的佳餚，以及牠們的營養和健康價值，比如夏天吃蠍子不會長瘡癤等，而我也從他們哪裡瞭解到，所有這些蟲子，目前在中國都有專門的養殖場進行人工飼養。

我並不後悔沒有品嘗蠍子的美味，反而感到慶幸，因為幾天後我就在報上讀到一則嚇出我一身冷汗的新聞，內容大致如下：河南某人在飯店吃酒醉蠍子，邊吃邊說好吃，可是吃到第四隻時，突然發出一聲慘叫。原來那隻蠍子並沒有被醉倒，猛蟄了他的舌頭。他當場被送進醫院，花了八千元的醫療費，救回了一命，但卻不能徹底治好，留下偏癱的後遺症。經向法院起訴，法院判決飯店賠償他一萬八千元。

記得魯迅曾經說過：第一個品嘗螃蟹的人是要有勇氣的。蠍子看上去比螃蟹更兇狠，又有毒，沒聽人說「毒如蛇蠍」嗎？看來敢吃蠍子的人得冒更大的風險。

我在中學裡學生物學的時候，記得老師說過：昆蟲綱是六足的，八足的屬於蜘蛛綱。但螃蟹是屬於甲殼鋼的。至於蠍子，我記不清牠到底是屬於蜘蛛綱還是甲殼綱了。西方人發明的生物學往往叫普通的中國老百姓感到不解，因為在他們的眼裡，不管你有六足還是八足還是有甲殼還是有毒，都屬於蟲類；管你有沒有毒，是蛇還是蠍子，我都要吃！

　　如果說西方人講吃蟲子是哲理性的（莎翁）、是諷刺性的（莫泊桑）或者是搞科研的（科學家說牠們是高蛋白），那麼中國人的吃蟲子卻是現實性的，是菜餚的一部分。

　　我猜想原因大概同語言有關，而語言又是文化的一部分，所以也同文化有關。在中文中，好多種類的蟲子的名字是帶「蟲」字傍的，如蟑螂、蟬、蠍子（其實西方生物學中，牠不屬昆蟲綱）等。但蟲字傍的好多中文字都是可食動物的名字，如兩棲動物的蛙（被冠以田雞的美名）、蟾蜍或蛤蟆、蠑螈，水生動物的河蚌、螺、蛤、蠔，甚至海蜇（水母），軟體動物的蝸牛，爬行動物的蛇、蜥蝪，甲殼動物的蝦、螃蟹等等，包括老鼠在內，因為在有些方言中牠叫「老蟲」，也是廣東人吃的動物。所以廣義來說，中國人是吃蟲的民族。

　　你可以說中國人毫無生物學的概念，將這些毫不相干的動物全都歸類於蟲類。我卻認為以食為天的中國人對是否以動物學的類別來歸類毫不感興趣，他們將上面那些與昆蟲毫不搭界的動物都歸入蟲類，因為他們是以是否屬於食物、能不能吃來歸類的。

　　他們將上述能提供少量動物蛋白質和葷腥的動物全都歸入蟲類，同能提供較大量的肉的牛羊豬禽魚等分別開來。因為自古以來，大部分的中國人的生活比較苦，逼使他們甚麼都吃，能抓到甚麼就吃甚麼，只要不毒（哪怕毒蛇也吃；水母是有毒的，中國人能把牠用明礬處理，製成美味的海蜇）。西方人大塊吃肉，中國人大塊吃肉只能到《水滸傳》中的梁山好漢們那裡去找，大多數中國人一年只有節慶才

能吃到幾次肉，而且只能吃些肉絲肉片，平時有點小葷就不錯了。這就使中國人能將西方人不吃的許多東西製成美味，如雞爪、魚頭和動物下水，這都應該同中國人的肉食來源較少有關。聰明的中國人就因此而發展出了舉世聞名的中式烹調－中菜，蟲類菜就成了其中的一部分了。

　　如果我一直住在中國，我也許也會在筵席上大啖各種蟲子。但是多年生活在澳洲，我已經習慣了澳洲的食品。現在回中國出差，不光要過空氣汙染關、交通阻塞關，而且要過吃蟲關呢！

寫於1997年11月

新年談「饞」

又過年了。

過年過節的最大活動是吃，這對所有的民族都一樣。您看，所有飯店都坐得滿滿的，還不包括無數家庭宴席和在公園、海邊等開的派對。

但是，吃這個活動又經常是嘴巴和肚子的鬥爭：肚子說，我吃不下啦，漲死啦，別再往我這裡塞東西啦；面對許多美食，嘴巴卻說我還沒吃夠，還想吃呢。

在滿足嘴巴又不讓肚子受苦這方面，中國人最聰明，因為我們發明了一個叫做「饞」的概念，它使嘴巴得滿足，肚子又漲不死。

「饞」確實是個非常中國化的、很難形容得清楚的概念。

梁實秋寫過一篇叫《饞》的文章，很確當地描述了這個概念，並舉了幾個好例子來說明它。

他並說，在英文中找不到能精確地翻譯中文「饞」字的詞。這我完全同意，即在英文裡找不到一個能對應於「饞」的概念。我認為，在英文裡，最接近它的詞是「greedy」，但greedy其實帶有「貪吃」的意思，而貪吃還不完全等於饞，區別是，貪吃會讓您發胖，饞不會讓您發胖。

他又說，饞是基於生理的要求。這一點我不完全同意，因為饞同由於肚子餓了想找東西吃（生理要求）並不相同。饞往往在肉體或生理並無想吃東西的要求時也會產生，而像剛才說的，肚子已經很飽了，饞也許仍然還會存在。所以我認為，產生饞，心理要求強過生理要求。

2011年回上海。有一天，我在南京東路步行街逛街時，就突然產生了饞的感覺。

我看到「真老大房」這家店面外掛了個小小的廣告：「鮮肉月餅，每個人民幣三元。」

我忽然想起，我出國前，靜安寺有家「西區老大房」，它現烘現賣的鮮肉月餅特別有名，也特別好吃，當時售價是一毛錢一個。這家老大房在出售月餅時往往會在店前排起一個隊，我看到時也會走過去，站在隊裡，買兩個鮮肉月餅吃（雖然肚子根本不餓）。

這種月餅的皮子非常油酥、入味，新鮮的豬肉糜做的餡，吃上去也特別鮮美，飽含肉汁。我近幾年回上海，發現靜安寺西區老大房失蹤，這一帶都蓋起了新的高樓，當然鮮肉月餅也隨之消失，心裡總有些惆悵。

所以看到真老大房的字號，我就不由自主地回憶起了西區老大房，又由於它也賣鮮肉月餅，雖然20多年裡價錢漲了30倍，一種久違了的感覺仍然馬上連同饞感一起油然而生。

當時我其實剛吃過午餐，肚子並不餓，根本沒有吃東西的欲望，但我卻有一種很強烈的欲望，想嚐嚐久違了的剛出爐的熱烘烘的鮮肉月餅。於是我發現自己已經身不由己地站進了長長的隊伍裡。

這種欲望就是饞。饞不是在餓得不得了的時候想找大量的東西果腹，狠狠地飽餐一頓。饞也不等於吃飯時的食欲。中國話裡，還有「饞蟲」這個詞，好像饞的時候，會有一種寄生蟲「饞蟲」從喉嚨爬進嘴巴，叫您難以忍受。所以您要殺饞蟲，或者叫做「殺饞」，文雅一點叫「解饞」，即想吃您當時非常想吃的某種東西，去滿足饞欲。

上海話往往用「嘴巴饞」這個詞表示饞，正說明饞是為了滿足嘴巴的欲望而不是肚子的欲望，所以我們不說「我肚子饞了」，正像我們說「我肚子餓了」，而不說「我嘴巴餓了」。

上海話裡還將饞叫成「饞癆」或者「饞癆病」，即把它當作是病

一樣，其實是一種癮，癮發的時候總想滿足它而去找某種「特別的東西」吃。所謂癮發，可能是觸景生情，也可能是饞蟲不期而至，突如其來地從喉嚨裡爬出來。所以饞的出現沒有規律、很難事先預言、事先作計畫，同我們在肚子有點餓時吃些點心不一樣。洋人每天會有規律地喝上午茶、下午茶，同時吃上幾片餅乾或蛋糕巧克力之類，這不是出於饞，這是飲食習慣。我從來沒有在單位裡看到過洋人同事會從包裡不時翻些小食出來吃吃（他們可能會不停地嚼口香糖，但口香糖不是食品）。中國人喝茶並不十分定時，有時會泡杯茶，拿張報或拿本書看看，有些人還會同時嗑些瓜子或吃些小食，有些茶室也會供應這些瓜子和小食，讓客人坐上半天，很享受、很放鬆。

這種「特別的東西」因人而異，或因時因情景而異，所以饞往往是個人化的、心情化的、情景化的。比如我在看到真老大房的鮮肉月餅的廣告時，產生了對鮮肉月餅的饞癆感。同我一起逛步行街的一位是從美國回來的中年女士，她卻是一看到賣零食的店就迫不及待地走進去，幾乎是撲向那些上海女性喜歡吃的零食，剎那間，她就提了一個裝滿諸如敲扁橄欖、加應子、芒果片、鹽津棗、奶油話梅等的塑膠包出來，一面迫不及待地拿出個敲扁橄欖放進嘴裡，又拿了一個讓我嘗嘗。

敲扁橄欖的味道我是很熟悉的，我做孩童時就常吃，但我卻不饞它們。敲扁橄欖的味道至今並沒什麼改變，它讓我回憶起孩童時的一種遊戲：我們小時候是沒什麼智力開發玩具的，所以我至今智力平平。我們什麼都玩，包括孩子們一起玩「頂橄欖核」，我那時是為了取得橄欖核來玩這種遊戲而吃敲扁橄欖的，所以並不饞它。

很多中國人都懂得「饞」這種感覺，所以雖然饞有個人性、情景性，它又有文化性，應該是中華食文化的一部分，「殺饞」品的生產銷售甚至應能形成一種產業。從前，先父就是經常為饞蟲所困的，像梁實秋那樣，似乎文人騷客都會有饞的時候。先父的書房裡有各種

小吃，放在錫罐裡，寧波話叫「曉缺強」（要用寧波話來念，即小食的意思）：花生糖、牛皮糖、芝麻糖、印糕、油棗、苔條小麻花、豆酥糖、麻酥糖、薩其瑪等，都是吃不飽肚子卻能殺饞蟲的小食品，念書時、工作時，甚至休息時（所以也叫「閒食」）隨時可以不定期地「摸摸」它們（意即拿出來殺饞），同洋人有時間性、規律性的上下午茶並不相同。

從前在上海的書場裡，也有各種小販向聽書客出售茶葉蛋、鴨舌、鴨胗肝、鴨爪、鵝掌、雞翅、鴨膀、五香豆腐乾、素雞、素火腿、五香豆等小食，每樣只需幾分錢，因為聽客常會在聽書時發饞癆病，這就是最原始的殺饞食品業。

中國各地人所饞的食品或零食並不相同，像梁實秋舉的一些老北平人的殺饞食品（比如綠豆渣做的同辣鹹菜同食的有黴味的「豆汁兒」）我大部分從來沒聽到過，而且恐怕人們的殺饞食品也會與時俱進。

奇怪的是，在海外生活時，我的飲食非常有規律，從來沒有過饞癆的感覺，回上海卻不期而然地經受了一次饞癆病的復發。很多海外華人回到母國，也會忽然饞起某些久違的食品來，如我和那位美國回來的女士那樣。看來饞蟲會在饞文化的環境裡重新侵襲我們的喉嚨。

寫於2012年1月22日大年夜晚

食文化：
從飽子、餃子PK漢堡、三明治說起

中國文化的最高造詣之一是食文化，中國烹調聞名於世，這大概是沒有異議的。

可是食文化中也一樣浸透了中國封閉文化的影響，而封閉文化在烹調方面的造就，似乎要比在其他方面的造就更加輝煌。

起源於中國大陸內地的封閉文化也叫陰文化、圓形文化、包裹、包容、接納、綜合性文化或月亮文化，有別於起源於歐洲海洋國家的開放文化，也叫陽文化、線性文化、分析性文化或散發性、擴展性文化。

中國的封閉性、包裹性、綜合性文化在食文化方面有什麼反映呢？

隋、唐、宋、元以來，飽子、餃子、餛飩（雲吞）、湯圓、月餅、餡餅等逐一發明，其基本思想則是同一個：把美味的、多種多樣的原料剁碎並拌和製成的餡，密封地包裹在麵或米粉做成的圓形包皮（pastry）裡面。

有些包皮還可以做成方形的或長條形，比如廣東人愛吃的腸粉，做成了長條形的腸子狀的；還有些包皮可能是用不可食的材料做的，比如據說是為了紀念屈原而發明的粽子，以及廣東人的飲茶中吃的「糯米雞」，是用竹葉或荷葉包的，也可算是同粽子異曲同工吧。

逐漸地，不光是清蒸（比如江南人吃的小籠包、蒸餃和廣東人飲茶中吃的如蝦餃等多種食品）的和在沸水中煮（比如湯圓、雲吞、湯餃和灌湯餃等），還出現了在油裡煎的或炸的封閉食品，比如生煎包、鍋貼和令西方人口饞的春捲，以及現吃現包的薄餅包北京烤鴨加大蔥等，還有所謂的「生菜包」（用生菜葉子包裹一些用各種剁碎了

的成分炒好的菜）等。

我小時候很喜歡吃家母做的火鍋，其中有一種江南很普遍的食品，一種叫做金元寶的東西，它其實同餃子一樣，只不過外皮是用薄的煎蛋做的，所以實際上是蛋餃，因是金色的又像元寶，故叫金元寶，過年時總要吃，以討新年發財的口彩。

總之，原則是將很多美味可口的東西混合或綜合（封閉文化的綜合型的思維特徵），包成一體來吃。

西方人直到近代才有肉醬或果醬餡的餡餅（meat or mince pie），他們的大多數的麵食都只把增進味道的食料逐一地添加在其頂部，一層一層地疊加上去，或夾在中間。

比如義大利的披扎餅（pizza），你可以看到它在製作時是將各種不同的原料一層一層撒到底層的麵餅上去的，然後放進烤箱去烤。

奶油蛋糕更明顯，你可以清楚地看到它是一層一層，一層奶油一層蛋糕地往上擴展，直到頂面，再用奶油裱上一層花、再貼上一層草莓塊之類的東西、再用巧克力在中間寫上 *Happy Birthday* 這樣的詞。

漢堡包也是一樣，比如那個「巨無霸」（bigmac），在上下兩片麵包之間有一層一層的生菜、西紅柿片、芝士片、牛排，不斷疊加上去，而不是將所有這些東西剁碎了，混和在一起，再包起來，它的開放性很明確，越大的漢堡層數越多，以此定價。

即使是三明治、熱狗和Subway的長條形麵包，還有義大利麵食拉紮尼亞（lasagne）等也不採用全封閉，而是採用夾在中間的各種原料加調味醬的分層、開放的形式。

綜合性的思維特徵在烹飪方面的體現還有著名的中國炒菜、炒飯等，其基本思想是將好多成分事先切細切碎分別處理好，再用燒燙的油快速地炒和（儘管有時添加成分會按照煮熟所需的時間按一定的先後次序來加入），為了易於拌勻，鍋底必須做成圓形，炒時加入各種佐料（廚師按其經驗，代替用餐者做出了決定，您沒有自主決定權，

最多吩咐一下不要太鹹或太辣，因為有的成分早就浸泡在佐料裡，使其能「入味」），同樣地拌勻。

上面說到過的火鍋，也是中國烹調中綜合、包容、接納文化的另一種表現形式。人們可以在火鍋中放進各種東西：牛羊肉、肉丸子和／或魚丸子、海鮮、各種蔬菜、餃子或蛋餃，最後是麵條或粉絲。這樣，火鍋的湯就會非常鮮美，因為它接納和綜合了各種食材的美味。

先父是法國留學的，我小時候他經常帶全家去吃西菜，上海當時西餐館很多，各國菜式都有，也很正宗。所以我很瞭解西菜，至今經常去澳洲的西餐廳吃飯。我在澳洲亦曾先後在四家典型的澳洲、紐西蘭背景的洋人家住宿過，也非常瞭解他們的飲食習慣。

與中菜相比之下，一盆典型的西菜上菜時，各成分是分散獨立地按放在盆裡的：一條胡蘿蔔、幾莖四季豆或蘆筍、一個土豆（都是水煮的）或一堆土豆泥或一些炸土豆條、一片羊排或牛排或魚排。

大多數情況下，這些成分都是淡的、未加調料的、味道互不相干的，吃的時候按照個人的口味自己選擇、需要來添加佐料，而且也是吃的時候每個人自己分別地切、分別地、依次地吃的。

在點牛排時，服務員總不會忘記問您，您的牛排要做得怎麼樣，嫩一些（rear）還是熟（well done）一些還是介於兩者之間（medium），又問您想用何種sauce（漿汁），起碼有五六種可供您選擇；而上菜時，您點的漿汁是分開放在另一個小碟裡的，讓您顧客自己去蘸的。

這代表著分析型的、線性的思維特徵，也反映著個人主義的文化。

餃子或炒菜的飲食文化，成了華人融入主流文化的難關之一。好多在澳洲生活了幾十年的華人仍然無法適應、習慣西方飲食，特別是從中國內地來的華人，他們的味蕾很不願意調整它的感覺，總覺得西人的菜淡而無味，不好吃。

年老華人住進西人為主的養老院，除了語言困難，飲食是主要困

難之一。我有一位馬來西亞朋友，英文說得非常好，卻對我說，他至今吃不慣西人的飲食，所以不願意住西人的養老院。這也是封閉文化的結果。

相比之下，西人對飲食抱更為開放的態度，隨便什麼食品都願意嘗試，甚至吸收進西菜的菜單，令西菜變得更多元化了。

寫於2014年5月

音量文化

　　不久前為澳洲某全國性的農業組織做翻譯，接待亞洲來的一個國際農產品貿易代表團，因此飛到了雪梨。第二天陪同該組織的一些人員到雪梨國際機場接機，在那裡等候陸續來到的各國代表。

　　我們拿著該農業組織的牌子坐在離旅客出口處不遠的椅子上休息。不久，一些很大的講話聲吸引了我的注意。抬頭一看，離我約五米開外的地方有三女一男四位接機的年輕人在用帶京腔的普通話交談。國際機場雖然是個相當嘈雜的地方，他們高分貝的講話聲還是從遠處傳進了我的耳鼓。

　　我看了一下大電視螢幕上班機到達的時刻表，發現幾班從中國來的飛機或是快要到達或者已經降落。這時候，從其他方向也來了幾群想來是大陸背景的華人。有些看上去像是一些家庭，有老有小，有些像是朋友們，還有一對好像是年輕夫婦，他們推著一輛嬰兒車。他們無一例外地都在等候即將來到的親友時旁若無人地高聲談笑，特別是中年人和青年。我能很清楚地聽到離開我十米以外的人的談話聲。

　　我同那些澳洲同事也聊天，等候客人來到前的聊天題材很雜，無所不談，有時也會談得興高采烈，也會笑起來。可是澳洲人講話的音量會隨著談話者之間的距離而「自動」（即無意識地）調整，就是說，他們只是說給自己這一幫人聽的。可是我發現中國人談的音量與談話者之間的距離似乎關係不大，因為他們彼此間的距離不過一米左右，但談話的音量可以讓十米開外的人也能清楚地聽到。可以這麼說，中國人或華人的音量自動調整系統在他們的說話中還沒有建立。

　　你說他們故意要令人討厭地提高嗓子說話嗎？不對。我仔細地聽

了他們的發聲，他們是在用自己自然的音量說話，並沒有特別費勁，就是說他們自然的音量就是這麼大，不分性別、不分年齡，問題是小不下來。可以說高聲講話已成了他們的習慣，並非故意。

這就是為甚麼中國人在公共場所高聲談話雖常被一些國家的人認為是一種惡習，但大多數的大陸中國人並不意識到這一點，因為他們們習慣了高聲談話，並非故意提高音量招人討厭。

我只能把它稱之為一種文化：高音量文化。當然，如果他們能注意一下周圍環境，不要那麼自我中心，考慮一下所發出的高分貝是否會影響四周其他的人，隨時調整音量，那就不會受人批評。

然後，他們等待的客人推著行李車出關了，同接機的人又是握手、又是擁抱，中國人現在也學會了擁抱，當然又是一番熱烈興奮的高分貝談笑。一個多小時之後，幾班坐中國航線來的旅客都離開了，機場似乎突然靜了不少。

那天我們在機場等了一個上午，將坐不同班機來的各國客人一批一批地帶上小巴再由小巴把他們送去酒店。所以我就有了一次很好的機會見證了從香港、馬來西亞、新加坡、日本、台灣等地來的亞洲客人的講話聲：他們的音量都明顯地小過大陸中國人的音量。

在以後的一個星期裡，我同另外三位不同語種的翻譯在東道主的帶領下同這個四五十人的貿易代表團一起參觀、訪問過很多地方和單位，包括工廠、農場、農產品市場和大超市的貨品集散中心，並同澳洲人談生意、參加宴會、觀看農展會。他們中超級嗓門好像一個也沒有。

快到中午的時候有一班台灣來的飛機帶來了我們要接的幾位台灣客商。同他們一起先後出來了四個台灣旅遊團，每個團的人數從25人到35人不等，年齡層從小孩到六十幾歲的老人都有。他們出關後很快地推著行李按不同的團集中，說話靜悄得差不多沒甚麼聲音，讓我感到非常驚奇，要不是他們的語言，我會把他們當作日本旅遊團。這些

人中，音量最大的，你一聽就知道是導遊，因為他們需要對全團旅遊者講清楚一些要求和注意事項。

二十幾年來，我在澳洲學院工作，同事們之間的講話都很柔聲，包括小組工作會議上的發言。聲音最大的場合是一些較大型的早茶或下午茶派對，還有聖誕派對，大家站著喝咖啡、吃點心，常常會談笑得很興奮熱烈。

電視上，你常可以看到時事政治評論員採訪各黨的politicians，包括總理、州長。他們講話的音量輕響合適，語氣溫和。他們用最大音量講話的時候是在議會的辯論中，那時他們會變得很激動，雖然發言還是挺有秩序的。但坐在高處的議長常會對他們叫道：Order！以此限制他們過於高分貝地攻擊對方。

我有時在法庭作口譯員。我發現澳洲的法官、公訴人、大律師在法庭上的講話都很柔聲，即使是律師和證人在對證時。我的聽覺很正常，但是我必須很專心地聽才能聽清他們的說話。

多年來，我是一個華人合唱團的指揮。指揮的工作之一是按作曲家寫在樂譜上的要求來控制合唱歌曲的音響、音量或者說是音的強度或力度強弱的變化。作曲家將音的強弱的程度用8個等級來表示，從輕／弱到響／強依次為：ppp、pp、p、mp、mf、f、ff、fff。p（piano）表示輕柔或弱，f（forte）表示響亮或強有力，m（moderate）表示中等、適中。我常對團員們說，我們平時自然說話的聲音大體是在mp到mf之間擺動，隨著表情或需強調的內容的需要而變化。那麼ppp、pp、p應當為細聲耳語、輕聲低語、柔聲說話，而f、ff、fff應當是大聲說話、高聲喊叫、聲嘶力竭地高叫。

中國的文化大革命中，被批鬥的對象如「黑九類」等，大約常用p等級的音量說話，低聲下氣，否則會被批為囂張；紅衛兵和革命造反派則常用f等級的音量說話，因為要顯示理直氣壯，批鬥會上對「階級敵人」批判揭發和喊口號的音量都會達到ff和fff，否則不足以

顯示對階級敵人的仇恨。

音量、音響和力度是由氣息控制的，氣息同身體好壞有一定的關係，身體好的人一般氣息較強，所以說話響亮，他會被讚揚為中氣十足、聲若洪鐘。而這個氣又同你說的話是否有理有關。理虧的人（比如文革時被打倒的黑九類）說起話來低聲下氣、垂頭喪氣（他們必須常常低頭認罪），理足的人說起話來理直氣壯，以致氣壯如牛。我常尋思，為甚麼中國人形成了高音量文化，說起話來分貝很高。大概一是要表示他身體好，二是要表示他理由硬、背景挺，所以底氣足吧。

還有，很多中國人還沒有養成耐心傾聽別人說話的習慣，而是要搶著或打斷別人的話，插嘴說話，高分貝是壓倒別人說話聲、引起人們注意並讓大家都聽到自己的話的辦法之一，如人們說的「哭得響的嬰兒有奶吃」。是否久而久之、不知不覺地，大家說話的音量就提高了，以致我要說，中國人自然說話的音響應該是mf到f之間，比其他民族高出一個檔次。

最近有一位親戚的孩子訂婚，請我去本地某中餐館吃飯慶祝。他們一共請了三桌三十幾位親友吃飯。我又經受了一次高分貝的轟炸。雖然這些大陸背景的華人在澳洲生活了多年，人們彼此高聲談笑、勸酒、對訂婚的年輕人發出祝願，有時音量使我頭腦發脹。

我想起好多年前我小時候，老一輩的人在酒席上還要豁拳，我聽不懂他們豁拳是說些什麼，只記得他們是非常大聲地喊叫的，輸了的人會被罰酒，又是眾人大聲的歡笑。現在的人不會豁拳了，但勸酒時的聲音同樣響亮。

還好這是在同大堂分開的小間裡進行的。這種小間，英文叫private room，是中餐館的特點，在中國更是如此。西餐館一般沒有這樣的小間。但不要認為中餐館的private room是講私密話或悄悄話的「雅座」。它是一個可以高聲喧嘩而不會影響大堂裡的吃客的地方！

就在兩三天前的一個星期五晚上，我們去了City的一間挺大而生

意挺不錯的西餐館吃飯。星期五晚上是西餐館生意最興隆的時間，那間西餐館面對布里斯本河，夜色中的河景十分優雅。那晚該西餐館座無虛席，有些是好多年輕朋友或同事的聚餐，長餐桌兩邊坐著十來個人，他們同樣談笑得很開心，但是談笑聲毫不破壞景色的優雅，也不會讓鄰座聽清楚他們說話的內容。這就是為甚麼這間西餐館不必設 private room。

當然我也許是胡說八道。但是我要說，如果有人認真地進行了深入研究，找出了中國人高音量文化的根源，寫出了論文，那麼他應該為此得到一個博士學位！

寫於2014年7月

頭髮文化

　　最近看電視，不經意地發現美國總統奧巴馬的頭髮—他的頭髮反映出非洲黑人的遺傳，是緊貼頭皮的捲髮-白了很多，幾乎是灰白了，其實他的年齡還不是很大，五十多些吧。回想六年前他當選總統時是滿頭黑髮。六年就白成了這樣，可以想像做美國總統煩惱一定很多。

　　回想起霍華德，任反對黨領袖時頭髮還相當黑，禿頂也不十分嚴重。做總裡將近十二年後到他下臺，老霍的頭髮變得既白又禿，頭頂已經寸草不生。

　　克林頓和小布希兩位美國總統幸而沒有禿頂，但頭髮也在擔任總統的八年裡變得全白了。其實他們的年齡也並不太大，現在恐怕也沒有超過七十吧。

　　精力充沛的瘦高個美國國務卿克裡，剛上任就滿頭白髮了，頭髮之白同他的行動之敏捷和日程之繁忙不太相稱。

　　但看看中國領導人吧，比如胡錦濤主席，領導這麼一個大國，可以想像煩惱一定也不會少，可他在位十年，我沒有看到他的頭髮從黑變白，退下來時的頭髮同十年前一樣烏黑發亮而濃密，梳得一絲不苟。他的年齡要大過奧巴馬很多。其他領導人也大同小異。中國的大智慧中想來有什麼保養的秘訣吧。

　　我的印象是政治局常委一級的領導，頭髮都很濃密烏黑，沒有禿頂的，只有王岐山的頭頂不算太茂盛，好像需要從一邊拉些頭髮去支援不太豐茂的頭頂。

　　不光是中國最高領導人，檔次低一些的領導人也很關注他們的

頭髮。1990年代以來我曾應邀訪問過好多省的教育廳討論合作，那時我是一頭烏髮。其中一些教育廳的負責人幾年後在2000年代也回訪了我校和本州的教育部門。記得幾年前我在接待某省回訪的教育廳訪問團時（領隊者已從處級升到副廳級），發現他們個個頭髮依然烏黑，而我的頭髮卻已灰白，頭頂也稀薄了不少。握手歡迎時我對他們說：哦，你們保養得真好，還是一頭烏髮！看我已經白髮蒼蒼了！領隊的副廳長很坦爽地回答說：哪裡，都是焗的頭！

焗頭恐怕是中國人／華人對付白髮的普適的武器。不光是該教育廳的領導，就是普通老百姓，好多也焗頭。澳洲人、美國人卻很少有焗頭的。你看那大名鼎鼎的好萊塢明星喬治·克魯尼（George Clooney），面容毫不顯得蒼老，卻是滿頭白髮，也不去焗一下頭。當今澳洲的財長霍基（Hockey），也不是這幾年中就白了頭的？也許預算案的壓力令他頭髮白得更快了吧，雖然他的臉容其實還毫不顯老呢。就是那令人厭惡的胖胖的口無遮攔地攻擊中國的億萬富翁帕爾瑪（Palmer），也是滿頭白髮，配著壯年人肥滿的臉容。座擁這麼多錢，竟也捨不得花幾個錢去焗個頭？

26年多前我剛來澳洲讀書時已步入中年，所幸還沒有一根白髮。到大學報到時，看到我的導師巴特萊博士，從臉容看年齡不會比我老，可已是滿頭銀霜！

剛來澳洲時我曾到西餐館做過幾個月洗碗工，我的黑髮幫了大忙，讓我能對老闆隱瞞年紀，否則恐怕拿不到這份工呢。後來我發現澳洲人早白頭十分普遍，不知道是否太多情或煩惱太多的緣故，所以要經常自勉no worries！我工作學院的好幾位同事、上司，年齡比我小，頭髮比我白，所以他們還以為我比他們年輕呢，讓我自我感覺挺好！這些澳洲人說不上是鶴髮童顏，只能說是鶴髮壯顏。這樣的澳男比比皆是，從沒有看到他們焗頭！

中國男子漢對頭髮的兩大顧忌是白髮和禿頂。好多老先生一旦有

了白髮就要將它染黑，好像黑色意味著青春。當然人人都有染髮的權利，我也曾行使過這個權利一兩年，儘管我的臉皮已開始鬆弛發皺，眼袋下垂，仍想將頭髮染得烏黑。我找不到鶴髮童顏的反義詞，只好說我那時看上去也許有點「鴉髮叟顏」。

其實我在白髮剛開始蔓延也曾經好憂慮，企圖用染髮來掩蓋真相。可是不久就發現染髮很麻煩、很費時。幾天後白髮從黑髮底下鑽出來，更糟糕的是洗了幾次頭之後那黑髮就退色成深紫紅色，白髮上面頂著紫紅色的頭髮，看上去真有點怪怪，趕緊再染。我是個沒耐心的人，終於下決心毅然放棄染髮，聽其自然，像我的西人同事一樣，倒也輕鬆不少。

當然現在有些年輕人也染髮，這就是兩回事了。對他們是裝飾，而不是想留住青春。亞洲年輕人大多喜歡染成金色，充當假洋鬼子；有些年輕洋人則可能染成五顏六色，顯示個性。我有一位洋人同事蘇，六十多歲的老太，將頭髮染成五顏六色，到很別緻。

舍弟原來也染髮，現在也放棄了。他曾告許我一個故事：有一次他錯用了女兒的染髮劑，將頭髮染成了金色，一下子又洗不掉，只能硬著頭皮很尷尬地走進教室上課，不料卻受到學生大聲喝采！

中國男人對對禿頂也有一種恐懼感，好多「季根發」同志要設法精心地將一側的頭髮蓄長拉向另一側，用髮膠固定，以圖遮蓋頭頂，好辛苦！而且這令他們的頭髮看上去不太自然，前鐵道部部長劉志軍就是這樣。猜想禿頂們活在清朝壓力可能比較小些，因為辮子可以幫他們們隱瞞禿頂，所謂禿頂，還不是禿在頂上？周邊和後腦勺並不禿，而留辮子必須將頭頂和兩鬢的頭髮剃去，只留後腦勺的頭髮，此時不管是否禿頂就毫無區別了！猜想那時滿族男子一定是禿頂多，就發明了這樣的髮型，叫被征服的漢族也遵行，否則殺頭！

不過西男對禿髮也多數是聽其自然，我的西人同事中年齡不太老頭頂已經光溜溜的有好幾位，似乎都無所謂，沒有看到他們採取任何

偽裝或掩蓋的措施。領導人中除了霍華德，咱昆州州長紐曼年齡也不大，早早就禿了頂，前州長彼蒂也是禿頂的，現總理艾博德也快要禿頂了。生髮水之類產品想在澳男中開發市場，好像遠不如在自己同胞那裡容易。

現在有些中國人對付禿頂又有了個新法寶：假髮套。我去年回上海時，有幾位老同事情吃飯，我發現其中有兩位已經戴了黑色的假髮。這假髮有些老外可能也用，網球名將阿加西就曾用過。他年紀輕輕就禿了頂，靠戴假髮遮蓋，四周再緊緊紮上一條帶子，在後腦勺打個結加固。他曾回憶說那時他打球就怕假髮掉下來，輸贏沒關係，最要緊的是假髮不要掉下來。同德國女網名將格拉芙結婚後，阿加西的球藝有了很大的飛躍，因為他索性剃了光頭，再不用擔心假髮會掉下來，沒了思想負擔，專心打球，一直打到33歲，再度登上世界一哥的寶座。

假髮起先其實也是西方文化的產物，不過傳統上它是一種裝飾，而非為了遮蓋禿頂。十七八世紀歐洲男人都戴捲曲的假髮，比如音樂家巴赫、海頓、亨德爾、莫紮特等，他們的假髮也隨時代而有不同的風格。還好多作家、科學家、直到王上，像路易十五也戴假髮。小時候我不懂，看到教科書上俄國科學家羅蒙洛索夫的畫像，還以為他是女的。今天，澳洲法院裡的一些法官、大律師，仍在開庭時戴假髮，套在頭頂。不過他們捲曲的假髮同中國男人為了遮蓋禿頂所戴的假髮性質不同，是代表法律的尊嚴，並非為了逼真，相比之下，中國人的假髮製作之佳是可以亂真的！

除了禿頂者，現在中國有些不禿頂者也開始戴裝飾性的、不同顏色的假髮，成為一種時尚。這裡的西人中我還沒有發現有戴這樣的假髮的。中國再次走到了世界的前沿。我覺得這種時尚很好，因為如果大家都戴假髮，那麼戴假髮的真禿頂者混在其中，就不用擔心了，也不用再辛苦地拉過一側的頭髮來遮蓋頭頂了。

寫於2014年5月

鬍子文化

　　我曾正規學過並喜歡唱西方歌劇的詠嘆調，因為自己是男中低音（bass-baritone），往往會唱一些老人的角色。有時為了要演唱像威爾第（Verdi）的歌劇《西蒙·博卡內格拉》（Simon Boccanegra）中的一首老父親哀傷死去的女兒的詠嘆調《父親的哀傷》（Il lacerato spirito）或《茶花女》（La Traviata）中老父親勸說在巴黎花花世界中樂而忘返的兒子跟他回家鄉的詠嘆調《返回普羅望斯》（Di Provenza）從而留了花白的鬍子，配著已經灰白的頭髮，覺得比較容易進入角色。

　　不料去演出的時候，幾次被我們合唱團的女團友們，當她們看到我臉上的鬍渣子後，提醒說：「你怎麼忘記刮鬍子了？」這當然是出於好心，好像今天出來演出，怎麼也不打理一下自己的尊容，太隨便點了吧（也許像逃犯似的）？

　　華人女同胞看到我沒刮鬍子會有這樣的反應，可是學院裡的西人同事，從來不會為了哪位同事今天忽然留了鬍子，或者明天忽然剃去了鬍子而評頭品足，因為這實在是他們習以為常的太平常不過的事了。

　　看來，華人女同胞會問出這樣的問題，大概是因為華人男子漢中留鬍子者非常少的緣故吧。我的鬍子留起來稍具規模，不算甚小，而多數華人男子漢的鬍子一般不是太「興旺發達」，即使留起來也不會顯得很雄偉。他們皮膚光滑、體毛稀疏，也許是「進化」程度較高的關係吧。習慣於看到華人男子滴溜溜光臉的華人女子，看到哪位男子不刮鬍鬚，臉上變得毛茸茸地鬍子拉渣，就會大驚小怪，認為他是不

修邊幅，甚至認為他們看上去像土匪或逃犯。雖然漢語裡有這樣的說法：「嘴上沒毛，做事不老」，這大概就是為甚麼寧可將嘴上的毛剃得精光的老華人還是居多：怕得不到現代女同胞的認可。

不僅是華人，東亞、東南亞的亞裔男性，留鬍子的也不太多見。日本、韓國、越南、印尼、泰國、菲律賓、印尼等國的有些男人會留一個不太濃密的上唇鬍子，或者叫小鬍子。越南人鬍子濃密的也比較少，像胡志明伯伯這種稀稀拉拉的山羊鬍子，就成了他的招牌或標識，因為那裡連留山羊鬍子的也不多，大大少於留小鬍子的。中國也有留山羊鬍子的大人物，如清末的李鴻章、曾國藩等，還有大畫家齊白石。現／近代領導人中，除國民黨的孫中山、蔣介石有上唇鬍子，共產黨這邊留鬍子的更少，儘管他們追隨的馬恩列斯都有鬍子（可是鬍子一個比一個小，這個傳承後來越洋到了大鬍子的古巴領袖卡斯特羅那裡），最高領導人一律沒有鬍子，只有第二層次的領導董必武、賀龍、康生和更早期的李大釗等還留有小鬍子。長征時的周恩來倒是留過中國人不多見的威風而漂亮的大鬍子的，也許那個時期紅軍物質匱乏，沒有剃刀吧。還有文人／知識分子如魯迅者，也留著上唇鬍子，先父也是屬於終身留上唇鬍子的文人之一，我小時候常看到他用專門的翹頭的小剪刀修剪他挺漂亮的鬍子。

可是一到南亞、西亞，情況就大不相同了：印度、巴基斯坦、斯里蘭卡、孟加拉等國的男人，個個都有濃密的大鬍子。我從前有一位斯里蘭卡同事，雖然娶了白人女子，生活方式已經相當西化，但頭髮鬍子一大把依然不變。還有哪些錫克族的印度男人，我看到他們大多數進入成年後，鬍子和頭髮就不剃了，鬍子從臉頰到腮幫子到頸部濃濃地連成一片，頭髮在頭頂盤成個髮髻，壓在錫克族的頭巾裡。從前上海人稱為「紅頭阿三」的印度巡捕就是這個樣子，增加了他們當巡捕的威嚴度。這裡的印度人很多也是這個樣子，除非相當西化的、住在大城市裡的或富有的印度男人，還有僑居新加坡、馬來西亞、

香港、斐濟的有些印度人，才整理、修剪他們的鬍子。我認識所住小街上的兩家印度人，一位是作醫生的馬來西亞印度人，留上唇鬍子，光著腦袋；另一位是經營計程車生意的印度人，留大鬍子，帶錫克頭巾，同他的老父親一樣。上個月贏了大選的印度新總理莫蒂（Modi）同他的前任辛格（Singh，是錫克族）一樣，都留著白色的大鬍子。

中東的阿拉伯或回教國的男人，還有有些猶太人，特別是猶太教的神職人員，鬍子也是又大又密。前巴勒斯坦領袖阿拉法特就是一個例子，但他的後繼者阿巴斯卻只留上唇鬍子了。據說回教有這樣的說法，鬍子不夠大的當不了高層領導，不知是否真有其事，不過你看伊朗的最高宗教領袖，也不都是留著濃密的大鬍子嗎？當然恐怖份子如本拉登等，也都留大鬍子。

然後我們北上去看看希臘、小亞細亞、巴爾幹半島、東歐和俄國。那裡的東正教的神職職人員也個個鬍子又長又濃。再到中歐、南歐、西歐和北歐，也都是毛髮興盛的民族。比如，你看看咱們澳洲的那些來自地中海沿岸的希臘人和義大利人，個子雖然不很高，但體格粗壯，膚色較深，男子漢個個體毛黑森森的覆蓋著身體的大部分面積。

然後我們再跨越大西洋到北美洲和拉丁美洲去看看。這些地方的男人的毛髮也很濃密，雖然有些皮膚黝黑，是西班牙／葡萄牙人和印第安人的混血後代，稱為Hispanic。

總之歐美澳白人被統稱為「高加索人」，高加索人的各分支鬍子體毛都很興旺。我的有些西人同事幾天不刮鬍子，就能留出一把壯觀的大落腮鬍子來。有些人早上鬍子刮得精光地來上班，下班回去時臉皮就發青了，猜想他們每天都得更換剃鬍子刀。足球名將梅西，眉清目秀，長得很帥，屬於奶油小生，可是世界盃結束才幾天，就傳出同女友一起度假的照片，照片上這位奶油小生，忽然變得滿嘴滿臉頰鬍

子拉渣！

有人說這跟他們的食性有關，他們以牛羊肉、奶製品和麵粉為主食。但是更貧窮的、吃得很差的南亞人，雖然骨瘦如柴，鬍子仍然不遑多讓富有的歐洲人！

鬍子興旺程度不同的人種，當然會產生不同的鬍子文化，這是不難理解的。中國傳統的鬍子文化是臉譜化的一部分。中國人因為長落腮鬍子的較少，大部分有文化、有知識的人或者官員、生意人，不是鬍子稀少，就是下巴光溜溜的。這也許是為何戲文裡的秀才大多是沒鬍子的奶油小生；那些忠良或員外，人稱「好人」的，往往長著三綹清鬚；義士如關羽者有厚長的美鬚，以增加他們人格的份量；那些老生則是大白鬍子；同濃密的落腮大鬍子相掛勾的角色，往往是花臉，常是些猛將、莽漢、粗夯漢或凶神惡煞了，如張飛、李逵、竇爾敦或鍾馗，還有關羽旁邊幫他捧大刀的周倉。如果按中國的臉譜化的鬍子樣式來看，馬克思絕對應該是猛張飛一類可以喝斷長板橋的人物，而非一名文人學者。

我從連環畫裡看到，中國歷史上的文人學者如大詩人杜甫，留的是胡伯伯那樣清秀的山羊鬍子，只是不知道這是他的真實相貌還是畫家想像的產物。所以如果以此來塑造馬克思的形象的話，他的鬍子應該像胡伯伯那樣稀疏才妥當。所以我覺得臉譜化的鬍子樣式，有時不太講道理，比如諸葛亮是五綹清鬚，周瑜卻是沒鬍子的白面奶油小生，兩人在戲文裡一起出場時好像諸葛亮是嘴上沒毛做事不老的周瑜的叔伯長輩或老師，其實小周的年齡還要大過老諸葛，而謀略也屬過人的呢；而婁阿鼠一類的小偷，屬於丑角，他們長的是老鼠鬍子。

臉譜化和定型化的結果是，我小時候看到有老鼠鬍子的人，就斷定他們是壞人。還有，那時的中國電影裡，留上唇鬍子的不是國民黨反動派的將領、美軍顧問，就是特務或是不正派者。直到我念大學時，有位姓鄭的同學留了上唇鬍子，還被批為資產階級思想，團支部

勒令他將鬍子刮掉。文革中我們學校的紅衛兵還強行剃掉了一位語文老師的上唇鬍子呢，儘管他爭辯說魯迅也留鬍子，但紅衛兵批判說：那是解放前！他雖然哭喪著臉回去，但比起那些因燙髮被批為資產階級思想而被剪成陰陽頭的女老師，還算幸運得多呢！當然近年來隨著現代化，中國男人留鬍子的也多起來了，比如畫家艾未未就留著大鬍子。

同南亞或中東回教國不一樣的是，經濟科學和文化發達較早因而比較注重個人裝飾的歐洲人，他們的鬍子濃密的男子，當然會在鬍子上下功夫，來打扮自己，就像長了一頭秀髮的女子，怎麼會不注意打理自己的秀髮呢？

最近在網上還看到過這樣一條消息：經女子投票產生的十大性感男運動明星。我逐個看了一下，發現其中七人是留著各種式樣的鬍子的！今天（8月2日）我又看到某英文媒體的網上新聞刊登西方當紅的十名男子名流留各種式樣的鬍子（稱作facial hair）的照片。說明留著好看的鬍子，是能使男子在西方女子心目中顯得性感的一個因素（中國女子恐怕不在此列）。

大多數女人都經常喜歡變化她們的髮型：時而留長髮、時而剪短髮、時而束辮子、時而梳瀏海、時而燙頭髮、時而紮馬尾巴、時而波浪起伏、時而直統統地下垂，按季節或氣候，或者按時尚，或者按個人興趣、喜好而變。相比之下，好多男人的髮型可以幾十年一成不變（新潮男青年不在此列，他們最近的髮型是下邊頭髮剃得乾乾淨淨，只留頭頂一簇頭髮，很像金三胖的髮型。我年輕時也曾時興過這種髮型，當時我們稱它為馬桶蓋而不屑一顧，想不到現在成了時髦）。可是鬍子興旺的西方男人，就利用上帝給他們的財富，變著法子在鬍子上猛下功夫。理髮店就提供相應的服務，對男人設計各種鬍子的樣式，給他們定期修剪，比如僅上唇鬍子就有很多不同的式樣，修剪這些鬍子式樣，是澳洲學理髮課程的學生必修的。

好多著名的男人，鬍子也成了他們的標識或招牌，除了上述講過的幾位人士外，還有比如文藝復興時期的大藝術家達芬奇、米凱朗琪羅、俄國大文豪托爾斯泰、作曲家柴可夫斯基、大畫家列賓、法國大文豪雨果、英國大文豪狄更斯、生物學家達爾文、戲劇家蕭伯納、美國總統林肯、大作家馬克·吐溫、大科學家愛因斯坦、蘇聯大作家高爾基、義大利大歌唱家帕瓦洛蒂、足球明星貝克漢姆、直到幾年前去世的蘋果總裁喬布斯。當然也不要遺漏臭名昭著的納粹頭子希特勒，他也以其特殊式樣的上唇鬍子作為招牌。喔，也別忘了那位慈祥的KFC的創始人肯塔基上校的白鬍子，讓他顯得特別慈祥，看到他的像高踞在購物中心，你就會開始流唾液。最近因被控性侵女童而被判刑的84歲的前娛樂界名人Rolf Harris，也留著挺風流的修剪講究的白鬍子。

我曾暗中統計過西人留鬍子的男人的比例，大致是25%左右。但不同職業的人，比例也不相同，比如現代西方politician中留鬍子的很少；而運動員（特別是足球、橄欖球和籃球運動員，他們留鬍子的比例最高，其他運動員的比例會小些，游泳運動員沒有人留鬍子，可能是為了減少水中阻力的緣故吧）、科學家、藝術家、歌唱家、電影明星、工人、農民中留不同樣式的鬍子的則比例較高。目前的趨勢是年輕人留鬍子的正在變得越來越多。

對他們來說，不好的消息是，最近有一個調查報告，說對三百多人作了調查（向他們顯示一些名人男士的照片，要他們猜測這些男士的年齡），結果下巴上留鬍子的男士被平均猜高了五歲，留上唇小鬍子的被平均猜高了四歲，即留鬍子者比不留鬍子者看上去要平均年老四歲半。

不過很多年輕人不認為這對他們有多麼重要，所以它不能阻擋年輕人留鬍子的潮流。

眼下西人最時髦的鬍子是留兩三分長的落腮鬍子，不長也不短。

據說有些人的這樣的鬍子是「種植」到臉上去的，不會長長，但費用不菲，得八千美元。不過對有些人來說，留這樣的鬍子並非難事，只要三天不刮鬍子，就能長成這樣。

現代也有一些怪人，既喜歡女人的嬌柔外貌，又鍾意有一部男人偉岸的大鬍子，希望魚和熊掌兼得，不滿意上帝只給他們一個外型。於是就鬧出了千奇萬怪的打扮。不久前在歐洲歌唱比賽中獲得冠軍的康琪妲・伍思特就是這樣一個怪人。她有一個女人的名字（從原來的男人名改過去），也讓人們對其稱呼為「她」，又穿著性感的女裝出現，臉部的化妝也是女性的，包括畫的眉毛、文的眼圈和假睫毛，卻留著一部精心修剪的落腮鬍子，讓人看上去不男不女。我不知道她獲得歌唱冠軍是唱男聲還是唱女聲，也許以奇致勝，陰陽聲都有之吧。她還呼籲要為反對歧視而鬥爭。當然她有她扮怪靚的權利，我也有不欣賞、不認同這種怪相，甚至感到想嘔吐的權利啦。

寫於2014年8月

筷文化和刀文化

年輕時我乒乓球打得挺不錯。那時正是中國男子乒乓球運動員們開始叱吒世界乒乓球壇的時代。幾年之內，揮舞直拍的莊則棟、李富榮、徐寅生等選手，打出中國特有的近台快攻的風格，把歐洲的持橫拍的選手打得落花流水。

不用說，這些乒乓國手都成了青少年們崇拜的明星、學習模仿的榜樣。這就是為甚麼乒乓球運動在青少年中間特別流行，我也不例外，愛上了這項活動。當時學校裡還沒有很多的乒乓球台，我們就到需付費的私人乒乓球房去打球，自帶球拍，每小時一毛錢。

也不用說，同我一起打球的同學、朋友們以及後來工作後的同事們，都是自然而然地直握球拍的，就像那些中國乒乓球隊的明星們那樣，可是只有我一個人，不知道為甚麼，卻覺得很自然地選擇了橫握球拍，就像那些歐洲的選手那樣。

當時玩乒乓球的同學們大多看過些有關乒乓球訓練的書。有一位林同學，對乒乓球的理論專研得很深。他告訴我直握球拍和橫握球拍的優缺點，並說我橫握球拍不行，肯定會輸。可是我卻多次打敗了他，令他無話可說。

雖然如此，我還是成了同學們的取笑對象，說我是洋奴、崇洋媚外，是否因為我爸爸是留洋的洋博士、洋教授的緣故等等。在這些嘲笑下我也試圖改用直拍，卻老是覺得彆扭，只能改回橫拍。

共青團的一位支部書記對我說：「中國人是用筷子吃飯的，所以理應直握球拍；歐洲人是用刀叉吃飯的，橫握球拍就比較自然，就像抓刀子那樣。你是用甚麼吃飯的，也要橫握球拍？現在是東風壓倒西

風，你這樣崇洋媚外，是沒有出息的！」在她的眼裡，橫握球拍成了數典忘祖！

我當然是用筷子吃飯的啦，這還用說？可是我沒有敢告訴她的是，我有時也用刀子吃飯，因為父親有時會帶全家去西餐店吃飯。我們家靠近上海比較洋化的淮海路、陝西路一帶，那裡西餐館比較集中，而那些各國風味的西餐我都去過。

之所以沒敢說出口，是因為那時的團支部書記之類紅色家庭出身的人，會認為上西餐館吃飯，是資產階級的生活方式，在同學中傳開了的話，是不光彩的。那時班上有些同學已經學會了做兩面人，以便保護自己：一位女生星期天去教堂，平時卻正在積極爭取加入共青團！

可是我暗中想，那位團支部書記說的話，雖然有點太左，其中對筷子和刀子的見解，卻不無道理。

不過我並不洩氣，很努力地練球，不久之後，就把大多數握直拍的同學都打敗了。在學校的乒壇上，西風居然壓倒了東風！我當時身體長得比大多數同學壯實，有同學說我「體壯如牛」，雖然其實離牛還相去得很遠，又像握刀子那樣橫握球拍，所以被起了個綽號叫「牛刀」，其中還含有切牛排的意思呢。

還好不久之後，中國乒乓女將們也稱霸了世界。女將中間也出現了像林慧卿（印尼歸僑）、鄭敏之這樣的橫握球拍的主力選手，她們贏得了數項世界冠軍。我很崇拜這幾位女將，而看她們打球，姿勢優美得像跳舞蹈。這時，非但沒有人再譏笑我這把牛刀了，還有人開始學習握橫拍了（目前世界上優秀的男女乒乓選手，基本上都是橫握球拍的）。

這些事我一直記到現在。我發現，用筷和刀吃飯，也的確發展出東西文化的一些不同，而在中國之前稱霸世界的用筷子吃飯的日本隊和日本的一些世界冠軍選手，如荻村伊智郎，也是用直拍的。不過日

本選手用的直拍比較接近方型，而中國選手用的直拍更接近圓形。

比如，在美術／繪畫上，中國人和西方人抓畫筆的方法就不同，而畫筆的製作和形狀也不同。中國人直執柔軟的毛筆繪畫（即繪國畫）或寫字（現在叫書法，其實以前所有文人都用毛筆寫字），有點像我們抓筷子；西方人橫握較硬的油畫筆（像握刷油漆的刷子那樣）畫油畫，有點像他們握刀子。這不同材料製作的筆和握筆法還同是用較稀薄的水質顏料／墨汁（水墨畫），還是用較黏稠的油質顏料（油畫）有關，因為用較黏稠的油質顏料畫畫，需要更大的力度，柔軟的毛筆當然不行，橫握油漆刷子那樣的畫筆能產生的力度會更大些。

又如，在音樂上，小提琴堪稱西方樂器之王，而與其對應的中國樂器二胡（雖然歷史上是從西域傳入，也是來自外國）是中樂的精髓；從這兩種樂器的琴弓的抓法上也可以發現抓筷子和握刀子的差別。這種抓法的區別，也許發展成了能在四條橫攔的琴弦上面自由駛騁的弓法和在兩條豎直的琴弦之間的有限空間來回拉動的弓法，從而造成了音色、音域和表現力的不同：西方人的奔放、瀟灑、亮麗和中國人的含蓄、深沉、婉約。

醫學上我無例可舉。中醫主要是內科的，望切問診；不過中國人發明的針灸療法，現在已經普遍被世界接受，其捏金針的方法很有點像我們捏筷子的方法；而西方人開創的外科手術治療，醫生拿手術刀的方法，又近於他們握切牛排的刀子的拿法。

中國人和西方人發展出不同的吃飯工具，也許同他們所吃的伙食不是完全沒有關係的吧。

中國人歷史上基本吃素，偶爾買了一塊肉，也要全家一起吃。為此主婦必須能將它切成很細很薄很小的肉絲、肉片、肉丁，用大量的蔬菜拌合，有時還加上用澱粉打漿煮成羹，再拌上調料增加鮮味，彌補動物蛋白不足鮮味不夠的問題，比如上海人很愛吃的漿狀的黃芽菜爛糊肉絲。

家母曾告訴我，她嫁給先父時，先祖母要到廚房裡去檢查她的刀功--即切絲、切片、切丁的技術如何；說冬筍片要切得薄到連風都能吹得起來；請客時，冷盆上放的白切肉片，切得要像紙一樣的薄。我的上代還是很富裕的家庭呢。

　　這樣炒出來的一大碗菜，其中有不多的幾莖肉絲或幾片肉片或幾粒肉丁，放在飯桌的中央，供全家老小一起分享（屬於一種集體主義）。傳統上，一家之主的父親往往首先舉筷，然後兒女才能動手，母親常常吃最後的剩菜，裡面可能已經沒有甚麼肉剩下來了。這樣的伙食，怎能用刀來吃呢？用筷子夾切得細小的食物，當然是最高效的啦，怪不得這兩條小小的槓桿就叫做筷子，因為它們撿起食物來的確很快很高效啊（「快」字上面的竹字頭表示古時候的筷子大多是竹子做的）。

　　我小時候吃飯吃得老慢。老保姆的老公在一家雜貨店當夥計，他看我吃飯吃得這麼慢，就說我將來會沒有出息。他對我說，吃飯時要眼明手快。公私合營前那時候的商店，夥計的午飯是店裡供應的，八個人一桌，四菜一湯，常常有些小葷即肉絲肉片之類。他說吃飯時一面同大夥聊天，談笑風生，裝得很隨便，一面卻要不露聲色地瞄準自己愛吃的肉絲肉片等，一筷子夾下去，又快又準（同中國乒乓球隊近臺快攻的原理一樣），動作自然而迅速，即不失風度，又能吃到很多自己愛吃的東西。像我吃得這麼慢，長大工作了，同大家一起吃飯，保管甚麼好的都吃不到，只能吃人家剩下來的。現在想想，這是筷子在中國飯桌上辦事利索的一個絕好的例子。

　　我不知道中國人到底是在甚麼時候變得這樣的。商周時代也許不是這樣的，因為當時商紂王就搞肉林酒池，肉要成林，多到吃不完！春秋時代恐怕也不是這個樣子的，孔老夫子不是教導說「割不方不食」嗎？肉絲肉片怎麼能割得方方正正的呢？至少要像上海從前的鴻運齋賣的醬汁方肉那樣。宋朝的蘇東坡發明了東坡肉，也是切成大塊

的；梁山好漢們更是大塊吃肉的。也許上面都是有身分的人，或者乾脆是強盜吧，一般小百姓就只能吃些肉絲肉片啦。當然如今生活改善了，人們又吃起大肉來了，但是炒肉絲炒肉片之類的菜已經成了傳統菜，還是有人繼續做繼續賣繼續吃，因為怕肥胖、高膽固醇啦。

西方人傳統上是食肉民族，大塊吃肉，那怕是勞動人民。有一次我在昆州一個小鎮的飯店吃午餐，出於好奇，點了一盤叫「耕夫盤」（plougher's platter）的午餐。哇，搬上來是一大盆大塊的鹹牛肉（coined beef）和大塊的芝士，還有整條的胡蘿蔔、整個的土豆等蔬菜。我怎麼也吃不完。問侍應生為何叫「耕夫盤」，侍應生說，這傳統上就是農夫們吃的午餐，因為他們幹的活非常繁重。

我心裡暗想，中國農夫幹的活可能更繁重，比如我年輕時曾在中國的農村參加過勞動鍛鍊，秋天農民割稻、挑稻，擔有百多斤重，他們要挑上整整的幾天，有時還挑燈夜戰，天不亮就起床，所以叫「三搶」（搶割、搶收、搶種一種下過冬作物麥子），連婦女也一樣挑。那時仍然是連肉絲也很少有得吃的。兩大碗白飯加幾條蘿蔔乾或一些鹹菜，就算不錯了，能量守恆定律好像並不適用於瘦小精幹的中國農夫們！

按照我曾經在老澳家庭寄宿的經驗，西方人家，往往是主婦烤了一大塊肉，放在長條型的餐桌的中央。這怎麼能用筷子去夾呢？當然只能讓主婦用大的切肉刀（carving knife）一大片一大片地割下來，放到各人的盤子裡，讓各人自己邊吃邊用自己的刀叉切啦。其餘的蔬菜比如胡蘿蔔、豆角、蘆筍、土豆，也是整條或整個地煮好，放進各人的盤子裡，食者自己動手切割並加自己喜歡的調味品或醬料（sauce）啦。就是說，刀功是食者自己個人的技巧，食者有一定的獨立性和個性化，個人主義代替了集體主義，主婦不管那麼多。這才是最合理的辦法啦。西方人的獨立自主性，大概就來自餐桌。

長期使用筷子或刀子，手部肌肉群的發展也會不同。這一點，只

要看不經常吃中餐的西方人抓筷子姿勢的笨拙，和很少吃西餐的中國人的握刀子的不自在就可以知道了。握筷子可以讓手指較小的肌肉群得到鍛鍊，使用刀子卻能讓手部較大的肌肉群得到發展，結果就造成了中國人的靈巧和西方人的力量。

小肌肉群發達的人一般個子較小，力量雖小，但搞起小動作來、打遊擊、搞陰謀、背後打冷拳，由於動作敏捷、隱蔽、神速、出奇制勝，卻可叫人防不勝防；功夫中還有所謂借力、四兩撥千斤（相當於借刀殺人），可以打倒大個子的對方。大肌肉群發達的人往往個子大，靈活性雖差，但一旦蠻幹起來，出動飛機大砲航空母艦，威嚇訛詐。由於實力強大、橫衝直撞、無所畏懼，卻會有可怕的震懾力。

小肌肉群發達的中國人可以在乒乓球、羽毛球方面呼風喚雨、所向無敵，但是到了橄欖球場，可能被大個子的西方人撞得頭破血流、倒地不起；反之亦然。

從較宏觀的角度來看，筷文化造成了中國人的機靈、細膩、精緻，而刀文化則使西方人相對比較強勁、粗獷、壯偉。這一點在觀察差不多年代的中國畫家唐白虎、文徵明的作品和達芬奇、米凱郎琪羅的作品，比如差不多是同齡人的文徵明（1472-1559）的山水的靈毓和米凱郎琪羅（1475-1564）在西斯廷教堂穹頂（Sistine Chapel Ceiling）所畫的不朽壁畫《亞當的被創》（The Creation of Adam）的恢弘，就可見一斑。當然從民族性的角度來說，中國人的柔順服從（會跪倒在皇上面前說：「奴才該死！」）和西方人的血性剛烈（挺胸抬頭地發出「不自由，毋寧死！」的吶喊聲），大約也與此不無關係。

當然，在今天的地球村，中西文化的碰撞、接觸、交流已達史無前例地頻繁，特別是在多元文化的社會，已經可以說是到了我中有你、你中有我的時代，筷文化、刀文化的差別正在逐漸變小。比如用筷子吃飯的中國乒乓球隊，仍在稱霸世界乒壇，但他們們已經幾乎清

一色地橫握球拍，同我年輕時一樣；本身的敏捷，加上力量，使他們變得更加銳不可擋。唐餐館裡，筷子使得麻利的鬼佬也在不斷增加。力量在靈巧的補足下，鬼佬們居然打敗了中國人，取得了世界麻將冠軍！而且善於學習異國文化的他們，也在同中國人做生意的談判桌上變得更加精明機靈。

不過，作為「海外」華人，我們憂慮的另一方面，卻是沉浸在刀文化的生活環境中，仍不願改變自己，依然不丟棄自己，包括下一代對筷文化的認同，而拒絕認同刀文化。我不反對華人不丟棄對筷文化的認同，但因此而拒絕認同刀文化，生怕被說成是數典忘祖，就沒有必要了，因為人人都知道，「一旦到了羅馬，就得按羅馬人的規矩行事」（Once in Roman, do as Romans do），否則你為何要移民到一個主流社會仍然是刀文化的國家來呢？澳洲人對穆斯林的最大的意見，就是不融入。我不希望這也成為對華人的意見。

「哪一天我們的子女不會使用筷子了，就是我們的文化完全失落之時」。幾年前一位從雪梨到布里斯本來玩的董姓朋友曾對我表示過這種憂慮。

他這番話是在我請他到一家中餐館吃晚飯時說的。因為很久沒見到這位老朋友了，當時我點了比較豐盛的菜餚來招待他一家，包括龍蝦和大蟹。可是他那高大壯實的兒子對這些美味的中菜全無興趣，毫不欣賞。他不大喜歡用筷子，有時喜歡用手胡亂地抓些東西吃。他會說些中文，但英文說得更流利得多，所以我用英文同他交談（他的老爸的英文至今很爛，所以也許父子之間的溝通有限），瞭解到他希望吃一塊大牛排。我問餐館老闆能否給這位年輕人烤一塊大牛排。老闆說他們做的牛排非常專業。所以一會兒這位年輕人就專心致志地用刀叉吃起大牛排來了，引起老爸的這些感嘆，他的太太也只能在旁邊苦笑。

第二天中午我請他們到City去玩，在一家肯德基餐館吃速食。這

位年輕人胃口很大，除了大塊雞肉，還津津有味地吞食了一大罐土豆泥。我在同他的交談中瞭解到他在一家高中讀書，是學校橄欖球隊的隊員。他很小就來到澳洲，在這裡讀了十年書，已經全盤接受了刀文化。同比他矮一個頭的乾瘦靈活的老爸相比，父子好像不屬於同一個民族。看到我對他兒子感興趣，老董對我說他可是吃喝粥吃蘿蔔乾長大的，小時候連肉絲肉片也不經常有得吃。他又自嘲地說，不過他的基因應該不錯，所以在營養充足的環境下，兒子能長得這麼高大。

　　一起逛街時，我發現小時候只有機會吃些肉絲肉片的、出國後又曾拚命打工賺錢還債買房買車的老董，到了快退休的現在，經濟情況不錯了，仍然保持著筷文化薰陶出來的節儉的美德，穿著隨便，也不買甚麼東西。吃大塊肉長大的兒子卻滿不在乎地這也想要那也想要，老媽疼獨生兒子，總盡量滿足他的要求。所以家裡其實是筷文化和刀文化的糾結。因為刀文化中長大的青年比較獨立，更會自己打工掙錢，知道錢的難處；而在筷文化中，父母，如果經濟條件許可，總會比較寵兒女，特別是獨生子女政策之後，而寧可苦自己。

　　可以想像筷文化和刀文化在這個家庭的兩代人中間恐怕不是相互交融、取長補短，而更多的是衝突和摩擦吧。至今仍然生活在主流文化邊緣的老爸的無奈的感嘆--唯恐筷文化在不大愛用筷子、不大喜歡吃中菜的自己的兒子身上失落，反映了這一點，老媽呢？則更多的是做了並不解決問題的潤滑劑。

　　生活在西方文化中的這樣的華人家庭，是否只有老董一家呢？

　　　　　　　　　　　　　　　　　　　　　　　　　寫於2015年5月

乞丐和乞討文化

　　兩三個星期前的一個星期天，天氣比較涼，令人有了秋天的感覺。我在中國城的步行街行走時，迎面走來一位穿短裙的高個子的白種妙齡少女。

　　她走到我跟前，用發抖的聲音，羞怯地問我能否給她幾塊錢，或者買點食物給她吃，因為她已經有兩天沒有吃東西，餓得受不住了。

　　如果不是被她的臉被眼淚和鼻涕扭曲了，她應該是一位面目姣好、身材勻稱、頗為動人的小姐，只有約莫二十出頭一些，正是如鮮花怒放的青春年華。她說話時，她那小短裙下面露出的本來應當相當誘人的白皙的兩條腿，正在微微地顫抖著，好像快要支撐不住她的軀體。

　　我很可憐她，掏出幾塊硬幣，放在她的手中。又因為她那涕淚交加的臉，使我不忍目睹，所以我趕快走開了。

　　我可以看出，這種眼淚和鼻涕交加的模樣，並非是因天涼害感冒所造成的，而很可能是毒癮發作。就是說她應該是一名誤入吸毒歧途的姑娘，由於毒癮發作，才這樣涕淚交加的。我很懊悔不應該給她錢，而應該領她去附近的小飯館，買一份熱的午飯給她吃，因為那裡有只需要幾塊錢的午飯。可是我沒有勇氣再去找她，不忍心看她那既令我厭惡、叫我的心抽搐的，又讓我同情的模樣。

　　兩個多星期以來，那位向我討錢女青年的形象常在我的心中出現，使我十分心酸，也使我想得很多。我忽然想到了要寫寫乞丐這個話題。

　　我慶幸我沒有這樣的女兒。多年前我女兒和她現在大約差不多年

齡。雖然我們並非有錢人家，可是同大多數華人一樣，我寧可自己省吃儉用，也要讓女兒受到良好的高等教育。她的努力使她能夠跳級，獲得獎學金，現在她早已以第一名從墨爾本大學的鋼琴表演榮譽碩士畢業了，有了自己的室內樂團，定期舉行音樂會。而這位白人少女呢，卻弄到要在街上討飯的地步。

說道要飯或乞討，我其實多年前曾寫過一篇以乞丐為主題的訪華觀感的文章，因為我感到當代中國的乞丐問題，已經到了非常嚴重的地步了，而且已經開始出現乞討集團化（乞丐結成幫，劃分地段進行乞討，幫內的乞丐用手機交流資訊，變換乞討地點）、奴役化（強迫拐來的孩子進行乞討，完不成規定指標的不給吃飯）、產業化（乞討成為部分乞丐致富的手段，甚至能用乞討收入置業買房）的跡象。

乞丐在中文中叫「叫花子」或「叫化子」，即「叫而化之」者。「化」是「化緣」的意思。和尚雲遊四方，拿著一個化緣缽，所以又叫「托缽僧」，到處化緣，其實就是討飯吃，但是善男信女們樂意給他們施捨，乃是出於信仰和對僧人的尊重。

中國叫化子討飯，傳統上也是拿著一個討飯缽，有的乞丐連個像樣的討飯缽也沒有，只有一個破碗。大概是因為中國的乞丐常在路邊叫叫嚷嚷地引起行人的注意和同情來達到化緣的目的吧，所以就有了「叫化子」之稱。同和尚化緣的區別，就是路人並非都樂意給他們施捨，於是他們只能寄希望於用各種辦法引起路人的同情心。

我記得他們會在路邊以一種拖長的像哭一樣的淒涼的腔或顫抖的聲調這麼叫嚷：「先生、太太、小姐，或者大爺、大娘、大伯、大叔！行行好啦！求求您可憐可憐我這苦命的人啦！求您做做好事啦！菩薩保佑您這好心腸的啦！」伴隨著叫喊，他們還會跪在地上，又拜又叩頭；或者弄得衣衫襤褸、蓬頭垢面；或者暴露身上流膿的疥瘡、傷殘或畸形的肢體，叫人慘不忍睹，趕緊扔下幾個錢走開。因為如果不給錢，有些「賴皮」叫花子要是同你糾纏起來，可能會教你吃

不消。

　　跪拜和哀求，是中國乞丐的行乞時的傳統行為，這同中國文化中凡地位低下者總要向地位比他高的人跪拜叩頭相符合。從前大臣對皇上、百姓對縣老爺、僕人對主子、兒子對老子；現代的文化革命中，「牛鬼蛇神」對革命群眾，都是這樣。因為中國文化中，尊貴和低賤之間的等級的概念十分強烈，平等的概念相對比較薄弱。乞丐既然是社會中地位最低下的人，當然會對眾人跪拜叩頭乞求施捨啦。

　　要飯、討飯或者行乞、求乞、做乞丐，似乎是人類各民族文化中的一個普遍而又複雜的現象。對它下個定義好像不太容易，而對它的原因人們可能更有非常不同的見解：它可能源出於社會財富分配的不均勻，或個人爭取財富的努力的程度的不同，或獲得財富的手段和社會背景的不同，或各人的運氣的不同，或各人對財富的態度的不同，等等等等，造成這些弱勢族群。但這個題目太大了。我只想記述我所觀察到的在中西文化中表現形式的不同的討飯現象、在不同的文化中乞丐本人的不同的求乞行為，如上述中國乞丐的傳統的求乞行為，還有社會中的其他人如何以不同的方式幫助這些不幸的乞丐或對待求乞這個社會現象。

　　我曾讀到一名西方作家的文章，他說世界上所有的人，無不是靠出賣售自己來謀生的：有的出賣自己的知識、有的出賣自己的智慧和才能、有的出賣自己的技術、有的出賣自己的肌肉和體力、有的出賣自己的歡笑和皮肉，當然還有出賣自己的靈魂的；只有乞丐，因為甚麼也沒有，就甚麼也出賣不了，單純靠人們的同情和施捨生活。但他接著又說，不過從某種角度來看，某些乞丐也出賣自己--他們出賣的是自己作為人的尊嚴。我覺得他的這種說法，對中國的乞丐相當確當。

　　「出賣自己」，這個說法起先對剛出國不久的我感到不可理解，我們不是從小就受到黨的教育：出賣同志就是叛徒嗎？更不要說是出

賣自己了。可是我從這裡的碩士課程剛畢業時，導師就對我說：「現在你必須學會怎樣出賣你自己了（sell yourself），否則你就不會找到工作。」接著他又講了各種自我出賣的技術。這已經過去很多年了，我想現在的中國人，也一定都已經接受了這種說法的了。

在澳洲生活了多年，我發現對比中國的乞丐，這裡的洋乞丐似乎要「文明」得多，也沒有過分出賣自己作為人的尊嚴。在澳洲住久了，特別是近幾年沒有去中國，我對中國的乞丐的形象已經逐漸開始淡忘，這就是為甚麼這位少女的模樣，能叫我心酸，雖然她還遠遠沒有到達出賣尊嚴的地步。

這還也許是我在布里斯本住了這麼多年，似乎覺得從來沒有看到過真正的乞丐的原因，因為在澳洲文化中，乞丐的行乞方式不同，使人覺察不到。其實仔細回憶起來，我覺得澳洲也是有乞丐的。

來澳洲學習的第一年，我晚上在一家西餐廳打工。半夜下班回家要經過西端區（West End）一帶，常有可能被那裡的三四名土著攔住。起先我對他們有些害怕。後來我發現他們十分友善，並無絲毫惡意，只不過是問我能不能給他們每人兩塊錢，好讓他們坐公共汽車回家。

後來我發現他們總在那一帶出現，應該就住在那一帶附近，並逐漸瞭解到West End有個土著聚居的地方，他們根本不需要坐公共汽車回家。他們討錢，想來是為了打發肚裡的那幾條酒蟲。我當時打工繳學費，經濟也很困難，捨不得每次都給他們每人兩塊錢去打發他們肚子裡的酒蟲，因為它幾乎等於我一個小時在西餐館裡的勞動。好在回家時老闆經常將餐館裡沒能賣掉的煮好了的牛排、雞塊等什麼的食物送給我帶回家，免得浪費，我也可以省些花在食物上的錢和煮食的時間。於是我就將它們作為買路錢。後來我發現他們對香菸的興趣似乎超過牛排，就將在清理餐桌時發現顧客剩在桌子上的香菸收集起來（那時候餐館還沒有實現禁菸）。裝備著香菸和牛排，我就能順利地

通過那一帶了，還成了那些土著的好朋友。

兩年後我有了輛舊車，星期六可以去華文學校教書了。當時我教書的華文學校在塔林加區（Taringa）。有一次教書後回家，經過圖旺區（Toowong）。車拐進一條小路時減速，被在那裡的三名白種妙齡女郎攔住。她們手中揮舞一些好像是彩色的廣告紙一類的東西，示意要我停車。我不解其意，停車之後，她們很有禮貌地圍上來，說她們要去朋友的生日會，卻忘了帶錢給她買蛋糕，問我能不能借二十塊錢給她們買個生日蛋糕。其中一位還主動把姓名、地址和電話抄給我，同時一本正經地要了我的姓名和電話，說下星期發工資後一定會打電話給我。如果我再次仍然在這個時候經過這裡，碰到她們的話，一定會將錢奉還。有人說男人碰到會纏的年輕姑娘最沒有辦法。這話不假。我纏不過她們友好的態度，將錢「借」給了她們。我每星期六教書回家總經過同一個地方，卻再也沒有見到她們出現；我也已經等了她們許多年，還沒有打電話來說如何還錢的事。

還有一次，我在南岸區（South Bank）被一位白人男士攔住。他文質之彬彬地指指旁邊的公用電話亭，向我討一塊錢，說他要打電話給朋友，身邊卻沒有硬幣，問我能不能幫個忙。那時打公用電話，每次只要四毛錢，可以隨便打多久，他是不用一塊錢的。這樣彬彬有禮地要錢，我當然不好意思拒絕的啦，雖然我很清楚，他多半是轉身就將那一塊錢在附近的酒店買一罐啤酒解酒癮的啦。

有個時期，週末我在中國城的教會做禮拜，然後就在那裡逛逛。我經常可以看到一位留鬍子的白人中年男人，一手裡拿著一塊牌子，上面寫著「我失業了，請幫助我！」另一手抓著一把圓珠筆。我覺得好奇，問他這是甚麼意思。他說「請買我的圓珠筆來幫助我，每枝兩塊錢。」我明知那種廉價的圓珠筆在超市不過兩毛錢一枝，但仍然買了一枝，幫他度過失業關。實際上他是向我討取了一塊八毛錢，但感覺上他是在賣筆，不是在討飯，只是多賺取一些利潤而已。想到我每

天都要被許多人、許多公司、還有超市、銀行，賺去數不清的利潤，也覺得沒有甚麼了。

不下跪、不叫嚷、不將自己弄得汙穢或者灰頭土臉的、不出賣尊嚴、不把行乞當作專職或專業，彬彬有禮地只靠些小手腕弄些零花的小錢，這大概是生活在第一世界的洋化子們的特點。比起他們的第三世界的同行們，他們實在是顯得高尚多了，因為他們的基本的生活費，已經由政府提供了。

我去過美國、歐洲、紐西蘭、印尼、馬來西亞、新加坡、香港、澳門、台灣、所羅門群島等地，好像反而只在美國、歐洲、紐西蘭看到過乞丐。台灣我去了不下十次，其中全島周遊過兩次，記得在1990年代還看到過乞丐，後來就再也沒有看到過了。

在德國各城市我只有看到過兩名乞丐，都是女的，約莫五六十歲，想來是來自前東德的。一位坐在教堂門口，舉著一塊小牌子要錢；另一位坐在一條繁忙的步行商業街，身邊有兩條相當好看的狗，也是在前面放了一塊牌子求乞。她們都有椅子坐，衣服也都穿得很整潔，毫無乞丐的樣子。我對那兩條狗很感興趣，給了錢之後還要求拍了一張帶狗求乞的女乞丐的照片。在奧克蘭，我看到一位好像是毛利人模樣的身強力壯的男人，躺在避風的街角裡，面前放著一塊牌子，寫著：「我無家可歸，請幫助！錢、食物、衣服或住宿。」真是非常的瀟灑！

在拉斯維加斯，我看到幾個乞丐或背著包的無家可歸的流浪漢；不過有的也像我在中國城碰到的那人一樣，想向我兜售甚麼東西，比如拿出一條好像是金項鍊那樣的東西對我說：「我賭博輸光了錢，現在只能將祖傳的這條真金項鍊出賣，來換口飯吃，只要三十美金，真的是很合算的啦。」我當然避得遠遠的啦。

我甚至讀到，在美國有一名挺有名的戲劇導演，空餘時間化了妝、低著頭，在街邊做乞丐討錢。有人認出了他，偷偷地跟蹤這位奇

特的乞丐，看他走進遠遠停著的一輛名牌汽車，開進一棟豪宅。後來弄清楚，原來他多年化妝乞討，討到的錢都捐給了慈善機構，一方面是體驗生活，一舉兩得。他是在代替窮人做乞丐。

說到代人做乞丐，其實澳洲有很多組織在做代人乞討的事情。在很多的情況下，比如因殘疾無法謀生的人，都有慈善機構或教會為他們當代理乞丐，幫助他們行乞，有些甚至還幫助第三世界的窮人行乞，用不到他們親自出面。不是嗎，在市區的大街上，每天都可以看到那些穿著紅色、黃色背心的義工，在搖動著小木盒子，向行人高喊：「請幫助盲人！」「幫助截癱患者！」讓行人把施捨放入盒中。有時這些慈善組織、團體還會將捐款小冊子寄到各家各戶，為他們徵集基金。為了給他們捐這些錢，我常常犧牲週末飲茶。其他經濟有困難的，有國家機關作為代理乞丐，通過徵收稅金，讓福利局（Centrelink）能定期給他們發放補助。此外，各弱勢族群，都有所謂的代言人組織（Advocates）在政府各部門為他們發聲。由代理人出面討飯，他們就不必出賣尊嚴了。這無疑是世界乞丐史上的一大進步。

除了代言、代理機構，澳洲還有好多議員、公司老總，每年在冬天的某天晚上，到街頭去露宿：在街上席地鋪一塊板，睡在睡袋裡，去體驗無家可歸者或乞丐的生活。第二天清早起來籌捐，居然能捐到數以百萬澳元計的善款。

這種由代理人出面代為行乞的現代行乞文化固然文明，而且對殘疾者十分人道，但是否也會鼓勵一些年輕而肢體發達、智力健全卻好逸惡勞的懶漢，過起現代寄生蟲的生活呢？這些靠像我這樣的納稅人養著的人，其實也應該算是某種形式的乞丐，他們同沿街叫化的乞丐的唯一的區別是他們只需在沙灘上躺著，不用操心，每雙周都有一部分的錢，通過現代化的手段，從我的工資單上自動地轉進了他們的銀行戶口。

所以我就非常尊敬那些窮到叫化子的地步，卻拒絕在街上伸手

乞討或過寄生生活的洋人。在布市女王步行街，我有時能看到一位頭戴紳士帽、身穿大衣的老人，雙手插在大衣的口袋裡。遠遠看去，他像一個在大街上緩緩地漫步的紳士；走近卻可以看到他光著的腳上，趿拉著一雙同他的紳士帽和大衣絕對不相稱的舊人字拖鞋。我看到他每走過一個垃圾桶都要用眼睛仔細搜索一番，看看裡面有甚麼人家扔掉的、可供他果腹的食物，比如一個沒有吃完的漢堡、啃了一半的蘋果，等等。然後用眼睛環顧四周，看看有沒有人注意到他，再用迅速的動作拿到那個吃剩的漢堡，坐到旁邊的長凳上斯文地吃起來，好像剛從漢堡店裡買來那樣；如果還能拾到一份人家看過後丟在垃圾桶裡的報紙，他會邊吃漢堡邊看報紙，美美地享受一頓早餐。

我也常看到一名衣衫破舊、全部家當裝在一個背包和一個手提包裡的長鬍子老頭，大步流星地從市區向南走，走過維多利亞大橋。他走路的挺直和認真的程度，就好像是一名要去趕公共汽車的上班族。我不知道他每天走這條橋是要去哪兒、去幹甚麼、晚上睡在哪裡過夜，卻從來沒有看到過他伸手乞討的。我聽人說他曾是一個公司的老總，破產之後變賣所有還債，淪為身無分文的乞丐一類的人。

在雪梨的繁忙的街頭，某年聖誕節前，我看到一位戴著聖誕帽的白鬍子老人坐在街邊的馬丁廣場的聖誕樹下行乞。他的全部財產只有一個包。他的面前有一個空的麥當勞的硬紙咖啡杯，讓行人將施捨放進杯裡，自己卻在喝著另一杯麥當勞的咖啡。這位行乞的聖誕老人就坐在那，甚麼話也不說，地上放著一份展開的報紙在閱讀。

這些人也可稱為流浪漢，雖無家可歸，卻不失尊嚴。還有流浪婆呢。在某雜誌上我讀到雪梨有一位衣衫襤褸的澳洲女士，全部家當都裝在一部手拖行李車上，到處流浪，卻彈得一手好鋼琴。有時她會走進擺著三角鋼琴的五星酒店的大堂，在鋼琴前從容地坐下，瀟灑地彈上一曲。我想在中國，還不用等到這乞丐一樣的窮婆子走到鋼琴面前，她早就會被服務員轟出去了。在這裡，懂得給人尊嚴的服務員不

會上來攔阻她。因為她彈得實在太好了，有人請她去賓館彈琴掙錢，也有人想為她錄製CD，讓她可以出售，賺取些收入，可是都被她謝絕了。她說她彈琴純粹是為了自娛，絕不是賣藝掙錢。

無獨有偶，我也讀到在美國的佛羅裡達州的一個旅遊城，有一天，有一位赤腳穿件骯髒破舊的灰黑色恤衫的、頭髮蓬鬆、鬍子拉渣的男子，走過一架放在路邊的鋼琴；這架鋼琴是市政府放在路邊，供行人隨便彈著玩的。他脫下破帽子，隨手放在琴頂上，就坐下來就開始彈一曲高難度的鋼琴獨奏曲。他沒有琴譜，全曲都是靠記憶力背出來的。優美的琴聲吸引了行人。他們駐足而聽。他專注地彈完一曲，聽眾中爆發出一陣掌聲。有人悄悄地在他的破帽子裡放上一些錢，他也不拒絕，只是微微點頭致謝。好些行人好奇地上去問他一些問題，他也大方地回答，絲毫不因為自己穿著破舊而顯出低三下四、無地自容的樣子。

說到街頭賣藝，其實靠賣藝掙錢並非不光彩，要比出賣尊嚴討錢、討飯不知要好多少，因為他們可以出賣自己的技藝，取悅他人。在女王步行街上，多年來我總看到一位吹薩克管的老先生。他是個瞎子，身邊總是躺著一條很大的、淡黃色的拉布拉多種的神色很憂傷的導盲老狗。十多年來，老先生的技藝並無長進，吹來吹去總是那幾支曲子，行人也不多不少地總給他一些硬幣，但他仍然堅持不懈，繼續吹管。我很尊敬他，每每在他的盒子裡扔進幾個硬幣，儘管他根本看不見是誰在給他施捨。

還有一為紅臉白鬍子的胖老頭，他扮聖誕老人絕對不需要化妝，只需頭上加頂紅帽子即可。他身穿破工裝褲，足蹬舊皮鞋，身邊的破包裡裝著他的全部行李，坐在一張小凳子上，又拉手風琴又唱歌。看到過路的小朋友，他還會站起來給他們扮鬼臉，逗他們笑。誰給錢，他總微笑點頭致意。雖然他也近於討飯，卻能給行人帶來歡笑。街上碰到這樣的乞丐，絕不會讓人覺得煞風景。

近年來可能由於經濟不景氣，失業增加，街上賣藝的好像越來越多：有打鋼鼓的、有吉他彈唱的、有畫畫賣畫的、有扮成雕像的一動不動地站上一兩個鐘頭，連臉上被蚊子叮咬也要堅持的，還有小孩子拉小提琴賺他們的另花錢的。但在布里斯本市區，你仍然看不到跪在街上討飯的人。

　　更令我感動的是，有些澳洲人雖然殘疾，仍在努力自食其力，而不是蹲在街邊行乞。幾年來我常在女王街和愛德華街的街角處看到一位殘疾青年，坐在輪椅上，輪椅前面的一塊板上放著一些彩票之類的小本本。他的頭頸扭曲、臉部抽搐、肢體僵化無法伸展、雙手長得像雞爪似的，手指伸不直，口中只能發出一種依依啊啊的聲音，看來是某種腦炎的後遺症。我完全聽不懂他在說些甚麼，猜想他是在幫甚麼公司推銷彩票或對獎券之類的東西，給他錢，他會撕幾張票給你。

　　使我感到安慰的是，至今我還沒有看到任何華人在澳洲當街行乞的，雖然賣藝的華人偶有所見。但我不知道華人中是否有年輕而身體好好的人，卻靠政府Centrelink的救濟金過日子，過這變相乞丐的生活。我想我們有些華人的問題不是行乞討飯，恰恰相反，是炫耀財富。剛寫到這裡，接到一位來自大陸的老教授的電話。同我不約而同的是，他的憂慮也是怕少數華人的炫富，是否會引起當地老澳的看法。想來這也是另一個大家可以討論的話題吧。

寫於1998年6月，其後做過數次修改

酒文化

　　我不喝酒，不會喝酒，或者不甚會喝酒；在中國時，平時雖不喝，但做客時或者家中有客人時，會陪著稍微喝一丁點兒，因為這時候不喝會感到不好意思，所以也得逢場作戲一下。這也反映著中國人的生活比較累的一個側面。因此我基本上是個「酒盲」，分不出酒的好壞、各種酒大致的價錢、講不出酒有哪些名牌，除了知道甚麼茅臺、二鍋頭、五糧液、瀘溪大麴、青島啤酒之類的名字，或者乾紅、乾白之外（不過我知道澳洲的「乾白」不是中國的「白乾」）。

　　不過要談文化，酒又是繞不過去的一個主題，所以只能按自己的觀察和經驗勉為其難地談談。

　　中國人講煙酒不分家，特別在中國的宴席上，人們既喝酒又抽煙。但人類喝酒的歷史，卻要比吸煙久長得不知多少。

　　我不是歷史學家，但從常識來看，不知道為什麼，酒在很多國家都有幾千年的歷史了；好多民族都很早就發明了酒或含酒精的飲料及其釀造的方法，雖然方法不同、原料不同、釀出來的酒的形式和品種很不一樣，但都含酒精或乙醇、都會讓人貪杯、都會讓人喝醉，這是一樣的。而且人類，不管什麼民族，愛喝酒的習性也一樣，把喝酒當做享樂或歡樂的方法之一也一樣，比如威爾第的歌劇《茶花女》裡那首著名的《飲酒歌》所唱的「讓我們高舉起歡樂的酒杯，大家來喝一杯…」；雖然各民族都有自己獨特的酒文化。

　　中國人很早就嗜酒，可以從三千多年前商紂王搞酒池肉林就知道。那時，酒已經多得可以用池來裝了！商紂王縱酒縱色，導致了商朝的滅亡。同樣在歷史上，酒導致了羅馬帝國的滅亡：現在的說法

是，羅馬人用含鉛的壺和杯盛酒，導致慢性鉛中毒，因而體弱短命，被北方落後的蠻族汪達爾人擊敗並征服。

甚至聖經新約中也有耶穌在一場婚宴中將一大缸的水變成好酒的故事，是他最初所行的奇跡之一。

中國的很多古代小說中，都講到喝酒，比如《七俠五義》，那些俠客喝起酒來要用罈子；《三國演義》裡的猛張飛因為喝酒而誤事；《水滸傳》裡的梁山好漢們也是大碗喝酒，魯智深喝醉了大鬧五臺山，武松不喝酒還打不死老虎，他那醉拳也非常厲害；就是《西遊記》裡，連天上的玉皇大帝、皇母娘娘也都喝酒，別說齊天大聖了；《紅樓夢》裡描寫富貴人家的酒宴還要更精細得多。歷史上還有趙匡胤的「杯酒釋兵權」，喝了一杯酒，就讓那些大將們乖乖地把兵權都交出來了。中國歷史上的文人、墨客、學士們也都嗜酒如命，可以說沒有酒就沒有李白杜甫，他們到了沒錢買酒，就感歎生活潦倒不堪了；哪怕一般的文人，也經常聚眾醉酒，一面作詩，做不好就罰酒，通宵達旦。能不能喝酒，還同是否風流掛鉤。近現代文學中，魯迅描寫的江南酒鬼，紹興的沒落窮酸文人孔乙己可說是最成功的了。

我不會喝酒大概是繼承先父。他也稍微喝些酒，特別是逢年過節，或有朋友來訪。但他酒量不大，喝了就臉紅。我們江浙一帶的人，包括孔乙己，主要是喝黃酒，或者說是紹興酒。喝這種酒要暖著喝，即將酒放在錫壺裡，浸泡在熱水中，倒出來的酒大約三四十攝氏度，不燙嘴，香氣四溢。喝冷的黃酒就沒有這種香氣。坐在先父旁邊吃飯的小孩的我雖然不喝酒，但至今仍然記得這種酒的香氣。聞到這酒的香氣，至今仍然會喚起我對童年和先父的懷念。我猜想，在世界上的所有酒種中，暖著喝的酒可能僅此酒而已。

上面說的中國文人愛酒，但文人、藝術家、音樂家嗜酒如命還有跨文化性，西方很多詩人、音樂家、文學家、畫家也是如此。比如莫札特就因喝酒，弄得生活潦倒不堪。不過他們大多自己喝，並不聚眾

喝酒。還有，中國人喝酒，常常要用一些菜佐酒，孔乙己這樣的窮文人，都要弄些花生米、茴香豆、豆腐乾之類下酒，但西方人往往光喝酒，有時候口袋裡會裝個酒瓶，不需要下酒菜，雖然吃西餐時，人們也喝酒，但他們講究搭配，不是隨便抓一把茴香豆就行，比如吃魚配白酒、吃牛排配紅酒等。這些都屬於酒文化的範圍。

這算是這篇談澳洲的酒文化的文章的一個引子或開場白吧。

我剛到布里斯班才幾天，就同酒鬼打上交道了。那時候我住在高門崗區的一個背包旅館裡，沒有工作，每天步行經過維多利亞大橋進市區去找工作。雖然是萬國博覽會期間，工作仍然是那樣難找。每到黃昏，總是空著肚子，拖著疲憊的身子，無精打采地回「家」。

有一天，我照例一無所獲，心頭煩悶地走過維多利亞大橋，到達藝術中心時，正是日落時分，我回頭一望，夕陽把布里斯本河兩岸照得金碧輝煌，壯麗極了，便決定在河邊找了一條長凳坐下來，想眺望一下落日的景象，同時讓疲勞的雙腿休息一下。

忽然我覺得有人重重地在我的身邊坐了下來，長長地歎了口氣。我想，這準是一個和我一樣飽受失業之苦的倒楣蛋吧。可是我自顧不暇，哪有心思去管別人的閒事呢？所以我壓根兒沒有朝他看一眼。

可是他卻嘀嘀咕咕地自言自語起來了：「這世界我活夠了，我要自殺！」我這一驚非同小可，馬上轉過頭去問他為何有此輕生的念頭。

這下子，這漢子像是找到了知音似的，沒玩沒了地訴說起自己的煩惱和苦悶來。從他嘴裡噴出的酒氣、東倒西歪的坐相，有時還倚在我的肩頭，語無倫次的樣子，和上衣口袋裡冒出的一個酒瓶，我馬上就斷定自己是遇到了一個醉鬼。

我想趕快離開，可他死死地纏住了我，教我怎麼也捭不開。他又是哭，又是笑，又是對著上帝懺悔對不起家人，又是賭咒發誓要改邪

歸正，還嚷著要跳河，最後還想問我借幾元錢坐公共汽車回家。我正擔心脫身不開，還好他竟一頭歪倒在長凳上，呼呼大睡起來。

在以後的一段時間裡，我在南布里斯本區和西端區那一帶居住和工作過。不久我就差不多能認出那一帶的全部醉鬼了。原來那一帶有一座很大的天主教堂，它在近旁的一個大樓中辦有慈善機構，為無家可歸者提供免費或廉價的食宿。不少醉鬼便以此為家，成了樓裡的常住戶口。

我常看到這班醉鬼，有時滿臉通紅，口袋裡插著瓶酒，邁著芭蕾舞似的步子滿街遊蕩。或躺在草地上、大樹下喝酒、抽煙、吵架。身邊堆滿空酒瓶，或不省人事地醉倒在草地上、公共汽車候車亭的長凳上、甚至街邊的水泥地上。

這些醉鬼中也有一些土著居民。半夜我從西餐館打工回家，有時會撞上他們，態度友好地攔住我討香煙、討回家的車錢（雖然我知道他們明明住在附近），或者討走我從西餐館帶回家的，準備作為第二天的伙食的牛排、雞塊等剩菜。奇怪的是，他們卻從來不問我討酒。我雖然不抽煙，也常把從餐桌上顧客剩下的香煙收集起來（當時昆州的飯店還沒有禁煙），帶在身上，以便應付他們，作為買路錢。[1]

慢慢地，我認識的澳洲朋友多了，對酒在澳洲人生活中的地位，也有了更全面的認識。

澳洲飲酒者之眾、飲酒場合之多、酒類消費量之大、人們花在飲酒上的支出，也許均可名列世界前茅。我認識的澳洲同學、朋友、同事，除了法律規定不滿十八歲的不准飲用帶酒精的飲料之外，可說是男女老少都愛喝酒。中年澳洲男子，挺著酒壺肚子（pot belly）的很普遍；就是退休老人，愛貪杯的也不在少數。我的信箱裡常有附近的酒店（澳洲人叫它bottle shop，可別弄錯，那不是賣票瓶子的店）發來的優惠券，不喝酒的我總是將它們隨手扔掉。後來發現一些退休的老鄰居，如街對面的戴維、伯妮夫婦，都喜歡這種這種優惠券，就樂

得拿它們做人情送給他們享用，使他們很高興。

　　近年來青年男女嗜酒的日益增加。我認識的一位叫米歇爾的姑娘，每週週末男朋友來看她時，兩人總要痛飲一番，除了啤酒，還要喝一些波旁酒之類的很貴的烈性酒，喝醉了吵罵打架，還沒有結婚就嚷著要離婚，但酒醒後又和好如初。我真擔心他們今後的婚姻是否會幸福。還有一次我和太太去參加一個晚會，會見看到一個打扮摩登、面目姣好的年輕女子，喝醉了酒，洋相百出，全然不顧體面，像瘋子般地哭鬧嬉怒，還脫下高跟鞋，鑽到桌子底下！

　　澳洲人飲酒的場合之多，也叫我吃驚。我的朋友彼得告訴我們，很多澳洲人常常會給自己找個藉口，或創造個機會，在家開個慶祝派對，或上bottle shop喝上兩杯，這個概括性的論斷，我覺得真是一針見血。

　　我曾從廣告報上向一位叫蓋里的人買了一輛二手車。蓋里看來經濟很拮据，他說他有五個孩子要撫養，老婆又沒有工作。談妥價錢後，我們一起去車輛登記處去辦過戶手續，一手交錢、一手交貨，然後我開著剛從他手中買來的舊車把他送回家。半路上，他忽然要我停下來，跳下車，匆匆忙忙地奔進一個購物中心，一會兒又跑出來，懷中抱著一瓶上好的酒！猜想像他那樣一個經濟困難的人，可能好久沒有錢買酒了，一旦手裡有了點錢，不是先給老婆買件衣，或是給孩子買點吃的，而是優先打發肚裡的幾條酒蟲，使我大惑不解。

　　在市區或購物中心，常常可以看到bottle shop。我覺得澳洲英語將酒店叫成「瓶店」，是個很好的委婉的叫法，就像中國人把酒鬼叫成「癮君子」，毫無鄙薄之意。如果你的澳洲朋友星期天請你去他家參加派對吃燒烤，他也許會叫你「bring a bottle」去他家；如果發給你正式的請帖，有時會在請帖底下上印上一行小字：「Please bring a bottle」。我就收到過這樣的請帖。注意，不是要你帶個空瓶子去裝酒，而是帶一瓶酒去！我這麼說，是因為這裡曾經發生過稍懂英文的

中國人，真的帶了一個空瓶去，鬧出了笑話的故事。

到澳洲朋友家做客，你什麼也不用帶去，不像在中國，你如果去朋友家吃飯，往往不好意思空著手去，好歹要帶一袋水果、一盒點心去吧。在這裡，澳洲人說話直爽，他們只歡迎你帶瓶酒去，並不一定是要你同主客們分享，更重要的是也許你有自己特別喜歡的酒，而主人家並不備著這種酒（西方個人主義文化的又一表現）。也有人請客歡迎你「bring a plate」；注意，不是他們家請的客人太多，盤子不夠用，而是讓你帶一盤自己製作的拿手好菜去，同朋友們分享。但是你如果什麼也不帶去，他們照樣歡迎，根本不用感到不好意思的！

澳洲有兩種bottle shop，一種是批量賣酒的店，比如整箱出售的啤酒，顧客可以將汽車開進去，經過售貨窗口，不用下車，只需口頭「訂貨」（order）、刷卡；裡面的夥計就會將你所買的酒搬出來，放上你的汽車，你將汽車開走就行。「乾渴的駱駝（Thirsty Camel）」就是這樣的一家很大的連鎖bottle shop。

另一種是開在街邊的酒店，你進去找張桌子坐下，就可以點酒，由侍應生端來；或者在櫃檯前放高腳凳的吧檯前坐下，向掌櫃的付錢買一杯紅酒或一瓶啤酒，坐在吧檯前慢慢喝，同邊上素不相識的人聊聊天，喝完走路。這樣的酒店也叫Bistro，上海還沒有。在這種bottle shop裡喝酒，都是光喝酒，根本不賣下酒菜的。

每天中午，這裡出售打折扣的各種酒，稱為「快樂時分」（happy hour）。上午上班工作得很辛苦的人，喜歡中午來這裡輕鬆一番，喝杯酒、坐在吧檯旁聊聊天、休息休息、輕鬆愉快一番，很有點像《水滸傳》裡的「快活林酒家」。所以bottle shop就投其所好，用折扣吸引顧客來這裡快樂快樂。

在讀碩士課程時，整個我入學的語文教育和閱讀學的碩士班上有二十幾名同學，除了我一人，全部是澳洲學生，我曾驚奇地發現，每當開專題研討會，休息時吃茶點（有同學們輪流帶茶點來），飲料中

除了果汁，還有乾紅葡萄酒！而我的男女澳洲同學和導師們，總是對酒顯示出比對果汁更大得多的興趣。

我現在教書的學院，每月有一次職工例會，用於學院領導和教職員們之間的對話和上下溝通。例會後供應的茶點中，也常會有乾紅、香檳和啤酒。我曾教過書的幾家私校，校方每年都要開幾次教工茶話會，會上也總有含酒精的飲料。教育工會、教工俱樂部、各組室自行組織的派對上，酒類更是少不了。每年學院裡在墨爾本杯（Melbourne Cup）國際賽馬節那天下午，也總要開個派對慶祝一番，那個下午是沒有心思工作的了，大家喝上幾杯啤酒再下班回家。後來我擔任行政工作了，上班後常常要到外面開一些公務會議，即所謂function；這種會議常在五星酒店開，會前也常會給來賓供應乾紅、香檳、啤酒、橘子汁等飲料，加上一些用手指取食的稱為finger food的食品。

澳洲人吃燒烤時，大多喝啤酒；如果在家裡請客吃晚餐，則在餐前聊天時每人會手執一瓶啤酒；但到了在吃飯時，則飲用各種開胃酒、乾紅白葡萄酒、香檳、朗姆、杜松子酒或威士忌。在週末或節日的歡慶派對上，也有人喝蘇格蘭的威士忌酒或美國的波旁酒。我還看到有人帶著自製的酒來赴派對的。有一次我甚至看到有幾位客人帶著中國的茅臺酒和俄國的伏特卡來參加派對的。

有一個星期天，我的上司，副院長布萊恩在家裡舉行大型燒烤派對，請我們一家也去做客，我太太就做了她拿手的中國菜帶去。那天他也請了一位來訪的中國學者去做客，他卻按中國人的習慣帶了些中國工藝品去作禮物。當他看到其他來賓都是提著一打半打各種牌子的啤酒或一兩瓶紅酒白酒去參加燒烤派對，很快專門裝酒的電氣大冰桶就被裝得滿滿的，他驚奇得不得了，對我說，在中國，這樣的事簡直不可想像。

我覺得澳洲人的這種習俗很好。有時候我也在家裡舉行派對，

每次請澳洲朋友或同事來參加的話，也在請帖上註明：由於主人不喝酒，喝酒的來賓請自帶酒類。使我欣慰的是，喝酒的老澳同事們都高高興興地帶著自己愛喝的酒來參加派對，講究的還自己帶了鎮酒的小冰桶，或用保溫箱（eskie）裝著冰凍啤酒來做客，完全沒有一點不悅之感。這使不懂酒的我省卻了不少麻煩。我知道，如果在中國，這種「小器」的做法是一定會招致客人們的非議的。

上館子吃飯的話，就要事先考慮一下想喝什麼，再決定上什麼館子，因為這裡的館子，分有無售酒執照的，即是licensed（飯店擁有兼營出售酒類的執照）還是BYO（bring your own，即自行帶酒入店）；前者有訓練有素的專業調酒員，按顧客的喜好和要求提供調製酒類的服務，但不准顧客自行帶酒入飯館。後者不供應酒類，癮君子們請自備喜愛的酒類。在licensed的飯店裡，點酒和上酒都有一定的規矩，服務員必須經過嚴格的訓練，取得證書才能「上崗」。在點完菜後，他們會拿來酒單（wine menu）彬彬有禮地請你點酒，不必整瓶點，也可以按杯點。整瓶酒點的，服務員拿來酒後，請顧客「驗明正身」，然後開瓶、以一定的姿勢為您斟酒，有的酒還要連瓶放進冰桶保持溫度，以免走味。有一種licensed的飯店叫Bistro（上面提到過），顧客可以直接到賣酒櫃檯前買酒，不必點酒，氣氛比較隨便輕鬆。

澳洲人自己愛酒，卻絕不向客人勸酒或灌酒。這一點我也特別喜歡。飯店裡吃晚飯時，每道菜上來後飲的酒，紅白葡萄酒和啤酒都放在不同形狀的玻璃酒杯裡，像是件很高尚優雅的事，人們低聲談話，飯店裡會放克萊德蒙的鋼琴曲，環境幽靜高雅，從來不會像在中國，特別在節慶日裡，人們在吃飯桌上飲酒時非常熱鬧的噪雜聲，不斷地祝酒、勸酒；過去還有眾人紅著臉大聲地豁拳，輸了的人會被大聲地灌酒，最後被灌醉。

婚宴上新郎新娘也不必擔心會被惡作劇的來賓灌醉，像在中國經

常發生的那樣。應邀去吃飯，像我這樣不會喝酒的人，也不必擔心會被好客的主人再三盛意勸酒，或在眾多喝酒的客人面前顯得尷尬、不自在，或因為怕失禮而只能勉為其難地喝上一杯。

還有，澳洲人雖然嗜酒，除了那些潦倒不堪的酒鬼，大多數人都能夠自制，適可而止。在上述各種場合下，喝到爛醉如泥的，我見到的只是個別。因為不會被灌酒，做客時飲酒者都能自己掌握分寸，覺得過量，就叫計程車回家。比如喝啤酒的，澳洲啤酒用標準的短瓶（375毫升）裝，一般不超過三瓶就行，一般的酒杯，喝紅酒的也不超過三杯；超過了，開車時就有在員警抽查中被抓的危險。而在中國，好客的主人會不等客人喝完一杯，就不斷在客人的杯裡添滿酒，客人無法記住到底喝了幾杯，很難掌握自己的分寸。

在澳洲，夫妻一起出來做客的，一般事先兩人會商量好誰開車，開車的人就不喝、少喝酒。這是因為他們知道，酒後駕車，不管對自己還是對別人，都是很危險的。在節假日期間，員警一般會加強在路邊的血酒精濃度的抽查，一旦被查到駕駛員的血酒精濃度超過規定限量，是要被送上法庭、吊銷駕照和處以重罰的；弄得不好，還會被工作單位炒魷魚！因為有些工作，比如推銷員，每天都得駕車外出，沒有駕照如何能正常工作呢？

酒能使澳洲人愉快、隨和、幽默、脾氣好，但超量飲酒也會造成不少家庭悲劇和社會問題。不少夫妻離異、父子反目，都和過分貪杯有聯繫。我的老房東娜吉婭的三兒子嗜酒成性，不但使他丟失了薪金優厚的工作，也使妻子帶著兒女離他而去，他只能從墨爾本搬回到媽媽家住，娜吉婭為此十分煩惱。

我有一位叫丹葛瑪的女同事，有一天休息時同她在閒聊中，她問起我是否思念故鄉和親人，我感慨地說我很想念遠在上海的年邁的母親，為不能在她面前盡孝而抱憾。同時問起了他的父母。不料這正好觸動了她的隱痛。她歎息地說，他的父母雖然住得不遠，她也很想念

他們，但卻不願去看他們，因為他們都是不可救藥的酒鬼，而且酒精已經傷害了他們的大腦，使他們不能正常地思維。她告訴我，她在童年時並未得到什麼家庭溫暖，因為她經常在父母喝醉時無緣無故地遭到他們的痛打，直到此時，她仍然對此耿耿於懷。可以說，澳洲的很多家庭暴力，同酗酒有關。

上面講到過的澳洲目前青年男女的酗酒問題，也日益突出，稱為binge（狂飲）；目前各州都在立法限制酒店的營業時間，到凌晨兩點，雖然遭到想多賺錢的酒業的強烈抵制。這是因為各州都曾出現過青年醉酒後打架打死人的事件。昆州也有華人青年參與通宵喝酒，在等計程車回家時同一名白人青年爭奪計程車，被對方一拳打倒，後腦勺著地死亡的事件。肇事者過去以失手傷人，只判幾年監禁；現在可能會面臨終生監禁。

此外，酒後駕車目前仍然是澳洲公路上的最大殺手，節假日尤其嚴重。這使得公安交通部門不得不耗費大量經費，加強在公路上對駕駛員的血酒精濃度的抽查，並且對查到的違章者的處罰和扣分也已經加倍。

澳洲近年來經濟不振，失業者增加，百業凋零，獨有酒店卻照舊生意興隆。很簡單，因為失業者多了，借酒澆愁者當然也增加了。我有一位年輕的朋友，叫凱樂兒，她是個頗具經營頭腦的姑娘，才二十多歲時就白手起家，靠投資房產發了點小財，現在已經擁有三處房產。前不久，她正在考慮如何投資她在房產買賣中賺進的四萬多元。她告訴我，她打算用這筆錢買進某啤酒公司的股票。我問她為何作此考慮。她解釋說，這並不僅僅是因為澳洲的啤酒業要進軍擁有十幾億人口的中國市場，而且因為澳洲人永遠也離不開啤酒，不管經濟是興旺還是衰退：興旺了，當然開派對喝酒慶祝的人也就多了；衰退了，失業的人多了，也要喝啤酒解悶，所以投資啤酒業永遠是最穩妥而最能盈利的。我覺得凱樂兒真是個有智慧的年輕投資家。

凱樂兒的話不由得我對澳洲的酒文化得出這樣的結論：酒似乎是澳洲文化的一個非常重要的組成部分。

　　　　　　　　寫於1999年1月，其後做過數次修改和補充

---

[1]　若干年後，西端區的酒鬼已經完全消失，說明昆州歷屆政府治理無家可歸者的效果良好。

中西店名文化

　　不管是中國人還是外國人，一旦開了一家店、一個商行，成立了一家公司，都要給它取個名字，就像生了個兒子或女兒一樣。

　　西方人，比如英國人或從英倫三島移民澳洲的澳洲人，給兒女取名字，不如我們那樣麻煩。他們大多從聖經上取用一個已有的名字，比如大衛、彼得、保羅、約翰、馬修、馬可、路加、斯蒂芬、瑪麗、麗伯加等等，這些名字大多是教父母給起的，所以也叫教名。我的孫子的教名也是牧師起的，叫約書亞（Joshua），是舊約時代的一個偉大的先知。澳洲實現多元文化之後，一些俄羅斯、波蘭、義大利名字也變成比較時髦的名字了，進入了澳洲西人可選擇的名冊。

　　中國人給兒女取名就不一樣了，把這名字看得如同兒女個人的前途、父母的期望，甚至國家的興亡一樣要緊，所以往往要大搞群眾運動，除了發動家庭成員，特別是祖父母、外祖父母等長輩，還要徵求諸親好友同事老師等的意見；從前還要請算命的陰陽先生來捏算八字、請人看孩子的生辰裡五行缺了什麼，比如金木水火土，就在名字裡加個什麼有關的字，對孩子未來的運勢早作打算；讀過點書的也許會去翻閱《康熙詞典》，找些高雅冷僻的大多數人一輩子都不會看到或用到的怪字，大有不把學校的老師和教授難倒誓不罷休的決心。還有，從1949年以來，很多名字還帶有政治因素，例如張抗美、李援朝、黃躍進、陳紅旗、吳文革、趙衛東（保衛毛澤東）、錢衛彪（保衛林彪）等等。這方面的各種做法，可以寫出幾篇博士論文，無法在一篇隨筆或短文中全面涵蓋。

　　不過有一點，中國人想發達、發財、交好運或成為貴人之類的念

頭，經常會在取名中反映出來，所以中國人的名字中這樣的字可說是常用字，比如金、銀、財、寶、翠、玉、珍、珠、龍、鳳、富、貴、吉、祥等等。還有下列的被認為是幸運的字也普遍地用在中國人名字裡，包括榮、華、興、隆、繁、茂、發、達、昌、盛、順、利、安、康、鴻、泰、福、祿、壽、豐、運、宏、鑫、振、旺、嘉、喜、樂等等，以及希望長期永久的字，如恒、久、永、常、長、遠、承、傳之類的字。

上述字眼同樣出現在開的店或生意的名稱中，隨手可舉得例子包括：繁興、茂昌、鴻運、老大昌、興盛、興隆、興達、大興、榮興、金茂、豪豐、鑫發、大發、來發、榮發、恆發、嘉寶、嘉盛、萬嘉、萬隆、兆豐、瑞寶、萬壽、正泰、鑫泰、金磚、錢櫃、金龍、金皇宮、金滿車、金滿樓、金橋、金壘、黃金、元寶、恆利、永利、永安、永隆、永昌、永盛、來福、福耀、富瑤、佳利、銀樓、高旺、富豪等等，不勝枚舉，它們都強烈地、不可抑制地表達了店主、老闆、公司老總開店、做生意的發財致富的願望，比如恆發，不但現在要發，而且一直要發下去；又如永安，不但現在要平安，還要永遠平安下去。

不但如此，中國人或在海外生活的華人，還將這種做法帶到他們生活中所接觸或所參與的外文名字，包括店名、生意或公司名，甚至地名、品牌名中去，將他們音譯或音義（有的是按照粵語的發音來譯的）混譯成如下的名字：金樂透（Gold Lotto）、萬事達（Mazda）、華麗區（Valley，布里斯本中國城所在的那個區的名字）、福家（Hooker，一家房地產公司）、高旺（Gowan，一條路名）、恆利（Henry，一家鐘錶店）、新福地（Symphony，一家西餐廳）、萬金泰（McIntyre，一間律師事務所）、富豪（Volvo）、喜來登（Sheraton酒店）、家樂福（Carriefour，一家法國超市）之類的名字。我的英文名字叫FRED，一位香港朋友看到了，立馬給我起了

這個英文名字的中文譯名，叫做「福來」，表示福氣滾滾而來，加上我的姓，叫我「洪福來」！

　　與此形成明顯對比的是，在澳洲各城市，卻到處可以看到這樣的店名：「削價（Cut Price）美食店」、「花少錢（Spendless）食品店」、「節儉（Economical）時裝店」、「不花錢（Payless）鞋子店」、「價格線（Priceline）美容品店」、「折扣（Discount）食府」、「打折藥房（Discount DrugStore」、「好價錢藥倉（Good Price Pharmacy Warehouse）」、「魔幻般的藥房（Wizard Pharmacy）」、「優質低價（Best and Less）服裝店」、「吝嗇鬼（Miser）雜貨店」、「超廉（Super Cheap）汽車零件店」、「精打細算（Thrifty）小商品店」、「低廉（Low）服裝店」、「瘋狂（Crazy）小商品店」、「瘋子便宜貨（Crazy Bargains）日用品店」、「狂人世界（Crazy World）」、「買得便宜（Bi Lo）超級市場」、「目標（Target）百貨商店」、「省錢有方（Save Way）超級市場」、「削減價格（Price Slash）超級市場」、「通膨剋星（Inflation Fighter）超市」、「妙不可言家具店（Fantastic Furniture）」、「預算內（Budget）眼鏡店」、「降價（Cut Price）賣酒店」、「修得美（Beau Repair）車行」、「渴死的駱駝（Thirsty Camel）賣酒店」，諸如此類，不勝枚舉。

　　有的店名明顯是動足腦筋想出來的，比如「BiLo超級市場」，是Buy Low（低價購買）的諧音，是從顧客的角度出發來起的名字，因為店名用的是Buy（買），而不是Sell（賣，從店主的角度出發），讓顧客感到親切。還有一家理髮店，叫Super Cut，cut一詞在這裡是雙關，既有剪髮的意思，又有減價的意思，而super（超級），既表示剪髮的服務質量超級，又表示減價也是超級，所以是超值服務。有一家電器行，用EZY為名，這是一個生造的英文詞，實際上是easy（方便）的諧音。還有一間修車行，用了$ave作為店名，

$是錢幣的符號，又同save（省錢）合併成了一個字，煞費心機。我在布里斯本市區找到的第一份工的那家西餐店，名叫「加油站」（Filling Station），進店可見一輛用黃油做成的汽車，老闆真是費盡心機。

不要認為這些都是低檔的小店，其中有些還是有相當規模和影響的全國性的連鎖店呢。這些店名的共同特點是抓住顧客希望獲得價廉物美質量優秀的商品和服務的消費心理，從迎合他們的這個願望和需要出發。

看到這裡，讀者一定已經耐不住要責問筆者：屁話！澳洲老闆開店難道不想發財致富？

澳洲老闆開店當然也想發財致富啦，這還用說？華人了老闆和西方老闆開店的目的一樣，都想賺錢，想發財。沒有本質上的區別，可是思考同一問題的角度和和邏輯卻截然不同，也反映出中西文化的思維方式不同。雖是同歸，走的卻是殊途：從顧客出發，還是從自己出發。

中國文化中的表達方式素以含蓄隱晦和曲折而聞名，個人的願望絕不外露，凡事講究仁義廉恥、愛國憂民的美德。但是令人奇怪的是，這條規則一到開店時就突然失靈，「我做老闆就要發財致富」，這種願望在店名上表示得一目瞭然、暴露無遺、全無掩飾。

不但是店名，而且我看到他們在開張時還要大放鞭炮（由於放鞭炮是空氣、垃圾、噪音的全方位的汙染，現在澳洲的市政府已明確禁止）、發利是（有人說是「利市」）、請財神菩薩、還請風水先生來，找出財庫位，將財神爺供在那裡（香港商店、公司門口常擺上一顆種在大盆裡的金橘樹，表示金錢和吉利），經常燒香（臺灣好些商店每月的初一、十五在店門口燒香並擺上供品），有些在店堂裡還供著觀音、彌勒佛或關公像（保護神），老闆的汽車牌號或電話、手機號碼都要有儘量多的8字。他們把發財的宣言書毫不含糊地通過店名

向社會、向顧客宣示。反映在店名中的老闆和顧客的關係，老闆是中心，發財靠菩薩保佑，好像並不是靠顧客的惠顧似的。

雖然為了競爭，這些店家有時也會打出「大廉價」、「大出血」、「不顧血本」、「跳樓價」、「自殺」、「瘋狂」的臨時性的廣告，至於店名，老闆絕不會採用這些字眼：太不吉利啦！

這種開店、做生意以老闆為中心的思想，有點像中國文化中的教室裡的師生關係，老師是中心；也有點像政府和百姓，政府是中心，傳統上縣太爺是百姓的父母。而在西方，做生意，顧客是中心；學校裡，學生是中心；醫院裡，病人是中心；官員和人民，納稅人是父母。

西方文化以外露、直爽、我行我素出名，個人主義橫行社會，天經地義。但是到了開店，做老闆的卻處處要表明我是在為人民服務，在為顧客諸君著想，在為大夥精打細算地省錢，並且在店名上開宗明義地宣示這一宗旨，顧客才是上帝、菩薩、財神爺。

中國人歷史上要麼不關心政治，要麼怕說錯什麼話禍從口出，得罪或衝撞了皇帝可能會被滿門抄斬；但歷來在做生意發財方面，皇帝不管，因為可以多收稅銀，所以中國人歷來將發財放在第一位（讀書人可能將作官放在第一位），除了中國大陸的文革，資產階級的家都給抄了，但文革後不久又重新提出了「朝錢看」，「恭喜發財」等，代替了「為人民服務」。

不過新一代的華人商人、老闆，受了西方或現代潮流的影響，已經不大會用這些「俗氣」的、「銅臭氣」太重的店名。近二三十年來，我們可以看到更多樣化的店名、公司名，有的以新世紀、全球、新世界、現代、澳亞、澳華、華澳、華聯、聯華、亞太、東亞、太平洋等為名；有的以顧客和提供的商品、服務為名（如移民服務、資訊和電腦服務等）；有的直接用本人的姓名作為公司名（大多為專業人士的服務，如律師、會計師事務所等）；有的店名中帶有誠、信、

質、真等詞眼，使顧客感到有信用、可放心；有的用中國或亞洲的地名為店名（特別是各地、各國風味的餐館）；有的用澳洲的地名為店名，如昆士蘭、布里斯本、新利班；中藥店常帶有堂名；有的直接採用英文名字，更多地對主流社區提供服務；紛繁多彩，不一而足。總之，金啊寶之類的店名已經大大減少了。

寫於1996年4月，其後做過若干次修改

華麗垃圾的製造業
―再談包裝

　　在過去的幾年裡，我已經寫過好幾篇有關包裝―垃圾和浪費的根源、環保的大敵--的文章。這次到中國出差，又令我感到包裝在中國絕不是個小問題，同環保的關係實在太密切了，又非常難解決，因其有無法消除的經濟和文化的根源。

　　在同我所訪問的中國的各單位、學院按禮常往來交換禮品時，令我尷尬的是，我們學院的禮品顯然是太「輕」，而包裝又太樸素、太寒酸、太簡單的了。我唯一的藉口只能是「行李超重，只能以此小禮物略表心意，禮輕意重，希望主人能夠諒解」而已。

　　從前，在1996至98年的時候，澳洲單位或學院在接待中國訪客、代表團或培訓團時是沒有贈送禮物這種習慣或概念的，或者只送些對訪客們沒有什麼使用價值而只有象徵意義的、資料性的或同本學院有關的「禮物」：一些印刷精美、紙質優良、帶有色彩鮮豔的照片的學院的推介小冊子、培訓資料或小紀念品等。那時澳洲單位間互訪時，相互間贈送的就是這些能加強彼此瞭解的東西。

　　在那個年代，一次，我去一個中國培訓代表團下榻的酒店給他們送行。等培訓訓團離開之後，我返回酒店看看還有什麼需要做的掃尾工作，並去他們住的房間看看有什麼遺漏的東西。

　　清理客房的女工對我說，客人們在房裡遺漏了好些東西。我心裡一陣緊張，趕快去看看他們遺漏了甚麼重要的東西。一看，原來房裡他們「遺漏」的東西就是那些對他們沒有使用價值的有關學院的資料、培訓資料或小紀念品。但我心裡想，他們花了錢來澳洲學習和培訓，資料應該是最寶貴、最有價值的東西啊，對他們的工作應該有

用，為甚麼要捨棄呢？也許澳洲人印的資料紙質太好，太重，中國客人在培訓結束之後，包裡塞滿了所購買的本地免稅品，還有羊皮、綿羊油之類的化妝品以及魚油之類的營養品，包裡裝不下，又怕超重，於是只能捨棄我們特地為他們精心準備的印製精美的資料吧，加上他們大多也許看不懂英文，情有可原。總之，這些是他們並不歡迎的東西或「禮物」。

當然，為了避免浪費，我又將這些原封不動沒有被碰過的資料再帶回學院，以備重複利用。

慢慢地，由於中國代表團到訪時總有贈送禮品這項內容，而且他們總是要將團長向我們領導贈送禮品的場面拍成照片帶回家去匯報，似乎對此非常重視，這就讓澳洲的院長瞭解到交換禮品必定是中國文化的一部分。為了尊重中國文化，從此我們也就考慮做一些較有實用價值，又能令代表團記住我們的紀念性的禮物，如帶有學院logo的電子錶、遮陽帽、小暖水瓶（注意到中國代表團幾乎每個人都帶一個果醬杯不停地泡茶喝）、筆、土著工藝品等回贈了。不過它們的包裝仍然相當簡單，只有一個盒子，有些甚至沒有包裝，學院的市場營銷部只能在外面再用彩色紙包一下，紮上彩帶，這才變得好看一點。

每次到中國出差，我都要訪問十幾所學院或合作單位，我的行李裡要帶的本院的禮物加資料之多可想而知，個人物品不得不壓縮再壓縮。這一路上訪問過去，我原以為最開心的就是每到一個單位、學院，就可以送掉一些資料和一些禮物，讓行李減輕一些份量。

可是這美好想法只是一廂情願。我給人家一些我們的資料，人家也會給我一些他們學院的資料；我給他們送一些甚麼禮物，他們也會回報以他們的禮物／禮品，除了給我本人的之外，還有讓我帶回去給我們的領導的，決不會讓我空著手離開的。

中國人的熱情好客是世界聞名的，他們的禮物／禮品往往要比我送他們的禮物更大、更重、更珍貴、更漂亮得多。所以隨著訪問的進

展，我的行李不是越來越輕而是越來越重了！

　　他們給我的禮物／禮品，哇，都是裝在很漂亮的提袋裡的，提袋用非常厚重、挺刮的硬質紙製作，上面還印著著非常光鮮、漂亮的圖畫和燙金的字。現在流行仿古，提袋就弄得古色古香，印成磚灰色，再加上棣書的字體，看上去猶如一件古董或藝術品，給您營造一種感覺：這是一份非常貴重的禮品。

　　提袋裡面再是包裝盒，是個更硬更厚的盒子，盒子的裝飾設計得同提袋一體，形成一套。打開盒子、裡面又有金色的緞子襯墊，襯墊裡面鑲嵌著一件禮物，而這件禮物（比如其實可能只是一袋幾兩重的茶葉）還包裹在印有同樣設計的裝飾的金屬質或硬紙質的外殼或罐子裡面。給人的感覺是，這左一層右一層的包裝和附加物（比如茶葉，包裝裡面還可能附有一本陸羽的線裝書《茶經》，再加上該名茶的歷史和為何出名的說明書，以及該茶葉的營養價值、泡法和防病作用等等小冊子），看上去簡直是一套有收藏價值的物品。

　　您可以想像，當我以一件渺小而卑微的禮物交換到這麼一大袋的比我的禮物大且重十倍以上的貴重的禮品時，我的心裡有多麼的不自在、多麼的誠惶誠恐。

　　更多的思想鬥爭還在回到酒店之後打行李的時候。這個大袋可能會佔去我的行李包的體積的十幾分之一！思考再三之後，我只能忍痛捨棄那古色古香的可能具有收藏價值的全套一兩公斤重的包裝，取出裡面那僅幾兩重的小小的一袋茶葉帶走。酒店客房裡的廢物桶馬上被好多諸如此類的華麗的垃圾塞爆。

　　只有一次，某教育廳的一位官員在送我這麼大的一袋的禮品時對我這樣直爽地說：這裡面是本省出產的名茶，您行李包有限如果不能帶走的話，可以把包裝袋全部扔掉，只帶走這盒茶葉。我覺得這位官員應該能因其說實話而不講客套、不講形式的精神升任廳長！

　　我不懂經濟學，可是我能明顯地感覺到，生產這袋茶葉所創造的

GDP的產值以及茶葉生產和運輸過程中所創造的產值和工作職位，也許及不上生產這全部包裝：包括紙質的、緞子的、金屬的、棉質的、塑膠的（提袋的攀）的所有材料、美工設計、工藝、印刷等加上所有這些物質的運輸、倉儲過程的總和的GDP的產值以及所創造的與此相關的所有的工作職位這麼多。

　　這就是說，我扔在酒店客房的廢物桶裡，然後造成環境污染的垃圾的產值，以及所有相關行業的員工的勞動總量，也許要超過我帶走的有用產品--一小袋茶葉的產值！或者不如說，為了生產我所帶走的這小小的一袋讓我喝了有益健康的茶葉，需要產生多少倍破壞地球的、破壞人類生存環境的、影響人類健康的廢物垃圾啊！

　　而這一切都同中國人的殷勤好客、重視送禮收禮和愛面子的文化有關：禮品表面的賣相要好看、要能擺得出、要能令客人感到有尊貴感。如果他們光禿禿地給我這小小的一袋幾兩重的茶葉─這一大袋禮品中真正的實質性的內容，他們就會覺得太不好看了、太擺不上檯面了、太有失面子了、太讓貴客沒有尊貴感了。於是就製造出這一整套華麗的、「喧賓奪主」的、一層又一層的裝潢，來襯托這小小的一袋茶葉。送禮當時的場面或面子上，拍進照片裡的這一大袋華麗的禮品，都叫主人的心理感到舒服多了，至於客人回家後如何處理這一大堆廢物和垃圾、頭疼的思想鬥爭--帶不帶走它們，就不是主人所考慮的事情了，因為他們的任務已經完成啦！

　　這不光是對待國際訪客，就是在國內，在親友間逢年過節時的送禮中也是一樣。比如中秋節作為禮品贈送給貴客的月餅，其中可食部分的價值、體積和重量亦可能只佔所送的那盒月餅的總價值、總體積和總重量的幾分之一，但包裝要絕對精美高檔，生怕讓受禮者不屑一顧。

　　這樣，在中國就出現了這種華美垃圾的製造業，廠商製造大量自身並無任何使用價值的、只能一次性使用的、遲早會被扔進廢物桶

的、卻能使其所包裝的貨品增色、增值、提高身價、提高尊貴感的垃圾。

雖然華美垃圾製造業製造著汙染、浪費著資源，它們卻能因其在經濟和文化中的不可或缺性以及所能創造的表面價值和工作職位以及GDP的產值，使人們無法將其革除！

這樣看來，中國的環保工作，還要比澳洲、美加、歐洲更難得多：面子和面子工程所創造的GDP。重視GDP的當局能有魄力改變或清除這些中國文化的糟粕嗎？

（註：按筆者的想法，禮物和禮品的區別也許類同與食物與食品的區別。禮物比較原始、直接，禮品可能有較多的加工、裝飾和包裝，故有更多的「附加品」，雖然這些附加品可能毫無用處，但能產生附加的GDT。如果說食物比食品更有益健康，那麼禮物也應該比禮品有益於環保。）

寫於2002年7月

一場揪人心肺的慘劇

6月3日，在中國吉林省德惠市米沙子鎮的寶源豐禽業公司的車間裡，發生了一件叫我的心被緊揪得發痛的慘劇。

這個禽業公司發生了液氨爆炸起火的重大事故。

那天晚上我從一個中國的網站上看到了這條新聞，後來我又連續幾天天天追蹤這條新聞，只看到死亡人數一路飆升。截止於6月5日，這個395人的車間，已查明死了120人，另有17人失蹤、77人受傷（有的傷勢還很重，可能終生殘廢），總傷亡失蹤率達到車間總人數的54%強，就是說，這個車間的大多數工人在這場火災中，非死即傷即失蹤，人員損失之慘重可見一斑。

可笑的是，報道卻說，這個車間有258人「生還」，給人的印象是，活下來的仍然是大多數。我從來沒有看到過用這樣的方式報道一場災難的傷亡人數的。好像任何地震，都沒有報道震區還有多少人活著的，都講有多少人死傷或失蹤。足見有關當局還想縮小事態的嚴重性。

我不是液氨的專家，所以不擬研究為何會發生爆炸。我想探討的是，為什麼一場火災中，這個車間的死傷會這麼慘重。所以特別關注調查中各方面的說法，試圖找出原因。

一個原因是，這家公司從不進行安全生產的教育、訓練或演習。一些倖存的工人說，他們進廠後，只培訓他們如何剝雞皮，從來不教消防知識，也沒有如何應付火災的培訓。

另一個原因是，非但公司從來不對職工培訓消防知識和一旦發生火災如何對待的措施，而且整個車間居然沒有一個滅火器或消防栓，

足見公司根本不把是否可能發生火災當作一回事來對待。

再一個原因是，車間的安全／火警門（fire exit）是用包著塑膠套的鐵鏈條鎖死的！以致好多工人逃到那裡，卻無法出去。這是生與死的掙紮關頭啊！在安全門前面，可憐工人的屍體堆成一堆，燒得都分辨出張三李四了，需要DNA測試來分辨，慘、慘、慘哪！

我覺得不可思議。安全門、消防出口、火警樓梯等是各建築物都必須特別設計和建造的，而且這些門、出口的用處很明確，就是萬一發生火警時，裡面的人可以從這裡很快地撤離、逃生，所以在任何時候，這個門都根本不應該被堆物、堵塞、上鎖，以免萬一發生火災時影響人們逃生，儘管火警發生的可能性很小。這應該是常識，不知道中國管理層的負責人為何對消防門、安全出口的用處居然絲毫都不理解，讓安全門變成毫無安全可言的死亡門！

類似的慘劇以前已有發生，比如幾年前燒死三百多人（絕大多數是學生）的新疆某電影院火災，也是安全門被鎖。居然在火災發生時，現場的負責人不設法馬上打開安全門，而是把寶貴的時間和精力放在確保領導能安全撤離，拚命高喊「讓領導先撤離！」所以燒死的多是兒童，還有老師，卻沒有一個領導。我懷疑這裡是否有文化因素，即在災難發生時，在中國文化中，領導人享有優先的逃生權？

與此相比，一百多年前的塔坦尼達號沉沒時，逃生被組織得有條不紊，兒童和婦女優先，男人，不管多麼有錢有勢，自動地將把生存權讓出來，自己非常沉著、有的還抽著雪茄，翩翩地不失風度地迎接死亡。

這是英國文化薰陶下的紳士風度的結晶。這就是為甚麼在一次大戰中，貴族出身的指揮官的犧牲率為48%，等於普通戰士的四倍，因為他們全都身先士卒，毫不貪生怕死！這些都拜他們所就讀的貴族學校對貴族榮譽感：「貴族須將個人榮譽放在生命之前」的教育。

在西方國家，包括澳洲，災難發生時，人們不會自私地將個人逃生放在第一位而爭先恐後。這我們在美國9.11發生時已經看到：火警

樓梯中人們毫不慌張地、有序地從樓梯的一側魚貫撤退，另一邊讓救火員上樓執行搶救任務。受西方文化影響較深的日本也一樣，大海嘯發生後，全國依然在每一方面都秩序井然。

我不知在此慘劇後當局是否會有有效的措施避免類似情況不再發生？看來是沒有，或者至少是形同虛設，宣傳、執行和檢查非常不得力。

而在問及公司為何要將安全門（以及其他的門）鎖住時，回答居然是因為工人（絕大多是農民工）的素質不高，上班時經常偷懶，會從此門偷偷溜出去兜一圈再回來，耽誤生產，所以要將此門鎖住以免他們溜出去。嗚呼！

車間還有一個門：更衣室的門，這道門通向廁所，也通到車間外面。它也有人把守，門的鑰匙就掌握在把守者手裡。理由是，有些工人在上班時間裡經常以上廁所為名磨洋工。所以大小便必須向班組長請假，而且如廁時間不能超過十分鐘，需持有組長的批准條（這個車間七成工人是女性），廁所門的管門人才能按組長批准條放人通過這道門。

中國各單位經常吹噓「人性化」管理，難道將火警門上鎖、將去廁所的通道讓人把守，上廁所要請假、要規定時間，將整個車間變成一個牢籠，也算是人性化管理嗎？

「素質不高」經常被作為中國的管理層、政府的某些做法的藉口，甚至作為中國人不配享有民主、自由、人權等普世價值的藉口。中國也還沒有真正意義上的、為工人爭取合法權益並保護他們利益的、而非統治者的御用工具的所謂工會。這就是說，勞資雙方的力量是不均衡的，勞方／雇員根本沒有同資方／雇主就工資、工作條件、工作場所的安全和健康等進行談判的力量，一切以資方／雇主說了算，你不同意，就請你走路，另請高就！這樣的話，工人如何會有積極性，肯為雇主拚命工作呢？

現代企業管理理論指出，為了提高工作效益，雇主同雇員代表

必須經常定期進行溝通、談判，相互傾聽對方的聲音和要求，雇主在對雇員提出要求的同時，也應滿足雇員的合理要求，勞資雙方才能雙贏。否則雇員很可能以消極怠工作為抗議。所以該公司工人的磨洋工，其實是他們唯一的無聲、消極抗議的手段。我相信，所謂素質不高、不自覺遵守勞動紀律的問題，實際上是不民主所造成的，要怪，應該怪公司的管理層，而非工人。

澳洲工人有一個說法：A fair day's work for a fair day's pay（以一天公平合理的勞動，賺取一天公平合理的工資。「公平」（fair play）兩個字，即勞資雙方都接受和服從遊戲規則，這是西方職場文化的精髓之一，是自由、平等的價值觀的產物。

我在澳洲做學生時在洋人的工廠、飯店打過零工，員工上班很自覺，沒看到過他們磨洋工，但也不會放棄應享受的上午茶、下午茶、午餐休息的權利，老闆也不會欺負像我這樣新來的中國學生，都按法律規定的標準給我工資。單位還按法律有所謂「企業討價還價」（industry bargaining），勞資雙方隨消費指數的上升定期談判加工資事宜（亦同增加勞動生產率掛鉤），談不攏的，雇員們也能按法律規定給與的權利進行罷工（罷工前需通知雇主），或將問題交勞資法庭裁決，不會亂來。

幾個月前，曾有來自中國高校的骨幹教師培訓團到我們學院培訓。他們來的第二天，上午九點，培訓課剛開始，突然全院各大樓都響起警鈴聲，同時音響設備中傳來要全體師生員工馬上撤離辦公室、教室、不得遲緩、不得拿包，疏散到規定地方集中的指示。不到幾分鐘，全院所有教室、辦公室均已空無一人，師生們迅速按撤退路線到馬路對面、停車場後面等指定的空地集中，非常自覺。

我叫中國老師們盡速跟我離開他們正在上課的階梯教室，不准去拿自己的包或個人用品。中國老師問我這是幹什麼。我說這是常規的防火、防爆演習。他們覺得很新鮮，看到我們都一本正經地把它當

作真有其事那樣來對待，感到不可思議。事後我讓他們看樓裡牆上貼的撒退路線圖、大樓的火警樓梯或出口（exit），以及牆上掛著的不同層次的消防負責人在演習中戴的紅色、黃色、白色頭盔，還有滅火器、消防栓、卷成一盤的同水源可以很快相接的消防皮帶管等設施。

二十幾年裡我在昆州不同單位學習、工作過，這樣的演習，各單位都會定期進行，有時連消防車都會開到，就像真的一樣，所以我們都習以為常了（聽美國朋友講，這樣的演習在美國各單位也經常進行），可是中國同行們卻感到很好玩。可以想像，一旦出現火災或恐怖分子突襲，平時訓練有素的澳洲人都會有序地撤離工作場所到安全地點，傷亡能降低到最小；但在中國，人們可能就會慌作一團，大家自顧自亂擠亂撞地逃命，傷亡反會增加。澳洲學校或工作場所從來沒有中國人搞的軍訓或集體主義教育等內容，但學生和職工們對上述演習卻絕不馬虎，不用對他們進行無實際意義的教育。

在以後有關澳洲的課程和大綱設計、編寫的講座中，我又告訴中國同行們，每個課程，不管什麼專業，按法律必須有工作場所安全和健康這門必修課；雇主在招聘新員工後，也一定要首先對他們進行本單位安全和健康的培訓。就火災預防來說，我也談到本市法律嚴格規定每戶人家都必須裝有煙霧警報器（smoke alarm），這是1990年代布里斯本有民宅發生火災燒死多人後即刻就立的法，更不用說是單位了。

儘管這家禽業公司已被勒令永久停業，儘管市長發表了公開道歉，我仍然不知道這麼多條無辜的生命，能不能讓中國各級政府清醒，明白GDP遠非一個國家是否發達的首要指標，況且中國的GDP是帶血的GDP，因為她的礦難率、工傷率長期佔世界第一，必須從最高層面採取切實措施和立法，保證工作場所的健康和安全了。

但願這一百二十位工人沒有白死。

寫於2013年6月

二手

「二手」在中文中似乎應是個新詞或外來詞，來自英文「second hand」。

以前在上海，我們叫二手貨為「舊貨」。不過舊貨很可能不止二手，三四五手都可能有，所以譯「used goods」比較確切。

隨著環保意識日盛，人們又把這些東西歸入「recycled goods」這一類，即回收或可再生、重複利用的物資。但過去上海的「回收物資」店收的廢舊物資還要更低檔得多，包括舊報紙、玻璃瓶、廢銅、鋁牙膏皮之類東西，有一個時期連廢紙、碎玻璃、破布筋、橘子皮、肉骨頭、雞毛等也秤斤頭收。上海一般家庭大掃除之後，或者甚至殺了一隻雞之後，都會拎一些這樣的東西去廢品回收站，賣得幾元錢。在當時，幾塊錢不算是太小的數字，因為人們的月工資才五十幾塊錢，所以上海人在大掃除之後，這些能換些錢的東西是捨不得扔掉的。

這讓澳洲人聽了當然會瞪大眼睛。

如果不管嚴格的定義，這些東西可統歸為一大類，相對於另一大類－新貨。

上海從前有很多舊貨店或舊貨寄售店，有的還很大、很有名。記得淮海中路重慶路口的那家好像是最大的，因為是國營，人稱「淮海路國舊」或簡稱「國舊」。好在上海人大都懂得國舊是什麼，不會將它誤認為是皇帝老婆的兄弟。裡面出售的貨物，除了房子、汽車，應有盡有，甚至還有因質量略不合格而出口轉內銷的新貨，如衣服鞋子等。這些衣服鞋子等，因為式樣時髦新穎，價格又便宜，很受一些愛

時髦的青年的歡迎，常去買來穿在身上，冒充進口貨。這些青年往往會被某些刻薄的上海人稱為「業餘華僑」。

舊貨店這名字在中國人聽來大概不夠雅，所以正式的名字改成了「日用品調劑商店」。我覺得這名字不錯，一定程度上能反映實際情況。

舊貨店的估價員叫「舊貨居」，因為滬語把「鬼」念作「居」，「老鬼」或「老居」就是內行、專家、有經驗者（上海話叫「懂經者」）的意思。這些舊貨鬼們對市場上新舊貨的行情、價格極為熟悉，鬼眼賊亮，一眼就能看出貨物的「成色」，什麼價位最易脫手。比如你去寄售一條毛料西裝褲，他們會拎起褲來，將屁股部分對準燈光一照，就知道有幾成新，能賣幾個錢。他們確是些精通舊貨業務的專家。

我不懂舊貨，那時聽更老鬼的鬼兒們說，常能在調劑店裡買到偶被鬼眼忽視了的東西，轉手利用價格差賺錢，還有人能買到極其合算的真品英國瓷器、捷克車玻璃、絕版膠木大唱片之類的東西，尤其在文革抄家期間。

於是有些人便以此為業，騎著自行車從一家舊貨店到另一家舊貨店掏舊貨。當時上海的舊貨店遍佈全市的各個商業區：曹家渡、靜安寺、徐家匯、延安中路、老西門、十六舖、提籃橋⋯不知道哪位熟悉舊貨業的老上海有興趣編一本上海知名舊貨店的書，這對瞭解上海的商業史也許是有價值的資料。

有一類我讀中學時特愛光顧的舊貨店是舊書店。我家附近常熟路華山路口轉角處有家舊書店，我有時可在裡面站著看半天書，不買也沒關係，老闆脾氣很好，不會罵、不會攆。我當時的很多知識就是從這兒得到的。不記得什麼時候，大約是所謂的三年困難時期，那兒改成了水果店。去年去上海，發現那兒早已面目全非，建造了金碧輝煌的摩天大廈。

除了舊貨店，上海從前還有不少收舊貨的小販，肩負一個舊麻貨袋，喊著「爛貨噯！賣爛東西！舊東爛西！舊鐘壞錶！」，穿街走巷。

家庭主婦們聽到他們喊聲，就把家中舊衣服、破皮鞋、壞鐘錶和小型舊物件拿出來讓他們估價，討價還價之後，以現鈔成交。更次更舊的東西則只能換甜酒釀或自來火（火柴）了。

我小時候弄不懂這些人為何要把人家要扔掉的破爛骯髒的東西買去，覺得垃圾還能換甜酒釀吃，真是開心透了。

奇怪的是，大概上海人生活越過越好，近年我回滬多次，發現國舊早已消失，其他舊貨店也全部不翼而飛，連我家弄口原來的廢品回收店也不知去向。

然而發達清潔的布里斯本，市府卻鼓勵廢物回收，並有世界一流的回收系統。每年，市政府會在各區輪流（會事先寫信或發電子郵件到各家庭，通知日期）收集大件廢舊物資：家具、舊冰箱、舊電腦、舊彩色電視機等，只需在規定日子將這些東西放在門外，市政府的超大卡車會將這些東西取走，據說其中一些會作價賣給舊貨店，另一些會送給慈善機構處裡。

但發展迅速卻污染依然嚴重的上海，居然已不講回收了！好在舊貨小販依然活躍，有的在一些弄堂口設攤收購舊貨，有的踩著黃魚車在一些欠摩登的地區沿街回收，內容甚至包括舊冰箱、舊電腦、舊彩色電視機等。想來攤主或黃魚車主都是下崗人士或流動人口吧。

相比之下，平均收入大大高過上海人的布里斯本人卻仍然對舊貨懷有愛好。我住的晨邊區（Morningside）有家三手店，生意不差；附近購物中心還有相當於舊貨店的Cash Converter（意為「現金轉換店」）；星期天的跳蚤市場亦有出售舊貨的攤檔，當然都是私人生意，差不多什麼都買得到，跳蚤市場清晨六點就人頭攢攢了；教會或其他慈善機構，如救世軍、聖文森等的舊物資出售點或Thrift Shop

（廉價品店）則出售各家各戶贈予的舊貨和舊衣服鞋子等，把所得之收入用作慈善事業或捐贈非洲等地的災荒。

這些慈善組織的收集舊衣物的辦法是由志願人員定期將折疊好的大塑膠袋放在各家的信箱裡，塑膠袋上印有回收的日期，人們就將家裡不需要的舊衣物等放在塑膠袋裡，然後將裝得滿滿的塑膠袋放在門口的信箱旁邊，到時會由志願人員開著車來挨家挨戶地收走。有些組織還在一些地方裝有固定的大鐵箱，人們隨時可將家裡不需要的衣物等放進大鐵箱裡，志願人員會定期來收走鐵箱裡的捐獻物。

還有家庭的「車庫出售」，也常吸引不少愛掏舊貨的顧客。所謂「車庫出售」，就是在家庭的車庫裡將家裡不需要的舊貨，從舊衣物、鐘錶首飾、家電、家具、廚房用品和碗碟刀叉、玻璃器皿、唱片書籍、裝飾品到牆上掛的油畫或藝術品等等出售，每件出售品上都標明價錢（當然可以討價還價）。它通常在星期六舉行，舉辦車庫出售的家庭事先會在附近街道貼出一些車庫出售的「告示」，通知日期、地點、聯繫電話等。有經驗的藝術品收藏者往往不會錯過車庫出售的機會，因為他們可能從那些便宜的出售品中發現有價值的藝術珍品。

我去過好幾次車庫出售，發現光顧者不少。我也從中買到過一些便宜實惠而成色頗新、質量不錯的物品。如果我把車庫出售歸為小規模的私人／家庭舊貨業，這應當是妥當的吧。

澳洲的另外一個很大的二手貨行業是汽車，出售used car的車場到處都是。除了正規的二手貨車場，很多人也通過私人途徑，比如在報上或網上打廣告來出售或購買used car。因為法律體系健全，稍有購買二手車知識的人都不會受騙上當。有些人甚至為了省掉所有這些麻煩，把需出售的汽車停在路旁，放上一個「4sale」（出售）的牌子，寫上出售價和自己的電話號碼，等感興趣者自行來聯繫。

我想，澳洲舊貨業興旺應該和它的文化有關。首先，年輕人早早就離家租房獨立生活，起初當然需要買或租些廉價實用的傢俱電器之

類，因為他們掙錢不多，買不起新的；其次，這兒年輕人結婚不像中國年輕人那樣講排場講攀比（其實所花大多是父母多年血汗積蓄），什麼都要全新整套的，否則就會怕別人看不起、丟面子，他們是先搞些簡單必要的東西過起日子來再說；再有，澳洲人愛動手，有的東就自己製作，或用買舊物品來改造。有一檔電視節目就專門介紹怎樣把表面上看來無用的廢舊物品改造成有用的東西，甚至美觀而價值不菲的工藝、裝飾品。

當然，還得考慮澳洲是個移民國，一些新移民，比如我們自己，一開始也是先買或甚至拾舊貨湊合著過日子的。

好些澳洲人有收集二手、幾手貨的嗜好，但他們買這些東西並非要派用場，而是收藏或投機－利用價格差賺錢致富，如從前上海那些淘舊貨的人，只是他們的層次、規模高而大得多。古董收藏就屬這一類。我認識一個叫勃朗的澳洲人，終身沒工作過，寬敞的家裡房間眾多，放滿玻璃櫃，收藏鐘、唱片、瓷器、油畫、舊書、啤酒罐直到鋼琴、傢俱，屋後大車庫裡還停著擦得錚亮的四輛上世紀二、三十年代的舊汽車！他就靠這些東西買進賣出過活。澳洲有不少所謂古董店（antique shop），裡面就賣這類舊貨。

另外集郵者收藏的郵票，大多應當也是used，但價值可能比新的、沒用過的郵票貴上千百倍。還有些人有收藏名人用過的東西的嗜好。推而廣之，其實在股市買進賣出的股票大多也應屬於二手、多手貨！

最值錢的舊貨大約要算舊藝術品，包括舊字畫，有些竟能賣千百萬美元。家父酷愛收藏字畫，幾把偌大的家產都扔在裡面。解放後他給博物館捐了不少，換得一紙獎狀。後來家境每況愈下，只能把字畫逐一賣給某某軒，該軒的鬼兒們殺價毒辣，不及原價的幾十分之一。每次賣掉一張字畫，家父就會失眠幾夜，捨不得賣掉的，到了文革又被燒被撕，變成廢紙！但事過境遷，現在中國的藝術品拍賣市場，拍

賣的東西居然價格能上千萬甚至上億元！

其實不光是物，人也能是二手幾手的。二手老婆、老公、子女在現代根本不稀奇。

不過從前中國男女不平等，女人死了老公要守節，不可做二手太太，甚至還沒有出嫁就死了未婚夫的，也要一輩子守寡。男人卻不必，老婆未死就能做幾手老公，娶幾房姨太。西方文化因受基督教的影響，嚴守一夫一妻制，國王也不例外，但男女方因對方去世而再娶再嫁卻均為合法，所以二手太太、先生早就有了。

非但百姓，領袖也能是二手或回收的。脫離民主黨投奔工黨的甘諾夫人屬於二手領袖；原來曾是反對黨領袖的霍華德，一度退居後排，1995年又重登反對黨領袖賽座，被基廷譏為recycled leader（回收領袖），卻打敗基廷登上了總理寶座。中國改革開放的「總設計師」鄧小平更是多次被反覆recycled的領袖了，他的貢獻卻無疑要超過那些嶄新的、從未被recycled的領袖。

中國古代還提倡不事兩主，三國的關羽掛印封金，被作為忠義樣板來頌揚，魏延想謀反，被諸葛亮在遺囑中安排好計畫殊殺，人們覺得他死得活該。但到了《水滸》，人們的思想就不這麼迂腐了，好多梁山好漢，如林沖，都是二手貨，觀念變成良禽擇木而棲、良臣擇主而事。現代各行各業人員的跳槽等更是普遍，成了企業前進的動力。

想到自己，作為澳洲公民，對澳洲來說也應該算是二手的吧，雖然不是二等的。

所以現代人對兩手的態度應是：二手並非一定價賤質次，特別是人才，想來大家都會同意。

寫於2000年12月

還原歷史的真實

　　上星期六午後，吃罷簡單的午餐，我懶懶地坐在椅子上想看一會電視。其實我不是想看電視，因為平常我除了新聞很少看電視，這次我是覺得累了，就將隨便、無目的地看看電視作為休息。

　　記得我是隨手打開了SBS電視台的節目。因為是隨便打開看看的，正好沒頭沒尾半途插進去看到了英國某電影公司介紹有關他們正在製作的電影《傲慢與偏見》的拍攝過程。該片系基於英國著名女作家簡・奧斯丁（Jane Austin）不朽的同名小說《傲慢與偏見》（Pride and Prejudice）。

　　《傲慢與偏見》這部愛情小說想來好多中國人／華人都看過，而且我猜想幾十年來好幾代的中國人／華人都會看過，由於它的不朽性──可以跨越代溝或時代間的趣味鴻溝。我隨即查了一下網上，居然發現在中國，這部小說有好幾種中譯本，由不同的譯者翻譯、在不同年份由不同出版公司出版，可見它的銷路之好和受人歡迎的程度。

　　我年輕時的中國是個高度封閉、與西方國家既絕緣又脫節的社會。即使如此，這部翻譯的小說仍是好多青年男女特別愛好的外國小說之一。男女主人公達西（Darcy）和伊麗莎白（Elizabeth）常會出現在多情的少男少女們的夢想之中，為他們所追尋、所崇拜。

　　當然文革中它也同其他世界和中國的文學名著一樣被列為宣揚資產階級生活方式一類的禁書遭到封殺。儘管如此，文革中內鬥最屬害的年份，躲避在運動之外的「逍遙派」的青年男女們還是偷偷地在「地下」傳閱此書，甚至有人冒著危險將它製成手抄本流傳。可見倒行逆施的「文革」根本無法阻擋世界名著的力量，而強迫人們閱讀的

洗腦式的愚民著作「小紅書」永遠無法打倒、取代膾炙人口、能打動代代人的心弦的優秀文學著作。

這部出版於1813年的小說兩百多年來能在中外長期流傳，是因為它細膩地描寫了那個時代的普通人物的生活、思想、行為、舉動、語言，寫得真、活，有血有肉、栩栩如生。這些人物一個個都能躍然地從紙上站起來，走進讀者的想像和心靈，因為他們有愛、有恨、有情、有慾，有崇高和優秀的品格、也有缺點和壞脾氣、自私和任性、庸俗和勢利、陰險和卑劣，更有手段、有陰謀、有詭計……這是永恆、普適的、跨文化的人性，雖然這些人性在不同的文化中、在不同的歷史階段、在不同的社會階層的表現形式也會不同。

社會在進步、科技在發展，但是人性則是相對穩定的，這就使描寫這些人性的文學作品能夠傳世。相反，描寫無限人為地拔高的「無產階級」英雄人物（為的是豎立黨要人們學習的榜樣）如樣板戲之類的作品，就毫無生命力，根本不會流傳，如果不是靠政治壓力強迫人們去看、去學習的話，因為這些「人物」是按專門的政治設計圖和印模製作出來的虛假的東西，空洞、蒼白而毫無生氣。

看來該電影的製片者們如編劇、導演、攝影師等深知這一點，他們努力地、忠誠地要給觀眾複製一個真實而生動的歷史，或者說還原當時的歷史現實，讓觀眾可以走進那個時代的生活場景，去真切地體會奧斯丁的時代和人物以及她創作時的思想感情，從而更能理解為何這是一部不朽的名作。

奧斯丁生於1775年，她於1796年21歲時就開始創作這部小說。創作時綴時續，其間她也出版了其他幾部小說，直到1807年即10年多之後，她才認真地專注於《傲慢與偏見》的寫作。1813年她出版了這部小說，從此奠定了她在世界文學界不朽的地位（她去世於1817年，才41歲）。

雖然這部小說曾多次被拍成電影，但現今這部電影的製作者們對

歷史真實性的重視可說是無以復加的。他們不但去奧斯丁出生並居住過的屋子（如今是保存完好的紀念館）和寫作的房間切實體會作者的生活和創作的環境，而且去了她的小說所描寫的一些山莊／莊園、當地鄉紳的居所，設計拍攝的場景，而電影的好些場面就是真實地在那裡實地而非在攝影棚裡拍攝的。

當時人們的生活中沒有今天的高科，沒有汽車、電話、手機、電視、無線電、電影、CD唱片等；當時人們的主要交通工具是馬車，生活中主要的社交手段是家庭聚會和家庭舞會，對於有身分的鄉紳來說，舞會特別要辦得有頭有臉的，邀請遠近的紳士和有頭面的人士來參加，而參加者也往往要打扮得特別體面，因為舞會也往往是社交和青年男女相互認識、交往及日後逐漸發展愛情的重要機會。

所以電影的製作者也特別注重對舞會的設計。他們不但請了大師級舞蹈專家來對電影中的演員們專門進行嚴格的舞蹈培訓，而且對他們講英國的舞蹈史，什麼朝代跳怎麼樣的社交舞，講18到19世紀英國的宮廷舞蹈，甚至講到法國大革命（1790年前後）對宮廷舞蹈的影響，以及它如何影響了英國鄉紳們的家庭舞會上所跳的舞（因為小說描寫的場景是1796到1813年間）。他們對真實性的考量一直延伸到舞會上主、客和貴賓按照他們的身分和年齡，在跳舞時應該在大廳裡佔據哪個位置（就像中國人請客吃飯時位子不能亂坐一樣）。同時還有舞會的樂隊及其組成，樂師們演奏的樂器當時是怎樣的。他們還找到了奧斯丁家當時的家庭樂譜，按照這樣的樂譜來演奏那些舞曲。電影的音樂製作人對此毫不馬虎。

舞會上人們，尤其是年輕男女會穿怎樣的服飾、裝束，也是製片者們非常重視的事。這些服飾的式樣、顏色、衣料、裁剪、當時的時尚和風格，一直到衣服上的褶皺、花邊和打的褶和腳上穿的鞋子；還有同紳士們、他們的太太以及年輕男女們的身分和年齡相稱的髮式和化妝，絕對都反覆參閱歷史資料，這些都是電影的服裝設計師和化妝

師們絕不含糊的事。

　　家庭舞會或聚會上人們吃的菜肴、食品、酒類、糕點，也完全真實地按照當時的菜譜和規格製作。為此，製作人找出了200多年前的菜譜，請來了名廚，嚴格按照那時的菜譜來烹調端上飯桌的菜肴、甜品等，而且所用的器皿也嚴格按當時的鄉紳、地主、富人家所用的器皿的樣式複製。

　　這還不夠，因為奧斯丁寫這本小說的主要年代是1807至1813年間，所以以上所有東西都嚴格按照這些年份真實的時尚和式樣來設計，決不憑想像胡亂猜測或滿足於「大致如此」。

　　您可以想像，我當時在看到這些介紹時的驚奇、佩服和讚嘆！但我又想到，沒有英國人對自己歷史、文化、建築和各種歷史實物的珍愛和精心保存，他們到哪裡去尋找當時真實的屋宇、資料、樣本等等？該不會屋宇被拆遷了，歷史資料毀於文化革命？

　　其實不光是英國人，歐洲人普遍對自己歷史、文化和傳承非常愛惜、珍重和保護，哪怕經歷了好多戰亂和革命。

　　對待歷史真實性以及如何保存這些真實性的態度如何，本身就是一種文化。我從荷蘭、比利時、法國、義大利、奧地利到德國，一路上都看到了他們精心保存的燦爛的文化和古蹟，包括城堡、宮殿、教堂、廣場、古建築、雕塑、博物館。我坐船遊覽過阿姆斯特丹、也遊覽過巴黎的塞納河，兩岸所見的景物、建築等令我震撼！

　　歐洲所有的大都會、著名城市都沒有我在北京、上海、廣州甚至二線中小城市所看到的那無數的成片的令中國人引以自豪的摩天樓（它們在歐洲只能被造在新區），以致如果把我扔在這些摩天樓群的中間，我不會知道自己是在哪個城市。而能夠反映歷史真實性的北京、南京的古城牆，如今又何在？

　　這顯示了歐洲人真正的愛國：對自己國家的歷史、文物和文化的熱愛。而這無疑會令中國人汗顏，因為有人說China如今已變成一切

都成為拆遷目標的「拆哪！」了。

我衷心擁護中國歷屆領導人提出的將中國建成一個文化大國的宏偉目標。可是，要建成一個文化大國，不尊重自己真實的歷史怎麼行？您去看看中國的那些古裝片，包括有關清宮的影片、電視劇等，哪些不是胡編亂造、譁眾取寵的？哪有真實的歷史可循？那些急功近利的編導們，哪有以如此嚴肅的不計工本和時間的對歷史真實的追求並對歷史真實負責的態度來重現歷史？還有那些所謂抗日電影如《李向陽》、《鐵道遊擊隊》都不是些子虛烏有的按政治宣傳的需要製作的產品嗎？哪有歷史的真實性可言、可查考！

這也不怪他們，因為中國的歷史真實早就頻頻為政治所強姦，甚至毛澤東可以出現在中國拍攝的開羅會議的電影上，而藝術家們也不少成了向政治賣淫的妓女，連歷史教科書都教學生一些虛假的東西。不要說是兩百年前的歷史，我們能真實地、勇敢地面對充滿禁區和荊棘成叢的近七八十年的歷史嗎？

我非常希望將中國「建成一個文化大國」不要流於一句空話。一切就從對還原歷史真實的責任心著手吧，因為文化大國不是一個害怕歷史真實性的、虛構偽造歷史的大國。

寫於2014年9月，其後做過一些增刪和修改

黃金啊，黃金！

　　世人都愛黃金，不管在什麼文化中，這是不用說的了。為了勸世人不要過於迷戀黃金，就有了《點金術》這樣的寓言：一位非常愛金子的國王求神授他點金之術，神答應了他的請求，於是國王的手觸到的東西都變成金子，國王大喜。忽然他所愛的女兒來到，國王高興地擁抱她，不料她也變成金人（真的成了千金小姐）。

　　雖然如此，現實生活中，拜金者仍然很多。您只要看一下語言裡所充滿的帶金字或用金字表達高貴的詞語和事物就知道了：金牌、金婚、金碟、金鞋、金嗓子、金鑾殿、黃金時間、黃金時代、金碧輝煌、金字招牌、金玉良言……，連理應慈悲為懷的佛陀菩薩，為了讓他們顯靈，也要替他們塑造金身來令他們開心。中西神話中很多故事也同金或金的東西有關，腦子裡立馬冒出來的就有希臘神話金羊毛、金蘋果等。

　　黃金把人們從歐洲吸引到美國加州。中國人，特別是廣東和沿海省份的人也緊緊跟上。美國的黃金快淘完了，淘金者們又在十九世紀中期湧來澳洲，中國人亦緊隨不捨，儘管遭到先來的白人的白眼、歧視和不公對待，他們還是忍氣吞聲，跑到被白人廢棄的礦上，用加倍的氣力、時間和堅韌，在看來已經沒什麼可淘的地方再淘出金來。

　　這就是歷史上的淘金熱，後來中國人把美國的三藩市和澳洲的墨爾本分別稱為舊金山和新金山（其實金礦城在巴拉辣特、班迪戈等地）。這裡面的血汗、艱辛、痛苦、生離死別的故事講也講不完。淘到了金的幸運的泥腿農民，和考中狀元的讀書人一樣，衣錦榮歸，蓋屋、買地、娶姨太，榮宗耀祖，就像今天當上大官的人辦公司、買Ｍ

套房、包N位奶一樣。

上世紀中期前後，美國成了金元帝國，世界一哥，黃金儲備世界最多，美金採用金本位制，幣值同黃金掛鈎，可以直接換成黃金，硬得很，故有所謂硬通貨之稱。可是慢慢地，經濟發展使貨幣流通量大大增加。紙幣是可以不斷、大量印刷的，成本大大低於「等值」的黃金，黃金卻不能，開採成本反而隨著礦源稀缺而越來越高，每年全球產量僅有有限的幾百噸而已。加上現代還有所謂M2量化貨幣寬鬆的金融政策（這個很難懂的術語，說白了就是多印錢），更進一步推高了金價，直到接近每盎司2000美元的最高點。所以金本位早已失靈，世界各種貨幣的幣值就同美元掛鈎，至今還沒有哪一種貨幣可以取代。

這大約就是為什麼很多國家的人，特別是中國人，大多把藏黃金視為金科玉律，把黃金視為安全和家產保值的重大工具。好多人一有了錢，就喜歡把錢換成黃金藏起來，邏輯很簡單：黃金藏起來不會壞，紙幣會黴爛或被蟲子蛀蝕。黃金藏起來，今後價值會上升，紙幣藏起來，幾年後價值就會掉很多。

從前有錢的中國人常把黃金藏在罈子裡，埋在後花園，對誰也不講。但一旦老太爺然中風失語，後輩就是挖遍後花園，可能再也找不到這罈黃金。於是就有這樣的寓言：一位老爸臨死前對兒子們說他把金子埋在家裡的地裡了，話還沒說完就咽氣了（是否老爸故意選在這關口咽氣的，還是編故事的人讓他咽氣的，說不清了），於是兒子們拿了鋤頭去地裡翻，想找到老爸藏的金子，可是翻來翻去也挖不到老爸的金子，地既翻透，只能種上莊稼，結果莊稼長得很好，兒子們從此悟出老爸的用意，年年耕種不息，慢慢變得富裕起來。

雖然世上誰都愛黃金，可最愛黃金的民族卻是中國人和印度人，尤以中國人為甚，你如果不服，看看咱中國人的名字、商店牌號甚至食品名字吧：名字叫金根、金寶、金榮、金英、金妹、金娣、金鳳等

的人無數，商號／店鋪名或商品名也有叫金滿樓、金龍、金輝、金皇宮、黃金酒家、金福、金獅牌、金牛牌等等的。過年的時候，我們把裡面包著肉糜的蛋餃叫成金元寶，因其顏色形狀都像金元寶，把沾了玉米粉的糯米糰子叫金糰，還有金針菜、金針菇、金柑等。現在巴西、俄國、印度、中國、南非五國崛起，把它們的首字母拼起來就是BRICS，接近「磚塊」這個英文詞，中國人卻把這磚塊翻譯成了「金磚五國」，我不知道這個「金」字是哪裡冒出來的？也算凸現了中國人或中國文化對金的特殊愛好吧。在布里斯本的西人名字或者西人飯店、商店中，我至今還沒有聽說過類似的帶gold的。至於商號，我想了半天，終於想到一個：高盛，即Goldman Sachs，名字裡算是帶了個gold，再有就是咱們昆士蘭的黃金海岸解Gold Coast，其他就想不出了什麼了。

中印這兩大民族之愛金，原因還不完全一樣：印度人除了將黃金用於個人裝飾，也用作禮物送人，特別是作為同定親、婚嫁有關的聘禮。中國人除此之外，還將黃金作為炫富工具，以及家產保值工具。您常可看到有些中國人頸上掛條重甸甸黃澄澄金燦燦粗大的足金項鏈，若說是為了裝飾，其實一點也不美，反顯得俗不可耐，看來炫富思想超過裝飾的目的。掛這樣項鏈的西人比較少見。

我極少光顧珠寶首飾店，但有幾次陪中國來客去澳洲珠寶首飾店買首飾，中國朋友發現那裡沒有24K金的首飾（我還不知道呢），多是18K金的項鏈、耳環、戒指等，他們不太喜歡。問我為何，我張口結舌。我真的很無知，只能胡猜亂想，大概澳洲人買金首飾時打扮、裝飾、求美的考量超過炫富、保值的心態吧：18K金的首飾也許看上去比較典雅，不像24K金的首飾那樣俗氣吧。

去年下半年以來，隨著美國經濟走強和美元上升，國際市場上出現做空黃金的趨勢，諸如高盛等大國際投資銀行亦開始看空黃金，造成金價如自由落體持續下跌，到今年四月份已掉到每盎司1400多

美元，掉了近三分之一。這對愛黃金的中國人和印度人來說可是個大好消息、大好機會。於是他們逆流而上，蜂擁、瘋狂搶購黃金。特別是中國，金鋪、珠寶首飾店從天亮起就排起長隊，人們不管三七二十一，是金的東西就搶購，也不問價，店員從早到晚忙得不亦樂乎，直搶到黃金首飾店斷貨，全國出售的黃金數以百噸計。不過奇怪的是金鋪生意雖旺、人氣雖足，據說利潤並不好，甚至下跌！

世界人口最多的中印兩國人民搶購黃金的熱情，奇跡般地違抗地心吸力，將金價推高不少，每盎司逼近1500美元。可是好景不常，地心吸力最終壓垮了中國人腰包的奮力抵抗，金價再掉百多美元，到每盎司1300多美元，而且還在跌跌不休。據較悲觀的金融機構或銀行如瑞士信貸估計，未來一年金價可能再掉20%到每盎司1100美元，五年後最終可能跌穿每盎司1000美元，低於成本價（1100美元）。可憐中國人買的黃金被套牢，金鋪前又出現門可羅雀的景象，那少數幾隻金雀不是來買金而是來賣金的，想將所購進的金首飾或黃金返賣給金鋪，因為銀行已不再回收金首飾了，而當鋪更糟，它們把返購的金子價壓到￥250／克以下，如果抵押給當鋪，當鋪還要每月加收利息！買的時候興高采烈地搶，返賣卻割肉般的犯心絞痛病了：金首飾每克掉￥90（因為首飾有做工，返賣時做工的價錢就失去了，金鋪是將它當金子來回收的。即是麵包賣麵粉價。即使是金子，返賣時每克也會掉￥20，因為買和賣，人家都收手續費，兩次手續費相加就是每克￥20。買黃金保值的美夢破滅！出現買金容易賣金難的怪事！

世界首富之一，股神巴菲特早就教導人們，藏黃金是最愚笨的投資，因為黃金放在家裡是死錢，不像股票每年還有兩次分紅（他老人家不知道中國股民是以炒股或投機為主的，不停地炒進炒出，而非如他所教導的長線投資），若您不缺錢用，可將分得的紅利再投資，利上滾利，多年後回報就很可觀了。可惜中國人不肯聽他老人家的教導，現在叫苦不迭。

我不懂經濟，所以不能準確說出現代中國人從何時代以來學會了買金保值，因為中國歷史上就是用金、銀、銅作貨幣和財產計算單位的，所以有「金銀財寶」這樣的詞。但我曾從母親那裡聽到，現代中國人買金子保值是拜蔣介石政權所賜。抗戰勝利後，由於蔣政權腐敗叢生，造成物價飛漲，鈔票不值錢。母親告訴我，她省吃儉用從我們還是BB時就在為我們以後上大學存錢，可是很快她辛苦所存的錢就成了廢紙。那時候去米店買米要用麻袋背錢去，我猜想很可能錢的重量還超過所買米的重量。所以那時連勞動人民也儘量藏些金子，我家以前的老保姆就戴兩個金耳環、鑲幾顆金牙、還有金戒子和金手鐲。蔣政權垮臺，很大程度是沒能控制通膨所致，逼使老百姓買金保值的吧，比如從前上海人用「小黃魚」代表一條一兩重（老秤）的黃色小金條，一些貨品的價錢用多少條小黃魚來表示。

　　今天很多中國人是有錢了，但他們依然心神不寧，非常害怕通膨會奪走他們的辛苦錢，會讓他們財產縮水，所以才出現瘋狂搶購黃金的現象。其實不光是搶黃金，中國人現在還搶玉、翡翠甚至如名人字畫一類藝術品，都是為了一個目的：保衛自己的錢。這代表老百姓的一種無奈，因為他們不相信中國的股票市場，投資股票風險更高、回報更低，股市腐敗也時有所聞；房子呢，買投資房有限制，況且房市泡沫什麼時候會破裂也難預料，比如溫州有些高檔房子，房價已掉了一半。看來看去還是黃金。但一旦黃金被套牢，他們還有什麼戲可唱呢？

　　　　寫於2014年3月。本文並非有關投資的文章，特此說明

▎重新體驗背包旅館的生活

　　這次獨自一人去帕斯開三天學術會議，因為還沒去過帕斯，順便利用機會在那裡呆一個星期，以便再旅遊幾天。

　　前不久，一位年齡同我相仿的灰髮族祖父級老同事朗尼，利用假期同一批年輕朋友一起外出作了兩星期背包自助遊，並同他們一起每到一處都入住背包旅店。回來談起，非常興奮，說是收穫很大，主要是發覺自己無論體力和精神都重新變年輕了，並且重又恢復信心，因為居然體力也不輸年輕人！

　　朗尼子女早就獨立，妻子離異，按揭全部還清，並擁有兩個投資公寓，絕無負擔，經濟情況屬於典型的中上階層。因為工齡已有三十多年，退休又會有可觀的養老年金，居然異想天開，再次作四十年前沒錢時作過的背包旅行。按他的說法是想挑戰自己，看自己有沒有老化。

　　他平常單身生活，很有規律，也挺會照顧自己，喜歡做菜和種花，沒有任何不良嗜好。除了同很多這個年齡層的灰髮族一樣略顯肥胖之外，身體還是相當健壯的。所以我覺得他在這個年齡仍勇於挑戰自己非常可取，也想學學他的榜樣。

　　中國人在孔老夫子陳舊思想的影響下，一到有些年齡，有條件的就會倚老賣老，做起老太爺來，背著手踱起方步。我年輕時，先父曾告訴我，傳統的中國的老太爺在家裡是甚麼也不用做的，只動口不動手。受西方教育的富有民主思想的先父雖然在一切事情上都力求同我們平等，但中國傳統思想很深的家母，在吃飯桌上仍然叫我們為爸爸盛飯，讓爸爸不必自己起身去盛飯（我們當然也很樂意做）。先父雖

然不是很贊成，但還是接受了。

　　總之，中國的老太爺一般都較保守，在家裡都不動手，等人伺候，誰會想到要去做背包客？況且有人也為我也算過命，說我晚年經濟條件不錯，可在家享福安當老太爺。

　　當然也有些想不穿的現代中國老人，還倒貼錢給子女打工，孝敬子女，被他們啃老。或者做起兒童團長、托兒所長，幫子女在家帶孫兒女，失去了出門旅遊的自由。

　　我想，不管是當老太爺還是托兒所長，那些中國老人的精神和思想都較容易老化。

　　年齡的老化是自然規律，無可違抗；但是精神和思想的老化，應該是可以自我控制的。拒絕做老太爺或托兒所長，經常在許可限度內挑戰自己，不隔斷同世界的接觸，包括體力和精神，應該能有助於減緩精神的老化。另外，如能經常接觸年輕人和新思想，也容易使自己變得年輕。

　　所以這次我也學習朗尼，在網上事先尋找並定了相宜的背包旅館，希望重溫以前的經驗。

　　我年輕時不像朗尼那樣親自經歷過背包旅行。可是二十幾年前剛來澳讀書時，到達布里斯本的第一個星期在找到住處前曾同兩位上海老鄉一起合住過一星期背包旅館，後來又在背包旅館打過幾個月工，對背包旅館還是有所瞭解，所以這次還有懷舊的目的，雖然身分不再是打工者。

　　背包旅館一般每間房住四到六人，睡雙層疊鋪。我這次唯一與其他背包客不同的是要求獨住一個房間，不同別人合住，寧可付一個房的全部租金，以求清靜，這個房內有自己的小冰箱和電視機，有點像汽車旅館，只是汽車旅館每個房間有自己的浴室和廁所，背包旅館的大淋浴室是合用的，分成好多個淋浴間，男女廁所也是公用的，但衛生條件還不錯。

一般背包旅館都有合用的大廚房，因為錢不多的背包客大多買生食材自己做飯；公共起坐間有許多大小沙發，還有供眾人一起看大的平面電視機。這間背包旅館還有個公用電腦房，裡面有六架免費電腦和免費上網，外加一架供遊戲的電腦，遊戲軟體免費使用。

　　現在背包旅館都有這些設備，因為年輕人的生活已離不開電腦和上網。我自帶手提電腦，只是用他們的電腦上網。活動室裡有檯球和乒乓球桌，甚至有個小小的圖書室或閱覽室，書架上放些書報雜誌。樓下後院裡有很多桌椅，供開派對用。

　　從生活水準來說，這次在背包旅館住宿讓我又倒回到二十幾年前剛來澳洲時的水準。那時根本不怕住宿和伙食條件的簡陋粗糙，而且充滿幹勁，既要全職學習，又要打幾分工賺錢付學費，每天只睡三四個小時，多少困難都克服過來了。

　　我自小聽先父教導，做人要能屈能伸，既能做王子，也能做乞丐。這是因為先父年輕時過的是少爺生活，留法回來又受法國空想社會主義的影響，做過很多費錢幫助窮人不賺錢的事業。晚年家道中落生活水準大降（雖然當教授，還好過一般群眾），因此深有體會。現在我的生活不知比剛來澳時好多少，出差、開會、旅遊都住四、五星酒店，也參加過一路入住五星酒店的豪華旅遊團，旅遊團裡都是歐美發達國家的灰髮族，即嬰兒潮前後出生目前屬於高消費的一代。

　　我想，如果我現在家道突然中落，做不成老太爺了，再回到二十幾年前的生活，還能適應、能生存嗎？一直想找個機會考驗一下自己，這次如願以償，也找到了答案；我還沒「忘本」！

　　背包旅館雖然廉價、卑微，但入住男女青年都是富裕的西方國家來的。我從同他們的交談中瞭解到他們來自英、法、德、比利時、愛爾蘭，也有少數韓、日青年，有些邊旅遊邊打工，賺了錢繼續下面的旅程，卻沒看到來自中國或港臺青年。

有些男青年看上去有點「野」：光頭、刺青、鬍子拉渣，也有文質彬彬的帥哥。女青年們很多看來絕對是漂亮秀麗的淑女。他們穿著都很隨便，雖有年輕人吵鬧的一面，但談吐都挺有禮貌、教養，我同他們很談得來，也把同他們交談作為測試或增長國際知識，甚至練習已生銹的法文、德文口語的機會，雖然歐洲青年英文都非常流利。

比如我同來自法國地中海岸美麗城市尼斯的青年比埃爾談起當前法國局勢，他坦承相當糟糕。還有來自愛爾蘭的女青年米歇爾，我同她談起愛爾蘭著名的玫瑰花。來自柏林的女青年索菲是唸教育的，大學快畢業，希望在這裡找到實習機會，我們就談談對教育的看法。我也同幾位來自曼徹斯特的小夥子談談英國時事、包括年輕的新首相大幅削減政府開支的新政。有些年輕人好奇地問我這位灰髮人為何也住背包旅館，我如實相告，所以很容易同他們親近。

這些青年都有很強的生活能力。背包旅館廚房提供烹調用具和基本調料，他們從附近超市買來牛羊豬雞肉、肉醬、雞蛋、魚排、白脫、芝士、土豆、胡蘿蔔、芹菜、洋蔥、捲心菜、西紅柿、豌豆、斯巴蓋地（意粉）、通心粉等，自己切肉、切菜、做飯、煮湯、炒麵條、煎蛋，菜單從義大利麵食、三明治、煎魚、煎牛排、煎肉餅、土豆泥、炸薯條、蔬菜濃湯甚至還有果汁、奶昔，種類繁多，足可開家西菜店。我一般在外遊覽時已吃過飯，回來最多只煮幾個玉米棒。他們看到我好奇地看他們做菜，還邀請我嘗嘗他們的手藝。他們做完、吃完飯都會自覺將廚房收拾乾淨，又自己洗衣熨衣（有公用洗衣機和熨衣板），料理生活。

一間房住幾位各國來的素不相識者，各人的鞋都放在房外的架子上，食物每人放在帶床號的袋裡，再按次序放在廚房裡很大的專門定制的冰箱裡。我問管理員是否有失竊情況。他說這裡非常安全，沒有偷竊，年輕背包客都很誠實，當然偶然錯拿是有的，發現就還了。發

給每人一套餐具杯盤都有各人自己上鎖的箱格存放，臨走時歸還。我不習慣用公用淋浴室，東西常忘在那裡，有些還稍有價值，但每次都發現它們原封不動仍在哪兒。現在背包旅館比我打工時的那個管理要健全得多，當時東西丟失還比較普遍。

使我感慨的是，富國青年生活自理能力強、身體好又不怕吃苦，很有自己出去闖天下的精神。這是出於數百年來西方文化敢於冒險的精神的遺傳。但還沒有真正富起來的中國的青年，不說是官二代富二代的，就是普通家聽出身的，也如少爺小姐般貪享受怕吃苦，在家裡不做家務，漂亮女孩大多嬌柔做作追求時髦和名牌，獨立生活能力和體力都很差。記得我小時候中國人譏笑美國軍隊是少爺兵（只因為他們是吃罐頭的，而志願軍是吃炒麵—不是麵條而是炒熟的麵粉—的），現在知道這是政治宣傳，從現在看到的可知事實並非如此。其實當代真正的少爺兵卻出在中國，還有香港的寶貝「港童」亦大同小異。這是否算是文化區差別呢？

我對背包旅店唯一不喜歡的是年輕人愛晚睡或晚上愛開派對，有時從樓下後院傳來鬧聲較大。少數派對上喝多了酒的就亂七八糟醉躺在沙發上。我已養成較早睡覺（一般十點半）較早起身的習慣，晚上會覺得太鬧。不過從前我在背包旅館打工時是希望他們多開派對的，因為老闆就會給我更多鐘點的工，收拾打掃狼藉的後院和公共起坐間。現在角色變了，想法也不同了。

離開背包旅店的前一天，又有一位白人灰髮先生check-in。同他聊了一會並交換了名片，發現這位叫約翰老先生的居然是紐西蘭威靈頓來的心理學博士和教授！他說他很喜歡住背包旅店。看來在西方，社會較上層又較年長的人士旅遊時放下身段同年輕人一起住背包旅店的並非太罕見。

今年「四十大千」[1]中很多人寫了懷舊文章。他們現在生活大多穩定富裕，不知道是做樂於做中國傳統的老太爺，還是同我這樣想重

陋俗

　　中國文化中如果有什麼陋俗，應於清除的話，以我的看法，鞭炮是首當其衝之一。不管歷史上對中國人為何要在過年時放鞭炮有什麼傳說（比如嚇走吃人怪獸「年」），我弄不懂這種製造全方位的空氣污染、聲音污染、垃圾污染、可能造成傷害甚至火災的習俗，在現代化的今天還有何保存的必要。

　　最近聽說連中國都禁止鞭炮了，雖然在這個法制不健全的國家，政府禁，人民照放，你也沒什麼辦法，但澳洲華社的鞭炮卻以多元文化的名義，一年比一年放得更厲害。

　　舊曆除夕夜，攜老母和女友到中國城吃飯，走過必經的鄧肯步行街，街口的鞭炮比往年放得更大更多更響更長，震耳欲聾絕非誇張，我們不得不抱頭鼠竄，倉皇地逃過本想仔細看看的步行街。

　　好容易在座無虛席的飯店中等到一張桌，坐定不久，剛開始張口享受美餐，店門口又突然響起一陣轟雷似的鞭炮聲。這次連逃的地方也沒有，只能掩耳保護鼓膜免得被震破，好容易等到炮聲停下，送來的菜已半涼。

　　鄰桌的洋人，有的掩耳、有的搖頭，也有好奇而去看熱鬧和張望的。有的表示驚奇，說Gosh！也有不理解的，說Crazy！邊上兩位男女洋人對我說，「我不懂你們為什麼要做這個？」我說我也不懂，大約是要向世界顯示炸藥是中國發明的吧。

　　我當時想，這兒的politicians，由於多元文化政策，對於禁止鞭炮這種敏感的事，當然誰也不敢提出，唯恐得罪華人影響選票。在這個尊重個人自由的國家，既無法規禁止某事，要做這事的人自然有其

自由這樣做，特別是扛著弘揚中華文化的大旗的人。

　　但他們可以放鞭炮，卻無權在公眾地方強迫別人聽他們製造的可憎的爆炸聲和可惡的硫磺氣，他們必須尊重別人不喜歡他們喜歡的事的自由，這就是澳洲fair play的文化。我的鄰居要開派對，要製造噪音，尚且還得先同我打招呼，徵得同意，否則我可以去city council投訴，讓他們付罰款呢。

　　去年去上海出差，正逢元宵夜，旅途疲勞不堪的我，想在賓館睡個好覺，卻被四處零星而徹夜不停的爆炸聲鬧得整夜失眠。我當時想，這真是一種殘酷的折磨、精神虐待、惡作劇，老人、病人受得了嗎？

　　很多放鞭炮的人懷有一種迷信，認為它能驅邪。你為了驅邪，卻把邪驅到人家那兒，弄得人家整夜失眠，豈不太自私了點？這就是中國人的自我中心的文化。

　　在澳洲這個多元文化的國家，我們提倡對各民族文化的尊重。但任何一種文化，有其精華，也有其糟粕，即所謂陋俗。一種文化，如果不揚其精華、棄其糟粕，反而躺在糟粕上，以其為精華來弘揚，就絕難發展，因為弘揚自己的文化，絕不是保護、宣揚其陋俗部分。

　　中國人常常為自己有五千年的文明而自豪。但是他們沒有想到，越是古老的文化，其精華中沉積的糟粕也就越多。中華文化既是世界上最古老的文化之一，其陋俗也幾乎滲透在它的各個方面。

　　上世紀初中國的新文化運動及接著而來的五四，就是一個想對中華文化的糟粕開戰，破除陋俗的啟蒙運動或文化革命。胡適就曾勇敢地身體力行，在他所愛的母親去世時，發出喪禮必須改革的呼聲。此外婦女纏足、重男輕女、父母包辦的婚姻、童養媳等等許多陋俗也都在革除之中。

　　當時的人，死了父母，要披麻帶孝，號淘大哭，哭得呼天搶地，捶胸頓足，甚至昏死過去（不管是否假裝），有錢的還要雇人來幫忙

哭，多少天什麼事也不能做，只能招待來弔唁的人，一有人來，就又開始大哭（不哭不足以表示自己孝順）。我想這的確是十分辛苦的事。然後是排場很大的出殯，請幾十桌豆腐飯，借了債也要辦。然後是做七，一直做到七七。孔老夫子更提倡兒子要三年什麼事也不做，在父母墓旁搭個草棚，住在那兒守墓。孔老夫子長命，活了七十多歲，但當時人的平均壽命不過四十來歲，三年該是有效生命中多大的一部分啊（在昆士蘭可以讀個學士學位了）。不想這些陋俗在中國的改革開放之後又捲土重來，墓越造越大越豪華，豆腐飯越擺越多越闊氣，剛剛才傷心地大哭，一哭完，馬上就大吃大喝一頓。

我想對父母表示孝順，不一定要形式如何，也不必在他們去世時表演給人看你是多麼悲傷。只要平時聽從他們的教導，在他們去世後經常回憶他們生前對你的愛和期望，努力按他們的期望去做，發揚他們的優點和家庭的好傳統，這應該就是孝順的表現了。

先父在文革中去世時，我們弟兄幾個都極其悲傷，因為我們失去的不但是父親，而且是待我們平等的良師和知心朋友。但我們一直沒有忘記他對我們的教導和期望，大家都努力做出了一些成績，想來先父若泉下有知，一定是很安慰的了。

魯迅就批判過二十四孝這類愚孝，比如七十多歲的老萊子，自己已經頭髮蒼白，巍巍顫顫的了，還要在九十多歲的雙親面前拿著玩具、穿紅戴綠、扮做蹣跚學步的幼童，裝著摔倒在地，撒嬌假哭，以博雙親一笑。如果不幸生了骨質疏鬆癥，弄得不好，還會造成股骨頸骨折，或者中風，不是更無人照顧雙親了嗎。即使能安全地爬起來，要是我是他父親，一定會噁心到把昨晚吃的夜飯從胃中噴出。這又是陋俗的一個例子。

今天，這種陋俗並沒有消失，卻在中國以另一種形式顛倒過來了，老萊娛親變成老萊娛孫。老萊子是祖父母和外公外婆四人，而所娛的是他們兩家三代共同唯一的獨生後代--小皇帝或小公主。常可見

到祖父母外公外婆拿著碗哄孫兒或孫女吃飯，在他／她後面奔跑追趕，手裡拿著玩具逗他／她樂，只要哄他／她多吃一口，就開心得像贏了金樂透似的。

中國人從來提倡一夫多妻，不只是皇帝有三宮六院成群嬪妃。這也應算是一種陋俗。令很多人聽得入迷的蘇州評彈節目《三笑》，就是說唐伯虎怎樣娶第九個老婆秋香的故事。這種陋俗在張藝謀的電影《大紅燈籠高高掛》中得到了揭露。

雖然現代中國提倡一夫一妻制了，這種陋俗卻並未消失，從前毛澤東就帶了頭，不過是以秘書、貼身護士的形式出現的。現在高幹和暴富了的大款包二奶、三奶隨處都有，上海人叫養金絲鳥或小蜜。陳希同、成克傑、陳良宇這樣有權有勢的黨政領袖和他們的衙內們則祕密情人成群。前年我訪問浙江某富得流油的城市湖州市，一位青年的副市長一針見血地告訴我，中國現代富人的享樂方式至今同《金瓶梅》時代並無區別，不外於大吃大喝（現代話叫擺飯局）和幹西門慶潘金蓮那樣的勾當，或買幾套房，養幾房奶。

還有下跪和叩頭。中國人不但對所謂天地、菩薩、鬼神這些泥塑木塑的偶像和祖宗牌位下跪，也要對活人下跪：對皇上要三跪九叩，五體投地，一面口中還得高呼萬歲（是很好的俯臥撐一類的健身運動呢），還得對地方官，包括七品芝麻官，對東家主人，對老師和父母下跪。懼內的在老婆大發雌威時也會在老婆面前跪地求饒，叩頭如搗蔥。

下跪的陋俗應當在末代皇帝被廢拙，實行民國以來就被革除了。但在現代它仍然復活，特別在毛澤東發動的「破四舊」的文化革命中：「牛鬼蛇神、階級敵人」在被揪鬥時被「坐噴氣式飛機」強迫下跪在革命派面前，每天還得跪在老毛「寶像」前請罪。四舊越破，陋俗越復活！

我從小就贊成必須革除中國文化之陋俗，否則中國就難以進步，

所以對老毛發動文化革命之初提出的「破四舊」曾積極支持。但年輕天真的我直到幾個月後才察覺，原來老毛的陰謀，正是想利用我這樣的年輕人的天真，在權力鬥爭中蓄意搞倒他感到威脅著他的權威的劉少奇。

我馬上有受騙上當的感覺，因為理應破除陋俗的文化革命很快變成了對文化精華的史無前例的大摧殘--古老的建築、石窟、精美的藝術品被搗毀得蕩然無存；而文化糟粕，包括天天山呼萬歲、私設刑堂、相互揭發、無限上綱、歪曲人性、落井下石、抄家、打砸搶、逼打成招、作偽證、講假話…五千年來從沒有這樣大規模地在最高領袖親自公開鼓勵下，作全國性的大擴散、大泛濫。

對什麼是陋俗，各人可能有不同的見解、不同的標準，比如放鞭炮，一定有很多人認為是優良的文化傳統，不放怎麼能製造過年的熱鬧氣氛呢？我的標準則是，凡對環境造成破壞、污染，對婦女兒童弱者進行摧殘（比如中國從前的裹小腳、童養媳習俗），對人性進行歪曲，用暴力迫人屈服，剝奪人的尊嚴和基本權利，強迫或變相強迫人民對領袖歌功頌德，把凡人當神來進行崇拜，否認人生來平等、有權選擇自己前途的自由和有權發表自己的見解等等之類的所謂習俗，均屬需革除的陋俗之列。

我讀到緬甸有些部落，其婦女有在脖子上套金屬圈的習俗，而且隨著年齡增長，圈越套越多，從肩部一直套到耳根下，把脖子弄得細長，形成一種奇怪的審美觀，脖子越長越好看。這對婦女的健康造成很大的威脅，一旦把圈拿去，缺少了支持，細長的脖子隨時會折斷。我想這種習俗屬於中國婦女纏足一類，當時中國的審美觀也是婦女的足越小越美，色情小說還描寫男人把玩女人小足所獲得的性滿足和性趣。我小時見過慈祥的外婆的小足，這可怕的人工製造的殘疾叫我嚇得趕快轉過臉去，不敢看她那腳趾擠在一堆的畸形的足。可憐身體很健康的外婆後來卻死於這畸形的足：在她八十九歲那年，足趾甲朝內

長，嵌進了肉裡，剪的時候感染了，醫生讓服抗生素，不會服西藥的她，仰頭吞藥，小腳站立不住，人失去平衡，仰面跌倒，後腦著地，就此命斃。

還讀到過非洲某部落有在女嬰出生時割去她的陰蒂的習俗。這同一些民族對男嬰割去包皮不同，割去包皮從現代醫學來看有助於防止男性陰莖癌。但非洲那個部落的做法主要是防止女性不忠，因為失去了陰蒂就會大大減低女性的性慾。聯合國把這種做法列為摧殘女性，要求廢除。

由於中東移民增加，我常看到一些在大熱天也穿著厚厚的黑色的長袍，並把頭也用大頭巾包裹得嚴嚴實實的婦女，不讓皮膚接觸澳洲優質的新鮮空氣。

在中東四五十度的乾熱的氣溫下，厚長袍也許能抵擋熱氣：在風沙很大的中東，婦女包頭巾可以免得頭髮裡充滿灰沙，這些可以理解。但到了澳洲，在我們的氣候下、我們潔淨的空氣中，還有什麼必要要保持這種服裝？我不敢妄評這種習俗是否陋俗，但至少其中反映出一種男女的不平等，因為我看到同這些婦女一起的中東男子，卻可能穿著涼快的T恤。

我希望澳洲各民族社區能自動破除一些不附合時代潮流的陋俗，以免把這個可愛的多元文化的國家，弄成多元陋俗的國家！

寫於1999年2月

外表PK功能

　　愛面子、愛作表面文章、重視外表而非實質是中國文化的重要特徵之一。

　　這一點每個中國人都心知肚明，雖然不是每個中國人都願意在口頭上痛快地承認或洩漏給老外，有些還可能裝腔作勢地同你爭辯一番，說你醜化了中國文化。家醜不可外揚嘛，我理解。但這其實也是由於愛面子的緣故。

　　比如，各單位每逢上級來檢查，或省市中央大員來視察，就趕緊把一切都準備好、排練好，環境打掃得一乾二淨，再掛上大幅標語：「歡迎×××（加上官職／同志）蒞臨指導」，到處都擺滿鮮花，搞得轟轟烈烈；還舖開大紙、擺上筆墨，乘機求領導題字（好聽一些是求「墨寶」），那怕是像李鵬那樣寫得還不如一年級小學生的蟹爬般的字，也當作珍稀的寶貝，因為這種「墨寶」的價值是隨寫字的人的地位而非其書法水準來定的。

　　其實這也是繼承了皇上和歷史上的文人雅士的傳統，比如自乾隆效法這些詩人墨客，馭筆到處附庸風雅地在風景勝地或歷史遺跡亂題以來，人們，包括小百姓們，就是如此做的。當然陛下他老人家的書法水準要大大高過當今任何領導。這樣，領導題詞就成了中國傳統文化的一部分；連沒有題詞資格的普通百姓也不甘寂寞，養成了每到一個地方就留下歪歪斜斜的「×××到此一遊×年×月×日」的字跡的習慣，也想同領導同志或皇上他老人家一樣不朽。而且這「到此一遊」的題詞，今天也已經隨著中國旅遊團走遍世界，而題到了地球的每一個角落。你不用去怪他們，上樑不正嘛。

這些視察的照片、題字，除了印刻在各單位大樓上或廳堂裡（相當於皇上的禦碑），還要登在各單位的各種宣傳資料的頭版，連同單位門口掛的「文明單位」的銅牌，以此提升該單位的身價。問題在於，一旦這位領導被打倒，清除他的無數的題字／照片也會讓人頭痛不已。

愛面子、愛表面的一個直接的副產品是虛假，到了政治層面就形成了浮誇風，包括假話（虛報成績是其表現之一）、大話、空話或統稱「假大空」。其實中國已經吃過了浮誇風和假大空的大虧，曾經因此而煉出過數百萬噸廢鐵疙瘩並餓死過數千萬人（這面子還不只是普通百姓、底層幹部在愛，最高領導人「超英趕美」要當世界領袖的面子感更起了最關鍵的作用）。

但愛面子、愛表面、愛外表的文化並未因此消亡，因為它實在太根深柢固、無處不在，哪怕諸如「死愛面字活受罪」之類富有哲理的諺語也不起作用。你只要看看那些無處不在的「面子工程」就可以知道了。據說最大的面子工程是三峽，也許若干年後問題還要比「大躍進」的後果更為慘重。

多年來澳洲的華人社團和華文報刊等也一定程度上將這一「傳家寶」作為中華文化帶進了澳洲。每當搞活動、搞某社團的周年紀念或餐會什麼的，總要請幾名市、州或聯邦議員來講話、裝裝門面，或者用總理州長部長反對黨領袖的賀詞（雖然不是親筆題詞，但落款處由他們的簽名，身價一樣），湊滿報刊的幾大版。請politician和中國使領館的領導來講話和他們發到報刊的賀詞，完全是表面的東西，也不管誰會認真聽（常常是，下面講話聲像炸翻了鍋似的）、認真讀，主辦者或報刊，以為這樣一些表面的東西會令他們的活動、他們的報刊的身價或重要性大大提高，儘管他們的報紙往往只是廣告報而已。所以幾年下來，現在連澳洲的議員們都知道了中國移民的這一德性，也都願意滿足他們的虛榮心，算是拉選票的一種方式吧，舉手之勞何樂

而不為？

　　這種追求表面或在外表痛下功夫卻甚少考慮功能／作用或在改進功能／作用上多動腦筋的文化滲透進了中國人生活的每個方面。李鴻章任大清帝國駐英公使時，帶到倫敦的行李中有個馬桶，吃喝拉撒都要面面俱到嘛，統統從天朝帶進碧眼金髮的蠻夷之邦。但他這個等級的官兒，級別也要反映在便溺之器馬桶上面：它是朱漆繪金的，做工特別講究，儘管功能不變。英國人不懂李公使行李中的這個玩意兒到底派什麼用場，認定它必是件珍貴的藝術品。後來有的英國商人來華時，還專門買了這樣的馬桶帶回去儲存糕點食品。

　　我不知道李大人在英國生活時最終使用的是蠻夷之邦的方便衛生的抽水馬桶還是天朝的表面做工富於藝術價值的朱漆繪金馬桶。但千百年來直到現代，千百萬中國大小城鎮的居民一直在使用的這樣的馬桶，始終沒有進化到具有自潔功能的便器，富人與貧民的區別只在它的木料、做工和外表裝飾程度之分：即表面文章的質量之別。我在周莊那明朝的富可敵國的沈家大小姐閨房裡看到的就是這樣的馬桶，幾百年後中國最先進的城市上海的石庫門房子裡住的二十世紀的摩登小姐，用的還是這樣的馬桶，構成上海清晨交響樂的各種嘈音中就有千萬家主婆齊使勁用竹擦子刷馬桶的嘩嘩聲。

　　指南針被製成風水大師的外表複雜而裝飾精美的羅盤，這做工的精細真是沒話說的了，卻沒有從中引出磁場和電磁波的理論，並將這些理論加以應用，引發驚天動地的科技革命，從發電機、電話、無線電、電視機到今天的遠程通訊。

　　炸藥呢，永遠被製成爆竹焰花，年復一年地用它來辟邪驅魔或歡慶節日喜事。直到我們被應用它而製成的火炮武裝起來的洋人的炮艦轟開大門。我看到今天的有些大型爆竹的外表已被裝飾得十分精美講究，儘管轟然一聲之後它同裝飾欠精美的爆竹同樣粉身碎骨，產生同樣的噪聲、硫磺氣和碎紙片，對環境造成同樣的嘈音、廢氣、廢物的

全方位污染。

傢俱也是一樣，比如那寬大的方方正正的紅木太師椅看上去是多麼氣派，雕琢打磨如此光潔，有的在靠背上還鑲一片如水墨風景畫那樣的大理石。我試了一下，坐上去卻不那麼舒服。臥房裡的大床也一樣，有錢人的床，框架上雕刻著龍鳳百鳥花草或人物景色等圖案，這些裝飾色彩鮮豔，做功細巧，工價不菲，但對增加床本身的功能和舒適度的貢獻卻是零。比比西人的墊子裡放了彈簧的沙發、按人體的線條設計的加墊子的靠椅和席夢思床，舒適程度大不一樣。

中國文人學士著書立說、學生接受教育、官員批閱文檔的工具筆墨紙硯文房四寶也同馬桶一樣，最貧窮的學生同最高貴的皇上所使用的文房四寶功能無甚差別。窮小學生用的廉價墨硯和名貴的徽墨歙硯的功能相同而區別只在前者外表粗劣且奇臭無比後者雕琢精美且發出幽雅的清香。千百年來文房四寶只在工藝材料和尺寸形狀上不斷改進，裝飾做得越來越奢華，價格也隨著越來越高，功能卻永遠無甚提高。有錢人的子弟進京趕考，要雇書僮幫他挑或背這些書寫工具，官員或高級知識份子寫起字來更要創造一個工作職位，雇專人來幫他們磨墨。洋人卻在改進功能方面動腦筋，從比我們的毛筆和硯台更簡陋的鵝毛管和墨水壺開始，發展到集筆墨紙硯於一體攜帶輕便可以放進衣袋的自來水筆及伴隨的小筆記本，又發明了打字機複印機文書處理軟體等，從此就有了桌面或家庭印刷的出版系統。

從衣著來說，從前上海人中間流行一句口頭禪，叫「不怕家裡天火燒，只怕出門跌一跤」，意思就是外出一定要有一套體面的衣衫、錚亮的皮鞋，舊時還流行戴頂銅盆帽，叫做「行頭」，像戲文裡一樣。行頭一定要挺刮才有面子，否則會被人家瞧不起，所以八十巴仙的家產就已經穿在身上了，如果不當心跌了一跤，摔破了西裝，那就損失慘重了。至於家裡有什麼傢俱就沒啥關係，租住一個亭子間，裡面全部家當只是一張舊板床幾條破桌椅就行，所以不怕火燒。你看看

三十年代的電影就能知道。我不知道當時的上海保險行業有沒有想到在這些上海人中推銷過衣衫險，因為保火險的人一定是廖廖無幾的。

今天，與時俱進的是，你看那些上海女士，手裡大都提著GUCCI包，哪怕是假貨，對大部分並非很有錢的工薪階層的女士們來說，買個真貨的GUCCI包，得省吃儉用攢上好幾個月的錢。至於為甚麼一定得提這樣的包，她們也許說不出來，只是人人都提這樣的，你不提還會有面子嗎？不會給人瞧不起嗎？這是我讀到的一位美國華人C先生寫下的他在上海的經歷。

同樣的，C先生還寫了上海人買車的思想：主要也是出於想出出風頭的目的，這讓好多上海人非得買部汽車不可，而且很多人還要買進口車，儘管在中國進口車價格要比在國外買貴上差不多一倍。上海這個城市公共交通又方便又便宜，開私車又貴又慢而停車也又貴又不容易，為什麼非得開私車呢？面子啊！所以至今好多中國人的購物消費仍然不管所購貨物的實際功能對他是否有用，而只以面子為首要的考量因素。這種追求表面好看的面子觀點還滲透在諸如請客送禮等生活的方方面面，讓中國人活得特別累。

有人用「金玉其外，敗絮其內」或者「繡花枕頭一包草」來形容某些中國人只注意表面不注重內涵（或說是人的社會功能）。好些人現在錢大氣粗了，可以出國旅遊。但他們卻沒有好好地去實施旅遊的真正的功能，往往是到了一個地方，趕緊留下幾張照片作為紀念或證據，可以回去向人顯示他們去了哪些國家（有了面子），有機會的話還會在什麼地方留下「到此一遊」的字跡；然後匆匆去購買當地的名牌。

一些華人的旅遊公司便迎合他們的需求，將他們從一家店鋪拉到另一個商場。他們渾身上下穿著名牌，在街上提著大包小包的名牌旁若無人地大聲喧嘩，給人以中國人素質低下的印象。最近（2014年9月）在紐約發生了中國人通霄排隊搶購i-phone6（主要為了轉手倒

賣賺錢，因為好多國內同胞都想與時俱進地手執一架可顯示威風的i-phone6）的事，好多中國同胞為排隊插隊吵鬧動粗乃至打架破壞公共秩序，被警方拘留，讓美國佬大開眼界。

但你說他們素質低嗎，他們好歹也是貨真價實的大學畢業生，你不妨去查查他們的教育水準，不管是否從未入流的野雞大學畢業，總之是手裡是有一張大學畢業的文憑的。為了讓自己的子女有張大學畢業的文憑（就像女士人人都要提個名牌包，工薪階層個個都想有輛車那樣），好些家長省吃儉用也要讓子女進入大學，至於進入大學到底有什麼用（功能），他們不清楚，總以為他們的前途會好些，即使是看到社會上好多大學畢業生找不到工作。為了迎合家長的虛榮心，教育廳將好多中等專業技術學校升格為大專（高等專業技術學院），很多大專升格為本科大學，於是中國一下子就出現了數以千計的大學（毛時代大躍進的浮誇風在教育上的現代版），社會上那些沒有真才實學或技術的大學畢業生馬上如蝗蟲般地氾濫成災。

要面子和家醜不可外揚的思想一直飄洋過海被中國移民和學生帶到了國外。本地好些華人怕暴露祖國的陰暗面，以為讓人家知道了這些陰暗面，就會被外國人瞧不起自己，而有個「強大的祖國」為後盾就可以提升本人的社會地位，面子十足，受人尊敬。這就是為甚麼出了國的中國人往往更加「愛國」。但殘酷的事實是，比如在印尼、所羅門群島等國，即使有「強大祖國作後盾」也沒能使當地華僑在反華浪潮免於種種駭人聽聞的迫害，生命財產損失慘重。

在澳洲這個非常寬容的多元文化的國家，其實那些從不吹噓自己祖國（也無可吹噓）的來自窮國小國，比如斐濟、薩摩亞等的移民，連同他們的文化，受的尊重並不稍遜，因為澳洲人大多不是勢利鬼，反而更同情弱者，看人主要看他／她本人的行為品德（人的社會功能）而非它來自哪個國家、穿什麼名牌衣服開什麼車（表面的東西）。

其實西方先進國家民主政體的政府及其領導人每天都在被反對黨、被新聞媒介監督、攻擊、醜化和妖魔化。毫不留情地揭露陰暗面成了西方的政治文化。對領導人的妖魔化的諷刺和漫畫、把他們畫得三分像人七分像鬼，天天出現在報刊上，對於政府的負面消息（或者用中國目前的詞語「負能量」）一直在被曝光著，一點都不給面子，更不用說是請領導題詞作指示了。你如何能搗得住任何陰暗面、你如何能搞些表面的東西裝點門面弄虛作假？這使得想以要面子來行事變得絕不可能。

　　妖魔化或「負能量」成了西方文化的一部分，它來自對人的原罪的承認，即人生來是有罪的，是不完美的，而且每天都處於魔鬼的誘惑之下，時刻都會犯錯誤。承認人的罪性、弱點、不完美性、陰暗面，而且無人可以例外（因為他們認為世界上只有一個完美的實體，這就是唯一的造物的真神），包括領袖、政府、政黨。蠻夷之邦的西方的政府就這樣必須不斷地改進、完善政府的功能、不斷克服缺點，而不是讓五毛們來歌功頌德，來鼓吹「正能量」。這樣他們就能不斷進步，很快就超過了面子文化之邦的文明悠久的中國。

寫於2014年10月

▎養生：出自文化的思考

絕大多數的人，不管西人還是華人，都盼望自己能健康長壽，特別是物質生活改善之後。所以近二十幾年來關於健康和長壽之道的講座、雜誌上的文章、資料和書籍，網上的訊息、電視節目、紙版的出版物還有通過伊妹兒和微信傳來傳去的資料越來越多，看不勝看，大有汎濫之勢；同時以延緩衰老和延長壽命為名的各種保健食品、營養品及吹噓其功能的廣告滿天亂飛，每年從灰髮白髮族的口袋裡掏走數以十億百億計的錢財。

白髮灰髮族在中國比以前的時代更注重養生和健康的另一個原因是，孔老夫子一直提倡的，可認為是中國文化的一個優秀傳承的孝道，還有他老人家所謂「不孝有三、無後為大」的教導，以及養兒防老的中國文化，隨著一胎政策和人口迅速老齡化，已經不復存在或者很快就會消失：唯一的一個孩子，長大後如何能對倒金字塔的父母、祖父母、外祖父母的家庭長輩結構盡孝？況且政府的養老政策、機制和機構尚極不完善，老人有了病痛、生死存亡，很大程度上要依靠自己，所以老人們不得不更注意健康和養生，以免連累小輩、依賴靠不住的政府體系。

這就是為何在中國各城市的公園、廣場，都可看到成群結隊的「空巢」老人在那裡跳舞、做操、打太極拳、練氣功，還有養鳥的老人們拿著鳥籠展示他們各自的寵物；然後坐下喝茶、聊天、交流養生經驗，過著慢節奏的生活，以增進健康；這裡面反映著中國集體主義的文化，因為樹木成林的公園和綠化較好的廣場是唯一適合他們去的空氣相對新鮮的地方。

中國傳統的養生概念是提倡靜養和慢悠，以龜為榜樣；我猜想其原因是，中國傳統上是個農耕社會，人民素食為主，蛋白質和能量攝入不足，形成了保守的以養為主的長壽法。不過近年來，隨著西方文化的進入和生活的改善，中國老人的活動量也在逐漸增加，我甚至在中國的公園裡看到有跳美國踢踏舞的老人。

　　在西方文化中生活的老人要無憂無慮得多，你根本看不到公園裡、廣場上成群結隊的男女老人在自娛。空巢的概念對他們不是新鮮概念，西方文化就是老人空巢的文化，也是個人主義的文化：孩子們到了成年就各自離家尋求自己的生活了，逢年過節才回去看望一下父母，甚至連看望也做不到，寄張卡去說I love you！就算是盡孝了。老人們早就習慣了不依賴兒孫，過著自己的生活。

　　澳洲人家裡一般有寬敞的花園，在花園裡幹著種花養草、種菜栽果樹、鋤地挖土、修樹剪枝、割草皮除蟲等園丁的活兒，就是退休老人很好的健身運動。人們居住在綠樹成蔭的郊區（suburb），早上出去散步是他們主要的健身內容。因為普遍養狗，很多老人會牽著愛犬出去散步，以寵物彌補兒女離去造成的孤獨，包括我本人：既不會去公園打拳也不會去廣場跳舞，每天早上牽著兩條狗快速散步半小時，據醫生的說法，運動量對健康已經夠了。再老些，到了生活不能自理時，不是去五星設備、日夜有護士隨時照顧的養老院，就是在家養老，每天有護理人員上門照料、幫助做家務，甚至送餐。

　　我領導著一個華人業餘合唱團，我們經常去養老院為老人們表演歌舞。為老人表演是這裡的文化的一部分。我們看到老人們一天五餐吃得很好，護理人員耐心盡職，室內有康樂用品，室外有草地保齡球場：西人男女老人頭戴草帽、身穿白色運動服在陽光下進行保齡球比賽，九旬老人比比皆是，難怪多年來澳洲人的平均壽命名列世界第二或第三。

　　西方文化是動的文化，這是同肉食為主的西方民族的民族性有

關：因其能量過剩。老人在還能動的時候，主要是健身、參加各種活動，不一定採用慢節奏的以養為主的方法。我看到一個視屏，八九十到一百歲的西方老人們還在參加運動，包括打球、雙杠、啞鈴、體操、跑步、跳傘、拳擊等。這裡的居民週末也去公園，不過大多數不是去那裡打太極拳、練氣功、跳廣場舞，而是去吃野餐、燒烤，因為環境優美，又有免費的燒烤爐和各種表演可看。

公園裡常有一些供演出的舞臺，可以在那裡聽到很多免費音樂表演，除了年輕歌手外還有老年人的四重唱團、老年人的管弦或吉他小樂隊等，反映西方文化團隊合作的特點。有個男聲四重唱團，歌手平均年齡90歲。對他們來說，歌唱、奏樂、表演是長壽秘訣。這種健身法也已進入中國，老人合唱團在各城市都變得普遍了。

不管是養生還是健身，目的是一樣的：健康長壽；孰是孰非、孰好孰壞大可不必爭論，因人而異，因文化而異；甚至老人宜於吃什麼、不能吃什麼，也不必太相信、太拘泥。隨著年齡的增長、體重超標，我一度曾對飲食非常小心，戰戰兢兢，這也忌口、那也迴避，比如不再敢吃以前喜歡吃的東西黃油、紅燒肉、雞蛋等，生怕膽固醇太高；或者海鮮，怕尿酸高引起痛風，弄得生活索然無味。但在爆炸的資訊中，我們又經常看到相反的觀點，都以權威的面目或最新研究的結果出現，叫人無所適從：比如不久前讀到了黃油、雞蛋和紅燒肉對健康的好處！一位99歲的美國醫生天天都吃黃油炒雞蛋，出書教老人不必害怕膽固醇。

華人呢，大多相信老人要多喫素，少食肉；中國人更講老人吃粥的好處。但看到昆士蘭一份對養老院裡90歲以上的老人的研究，發現這些西人壽星都愛喫肉！這些都說明人與人之間會有很大的區別，甚至吸菸喝酒對有些人都無所謂：美國上世紀曾有一位活了120歲的老太就是這樣。當然我舉此例並非鼓勵吸菸。

現在已經從活動談到了飲食。我仔細考慮，其實很多使我們眼

花繚亂的資料，都在利用人們希望健康長壽的心理，同想從我們的口袋裡掏走錢財的目的有關：這些說吃什麼對肝有好處，那些說吃什麼對腎有好處，還有的說吃什麼喝什麼能補腦、強心、明目、壯陽、抗癌、防癡呆，不一而足。說穿了這些其實都是變相的廣告。中國人的傳統是食補，吃什麼補什麼，比如吃豬肝補肝之類，還有同形狀有關，比如吃核桃補腦，因為核桃的形狀和腦子很相像，有時確實也很有道理。我也曾很相信許多看到的資料，為了補這補那防這防那，又吃這個、又吃那個，結果怎麼也完不成醫生要我減肥的指標，腰身越來越粗。更有藥補，中國大陸什麼蟲草、阿膠之類的補品的價格都被炒得很高，作用被吹得神乎其神，其實卻早已被證明並無多大用處。食補和藥補又結合成了藥膳，反映中國的綜合文化。更有據說是來自皇宮的這樣那樣的秘方，儘管皇帝們歷來很少有長壽的，人們還是非常相信，一聽是皇宮秘方，就樂於掏腰包，說明中國人至今仍然存在對皇帝迷信的情節。

我所看過的英語抗衰老資料並不比華文的少。西人沒有很多食補藥補之類的概念，他們是研究和分析食品中的哪些成分對健康有什麼作用，這種思維來自西方的解析文化。這樣他們先後發現了各種維他命或維生素、微量元素、Ω-3脂肪酸，還有抗氧化劑等，讓人們每天吞食幾顆藥丸就行。他們的廣告大多是推銷這些所謂的健康食品。我想他們很多人已經有超重的問題，食補藥補和藥膳會使他們更胖，還是吞幾顆藥丸比較好。當然多年來中國人特別是西醫也都逐漸接受了這些知識，抗氧化或排毒也早成了人們的口頭禪。

介於中西文化夾縫中的澳洲華人，如果能無偏見地，按照自己身體的具體情況，吸收中西文化的精華，摒棄其糟粕，應該對養生、健康更有好處。不過中華文化的一個優秀傳承：中庸之道，應該在養生和健康長壽方面很有價值，特別是對有些年齡的人：活動也好、飲食也好，都要適可而止，不要走極端。

不久前看到科學家們發佈的一條有關人類壽命的新觀點：人類的平均壽命，一個多世紀以來，因著營養的改善、醫學的進步和疾病防治能力的提高而有了不斷的延長，但是人類的壽命已經達到了極限，即120-125歲：1997年，歷史上有文件記載的最長壽的人，一位法國老太，在122歲時去世，此後近20年中去世的最長壽的人，壽命都在115至116歲之間，即20年來沒有人能打破這個記錄，目前活著的最長壽的人是一位115歲的義大利老太。

　　既然如此，養生也好、健身也好，最要緊的目的不是無限延長生命，而是延長有效的。有品質的生命。中國人的好死不如惡活的概念，曾使好多中國孝子，為了延長父母的生命，讓他們接受痛苦的創傷性的治療，這種思想也正在慢慢地為西人的讓他們無痛苦有尊嚴地去世的概念所代替。

　　　　　　　　　　　　　寫於2015年6月，修改於2016年5月

▍準備死

　　看到這個標題，讀者也許會覺得筆者近期神經准是出了點什麼毛病了。可是說實話，筆者在看到布里斯本的計程車上，還有其他地方觸目驚心地亮著「準備死」（prepare to die）這個大幅廣告，還有電視上的各殯儀館、殯葬服務（funeral service）公司的種種為自己的喪葬預先存起錢來的存款／理財產品的廣告時，也曾產生過同樣的感覺：這些公司莫非集體神經失了常？

　　比如，殯葬服務公司會建議您在他們那裡開個戶口，每星期在戶口裡存多少錢，零存整取；假定您二十年後會死，到那時您連連本帶息一共會存下了多少錢，可以用來料理自己的後事，包括墓地、墓碑、棺材費、追思禮拜廳堂的租費、下葬費和各種其他雜費。您不放心的話，還可以每週付多少保險費，一旦您突然提前死亡，這些理財產品可以給您付多少保險費來涵蓋您所有的喪葬支出。等等，等等。

　　後來我還發現這種準備死的宣傳小冊子甚至充斥在一些慈善組織、公立醫院、疾病防治研究中心、癌症、心臟病、糖尿病等研究所派發或郵寄到家裡的信件和小冊子中。他們會這樣寫道：「請您準備死，在現在就考慮怎樣在遺囑中安排您的遺產，並在您的遺囑中考慮對本單位的捐助。」

　　您還沒有死，或者還鮮龍活跳、身體健康、精力充沛，根本沒有考慮到死／想死／會死，他們倒已經看中了您在死亡時可能會留下的遺產，已經在提前動它的腦筋，勸您也給這些單位捐贈一份了！

　　殯葬服務公司還會很認真地按目前的市場價格、未來多少年通膨率的趨勢，為您精確地算出您在死的時候一共可能會需要準備多少

錢，方可讓自己有個體面的葬禮。

而且宣傳還指出，任何年滿十八歲的人都應該立有遺囑。對那些剛剛踏入豆蔻年華的少男少女們，不同他們談事業、談教育、談人生，卻早早迫不及待地要對他們談談立遺囑，準備死了！

澳州文化有時就這樣露骨地坦率！

而且這還反映出澳洲人在死的時候都堅持獨立精神，不在經濟上麻煩任何人，不把自己死亡的包袱留給子女親人。死亡真的不是一件很廉價的事─大陸現在常可聽到人們這樣說，現在是活不起、老不起、病不起、也死不起啊！可見一個人的死亡確實是昂貴的事情。

但是華人中有相當多的人，不光是正如中天之日的青壯年，就是風燭殘年巍顛顛的老年人，不要說是「死」字，就是連和它同音雖然還不同聲調的字，如「四」字，也是要儘量設法避免的。對諸如四樓、四號、四室，甚至14、24、44、54、74、94等等等的數字，在那些人的耳朵裡聽起來就好像是「要死」、「易死」、「死死」、「吾死」、「去死」、「就死」都要敬而遠之的！可是昆士蘭提供免費遺囑服務的「公共永久委託人辦事處」，卻不知是有意還是無意地，偏偏就設在布里斯本市的女王大街444號。走進那座樓去立遺囑的人，可說是必死無疑的了！

實在到了萬不得已，要對活人談到死亡這個話題了，中國人歷來還是躲躲閃閃的，要巧妙地用「百年」、「身後」等委婉的詞眼來代替「死」字，在死者的追悼會上則要使用「仙逝」、「千古」、「安息」、「駕鶴西去」等來表示「死」這件事是何等高尚優雅瀟灑超脫，就是連看破塵世四大皆空對死亡無所畏懼的佛教徒也不例外，也會搬出一大堆理論，用「往生」，即繼續活著並且是在往生的路上去了，來取代「死了」。

以上不過是隨手拾來的幾個例子。讀者諸君個人也許還能舉出一大堆對「死」這個概念的曲折表達法的例子。誠然，各種語言對死都

有委婉曲折的表達方式，但中文中對這個字的委婉說法，大概要算是最多、最豐富、最複雜的吧。

對歷代封建帝皇們來說，包括現代秦始皇他老人家，即使「百年」他們還是嫌太短，所以樂意聽全國百姓稱他們為「萬歲爺」，聽百官在朝拜他們時高呼「萬歲萬萬歲」和「萬壽無疆」，或者在「文革」期間聽全國人民每天數次揮動小紅書高喊「祝偉大領袖萬壽無疆，萬壽無疆！」似乎這麼天天呼、日日喊，就能使他們長生不死，雖然他們中連一個都沒能活過百歲。

而且正因為中國文化的這種儘量避嫌避諱的傳統，歷代朝中百官很少會有人敢鬥膽勸帝皇們在頭腦清醒時早留遺囑，所以往往等他們病入膏肓，思想已經糊塗，說話如夢囈般沒人能聽得懂，寫字如畫花般無人能看得清時，連後事都來不及交代，便撒手西去，結果是中國歷史上宮廷政變、外戚篡位、內宦專權之類的事情層出不窮。

不光是最高領導人，就是平民百姓，又有多少人敢在父母還健康時就對他們談到死的問題，或勸他們早立遺囑的呢？我就沒有這個勇氣。前一陣我多年未見的七旬老母來澳洲探親，她曾以極其開通的態度和我談起她身後的事。她是有道理的，因為我們長期生活在海外，她主要還是住在上海，萬一發生意想不到的事，我們趕回去都來不及。我－雖然已經經受西方文化的薰陶多年－還是本能地試圖迴避話題，說母親身體尚健，此事還是留待以後再說吧。

我想起十多年前我的一位芝加哥老師凱瑟琳。那是八十年代初中國剛開始引進外國專家時，她是開放後第一批來上海執教的美國教授。給我們上第一堂課的時候，這位年僅四十左右的美貌女士的第一句話就說，來華前她已經去律師那裡寫好了遺囑，所以可以放心登上飛機遠渡重洋前來上海而無後顧之憂。當時我和同學們對她這番話都驚訝得說不出話來。

我又回想起1991年初我在澳洲初次購屋時，律師也問我是否已

經寫過遺囑。當時我也是十分驚訝的，因為我的老母還沒有寫過遺囑呢。我當時對他解釋釋說，對華人來說遺囑並不重要。我父親是在歐洲受教育的，他也沒有早早寫遺囑。「文化革命」中他不幸受驚嚇中風去世，兄弟間都很推讓，並未因遺產問題而有任何不悅。當然。那時我家早已接近赤貧，父親並沒有什麼財產可留下的了。不過律師還是堅持要我當著他的面立下了遺囑。

除了忌諱「死」字，以及歷史上在遺產分割方面的法制極不健全之外（傳統上分割遺產，中國人叫「分家」，是由舅老爺主持的，長子擁有特別的權利）。中國人不願早早就考慮立遺囑，也許還有孔孟之道造成的其他的文化因素。比如在後輩方面，他們不願意讓長輩留下不孝的印象。要求父母早早考慮後事，是可能會被認為好像是希望他們早死，而被看成大逆不道；在長輩方面，也好像是怕子女會敗家似的，不願早早就讓他們對父母的財產存有非分之想。

作為替代的方法，父母卻不反對子女為他們預先買下壽穴壽材壽衣之類的物品（以「壽」字代替「死」字），有備無患。

不對子女談起後事安排的傳統做法，效果是否好，只能見仁見智罷了。我曾有兩位非常要好的朋友，他們兩家的情況非常相似，都是高級知識分子家庭，文革中都被抄了家，然後父親都去世了；文革後兩家都被發還了在當時看來是數量不小的被凍結的財產（所謂被凍結的財產在當時主要是銀行存款）。當時他們的兄弟姐妹都已經成家。按傳統，母親是父親遺產的當然接管者。可是兩位母親（她們正好本人也是退休知識分子，又正好同歲）對丈夫留下的財產採取了截然不同的做法。

一位馬上召集家庭會議，說明瞭遺產的數目並提出分配的原則和設想，把自己的想法和原因攤明，並讓大家發表意見。結果大家都相互推讓，心平氣和，因為一切公開，每人都有機會表達意見，達成統一的認識，不留後遺症。此後大家不但仍然孝敬老母，兄弟妯娌之間

也彼此一直和睦相處。

另一位則想利用遺產作為子女對她孝順的槓桿，表明談論遺產分配尚為時過早，以後要看大家對她的態度和表現再作決定。結果子女婿媳對她並不如她所預期的那麼孝順，本來關係不錯的兄弟姐妹姑嫂妯娌，彼此間也開始產生猜忌。我的那位朋友對我說，他怕自己如果對媽太好，其他兄弟姐妹是否會認為他動機不純，是想以後多分遺產，所以也不敢表現過分突出。多年以後，這兩位老太先後去世，但開明的那位還多活了八年，去世時子媳都在身邊，而另一位去世時卻很孤獨淒涼。

還有一個原因，不願早談遺產也許同中國人的「財不露白」的文化傳統有關，老爸怕子女知道他有錢會不求上進。朋友間如果你稱讚哪位華人老闆有錢，他一定馬上認真地矢口否認說「哪裡哪裡！」（是否怕你會向他借錢？）雖然在某些場合，他會樂意以各種其他形式比如名錶、名車、名牌衣衫、黃澄澄粗大的金項鍊、翡翠手鐲等來炫耀自己的富有。

中國人似乎還有個不成文的概念，即把錢掛在嘴上是件俗不可耐的事（銅臭）。而說到立遺囑，就勢必會牽涉到錢，既然大家都不願談論錢這個庸俗的話題，也不願意公開承認自己有錢，那麼把立遺囑掛在口上也就是應當迴避的了。

我由此聯想到，澳洲人在錢的問題上的態度有時坦爽到了令我難以接受的程度。一個在澳洲常碰到的例子就是，即使男女朋友情侶一起下館子吃飯，也常是「劈硬柴」（go Dutch），各點點各的菜，各付各的賬。這在我們看來哪有一點情調可言？

最近我同一位相熟的澳洲女士在打趣時提到了這一點。不料她不理解地問我，這樣做又有何不妥？我便請她指點一下好處何在。她說，這樣雙方就不會有覺得欠了對方的情要還的感覺了。她並反問我，在交朋友的過程中，如果女方一貫輕易地接受男方的付款，認為

是理所當然的話，那麼一旦男方對她提出性要求時，女方是否會覺得難以回絕？

　　經她這麼一說，我覺得「不欠情」文化也確有道理。俗話說：「吃了人家嘴軟，拿了人家手短」，經常接受對方付款，的確容易使人產生已默認關係的感覺。在目前女權運動高漲，女性更趨獨立的時代，這確實是西方女性不隨便捲入「性承諾」，避免「性騷擾」的一種好辦法。

　　我又聯想到，東方文化對請客吃飯和送禮有一種獨特的重視。有些人甚至把這些作為一種重要的商業交易的手段或者感情投資來對待，是看到它們背後可能產生的實利或回報，因為中國人常有拿了人家的禮或吃了人家的飯，不為人家出點力，似乎有不夠朋友或不算君子的思想，這從《水滸》裡面就可以明顯地看到了，義氣常與吃喝掛鉤。所以在中國，好多重要的人物「飯局」常常忙到應酬不過來。我不敢斷言，這種文化是否會成為腐敗的溫床。

　　所以有時同幾位華人朋友一起上館子吃飯，吃完飯付賬的時候常會發生大家爭著要付錢，在賬台前你推我拉，爭得面紅耳赤的情況。這常使澳洲人感到莫名其妙。在我們的文化裡，原因十分簡單，誰都希望給別人留下慷慨大方好客的印象，不願人家說小器。沒能付上賬的人，則常常會有欠了人情或不好意思的感覺。在澳洲住久了，好多華人現在已經習慣了一起吃飯，飯後「劈硬柴」（也叫AA制）的付款方式。

　　澳洲人有時請你去飯店吃飯，竟會坦爽到在請帖的底下用一行小字注明每位幾元！我有一次便上了一個當，因為沒有細看那行小字。我想當然地認為發出邀請的人總會付款，身邊沒帶足夠的錢，所以付款時很窘迫。那時我還是來澳洲才半年的海外學生，那次是聖誕節前班上有澳洲同學發起大家一起吃飯的。還好我想起西方人喜歡直爽，所以大方地說明情況，當場就有朋友自願解囊為我付款。

同中文中相應的「邀請」這個詞意義不同的是，英文invite一詞只有請你加入我們活動的意思，並不蘊含必須由東道主付款的意思。澳洲人有時會發邀請信請中國朋友來澳洲旅遊或度假，發出的邀請信裡會說明在澳洲哪些活動要你自己付款。後來我擔任某高校的海外部經理了，也會發出邀請信去中國的一些高校，請他們的校長或什麼主任之類來澳洲訪問，信中也會明細地列出機票、食宿、在澳洲的國內的交通等開支需要要自理。

　　早立遺囑也應該算是在錢財上坦爽的一種表現。毋容諱忌的是，人總可能遇到不測，特別是在生活上高節奏並高度依賴機器和高速交通運輸工具飛機和汽車的時代。不管有多少錢財，還是趁早有言在先為好（當然遺囑是隨時允許修改的），免得一旦意外地撒手，留下一屁股爛汙，鬧得親人反目，或者必須由法律來處理遺產分配，往往可能會違背本人原來的意願。

　　這麼一想，我覺得對死還是有備無患的好！

寫於1994年8月，2014年8月修改

▌談懶

最近同幾位朋友小聚，其及中有從中國大陸來的新移民。席間談起對澳洲及其風土人情的印象，除了很多優點之外，一個比較普遍的看法是澳洲人比較懶。

這同我剛來澳洲時，有些當時的中國留學生，包括我本人，的看法類似。他們認為正是因為澳洲人懶，不願做一些艱苦繁重或骯髒的活，所以毫不計較工資和困難的他們才能在澳洲生存下來。而當時，借著數萬元人民幣重債來澳洲「留學」的中國學生，還認為即使澳洲的最低的工資，比如在中國城的唐餐館洗碗，時薪只有二澳元，從下午到晚上工作十個小時就能賺二十澳元，也要超過他們在國內一個月所賺的工資（1980後期到1990年代早期，中國大城市普通工作人員的月薪大多是人民幣五六十元）。

還有我多年來帶領過的從中國來的培訓團，有些團員對澳洲人也有類似的看法，這種看法，甚至同在澳洲住了若干年，但基本上生活在華人圈，沒有相當深入主流社會的工作場所的華人的看法也有一定的類同。

不斷地聽到華人對老澳有這樣的共同看法，終於促使我要寫一篇關於談「懶」的文章。

在澳洲二十多年的生活，並長期在主流社會學習和工作，又擔任了一個政府學院的部門經理，我自認為我現在的看法，應該比剛來澳洲時更全面一點了。我感到「懶」這個概念，在不同的文化中也是有不同的涵義或標準的。

剛好不久前看到澳洲人力資源調查公司Randstad最近調查了澳洲

一萬名各行各業的就業人員，得出了澳洲人對工作的三大要求，摘引如下：一是工作的安全性（security/safety），不光是操作的安全性，還有工作的穩定性和長期性，裁員的危險較少，二是工資的合理性和可接受性（decency），還有就是能否兼顧工作和家庭生活，即注重生活品質不應因工作而做出過多犧牲（life quality or work-life relationship），如能否保證週末和公共假期的休息。

澳洲人對懶與勤快／不懶的概念，基本上是建立在上述要求上的，它們可說是懶的概念的部分文化內涵，即你有了這樣的一份工作，你不好好地去做，那就是懶惰了。

比如當時的澳洲人，哪怕失業，也不會接受時薪二澳元的況且工作條件差、生產安全保障又較低的工作（澳洲的工作場所非常注重生產的安全性，所以工傷率相對很低），如唐餐館的勤雜工。我在西餐館及其廚房工作過幾個月，知道澳洲餐館很重視勞動保護和勞資平等；同當時我所瞭解到的朋友在唐餐館廚房工作的條件很不一樣，而且那裡老闆對職工的態度也比較兇，對職工常常苛責，嫌他們工作速度太慢，拚命催促加快。

另外從上面的調查，你也能知道澳洲人為何一般比較不喜歡加夜班，或者在週末加班。所以週末、超時加班和節假日工作的工資很高，甚至有雙工和三工的，作為對雇主的懲罰性的工資（penalty rate）。即使如此，很多工作人員寧可不要這個工資，而去海邊同家人一起吃燒烤度週末。但我們卻求之不得，所以在我們看來，當然認為他們簡直懶透了。

1988年我來澳洲後，曾在一家西餐館做kitchen hand，即廚房的勤雜工，每週三個晚上，星期一三五；星期二四晚上六到九點我要去聽講座作為課程的一部分。因為我毫無工作經驗，在僱用我之前，老闆明確說明只能給我法定最低工資，時薪8.67澳元，問我願意幹嗎。這個工資等於唐餐館的四倍多，我當然願意。此外我還在一家背包旅

館每天上午六到十二點做六小時清潔和勤雜工。但我還是個fulltime碩士生，上課和聽講座每週五個下午和兩個晚上，共計25個小時，不能缺席。

實際上我已大大超過學生簽證規定的每週打工的小時數。不過我從來沒有缺過課或拖欠過作業。我覺得自己很能吃苦的。

在背包旅館，我的工作包括搬行李，給旅客check-in，分配房間並領他們進房，給旅客check-out並檢查房裡東西有無缺損；清晨旅客尚未起身時打掃所有的公用的廚房、旅客看電視的休息室、公用衛生間和淋浴間、走廊和大廳的地毯吸塵等等。六小時的工作老闆給我50澳元現金，等於時薪8.33澳元，碰到客人多或天氣熱時再另加10澳元補貼／冷飲費；週末若需工作另加10澳元補貼，因為老闆說他的旅館小，無法給我雙工。這連老闆共計四五名員工的小背包旅館，根本沒有工會來保障員工的權益，我那時也根本不知道員工有甚麼權益，卻沒有受到欺壓，這就是澳洲老闆自覺對員工給予的decency和fairness，是唐餐館的老闆不會主動給當時的中國學生的，我甚至懷疑是否會給當地的老華人員工。

習慣了這種decency和fairness的澳洲員工，怎麼會接受類似唐餐館的工資和工作條件呢？不瞭解澳洲的工作文化的華人，當然會認為他們很懶，怕吃苦了。

為了吸引旅客多住幾晚，星期五晚上背包旅館在後花園供應免費燒烤，啤酒自費。這樣星期六上午我就需要去上班了，因為廚房和花園一片狼藉，我卻很開心，因為我可以拿60澳元工資。我在背包旅館工作三個月左右，如果不是老闆強制我休息，有幾個星期天不讓我上班，我會每天都去上班，不管是否週末。他對我解釋說，他知道中國人很勤勞，但他不能因此違反勞動法讓我週末加班而不付我雙倍工資，但雙工他又付不起，所以只能叫我不要去上班。我在中國時，週末主動加班（當然沒有加班工資）會受到領導表揚，但在這裡就成了

違法，員工當然願意去海邊曬太陽了，否則雇主就得付他們雙倍工資。這一點可能很多華人都不知道，以為他們懶惰。

來澳第一年的暑假，我曾在一個小廠做過幾星期零工：做六個小時中班，下午六點到半夜十二點，時薪也是8澳元多，屬於低技術工種。這個廠沒有大夜班。中班工人的時間是下午四點到午夜十二點，其間有晚餐半小時和茶休一刻鐘的休息時間，算在工作時間內，這是工會爭取到的職工福利。在大多數的華人公司、餐館或工廠都沒有工會組織，據說希臘人也差不多，所以職工沒有這麼舒服。做中班大概有二十多名男女工人，包括我在內的三名中國留學生。六點鐘我騎自行車準時到這個工廠上班，在門口打卡後進入車間開始工作。

簡單來說，這是個裝信封的工廠，即將各單位，比如某些銀行、公司、大學送來的需要發出去的已在A4紙上印刷好的大批量的信件，裝進這些單位的標準信封，封妥，再用車送至郵局。這些基本上都是機器操作的，共有五六條工作流程線，三四個人一組，管一條線，團隊合作極好，所以速度很快，人卻不累。還有一兩名機修工巡視各條流程線，萬一機器出故障，就由他們迅速排除，不影響工作流程的進行。

我和其他兩名中國留學生對這些普通工人的高度的自覺性留下很深刻的印象：休息鈴響，機器自動停止，人們就去帶小廚房的休息室用餐或茶點，他們拿出自己家帶來的三明治吃，工廠供應茶包和咖啡，冰箱裡有牛奶。那時沒有i-phone、i-pad之類的東西，連手機也沒有，休息室裡有台電視機，也有台收音機，工人們就看電視或從收音機聽新聞或橄欖球、板球比賽的消息。休息結束的鈴一響，機器自動開動，工人們關上電視機，在幾秒鐘之內就重返自己的崗位。中班時，全廠沒有一名管理人員或所謂的幹部。下班鈴一響，機器自動停止，工人們做些必要的檢查、熄燈、上保安、關門等就離廠，連清潔工作都不用做，因為人人都有習慣將所有垃圾隨時放進垃圾箱，第二

天早班工人會將它們拿出去倒掉。

另外兩位中國學生的英文很差，但我總會利用休息同工人們隨意交談，瞭解他們的文化。我曾問他們為甚麼沒有工頭管理仍然自覺工作而不偷懶。他們的回答是：a fair day's pay for a fair day's work（一天公平的工作換取一天公平的工資），說就是工頭在，他們也是這樣做的。

這可以說是澳洲的工作場所文化。這是西方契約文化的一種表現，所以根本沒有必要評甚麼勞動模範、先進工作者之類的虛假稱號，來鼓勵大家賣力。

西方最偉大的書卷聖經，分舊約和新約兩部，都是約；連神都要同人立約，這是西方契約文化的根基。

西方文化的另外一點，也是來自聖經的，是神所造的人，在神面前人人平等。勞資雙方就工資、勞動條件、工作量和生產率等達成協議，簽了合約，雙方都會在規定期限內自覺遵守，因為契約文化是雙向／雙方約束的，有期限的，到幾年後再重新談判。談不攏的話，工人就會集體罷工，而工人的權利有法律保障，直到雙方的條件逐步接近，通常是工資增長的百分比同勞動生產率提高的百分比掛勾，再次簽約為止，簽約後你想偷懶都沒法。

英文fair這個概念就出於此，所以可稱西方文化為fair play的文化，人人都有一個平等的fair go，個人之間不會相互猜忌，所以也就鼓勵了團隊合作和集體力量。

中國文化的人際關係是等級森嚴，傳統上天地君親師，一級壓一級。工人或下屬向來害怕上司或老闆，因為他們是決策者，對下屬擁有生殺大權，勞資關係是單向的、不平等的，類似於主僕關係。你不接受，請便，想求這份工的人有的是。而對於特別忠於主人的人，主人會也有特殊獎勵。這就造成下屬間的相互猜忌或不信任，常常面和心不和。雖然現代中國也有工會，但它是統治者的助手，除了給有

困難的員工發一些補貼，組織諸如看電影一類的活動外，並不真正代表工人的利益。工人覺得工資太小、勞動條件太惡劣也不敢公開提出抗議或罷工，故一個辦法就是以偷懶、磨洋工、消極怠工做為抗議的手段。有時上司或政府來檢查了，會表面上非常賣力地做一套，上司一走又故態復萌，馬上恢復磨洋工的原狀。這就是為甚麼老闆常常不放心，會派工頭來監視工人。

我年輕時，政府將提供教育作為對人民的恩惠而非服務，所以你大學畢業，必須服從它的分配，因為它培養了你，你必須到它要你去的地方去工作，工資和其他條件全是單方規定，沒有選擇餘地，而不服從分配的人會有很大的麻煩。今天的由用人單位在勞動力市場公開招聘，寫明條件和工作要求，工資和福利，找工者和用人單位雙向選擇，然後勞資雙方簽定雇用協議，已經有了很大的進步，是引進外資之後才有的，實際上來自西方。

我們常聽到淘金時代的華工如何遭到白人的歧視和限制，有些華文作家也以此做為題材寫書，我當時也簡單地將它當做事實，信以為實，直到聽了思蒂芬的一席談，才對此有了較深入和平衡的看法。

思蒂芬是我工作的學院的一位歷史老師，我們很談得來。我來澳後的第二年寒假，那時我已經在一間天主教的教會學院教書了，他開車帶我去一些地方旅遊，包括雪梨、墨爾本、阿德雷德還有金礦城巴拉萊特（Ballarat）。在開車時，很健談的他就會對我大談世界政治和歷史和他的看法，包括澳洲政治和聯邦史，使我很增長知識。我對澳洲政治相當瞭解，就是從他那裡打下的基礎。

巴拉萊特很好地保存著金礦城的歷史，整個鎮可說是一個活的博物館。我在那裡看到了清朝來的華人淘金者住的滾地龍式的低矮的帳篷、簡單的生活用品、原始的淘金工具、他們帶著的觀音菩薩或關帝聖君像、一些保存下來的淘金地點，還有博物館裡的實物、歷史檔和照片等等。

思蒂芬說，其實所謂的歧視或限制華人（他們都是些懷著發財夢從廣東來淘金的分散、單幹的個體戶，反映中國工作文化的特點）應該是一種文化衝突，因為彼此不瞭解對方的文化。華人淘金者絕大多數根本不懂得要瞭解並融入當地文化。當時澳洲淘金工人大多是公司雇用的礦工，而非個體淘金者，他們已有了為他們爭取權益和較好工作條件的工會，所以比較團結一致，他們每天的工作時數固定，有上下班時間，星期天不工作，要去教堂做禮拜，也要有娛樂休息和過家庭生活。

　　從清朝來的華人當時是沒有每天工作幾小時的概念的，沒有星期天休息的概念，他們帶著觀音菩薩或關帝聖君作為保護神，也沒有教會和做禮拜的概念，更沒有工會的概念，關鍵是沒有入鄉隨俗的概念，自行其是。他們非常吃苦耐勞，天一亮就工作，直到天黑，生活極其簡單，沒有娛樂也沒有家庭在身邊。所以在他們眼裡，澳洲人很懶惰，他們自己很勤勞，在澳洲工人下班後、上班前，他們都在工作，星期天也不例外，認為澳洲人是嫉妒他們的勤勞。

　　而澳洲人對當時中國的工作文化也並不瞭解，就認為這不公平，必須限制，在我們休息時你們也應該停下來，不然金子都會讓你們挖走。所以就有了地方政府的限令和種種規定（我仔細地看了博物館裡保存的幾份限令和檔案），這些就被華人解讀為歧視和限制。用我上面的話來解釋，實際上就是契約文化和無契約文化的衝突，團隊文化和個體文化的衝突。

　　這種情況直到1990年前後來澳的中國留學生那裡仍然存在。他們到了國外，為自己工作來掙錢還債，所以甚麼都肯做，非常刻苦，從來不休息；加上語言困難，工資少些、條件差些的工作也肯接受，不懂得自己應該有甚麼權益；又大多是單幹，彼此不抱團。在他們看來，澳洲人比較懶惰，週末貪玩，連店都不開。我本人當時就是這麼想的。而華人、越南人和希臘人的店，週末和公共假期照樣開（至今

如此）。不過這也就造成了當時本地老華人老闆剝削外來的新華人即中國大陸來的留學生的情況，因為英文不好的中國留學生願意接受低工資和週末工作，只要能掙錢，沒雙工也行。

中國人缺乏契約文化，其實到處可見，比如向自己親人、朋友借錢，或同他們合夥做生意、或租借房屋等，以前都講個人信用，不必有任何合約、合同、借條、單據之類的證據／依據，非常瀟灑，還美其名曰「儒商風度」，似乎這些東西俗不可耐。以我所知，後來一旦反目，打官司的很多，因為我曾為若干件華人間的訴訟案做過口譯。這種情況隨著西方文化的影響，已經慢慢有了改變。

另外，我在政府單位工作幾年後，又瞭解到澳洲單位非常注重職工的精神健康，工會也很瞭解對員工在這方面應該有甚麼保護和政策，隨時能為職工站出來說話。我幾次在工作時間被通知參加有關講座和如何減少壓力、緊張方面的培訓和研習班。從講座中我瞭解到澳洲有12%以上的成年人在生命的不同階段可能發生精神憂鬱（depression）症狀，因此將它作為工作場所安全、勞動保護和健康法所要求的一部分，並要求同事們在注意或觀察到某員工有可疑情況時應向人事部門反映，引起他們的注意和關心。在我周圍的員工，我看到已有兩位因憂鬱症獲得治療並拿到相關的休假。[1]

這就是為何雇主不可能讓雇員在工作中承受過大的壓力，因為讓員工過分辛苦，壓力太重，可能會得不償失，所增加的產量也許抵不上一旦職工生了憂鬱症所損失的工作和醫療支出。不瞭解情況的人可能會發現澳洲人工作很輕鬆、很悠閒、不緊張，慢悠悠沒心事。這也可能讓人得出澳洲人很懶的結論，因為按我在中國時的經驗，從來沒有聽到過單位裡會對員工作憂鬱症的講座或防治憂鬱症的培訓；而傳統上中國文化也不重視精神健康，人們可能會歧視和疏遠瘋子和精神病人，所以中國人也比較不願意承認自己得了精神疾病。

但這並不意味著澳洲人的生產率很低，他們很注重團隊精神，注

重經常性的培訓，還會通過結構重組（restructuring）來提高單位的勞動生產率，甚至能減少員工。我所在的單位就幾次經過結構重組，而結構重組並非領導怎麼想就這麼做了，而是請了專家來調研後按由他們提出的建議作出的。旁觀者清，他們往往比領導更能發現可以精簡或削減的人浮於事的職位或組室，使單位的結構變得更精幹合理，更能提高工作效率。

我原先工作的學院曾同中國同濟大學合作，在1990年代末接受過三個來自上海的水質培訓團，每團二十多人，在澳洲培訓三個星期。這個水質培訓是世界銀行給上海的貸款項目之一。由我負責帶領他們在昆士蘭各地、雪梨、紐西蘭參觀考察水庫、水處理廠、水輸送和儲存系統、汙水處理、工業廢水處理（比如位於布里斯本河口的煉油廠的汙水處理）和排放、大學的水質實驗室、在大學和市政府有關部門聽專家講座等等。

他們來澳後不久的印象就是澳洲人懶散，比如在銀行開戶口和換外匯，銀行工作人員的工作步驟很刻板、速度很慢，令他們不耐煩。中文說「勤快」，勤勞同快速掛勾，工作速度慢就意味著懶惰。儘管我跟他們解釋澳洲人很注重精確、不犯錯誤、避免因錯誤而招致的重複檢查和勞動，所以按部就班，況且中國人名字的拼寫對他們說來非常困難，他們必須非常小心檢查，還要複印護照留底等等。我甚至以自己學院為例，說在政府派來的質量檢查（auditing）中，若發現一個錯誤，學院要被罰十萬澳元，並有被取消質量信得過單位如ISO的證書的危險，他們仍然不很信服。

可是在接下來的日子裡，他們一天比一天更信服澳洲人一點不懶，而且工作效率極高，儘管他們看起來工作時不慌不忙，慢悠悠的。在參觀日產量同上海八家水廠中最大的一家水廠相當的布里斯本水廠時，他們發現諾大的水廠的各車間、部門、處理池周圍空蕩蕩的沒幾個人時，上海某大水廠的廠長問這家廠有多少工人，布市水廠的

廠長（上海的廠長以為他是一名普通工人，因為他穿著工作服）回答說二十一人，你可以數數工廠停車場上停的汽車就知道了。上海的廠長說真無法相信，因為他的廠的工人數比這家廠多八十倍，是家大廠，要開三班，保證日夜供水。布市水廠的廠長說我們沒有夜班，每名技術員、工程師和廠長家裡的床頭都有電腦，廠裡發生任何問題，電腦就會發出警報聲，他只要起來在電腦上做些調整就行，而且這些電腦聯網，需要時就由技術員、工程師和廠長的團隊合作來共同排除故障。

　　布市水廠的廠長還說，我們要保證全市每個龍頭的水開出來都能當場就喝，對水質絕不能馬虎，因為水廠屬於市政府管，如果喝出問題，市長可能會下臺。正好前幾天雪梨的水廠出了問題，有人喝水得了孢子蟲感染拉肚子，市長真的宣布辭職。這家雪梨的水廠我們後來也去參觀過，聽他們解釋問題出在哪裡。在參觀規模接近南京煉油廠的布里斯本煉油廠時，廢水處理工程師將處理過的水用龍頭放出來，鼓勵客人喝，中國朋友們都不敢喝，他就自己當場喝給客人們看。這家煉油廠只有三百多名職工，而南京煉油廠的職工超過萬名，有煉油城之稱，我後來去訪問過。

　　在參觀其他單位時，中國技術員和工程師們對澳洲工人的排線排管道的技術十分讚揚，不但排得非常美觀，而且非常科學和合理，一旦發生問題，能很快能找出發生故障的線路或管道，對故障加以排除。他們逐漸瞭解到澳洲人工作的一個特點是看起來很刻板，按部就班，速度不快，但很注重整個程式和系統不出問題、不犯錯誤、不返工，所以故障率低。個人速度慢並非一定反映是否懶惰低效，這一點中國朋友們慢慢信服了。

　　按我所看到的資料，從澳洲人每星期的平均工作時間來看，它在世界上名列前茅，超過中國大陸、香港、韓國和日本。可是為甚麼我們總認為澳洲人懶惰呢？因為我們大多數沒有看到過這些資料。其

實你不知道這些資料也沒關係，很簡單，你只要早些起來，開車去高速公路看看就知道了。有一個時期我工作非常忙，需要在六點多就出門，七點半前到達辦公室。七點以前我就開上了高速公路。別以為這時間高速公路還沒有很多車，其實七點前高速公路已經快要處於飽和狀態或塞車了。

這時公路上已經有很多重型卡車，但你馬上就會注意到，有很多一兩噸的小型的卡車，它們並不是運貨卡車，上面裝了各種工具、管子或折疊梯子之類；還有好多前面有四個座位，後面一半是卡車的車輛，這種車在澳洲特別流行；還有許多van，即中巴大小的、除了前面駕駛座旁有窗，基本是全封閉的車。這些都是各種個體戶的工作車輛。澳洲中小型企業特別多，小型企業很多是只有幾個工作人員的小公司，還有很多有執照的屬於自僱（self-employed）的各種工匠和技術工人，從電氣師傅、電器修理工、管道工、木匠、油漆匠、屋頂修理工、磚瓦匠和砌磚工、砍樹工、花園打理工、割草皮的工人、除害滅蟲（比如白蟻）的專家、開私人清潔公司的，還有甚麼都能做的所謂handy man和各種做小生意的。他們都需要在公路塞車前就開上公路，因為時間對他們非常重要。公路開始塞車時，上面開的車輛就主要是小轎車了，因為那是政府或機關工作人員、專業人員即白領和公司職員的上班時間。

澳洲人擁有自己用住房的人口約占70%，這些私人住宅需要各種維修保養時：疏通下水道、修屋頂、刷油漆、砍樹割草皮和打理花園、修理家裡的電器如電爐、空調和熱水器等、家裡的各種小修小補、修磁磚、修廁所、鋪或洗地毯，等等等等，都需要他們的服務；而他們的生活的每一分錢都要靠自己的努力工作來賺取，他們怎麼可能會懶惰呢？但他們也很會享受生活，不願犧牲週末或假期。

我目前居住的區，我這條小街，屬於中產階級、中間或中上收入階層（middle earners or upper middle class）的住宅區，沒有非常大

的百萬以上的豪宅和富翁，一般的住宅都在七八十萬到近百萬的四睡房兩車庫的範圍（布里斯本的房價比雪梨、墨爾本要低得多），幾位鄰居，除了有做醫生、護士的或其他白領（比如在高校工作的我自己和做會計的隔壁鄰居）專業人士，其他的有做服裝生意的、開小公司的、開清潔公司的、在市政府工程隊工作的（開市政府的卡車），還有開計程車的小包工頭（我常看到有計程車開到他家門口由他分配工作）。這些人都很早--六點多就出門了，有孩子的都讓孩子自己揹著書包去坐公車上學，不像很多華人家長要開車送孩子去上學。

附近正好有新的小區在開發，七點多工人已經開始工作了，這些工人，其中有各種工匠，就是自己開著小卡車來上班的。所以無論從那個角度來看，澳洲人其實根本不懶。

我一輩子做教師。就拿我的職業來說事吧，不說零時（casual）的教師工作，如我來澳洲的第一年就在現在昆士蘭理工大學的前身布里斯本高等教育學院做零時的講座講師，我在澳洲的第一個比較正規的教師工作是1988年底考到昆州教師執照後到1992年間在昆州最有名的中等學校布里斯本文法學校做兼職教師（part time），每星期擔任二十小時的課（注意是二十小時的課而不是二十節課），同時在聖勞倫斯天主教男子學院擔任八小時的課，還在布里斯本的現代英語學院擔任十五小時的教師兼學生顧問工作，每星期共有四十三小時的課，再加在格裡菲大學教育系做按鐘點計酬的助理研究員工作。

這樣的工作量是我在中國時從來沒有過的。那時我最大工作量是在上海市重點中學上十節課（每節課四十五分鐘），兼任一個有十八位教師的外語教研組長；此外在業餘時間裡，在上海外國語學院和上海大學還有另外一間業餘英語高級培訓學院兼職，教授大學英語和托福課程。這樣每星期共上二十六小時的課，再加上海師大外國文學研究所的兼職研究員的工作。那時中學教師一般每星期有十二節課（相當於九小時），不算業餘兼職（當時兼職都是不讓單位知道偷偷地做

的）的話。

　　你會說那時我還沒有獲得永居，所以忙於賺錢，還要付自己的海外學生學費。是的，但是在我獲得某高等職業學院的高級講師的全職工作之後，每星期有二十一小時的課，仍然在聖勞倫斯天主教男子學院教八小時的課，同時還擔任主編海外學生英語教學材料的工作。該高等職業學院的全職講師每星期面授教學為二十一小時，助教為每星期二十六小時，換成中國學校的四十五分鐘一節課，為二十八到三十五節課，他們中很多人也和我一樣，業餘時間還在外面兼職。這是習慣於每星期授課十二節中國教師所無法想像的，他們大多數的工作量只是澳洲教師的三分之一。

　　如果講到備課所花的時間，就更無法比了。中國教師大多是較單一的一門課，用一本統一教材，老教師教了幾年就會教得滾瓜爛熟，根本不用備課。澳洲老師沒有統一教材，需按教育大綱自找或自編教材，花的時間豈能同日而語？澳洲中小學教師普遍要教幾門課，因為人口少，學校學生數少，而開設的課程卻多，一般中學要開三十幾門課，學生除了必修課，有很大的選修空間。比如教英語的要兼歷史課甚至美術課。

　　我在中國教市重點中學時，一個班四十名學生；這裡的中學是三十名學生，而高等職業學院是二十五名學生。拿批改作業的時間來看，中國教師花在批改作業上的時間也許會多一點，因為中國教師布置作業多，學生負擔重。但中國學生的作業大多來自教科書或練習冊，老師駕輕就熟，更有標準答案可以查找。澳洲老師會布置一些需要學生思考和獨創的開放式的作業（assignment），根本沒有標準答案，學生交上來的作業五花八門，長達數千字，老師要專門對每一位學生寫出評語，指出改進方向，這樣的作業，批改時間不知道要花多少。

　　我以前工作的學院同中國若干學院簽了合作協議，我們會派老師

去中國擔任一個專業的三分之一的教學量；如果一個專業要學二十門課，中國老師每人都擔任一門課，但我們的老師這二十門課必須都能教，並且要對中國教所有的課的教師進行培訓。這使中國老師大為驚奇。從這一點就可以看出他們平時的工作量要比中國老師大得多。你能說中國老師和澳洲老師誰更勤快嗎？

我去中國擔任過英語強化培訓課程，每天上五到六個小時的課，即每星期將近三十小時的課，還要指導中國教師，並對中國教師和學生分別另作專題講座。這些工作量使中國學院的領導非常驚奇，說我非常敬業。我說澳洲的老師大多這樣，每星期教三十小時的課算不了怎麼樣，而為了避免版權問題，我的教材都是自編的。儘管工作量如此繁重，我和澳洲教師週末都會抽時間出去玩，去飯店吃飯或週末順便在學院附近的旅遊景點作些旅遊，工作和享受生活兼顧。

我曾先後在兩個高等職業技術學院擔任過大中華地區經理和國際部高級項目經理。在澳洲的學院裡，系主任和部門經理每年都要同學院領導簽定協議，其中有創收的規定。近幾年來我這個部門每年要為學院創收五百萬澳元。國際部有兩位經理，一位負責招收海外學生並總管其他事務，我專門負責本院在海外營運的國際交流合作和培訓項目，有十幾個大小項目，遍佈若干亞洲國家，最大的市場當然是中國。有的項目年收幾十萬澳元，有的只有幾萬澳元。加上從各國來的幾百名海外學生。國際部每年要創收共計幾百萬澳元的收入，靠本部六七名全職員工和一些需要時臨時請來兼職（part time）的或做零時（casual，也有人翻成「臨時」）工的員工來完成，可見人均產值很高。

外人看來，我們的工作並不十分辛苦，但員工個人的工作效率都很高，而且團隊合作、整個部門的工作的節奏非常好，還有同學院其他部門的合作也很密切，可說是系統化規範化了，所以很少出現緊張忙亂的情況，那怕有人請假也如此，工作有人暫時頂上。除了必要的

時候，比如有大的培訓團來到時，會有些加班加點，基本上不用加班加點，那怕加班加點，也會在以後將累計加班的時間補還給職工。甚至我們還常有在工作時間開的職工生日茶點會，退休離職的歡送會，一個項目完成後的慶祝會等派對，大家每人帶一些點心來，高高興興的喝茶喝咖啡聊天休息。在外人看來，工作時間都要玩樂，澳洲職工簡直真是太懶散了！

中國人民素有勤勞勇敢之稱。勤勞是沒得話說的了，比如上面講到的中國淘金者和1990年前後來澳洲的中國留學生，整天工作，沒有休息和娛樂。不過勇敢卻要看什麼情況，可以說很大程度上並非如此，因為中國人也素有膽小怕事的名聲，對皇上、對官府、對政府、對領導、上司或老闆大都諾諾連聲、不敢反抗。

中國人的勤勞來自個體農業文化的傳統，作為各單幹戶的農民，一年四季很少有休息時間，歷史上從來就沒有星期的概念和星期天休息的概念，終年季勞作不息，除了天氣不好不能下地，比如大雨大風大雪，或者在冬天農閒時節才能待在家裡休息，還有就是過新年拜年拜祖宗或到廟裡燒香拜佛求來年風調雨順有個豐年或者婚喪喜事。農民之間除了在農忙時會有些合作、相互幫助，大部分時間是單幹。這就是為甚麼毛澤東的人民公社實驗會失敗，集體出工、集體吃食堂，因為人人都怕吃虧，幹得少、放開肚皮吃，最後搞不下去。劉少奇比較瞭解中國農民，包產到戶，多產歸己，局面馬上大變，人人拚命幹活。

基督教講人的罪心，可以說，不管在甚麼文化中，總有偷懶的人。澳洲的確有領著政府的福利甚麼工作也不做的懶漢／懶婆，無庸諱言，這些懶漢／懶婆中也包括著澳洲華人。不過多年來各屆政府，不管是哪個黨執政，都在採取措施，修改福利政策，努力減少懶漢／懶婆的數量。所以現在再來比較哪個民族更勤勞，哪個民族更懶並無多大的意義。

現代是否勤勞／懶惰的標準應該不再是光看是否起早摸黑、拚命延長工作時間、多勞累、少休息、少享受、做工作狂，而要看工作效率。現在人們大多知道工作和賺錢是為了活著，但活著不僅是為了工作和賺錢。除非是現在仍然非常貧窮的第三世界國家，生活的品質逐漸成為人們的追求目標。我可以預言，華人將努力掙錢放在第一位、一切向錢看的文化也會改變，本文初提到的澳洲人對工作的三項要求，也會成為中國人的要求。

　　　　　　寫於2013年3月，經數次補充修改，終稿於2016年4月

翻譯生涯
——充當文化交流和融合的紐帶和橋梁（代後記）

最近，昆士蘭大學又來了一個中國某省教委派來的的教育培訓代表團。

長期以來，作為擁有教育背景、資歷和經驗的、擁有專業訓練和實踐的，又擁有澳洲國家認可的中英雙向專業翻譯資格的我，一直是昆大的兼職講師和翻譯，已接待過很多類似的代表團。

其實，作為我自己全職工作的學院國際部的高級項目經理，我的工作也有接待中國的教師或學生的培訓團的任務，但這是我的專職工作，除了為院長在接待他們或同他們談判時做翻譯、給他們做培訓講座、設計並組織他們的培訓課程、帶領他們參觀，我還得集中精力於我的正式職務：項目管理、市場開發和新的國際關係的建立。我在這裡做自己全職服務的學院從事教育工作和市場開發以外的第二職業，可以更專注地、潛心於翻譯和講課。

我喜歡翻譯這個兼職，雖然它帶給我的額外收入並不格外豐厚，我滿可以做其他兼職而得到更好的收入。

我喜歡翻譯這個職業的原因是我能作為為一條紐帶，或者說是一座橋梁，聯結著、溝通著兩種語言、兩個文化，而對我個來說，也聯結和溝通著我的文化原鄉和他鄉。

移居澳洲二十六七年了，我從一頭烏髮變成滿頭灰髮，可是原鄉情節卻沒有隨著髮色的改變而有絲毫的淡化、消退，儘管我對母文化經常持反思的態度，而反思純粹是出於對她的愛。

當然我會定期回原鄉去講學、參加研討會、探親訪友，但是沒法在那裡久呆，因為我的家早已移居我所熱愛的文化他鄉：澳洲。

所以每每有客自原鄉來，我總會感到興奮。我把他們看作是原鄉的延伸和外展，把同他們的相會，視作在異鄉相會文化原鄉；而作為移居他鄉的僑民，我總會把母國來客視作血脈相連的親人。

　　從一頭烏髮變成滿頭灰髮的我，所接待的母國來的親人，從他們的年齡來說，二十多年來已經從自己的同輩者逐漸變成自己的下輩：他們是永遠不變的黑髮的親人。

　　況且這些來客並非一般的訪客。他們也是我的同行，雖然教的學科不同，甚至有體育和各種運動項目的教練。這種教育培訓，我從1995年就為我原來工作的學院開創了並大力推動了，將近二十年來，它在澳洲和中國變得越來越擴大和受人歡迎，它現在實際上是我的母國和我的新祖國之間，或者說中國同世界之間的一種擁抱，一種交流，一種專業上的、文化上的、思想上的、友誼上的擁抱和交流。

　　作為雙語翻譯，我為這種文化的交流提供著方便：作為橋樑，我讓雙方在我的背上踏過，到達彼岸；作為紐帶，我將雙方鏈接起來，讓他們的手通過我而緊緊相握。

　　雙方因我而可以在這種交流中獲得最大的收益，因我可以增進瞭解，因我可以避免誤解、消除隔閡，而且因我可以保持繼續發展的交流、持續的關係和長期的友誼。

　　這就是讓我感到樂此不疲的工作的意義。這種意義當然不是純粹的商業性的、營利性的服務所能擁有的。

　　作為兩種文化交流的橋樑和紐帶，對我來說，意義顯然重過任何賺取經濟收入的途徑。

　　更令我愉快的是，作為橋樑和紐帶，又是一件非常享受的事，雖然同時也極其辛苦、極其緊張：口頭傳譯是高難的腦力勞動，需要長時間的高度專注和豐富的專業知識。在傳譯中我首先要保持資訊高度精確的傳遞，盡可能地避免誤譯，同時要使語言優美流暢，聽者易懂易記，即所謂的信達雅，保持出自我口的中英文語言產品的優質。

為了這一點，我寧可每天站立翻譯數小時，連續為數名講員做翻譯，因為這種姿勢可以讓我密切觀察並跟隨演講者的手勢、表情、動作和語調的抑揚頓挫，將這些非語詞性（non-verbal）的因素也能在傳譯中精確地傳遞。

　　雙方滿意的交流之後，大家都不會忘了我，會不由自主地感謝我的勞動，這時，站得酸麻了的雙腿會頓時感到輕鬆多了。

　　好幾次，在培訓後填寫的評估表上，來自文化原鄉的同胞們對我作了最高度的評價和和表揚。有的說為了我們的培訓質量，你操碎了心。說實話，我的確是操碎了心，我並花很多額外的時間準備，搜尋網上的資料，豐富我的相關專業知識，使翻譯能夠精確。原鄉的同胞們能看出這點，就是對我的報償。

　　但在翻譯的過程裡，資訊中最難傳遞，同時也是最難翻譯和表達的部分之一，卻是其中所包含的文化內涵。但口譯過程的即時性又不允許譯員有思考的時間。這時，作為身上同時飽浸著原鄉和他鄉文化的雙文化攜帶者的我的作用，在雙向溝通和理解中就顯得特別重要。

　　這種重要性使我感受到的幸福和滿足，是錢財難以買到的，也是我為何對從事這種付出同收入之比並不太可觀的工作毫不厭倦的動力之一。

　　更確切地說，我擔任的這條使雙向交流變得高效的紐帶，其實又是一條文化交流電的輸送線、充電線和變電所。

　　當電流----文化、技術、知識、經驗、景願等從一方流向另一方，再從另一方流到原來的一方，通過我身上的時候，我自己也同時得到了充電：我可以吸收來自雙的營養：文化、技術、知識、經驗和景願的精華，使自己更加充實。經常，這還不是簡單的流動，而需要改變或調整電壓、頻率、電流強度等。

　　這就是為什麼，雖然不能年年回到原鄉，我依然熟悉來自原鄉的動態、資訊、鄉情，它們依然在滋潤著我。他鄉遇文化原鄉的樂趣就

在這裡。

　　常常，培訓團、代表團裡的絕大多數的團員都是第一次出國。文化震撼和衝擊，對他們是無法避免的經驗，特別是我們如果安排他們到澳洲人的家庭寄宿的話。他們常常會同我談起這些令他們不解或迷惑的經遇，請教我的看法。

　　幾十年前從原鄉來到異鄉時自己的親身經歷，使我能夠理解種震撼、衝擊，以及它們所可能帶來的疑慮和迷惑，雖然不至於有我當時曾感受過的痛苦、孤獨、彷徨、掙扎和鄉愁。

　　休息時、吃飯時，我願意坐在他們的中間，用共同的語言----漢語同他們分享我的經驗，解答他們的問題，排解他們的疑慮、告誡他們應該注意的文化禁忌（免得產生不必要的誤會），在生活上給他們一些指導。這種聊談，也是我很感到享受的，因為從他們的眼神中所閃現的領悟，以及對我的信任感、親近感，使我倍感寬慰。

　　我同時可以悄悄地告訴他們他鄉文化中應注意的生活上、衣食住行上的小節，包括西裝上衣紐扣的正確確扣法、喝咖啡時小茶匙的用法和安放的位置、西餐刀叉的種類、用法和放法、解釋一下餐單上的某些菜餚和甜品，以此避免他們的尷尬（免得「出洋相」）。在他們對著滿盤的三明治皺眉頭，不知如何選擇的時候，我會向他們介紹一下不同麵包、餡芯做的三明治讓他們品嘗，談談西方的飲食文化及其同中國飲食文化的區別。正像我會對澳方人員解釋在吃中餐時應注意的細節、禁忌一樣。

　　對澳方的講員、領導和接待人員，我會教他們一些中國的文化、習俗、禮儀（etiquette）和幾個簡單的漢語詞兒，在他們用笨拙的舌頭艱難地發出勉強可辨的這些單詞的聲音時，來客們總會熱烈鼓掌作為鼓勵和謝意。

　　不過我越來越不需要這麼做了，因為曾去過我的文化原鄉訪問過的澳洲人，包括澳方的教師、學院的領導或政府官員已不計其數了，

很多在回來時帶回幾句滿地道的漢語，還能談談所瞭解的中華文化，包括食文化、酒文化、商務文化、課堂文化甚至官場文化等等。

除了教育培訓團，我們也接待過來自原鄉的各大學、教育廳等的訪問團，甚至高規格的政府代表團。我也曾為昆士蘭大學的校長、為昆州政府、布里斯本市政府，為昆州教育部長、為布里斯本市長、為其他城市的市長、為澳華商會、為企業、大公司甚至大體育場、國際會展中心等作過翻譯，在他們接待來自中國的各種代表團時，在進行交流或商務談判時、在簽署各種協議時。

我也曾陪同昆州政府的副州長、昆州各院校的院長、校長等訪問過我的原鄉，作為他們的翻譯和文化顧問，同中國同行相遇在我的文化原鄉，直接為原鄉和他鄉、母國和僑居國之間的經濟、貿易、教育等合作貢獻過力量。我曾為亞太城市峰會、亞太電影獎、亞太藝術展等大型政治、文化活動作過翻譯，在他鄉幫助接待過來自原鄉的市長、大牌導演、明星和著名藝術家，為原鄉和他鄉的文化交流淌過汗水。我也曾在昆士蘭大學和昆州其他各學院、各團體作過無數比較文化的講座，從教育、藝術到商務文化。

我的相冊見證著我作為中英語雙向翻譯，作為兩個文化和兩種語言間的交流和融合的紐帶或橋樑，在異鄉相遇文化原鄉、在原鄉相遇文化異鄉的豐富經歷，見證著我從烏髮到灰髮，卻同我的母體：母國、母語、母文化永遠相連的血脈。

這種工作也經常給我的寫作帶來題材和靈感。多年來，翻譯所引起我在文化和比較文化方面的觀察和思考，使我寫出上百篇散文，這本集子所選的，僅是其中的一部分。

寫於2015年5月

國家圖書館出版品預行編目

文化,無處不在的文化! / 洪丕柱著. -- 臺北市：獵海人,
　2017.07
　　面；　公分
　　ISBN 978-986-94766-0-7(平裝)

855　　　　　　　　　　　　　　106006564

文化，無處不在的文化！

作　　　者　洪丕柱
出版策劃　獵海人
製作銷售　秀威資訊科技股份有限公司
　　　　　114 台北市內湖區瑞光路76巷69號2樓
　　　　　電話：+886-2-2796-3638
　　　　　傳真：+886-2-2796-1377
網路訂購　秀威書店：http://store.showwe.tw
　　　　　博客來網書店：http://www.books.com.tw
　　　　　三民網路書店：http://www.m.sanmin.com.tw
　　　　　金石堂網路書店：http://www.kingstone.com.tw
　　　　　讀冊生活：http://www.taaze.tw

出版日期：2017年7月
定　　價：400元

版權所有・翻印必究　All Rights Reserved
Printed in Taiwan